Raymond E. Feist est né en 1945 aux États-Unis. Depuis 1982 et la sortie de *Magicien*, il est l'un des plus grands auteurs de best-sellers de Fantasy au monde. Tous ses romans se situent dans le même univers, suivent les mêmes protagonistes et leur descendance. Le résultat est une saga grandiose et attachante à nulle autre pareille.

Du même auteur,
aux éditions Bragelonne,
en grand format :

Édition collector :
Magicien

Édition Bragelonne Stars :
Magicien – L'Apprenti
Magicien – Le Mage
Silverthorn

La Guerre de la Faille :
1. *Magicien*
2. *Silverthorn*
3. *Ténèbres sur Sethanon*

Le Legs de la Faille :
1. *Krondor : la Trahison*
2. *Krondor : les Assassins*
3. *Krondor : la Larme des dieux*

L'Entre-deux-guerres
(Les Fils de Krondor) :
1. *Prince de sang*
2. *Le Boucanier du roi*

La Guerre des Serpents :
1. *L'Ombre d'une reine noire*
2. *L'Ascension d'un prince marchand*
3. *La Rage d'un roi démon*
4. *Les Fragments d'une couronne brisée*

Le Conclave des Ombres :
1. *Serre du Faucon argenté*
2. *Le Roi des renards*
3. *Le Retour du banni*

La Guerre des ténèbres :
1. *Les Faucons de la Nuit*
2. *La Dimension des ombres*
3. *La Folie du dieu noir*

La Guerre des démons :
1. *La Légion de la terreur*
2. *La Porte de l'Enfer*

La Guerre du Chaos :
1. *Un royaume assiégé*
2. *Une couronne en péril*
3. *La Fin du magicien*

Les Légendes de Krondor :
Un valeureux ennemi
Meurtres à LaMut
Jimmy les Mains Vives

En collaboration
avec Janny Wurts :

La Trilogie de l'Empire :
1. *Fille de l'Empire*
2. *Pair de l'Empire*
3. *Maîtresse de l'Empire*

Chez Milady, en poche :

Faërie

La Guerre de la Faille :
1. *Magicien – L'Apprenti*
2. *Magicien – Le Mage*
3. *Silverthorn*
4. *Ténèbres sur Sethanon*

Les Fils de Krondor :
1. *Prince de sang*
2. *Le Boucanier du roi*

La Guerre des Serpents :
1. *L'Ombre d'une reine noire*
2. *L'Ascension d'un prince marchand*
3. *La Rage d'un roi démon*
4. *Les Fragments d'une couronne brisée*

Le Conclave des Ombres :
1. *Serre du Faucon argenté*

En collaboration
avec Janny Wurts :

La Trilogie de l'Empire :
1. *Fille de l'Empire*
2. *Pair de l'Empire*
3. *Maîtresse de l'Empire*

Chez Milady Graphics :

1. *Magicien – Apprenti*

CE LIVRE EST ÉGALEMENT DISPONIBLE
AU FORMAT NUMÉRIQUE

Raymond E. Feist

Serre du Faucon argenté

Le Conclave des Ombres – 1

Traduit de l'anglais (États-Unis) par Isabelle Pernot

Bragelonne

Milady est un label des éditions Bragelonne

Cet ouvrage a été originellement publié en France par Bragelonne

Titre original : *Talon of the Silver Hawk*

Cartes :
Alain Janolle

ISBN : 978-2-8112-1653-5

Bragelonne – Milady
60-62, rue d'Hauteville – 75010 Paris

E-mail : info@milady.fr
Site Internet : www.milady.fr

À Jamie Ann, pour m'avoir enseigné des choses que j'ignorais devoir apprendre.

REMERCIEMENTS

Depuis de nombreuses années, je commence toujours par remercier les pères et les mères de Midkemia, et ce livre-ci n'y fait pas exception. Chaque fois que je suis amené à jouer dans le monde que vous avez bâti, je me sens béni des dieux.

Je souhaite également remercier tous ceux qui m'ont aidé à surmonter le changement majeur qui s'est produit dans ma vie au cours de ces deux dernières années et qui, par leur présence, l'ont rendu supportable : Andy, Rich, Ray et Kim, Jim et Karen, Rick et Audrey, Jim et Jenny, Mira, Leyla, Roseanna et Rebecca. Merci, merci à tous. Votre amitié m'a aidé à rester sain d'esprit, a enrichi mon existence et a redonné une dimension de plaisir à l'équation.

J'aimerais remercier aussi mes collaborateurs, Janny Wurts, William R. Forstchen, Joel Rosenberg et S.M. Stirling qui sont venus jouer dans mon bac à sable avec tant de gentillesse et qui l'ont laissé dans un bien meilleur état que celui dans lequel ils l'avaient trouvé. J'apprends toujours beaucoup de nos expériences en commun et j'écris mieux grâce à ce que vous m'avez appris.

Enfin, un remerciement tout particulier à l'attention de mes deux éditrices, Jane Johnson et Jennifer Brehl, qui, pour des raisons que nul n'ignore, ont été obligées de me regarder brûler la chandelle par les deux bouts pour écrire ce livre et qui m'ont aidé à rester debout et à avancer.

Terres du Nord
Montagnes
Monts de Pierre
Les Crocs
Lac du Ciel
Elvandar
Crêtes
Tyr-Sog
La Mut
Crydee
Côte Sauvage
Vercors
Tours-Grises
Loriel
Combe au Faucon
Carse
Jonril
Natal
Ylith
Monts Calastius
Bois du Crépuscule
Port Natal
Bordon
Tulan
Sethanon
Queg
Lan
Royaume de Queg
Passes des Ténèbres
Mer sans Fin
Palanque
Krondor
Val-de-Durrony
Île du Sorcier
Li Meth
Finisterre
Landreth
Dorgin
Triste Mer
Mer des Songes
Durbin
Shamata
Grand Lac aux Étoiles
Ranom
Elarial
Montagnes des Trolls
Désert de Jal-Pur
Val des Rêves
Piliers des Étoile
Caralyan
Les monts de l'Ombrepluie
Empire de
Nar Anab
Le massif des Aires des Aigles
N
O
E
S
Draconi
Mer Dragon
Farâfra
Midkemia
Le continent de Triagia
Taroom
Toowamba
Shing Lai
Injune
Toa Zi
Loranough
Jandowae

Les gardiens du Nord
Mer des Larmes
Portes de Fer
Du Monde
Portes du Nord
La Haute Place Forte
Hautetour
La Forêt-Noire
Blanches
Royaumes de l'Est
Le Royaume
Rodez
Ran
Romney
Tiburn
Le détroit d'Ilthos
Sadara
Croix-de-Malac
Silden
Cheam
Rillanon
Royaume de Roldem
Timons
Mer du Royaume
Chaîne Grise
Taunton
Havre Mauve
Vertes Étendues
Pics de la Tranquillité
Pont-Suet
Le massif du Quor
Fonril
Kesh la Grande
Kampari
Les Flèches de Lumière
Tablang
Mère des Eaux
Zacara
Caralién
Khattara
Havre Noir
Gouffre d'Ishaple
Kesh
Hattaresh
Sunnom
Wasra
Les monts de Pierres Sinistres
Gouffre d'Overn
Kimri
Tupa
Jalóme
Queral
Les Gardiens
Hansulé
Ashar
Grande Mer
Ashunta
La Ceinture de Kesh
Brijane
Teléman
La Boucle
Dong Tai
Le Cordon
Empire inférieur
(Confédération keshiane)

Les royaumes de l'Est
N
O
E
S
Terres des Orodons
Latagore
Duché de Farinda
Côte-du-Guet
Les Hautes Étendues
Les Hautes Étendues
Terre des Orosinis
Royaume des marais
Tir'anog
Craig Conar
Le comté de Conar
La Haute Place Forte
Stone
Le cap de l'Évêque
La crique du Traître
Bastion-de-Bardac
Karesh'Kaar
La cité du Gardien
Tanalar
Le Gardien de glace
Opast
Duché d'Olasko
Tuskalon
Principauté d'Aranor
Opardum
Lointaine Loren
Lointaines Étendues
Dungaran
Porte d'Olasko
La cité d'Inaska
Maladon
Duché de Maladon et Semrick
Les Terres disputées
Salmater
Semrick
Poste-de-Micel
Miskalon
Porte de Prandur
Roskalon
Le cap du Guetteur
Ran
Le détroit d'Ilthros
La mer des Larmes

Première partie

Orphelin

La Mort se tient au-dessus de moi,
chuchotant tout bas je ne sais quels mots à mon oreille.
Walter Savage Landor

1

Le rite de passage

Il attendait.

Ses yeux bleu pâle cerclés de cernes noirs à cause du manque de sommeil, l'adolescent tremblait, blotti près de son chétif feu de camp. Sa bouche remuait légèrement, au rythme de l'incantation que son père lui avait apprise ; il avait les lèvres sèches et douloureusement gercées, et la gorge en feu à force de répéter les paroles sacrées. Sa chevelure sombre, presque noire, était maculée de poussière depuis qu'il avait dormi à même la terre battue – bien que résolu à rester éveillé dans l'attente de sa vision, il s'était laissé vaincre par l'épuisement à trois reprises. Sa rapide perte de poids ne faisait qu'accentuer ses hautes pommettes et sa minceur, et elle le laissait pâle et émacié. Pour tout vêtement, il portait un pagne, comme tous les garçons lors de leur quête de vision. Depuis la première nuit, sa tunique, son pantalon de cuir, ses bottes solides et sa cape vert foncé lui manquaient terriblement.

Au-dessus de sa tête, le ciel nocturne laissait peu à peu la place à la grisaille qui précède l'aube et les étoiles commençaient à disparaître. L'air lui-même semblait comme suspendu, retenant son souffle en attente du premier frémissement d'un jour nouveau. Un silence inhabituel régnait, à la fois troublant et fascinant, et l'adolescent retint sa respiration à l'image du monde qui l'entourait. Puis une brise minuscule, un tout petit soupir nocturne l'effleura, et il laissa ses poumons se remplir de nouveau.

Tandis que le ciel s'éclairait à l'est, il tendit la main pour attraper sa gourde. Il but son eau par petites gorgées, en les savourant au maximum, car c'était là tout ce à quoi il avait droit jusqu'à ce qu'il ait sa vision. Ensuite, il lui faudrait prendre le chemin du retour et rejoindre le ruisseau qui traversait le chemin un kilomètre et demi plus bas.

Depuis deux jours, il était assis dans l'attente de sa vision sous le pic de Shatana Higo, à l'endroit où les garçons de son peuple devenaient des hommes. Avant cela, il avait jeûné, en ne buvant que des tisanes et de l'eau. Ensuite, il avait mangé le repas traditionnel du guerrier, la viande séchée, le pain dur et l'eau additionnée de plantes amères, puis il avait gravi le chemin poussiéreux, sur le versant oriental de la montagne sacrée, pour atteindre cette minuscule dépression, une dizaine de mètres sous le sommet, ce qui représentait une demi-journée de marche. L'endroit pouvait à peine abriter une demi-douzaine d'hommes, mais il paraissait immense et bien vide aux yeux de l'adolescent à l'aube de son troisième jour de quête. Son enfance dans une grande maison, en compagnie de nombreux parents, ne l'avait pas préparé à affronter un tel isolement, car c'était la première fois de sa vie qu'il se retrouvait seul plus de quelques heures.

Comme de coutume chez les Orosinis, l'adolescent avait débuté le rite de passage à l'âge adulte le troisième jour précédant la fête du solstice d'été, que les habitants des basses terres appelaient également « Banapis ». Il devait accueillir la nouvelle année et la fin de sa vie d'enfant en réfléchissant aux traditions de sa famille, de son clan, de sa tribu et de sa nation, et en cherchant la sagesse de ses ancêtres. C'était un moment de profonde introspection et de méditation durant lequel l'adolescent cherchait à comprendre sa place dans l'univers et le rôle que lui avaient dévolu les dieux. En ce troisième jour, précisément, il était censé découvrir son nom d'adulte. Si tout se déroulait normalement, il rejoindrait sa famille et son clan à temps pour la fête nocturne du solstice.

Enfant, on l'avait appelé Kieli, diminutif de Kielianapuna, l'écureuil roux, le petit être vif et malin qui peuplait les forêts de sa terre natale. Invisible mais omniprésent, il avait, pour les Orosinis, la réputation de porter chance à celui qui l'apercevait. Or, Kieli était considéré comme un enfant chanceux.

L'adolescent ne put se retenir de frissonner presque malgré lui, car ses maigres réserves de graisse ne le protégeaient guère de la fraîcheur de la nuit. Même au milieu de l'été, il faisait froid au sommet des montagnes des Orosinis après la tombée de la nuit.

Kieli attendait sa vision. Il vit le ciel s'éclaircir et passer progressivement du gris au bleu-gris pâle, puis au rose à mesure que le soleil se levait. Il vit la brillance de l'astre à la fois doré et blanchâtre couronner un lointain sommet, présage d'une nouvelle journée de solitude. Il baissa les yeux lorsque le disque solaire passa au-dessus des montagnes, de peur de voir sa vision le fuir. Les tremblements de son corps s'apaisèrent lorsque l'astre fut suffisamment haut pour chasser le froid. Il continua à attendre, d'abord avec impatience, puis avec un profond désespoir né de sa fatigue.

Lors du solstice d'été proche de son anniversaire, chaque garçon orosini subissait ce rite dans l'un des nombreux lieux sacrés disséminés à travers la région. Depuis d'innombrables années, des adolescents gravissaient les montagnes pour atteindre ces endroits et redescendaient des hommes.

Il éprouva une brève pointe d'envie en songeant qu'au même moment, au village, les filles de son âge étaient réunies avec leurs mères dans la maison des femmes pour bavarder et manger, chanter et prier. Apparemment, les filles recevaient leur nom de femme sans avoir besoin de subir les privations et les épreuves endurées par les garçons. Kieli laissa passer cet instant, car s'appesantir sur ce que l'on ne pouvait pas contrôler était futile, comme aurait dit son grand-père.

Il songea à ce dernier, Rire dans les Yeux, qui avait été le dernier à lui parler avant qu'il s'aventure sur ce chemin solitaire, au sortir de la vallée où vivait son peuple. Le vieil homme lui avait souri, comme toujours – Kieli avait du mal à se rappeler un jour sans un sourire sur le visage de son aïeul. Pour avoir vécu presque quatre-vingts ans dans ces montagnes, papi avait la peau comme du cuir brun, mais les tatouages de son clan sur sa joue gauche étaient encore noirs en dépit de toutes ces années passées au soleil. Une longue chevelure gris acier, qui tombait jusqu'à ses épaules, encadrait toujours les yeux perçants et les traits marqués du vieil homme. Kieli lui ressemblait plus qu'à son père, car ils avaient en commun cette peau olivâtre qui virait au brun l'été et qui ne rougissait jamais. En outre, du temps de sa jeunesse, papi aussi avait eu les cheveux de la couleur d'une aile de corbeau. D'autres leur avaient fait remarquer qu'un étranger avait dû se joindre à leur famille bien des générations plus tôt, car les Orosinis avaient normalement les cheveux blonds et le teint pâle. Même les bruns étaient rares parmi eux.

Le grand-père de Kieli avait chuchoté :

— Quand ta gourde sera vide, le jour du solstice, souviens-toi de ces paroles : « Si les dieux ne t'ont pas déjà donné un nom, alors ça signifie que tu es libre de choisir celui qui te plaît. »

Sur ce, le vieux chef l'avait serré très fort contre lui, dans une accolade espiègle mais puissante encore, puis l'avait poussé trébuchant sur le chemin. Les autres hommes du village de

Kulaam avaient observé la scène en souriant ou en riant, car la fête était proche et une quête de vision était un moment de joie.

Kieli se remémora les paroles de son grand-père et se demanda si les dieux donnaient réellement un nom aux garçons orosinis. En examinant le contenu de la gourde, il estima qu'il ne lui resterait plus d'eau à la mi-journée. Il savait qu'il trouverait de l'eau au ruisseau, à mi-chemin du village, mais cela voulait dire qu'il lui faudrait quitter la corniche lorsque le soleil serait au zénith.

Il resta assis un moment en silence. Des images de son village dansaient dans son esprit comme les éclaboussures du ruisseau qui passait derrière la loge des hommes, un grand bâtiment tout en longueur, par opposé à la maison des femmes, qui était ronde. Peut-être qu'en libérant son esprit, en arrêtant d'essayer à tout prix d'avoir sa vision, celle-ci viendrait à lui. Il voulait rentrer bientôt, car sa famille lui manquait. Son père, Cri de l'Élan à l'Aube, était tout ce que l'adolescent espérait devenir : fort, amical, gentil, résolu, sans peur au combat et doux avec ses enfants. Kieli se languissait également de revoir sa mère, Murmure du Vent nocturne, et sa jeune sœur, Miliana. Par-dessus tout, il regrettait l'absence de son frère aîné, Main du Soleil, qui était revenu de sa propre quête de vision deux ans plus tôt, la peau brûlée par le soleil à l'exception de la pâle empreinte de sa main sur sa poitrine, là où elle était restée posée toute la journée. Leur grand-père avait plaisanté en disant que Main n'était pas le premier garçon à trouver sa vision en dormant. Main s'était toujours montré affectueux envers ses jeunes frère et sœur ; il avait pris soin d'eux lorsque leur mère s'en allait glaner dans la prairie ; il leur avait montré les meilleurs endroits pour ramasser des baies bien mûres. Le souvenir de ces baies écrasées avec du miel et servies sur du pain chaud fit saliver Kieli.

La fête promettait d'être joyeuse, et Kieli, affamé, eut des crampes d'estomac en songeant aux mets qui l'attendaient en bas, dans la vallée. Il serait autorisé à s'asseoir dans la loge des hommes avec ses pairs, plutôt que dans la maison des femmes avec sa mère, ses compagnes et les enfants. Il éprouva un bref sentiment de perte à cette idée, car les chants des femmes occupées aux travaux domestiques, leurs rires, leurs bavardages et leurs plaisanteries faisaient partie de sa vie quotidienne, d'aussi loin qu'il se souvienne. Mais il était également fier et impatient de pouvoir bientôt s'asseoir avec les hommes du clan.

Son corps fut pris de tremblements incontrôlables pendant quelques instants, puis l'adolescent soupira et se détendit à mesure que le soleil le réchauffait. Il laissa ses muscles raides se décontracter, puis se mit à genoux pour s'occuper du feu. Il déposa quelques nouvelles brindilles sur les braises luisantes, puis souffla dessus. Il ne fallut pas plus de quelques minutes pour que le feu reparte. Kieli le laisserait s'éteindre dès que l'air de la montagne se serait réchauffé. En attendant, il appréciait cette source de chaleur toute proche.

Il s'adossa aux rochers, qui se réchauffaient à la lumière du soleil en dépit de la fraîcheur persistante de l'air, et il but une nouvelle gorgée d'eau. Puis il poussa un long soupir en jetant un coup d'œil au ciel. Pourquoi n'avait-il pas de vision ? Pourquoi ne recevait-il aucun message des dieux ? Pourquoi refusait-on de lui donner son nom d'homme ?

Ce nom, c'était la clé de son *na'ha'tah*, la nature secrète de son être, une chose connue de lui et des dieux uniquement. Les autres apprendraient son nom, car il le proclamerait avec fierté, mais personne ne connaîtrait la nature de sa vision et la signification de son nom quant à son destin, sa place dans l'univers ou la mission qui lui avait été confiée par les dieux. Son grand-père lui avait dit un jour que peu d'hommes comprenaient vraiment leur *na'ha'tah*, même s'ils pensaient le contraire. La vision n'était qu'un indice permettant aux dieux de commencer à dévoiler à l'homme les plans qu'ils avaient pour lui. Quelquefois, avait ajouté son grand-père, c'était simple, l'homme était destiné à être un bon père et un bon mari, quelqu'un qui pourvoyait au bien-être du village et de la nation, un exemple à suivre pour d'autres, car peut-être était-il destiné à être le père d'un élu, quelqu'un de spécial, un *na'rif*, et ce plan-là ne se révélerait que longtemps après sa mort.

Kieli savait ce que son grand-père dirait en ce moment : qu'il s'inquiétait trop et qu'il devrait mettre ses soucis de côté afin de laisser les dieux lui faire connaître leur volonté. Kieli savait que son père dirait la même chose, en ajoutant que, pour chasser ou donner son avis dans la loge des hommes, ou pour être un bon époux, il fallait d'abord apprendre à être patient et écouter.

Il ferma les yeux et écouta la brise souffler dans les montagnes. Elle lui parlait en faisant bruire les aiguilles des cèdres et des pins. Parfois, le vent pouvait se révéler un cruel compagnon et infliger des morsures amères et glaciales même à travers les fourrures les plus épaisses. Mais, à d'autres époques de l'année, il apportait un répit bienvenu en rafraîchissant les cuisantes journées estivales. Le père de Kieli lui avait appris à différencier les diverses voix du vent et lui avait expliqué que connaître son langage, c'était ne faire plus qu'un avec lui, comme les faucons et les aigles qui bâtissaient leurs nids au sommet des pics escarpés.

Un cri rauque et perçant déchira soudain l'air matinal, et Kieli tourna brusquement la tête, juste à temps pour voir un faucon argenté attaquer un lapin à moins d'une dizaine de mètres de l'endroit où il était assis. L'argenté était le plus rare des faucons de haute montagne. En réalité, il possédait un plumage gris avec des marbrures noires autour de la tête et du cou, mais ses ailes lustrées donnaient l'impression de briller comme de l'argent lorsque le rapace traversait le ciel dégagé. Le faucon agrippa fermement le lapin qui se débattait encore et il s'éleva dans les airs d'un seul battement de ses puissantes ailes. Comme un chaton dans la gueule de sa mère, le lapin, comme résigné, se laissa aller entre les serres du rapace. Kieli savait que l'animal était sous le choc – un bienfait de la nature, pour atténuer douleurs et réflexions. Une fois, l'adolescent avait vu un cerf, abattu par une flèche qui ne l'avait pas tué, rester étendu sans bouger sur le sol en attendant le coup de grâce du chasseur et de son couteau.

Dans le lointain, il vit d'autres oiseaux tournoyer paresseusement dans le ciel en suivant les courants ascendants à la recherche de leur repas. Il savait qu'il s'agissait de vautours auras dont la grande envergure d'ailes leur permettait de planer sur les courants chauds le temps de scruter le sol à la recherche des morts ou des mourants. Gauches et disgracieux sur la terre ferme lorsqu'ils sautillaient autour de la carcasse d'un animal mort, dans les airs, ils étaient tout simplement majestueux.

Au sud, Kieli aperçut un milan à queue noire. Celui-ci pointa justement sa queue vers le bas en battant rapidement des ailes à deux ou trois reprises, puis il s'arrêta pour se laisser légèrement tomber avant de se remettre à battre des ailes, un manège destiné à le maintenir en position au-dessus de sa proie. Ensuite, avec une rapidité stupéfiante, il plongea, les serres grandes ouvertes, et, avec une précision frisant le surnaturel, il toucha le sol et s'envola aussitôt, sans même une seconde d'hésitation, un campagnol couinant entre ses griffes.

Les bruits de la forêt parvenaient de loin à l'adolescent. Le jour, le rythme différait de celui de la nuit ; dans les bois en contrebas, les animaux diurnes faisaient connaître leur présence, tandis que leurs voisins noctambules cherchaient un abri où dormir. Un pic-vert se mit à chercher assidûment des insectes sous l'écorce d'un arbre voisin. À en juger par le bruit, Kieli devina qu'il s'agissait du grand pic-vert à tête rouge, dont les coups étaient lents, tonitruants et incessants, contrairement au *staccato* plus délicat de son petit cousin à ailes bleues.

Le soleil continua à monter dans le ciel et, bientôt, le feu s'éteignit faute de soin, car l'adolescent n'avait plus besoin de lui à présent que les rochers absorbaient la chaleur de la journée. Kieli résista à la tentation de boire sa dernière gorgée d'eau, car il savait qu'il devait la préserver jusqu'à ce qu'il soit prêt à redescendre dans la vallée. Il pourrait boire tout son soûl au ruisseau un peu plus bas, mais il fallait d'abord arriver jusque-là. Or, rien ne garantissait qu'il réussirait à atteindre le cours d'eau s'il gaspillait sa boisson maintenant.

Il était rare qu'un garçon périsse en haut des pics, mais cela s'était déjà produit. La tribu préparait de son mieux chaque candidat à l'épreuve, mais elle estimait que ceux qui échouaient dans leur quête avaient été jugés indignes de cet honneur par les dieux. Le chagrin de leur famille contrastait amèrement avec la fête du solstice d'été.

La chaleur s'accrut et l'air s'assécha. Brusquement, Kieli comprit qu'il était confronté au *sa'tata*. Le vent froid du nord soufflait en toutes saisons, mais le vent d'ouest, lui, apportait chaleur et sécheresse en été. Le garçon avait vu l'herbe jaunir et se flétrir en moins de trois jours et les fruits se dessécher sur les arbres à cause de ce vent. Les hommes devenaient agités et les femmes irritables lorsque le *sa'tata* s'attardait plus de quelques jours, et la peau se mettait à démanger. Kieli et son frère étaient allés nager dans les lacs et les rivières par de telles journées, mais ils étaient toujours secs quand ils rentraient au village, comme s'ils n'avaient pas goûté à la rafraîchissante caresse de l'eau.

Kieli comprit également qu'il était en danger désormais, car il risquait de se déshydrater s'il restait plus longtemps, le *sa'tata* absorbant toute l'humidité de son corps. Il jeta un coup d'œil au ciel et réalisa qu'il ne restait plus que deux heures avant midi. Puis il regarda en direction du soleil, à mi-chemin du zénith, et battit des paupières pour chasser les larmes qui lui venaient aux yeux.

Kieli laissa son esprit vagabonder un moment en se demandant quelle jeune fille allait être choisie pour s'asseoir à ses côtés. En effet, pendant que l'adolescent se trouvait dans la montagne, en attendant la vision envoyée par les dieux, son père rencontrait le père d'une des jeunes filles des villages du coin. Dans celui de Kieli résidaient trois possibles compagnes pour lui : Rapanuana, la fille de Fumée dans la Forêt, Janatua, la fille de Nombreuses Lances brisées, et Œil de la Sarcelle bleue, la fille de Celui-qui-chante-au-vent.

Œil de la Sarcelle bleue avait un an de plus que l'adolescent et avait reçu son nom de femme l'année précédente, mais il n'y avait à l'époque dans les villages alentour aucun garçon en âge de se fiancer. Cette année, en revanche, ils étaient six, Kieli inclus. La jeune fille possédait un étrange sens de l'humour qui, la plupart du temps, poussait le jeune garçon à se demander ce qu'elle trouvait drôle. Visiblement, il avait l'air de l'amuser et il se sentait gauche en sa présence. Même s'il le cachait bien, il avait peur d'elle, et pas qu'un peu. Mais Rapanuana était grosse et avait mauvais caractère, et Janatua avait le visage pincé et était timide au point de rester muette en présence des garçons. Œil de la Sarcelle bleue, quant à elle, était grande et possédait un corps puissant et des yeux farouches, couleur de miel, qui se plissaient quand elle riait. Elle avait la peau plus pâle que les autres filles, des taches de rousseur et une crinière blonde comme le blé d'été qui encadrait son visage en forme de cœur. Kieli adressa une prière aux dieux, car il espérait que son père avait rencontré celui d'Œil de la Sarcelle bleue la veille du solstice et non celui d'une des filles des villages voisins, comme Pialua, qui n'était pas très maligne, ou Nandia, qui était jolie, mais qui se plaignait constamment !

Il soupira. Dans tous les cas, il ne pouvait rien y faire. Il connaissait ces histoires d'hommes et de femmes qui se mouraient d'amour l'un pour l'autre, ces sagas que l'on racontait autour du feu, empruntées au répertoire des troubadours des basses terres qui traversaient les montagnes des Orosinis. Mais la coutume au sein de son peuple voulait qu'un père choisisse la fiancée de son fils ou l'époux de sa fille. Parfois, un garçon – ou plutôt un homme, rectifia-t-il en son for intérieur – découvrait à son retour, après avoir reçu sa vision, qu'aucune fiancée n'attendait pour s'asseoir à côté de lui lors de la fête célébrant son passage à l'âge adulte. Il lui fallait alors attendre sa fiancée tout une année supplémentaire. Il était rare qu'un homme se retrouve dans la situation où aucun père ne voulait lui donner sa fille ; il lui fallait alors quitter le village pour se trouver une épouse ou se résigner à vivre seul. Kieli avait entendu parler d'une veuve dont le père était mort avant son époux. Lorsqu'elle s'était retrouvée seule, elle avait accueilli l'un de ces rares célibataires dans sa hutte, mais personne ne considérait cela comme un vrai mariage.

Il soupira, car il avait hâte que cela se termine. Il voulait manger, et se reposer dans son lit, et il voulait Œil de la Sarcelle bleue, même si elle le mettait mal à l'aise.

Le cri d'une ourse accompagnée de ses petits lui parvint, porté par le vent. Elle semblait inquiète, et Kieli comprit que les oursons devaient être en train d'escalader un tronc d'arbre en réponse à l'avertissement de leur mère. L'adolescent se redressa. Qu'est-ce qui pouvait bien alarmer une ourse noire si près des hauts sommets ? Peut-être un grand félin, s'il y avait un léopard ou un couguar à proximité. Les gros lions des cavernes ne grimpaient pas à cette altitude. Il se pouvait aussi qu'une vouivre soit en train de chasser. À cette idée, Kieli se sentit brusquement tout petit et vulnérable, assis à découvert sur les rochers.

Cousine éloignée du dragon, la vouivre était capable de tenir en échec plus d'une dizaine de guerriers expérimentés, alors, un jeune garçon armé en tout et pour tout d'une dague d'apparat et d'une gourde d'eau représenterait sûrement pour elle un petit déjeuner fort satisfaisant.

Mais l'ourse pouvait également avoir peur d'une meute en chasse. D'ordinaire, les chiens sauvages et les loups évitaient les plantigrades, mais les oursons étaient des proies relativement faciles, à condition d'éloigner la mère de ses bébés.

Ou alors, l'homme était à l'origine de la frayeur de l'ourse.

Dans le lointain, le cercle des vautours s'était élargi. L'adolescent se mit debout pour mieux voir et fut soudain pris de vertiges, car il s'était levé trop vite. Prenant appui d'une main sur les rochers, il regarda au loin. Le soleil était haut à présent et avait fini de chasser la brume matinale, ce qui permit à Kieli de distinguer parfaitement les busards et les milans qui tournoyaient. Il avait la réputation au village de posséder une vue extraordinaire, car peu de gens pouvaient voir aussi loin que lui, et personne, de mémoire de clan, n'avait jamais vu aussi bien. Son grand-père avait coutume de dire en plaisantant que, quelles que soient ses lacunes par ailleurs, Kieli possédait des yeux de faucon.

Pendant un long moment, il ne comprit pas ce qu'il voyait. Puis, brusquement, il s'aperçut que les rapaces tournoyaient au-dessus du village de Kapoma ! L'inquiétude monta en lui comme une étincelle. Sans hésitation, il s'engagea sur la piste. Kapoma était le village le plus proche du sien.

Il n'existait qu'une seule explication à la présence de tous ces charognards au-dessus de Kapoma : une bataille. Kieli sentit la panique le gagner. Pis encore, personne n'avait l'air de ramasser les cadavres. Si des pillards menaient des raids dans les vallées, Kulaam serait le prochain à subir leur attaque !

Il eut de nouveau le vertige à l'idée que sa famille combatte sans lui. À deux reprises lorsqu'il était enfant, il avait dû rester dans la maison des femmes pendant que les hommes défendaient leur village. La première fois, il s'agissait d'une querelle de clan avec les guerriers du village de Kahanama, et la seconde concernait des gobelins qui cherchaient à enlever des enfants pour leurs sacrifices rituels. Cependant, la robuste palissade avait suffi à repousser les envahisseurs. De qui pouvait-il bien s'agir cette fois-ci ? se demanda-t-il en titubant dans la descente.

Dans la région, on n'avait plus vu de Moredhels – ceux que les habitants des basses terres appelaient les « frères des Ténèbres » – depuis l'enfance du grand-père de Kieli, et les trolls veillaient d'ordinaire à éviter les villages des Orosinis. Aucune querelle ne divisait les clans pour le moment et les habitants des Hautes Étendues, au nord-est, se montraient actuellement pacifiques. Quant à Latagore et au duché de Farinda, au sud, ils n'avaient aucun problème avec les Orosinis.

Il s'agissait donc de brigands. Des marchands d'esclaves de la cité d'Inaska ou du cap du Guetteur, en Miskalon, s'aventuraient parfois dans les montagnes. Les Orosinis, grands et bien bâtis, blonds ou roux, valaient un bon prix sur les marchés aux esclaves de l'empire de Kesh la Grande. La peur s'empara de Kieli et commença à lui paralyser l'esprit.

Il but le peu d'eau aromatisée aux plantes qui lui restait et attacha la gourde à sa ceinture à l'aide d'une corde, puis effectua une dizaine de pas chancelants sur la piste avant de perdre l'équilibre. Il tenta de se rattraper en tendant la main droite, mais ne put interrompre sa chute et heurta violemment un gros rocher. La douleur le traversa et lui fit tourner la tête.

Le jeune garçon comprit alors qu'il s'était blessé le bras gauche. Le membre n'avait pas l'air cassé, mais on pouvait déjà y voir une impressionnante marque rouge qui courait de l'épaule jusqu'au coude et qui risquait de se transformer en une large ecchymose. Quand Kieli bougea le bras, cela lui fit mal. Il essaya de se relever, mais la douleur lui souleva l'estomac. Il se rassit et vomit.

Sa vision se brouilla et le paysage disparut dans une vive lueur jaune. L'adolescent tomba à la renverse sur la route. Le ciel au-dessus de sa tête vira au blanc étincelant et la chaleur lui brûla le visage tandis qu'il perdait peu à peu conscience. Le sol continua à tournoyer sous lui jusqu'à ce que tout devienne noir et qu'il tombe dans un tunnel obscur.

La douleur le réveilla. Il ouvrit les yeux lorsqu'elle lui traversa le bras gauche comme une vague brûlante. Son champ de vision ne cessa de se rétracter et de se dilater pendant un moment tandis que de nouveaux vertiges l'assaillaient. Puis il le vit.

Sur son bras, légèrement fléchie, reposait une serre déployée. Kieli déplaça son regard sans bouger la tête. À quelques centimètres à peine de son nez se tenait un faucon argenté, une patte pliée dont la serre reposait sur le bras du jeune garçon, ses griffes enfoncées dans la peau sans pour autant la transpercer. Comme s'il cherchait à réveiller l'adolescent sonné, le faucon fléchit de nouveau ses griffes et les enfonça plus profondément.

Kieli se surprit à regarder au fond des yeux noirs de l'oiseau. Celui-ci referma sa serre encore un peu plus et la douleur traversa de nouveau le bras de l'adolescent. Kieli refusa de le lâcher du regard et entendit alors ces paroles dans son esprit : *Relève-toi, petit frère. Relève-toi et deviens la serre de ton peuple. Sens ma serre sur ton bras et souviens-toi que tu peux tenir et protéger, tout comme tu peux déchirer et devenir vengeance.* Alors, brusquement,

Kieli se releva, par un effort de volonté, le faucon perché sur le bras. Le rapace étendit ses ailes pour conserver son équilibre.

Kieli oublia un instant la douleur en continuant à regarder l'oiseau. Celui-ci lui rendit son regard, puis inclina la tête, comme en signe d'assentiment. Leurs regards se croisèrent une nouvelle fois, puis le rapace s'élança dans les airs, d'un seul coup d'ailes, en poussant un cri perçant et en frôlant l'oreille droite du jeune homme. Kieli éprouva une nouvelle petite douleur et porta la main à son épaule droite. Ses yeux se posèrent sur les traces minuscules laissées par les griffes du faucon.

C'était ça, ma vision ? se demanda-t-il en silence. Aucun faucon ne s'était jamais comporté ainsi dans toute l'histoire de son peuple. Puis il se rappela brusquement pourquoi il avait entrepris de redescendre rapidement de la montagne.

La chaleur continuait à faire cuire les rochers autour de Kieli. Celui-ci se sentait faible et éprouvait des élancements dans le bras gauche, mais il avait de nouveau les idées claires et il savait qu'il parviendrait à rejoindre le ruisseau. Il se fraya un chemin avec précaution entre les rochers afin de ne pas reperdre l'équilibre et risquer par là même une nouvelle blessure. Si un combat attendait son peuple, alors, avec ou sans son bras blessé, Kieli, qui était à présent un homme, se tiendrait aux côtés de son père, de ses oncles et de son grand-père pour défendre sa maison.

Kieli continua à descendre le chemin poussiéreux en titubant. Son bras gauche envoyait de douloureuses décharges électriques dans son épaule à chaque pas. Il entonna alors à voix basse une incantation rythmée, un exercice hypnotisant qui servirait à atténuer la douleur. Bientôt, il la sentit s'amoindrir, même si l'incantation ne fonctionnait pas aussi bien que son grand-père l'avait dit. Il avait encore mal au bras, mais au moins il n'avait plus d'étourdissements.

En arrivant au bord du ruisseau, il se jeta dedans tête la première, et un violent élancement explosa dans son bras à cause de ce choix stupide. Kieli suffoqua de douleur, ce qui lui fit avaler de l'eau et s'étrangler. Alors, il roula sur le dos, recracha l'eau de sa bouche et de son nez en s'asseyant et toussa pendant quelques instants. Enfin, il s'agenouilla et se mit à boire pour de bon. Il remplit ensuite rapidement sa gourde, la rattacha à sa taille et se remit en route.

Il mourait de faim, mais le fait d'avoir étanché sa soif lui permit de réfléchir avec les idées claires. Deux heures de marche le séparaient encore du village. S'il courait à une allure régulière, il mettrait trois fois moins de temps. Mais, avec son bras blessé et dans son état d'affaiblissement général, il ne pouvait soutenir une course pareille. En dessous du ruisseau, il entra dans le sous-bois dense, où la chaleur était bien moins lourde, et il choisit de marcher à pas rapides, en courant à petites foulées sur le plat quand la piste le permettait, avançant aussi silencieusement que possible, l'esprit fixé sur le combat à venir.

En approchant de son village, Kieli entendit les bruits de la bataille et sentit l'odeur de la fumée. Le hurlement d'une femme lui transperça le cœur aussi sûrement qu'une lame acérée. S'agissait-il de sa propre mère ? Peu importe, il savait que, qui que soit cette femme, il la connaissait depuis toujours.

Il prit sa dague d'apparat et la serra très fort dans sa main droite. Comme il aurait aimé disposer de ses deux bras valides et d'une épée ou d'une lance ! À cause de la chaleur, le jour, ses vêtements ne lui avaient pas manqué, même s'il s'était langui de sa tunique et de sa cape la nuit. Mais, à présent, il se sentait particulièrement vulnérable. Malgré tout, il pressa le pas, l'anticipation du combat à venir suffisant à atténuer la douleur dans son bras et à chasser la fatigue.

Des nuages de fumée étouffante accompagnés par le crépitement des flammes le prévinrent de la dévastation qui s'offrit à son regard quelques minutes plus tard. Il atteignit l'endroit où la piste sortait des bois et passait entre les grands potagers du village avant de rejoindre la palissade. Les portes étaient ouvertes, comme toujours en temps de paix. Jamais encore un ennemi n'avait attaqué le jour de la fête du solstice d'été, qui était un jour de trêve pratiquement universel, même en temps de guerre. L'état des remparts en bois et des fondations en terre battue apprit au garçon que l'ennemi avait franchi les portes avant que l'alerte soit donnée. La plupart des habitants devaient à ce moment-là se trouver sur la place au centre du village pour préparer la fête.

Tout n'était que flammes et fumée. Kieli aperçut à travers ce brouillard noir de nombreuses silhouettes de cavaliers et le contour de corps étendus sur le sol. Il marqua une pause. Descendre la piste en courant ne servirait qu'à s'offrir comme cible. Mieux valait contourner le village en restant à l'orée du bois jusqu'à atteindre le point le plus proche de la palissade, près de la maison de Nombreux Jolis Chevaux.

En se déplaçant vers la droite, il s'aperçut que le vent balayait la fumée dans le sens inverse. Cela lui permit de découvrir le carnage dans toute son ampleur. Nombre de ses amis gisaient immobiles sur le sol. Il était difficile d'appréhender réellement le tableau qui se présentait à lui.

Des hommes à dos de cheval, portant différents styles de vêtements et d'armures, avançaient à travers le village. Certains portaient des torches avec lesquelles ils incendiaient les maisons. Kieli savait qu'il s'agissait de mercenaires ou de marchands d'esclaves. Puis il aperçut des fantassins vêtus du tabard du duc d'Olasko, le souverain du puissant duché au sud-est. Mais pourquoi ces soldats seraient-ils venus prêter main-forte à des brigands dans les montagnes des Orosinis ?

Kieli atteignit l'arrière de la maison de Nombreux Jolis Chevaux et se glissa le long du mur. Il vit un soldat olaskien étendu immobile juste au-delà du bâtiment. Abandonnant sa dague, Kieli décida de courir attraper l'épée du guerrier. Si personne ne le remarquait, il essaierait également de s'emparer du bouclier rond que l'homme avait au bras gauche. Cela lui ferait mal de porter le bouclier sur son bras blessé, mais cela pouvait lui sauver la vie.

Les bruits de la bataille provenaient de l'autre côté du village, aussi Kieli crut-il possible de prendre les envahisseurs à revers. Il s'avança furtivement et s'arrêta un moment près du soldat olaskien.

À travers la fumée, il distinguait faiblement des silhouettes bougeant au loin. Des cris de rage et de douleur lui parvinrent, portés par le vent, comme son peuple cherchait à repousser les assaillants.

La fumée âcre piquait les yeux de Kieli qui battit des paupières pour en chasser les larmes. Il retourna le corps du soldat pour récupérer l'épée mais, au moment où sa main se posait sur la poignée de l'arme, ce dernier ouvrit les yeux. Kieli se figea, puis arracha l'épée. Le soldat le frappa alors au visage avec le bouclier.

Kieli recula, des papillons devant les yeux, tandis que le monde se mettait brusquement à tanguer sous ses pieds. Seule sa rapidité naturelle le sauva car, au moment où le soldat se releva, dague à la main, pour porter une attaque, l'adolescent esquiva.

Pendant une seconde, il crut avoir réussi à éviter la lame. Puis la douleur jaillit et il sentit du sang couler à flots en travers de sa poitrine. Il avait reçu une blessure peu profonde, mais l'entaille était longue, prenant naissance juste sous la clavicule gauche pour venir s'achever au bas des côtes en passant par le sein droit.

Kieli riposta avec sa propre lame et sentit une secousse remonter le long de son bras lorsque le soldat para habilement le coup à l'aide de son bouclier.

Une autre attaque s'ensuivit, et le jeune garçon comprit qu'il avait affaire à plus fort que lui lorsqu'il faillit mourir d'un coup de dague dans le ventre. Si le soldat avait eu son épée à la place d'une dague, Kieli savait qu'il serait à présent étendu sur le sol, les entrailles à l'air.

La peur faillit le submerger, mais il réussit à la repousser en songeant à sa famille qui luttait pour survivre à quelques mètres à peine derrière l'écran de fumée.

Voyant l'adolescent hésiter, le soldat sourit d'un air méchant et se rapprocha. Kieli comprit qu'il ne lui restait qu'un seul avantage : la longueur de sa lame. Il offrit donc sa poitrine déjà blessée en guise de cible et leva maladroitement l'épée à deux mains comme pour l'abattre sur la tête de son adversaire. Ce dernier réagit comme le jeune garçon l'espérait et leva son bouclier pour parer l'attaque tout en s'apprêtant à porter le coup final avec sa dague.

Kieli, cependant, se laissa tomber à genoux en tournoyant sur lui-même. Son épée décrivit un puissant arc de cercle qui faucha la jambe du soldat, lequel tomba à la renverse en criant. Du sang jaillit des artères tranchées juste sous le genou. Se relevant d'un bond, Kieli posa le pied sur la main armée de son adversaire et enfonça son épée dans la gorge de l'homme pour mettre fin à ses souffrances.

Il voulut ensuite s'essuyer la main, celle qui tenait l'épée, mais s'aperçut alors que le sang continuait à couler de la longue entaille qu'il avait à la poitrine. Il comprit qu'il n'allait pas tarder à s'affaiblir s'il ne bandait pas la plaie, même si cela avait sans doute l'air beaucoup plus grave que ça l'était en réalité.

Alors qu'il se précipitait en direction des bruits de bataille, une bourrasque de vent dégagea soudain le paysage pendant quelques instants, permettant ainsi à Kieli de découvrir la place du village. Les tables lourdement chargées de nourriture et de bière avaient été renversées, et le festin du jour jonchait le sol. Les guirlandes de fleur gisaient piétinées dans une boue faite de sang et de terre. Kieli trébucha, horrifié, et fut pris de nausée. Il battit des paupières pour repousser des larmes dont il ne savait pas si elles étaient dues à la fumée ou à la colère. Non loin de lui gisaient les corps de trois enfants, visiblement abattus par-derrière alors qu'ils tentaient de se mettre à l'abri. Derrière eux, Kieli aperçut les hommes de son village qui résistaient, postés devant la maison des femmes. L'adolescent savait que les femmes et les enfants survivants se trouvaient à l'intérieur, les premières armées de dagues et de couteaux pour défendre les seconds si les hommes venaient à échouer.

Des gens qu'il avait connus toute sa vie étaient en train de se faire massacrer alors même qu'ils se battaient avec l'énergie du désespoir pour protéger leurs familles. Les soldats s'étaient repliés derrière un mur de boucliers et avançaient inexorablement, lances en avant, tandis que, derrière eux, des cavaliers, toujours en selle, tiraient à l'arbalète au sein de la foule de villageois en affichant le calme le plus complet.

Les archers orosinis ripostaient, mais l'issue de la bataille était évidente, même pour un gamin comme Kieli. Il savait qu'il ne survivrait pas à cette journée. Cependant, il ne pouvait pas rester là, planté derrière les envahisseurs, sans tenter de faire tout ce qui était en son pouvoir.

Les jambes chancelantes, il se remit en marche et choisit pour cible un homme sur un cheval noir, visiblement le chef de cette bande d'assassins. Près de lui se trouvait un autre cavalier vêtu d'une tunique et d'un pantalon noirs. Il avait les cheveux aussi sombres que ses vêtements et les portait ramenés derrière les oreilles et tombant jusqu'à ses épaules.

Le chef perçut sans doute une présence derrière lui, car il se retourna juste au moment où Kieli commençait à courir. L'adolescent put alors clairement voir le visage de son adversaire, qui avait une très courte barbe noire, un long nez qui lui donnait un air sévère et les lèvres entrouvertes comme si l'arrivée de Kieli venait de le sortir d'une profonde réflexion. Il écarquilla légèrement les yeux à la vue du gamin armé et ensanglanté, puis adressa calmement quelques mots à son officier. L'homme en noir souleva le bras, une petite arbalète à la main. Il visa avec soin.

Kieli savait qu'il devait attaquer avant que son adversaire presse la détente. Mais, alors que deux foulées seulement le séparaient de sa cible, le garçon sentit ses genoux le trahir. L'épée dont il venait tout juste de s'emparer lui parut soudain faite de pierre et de plomb, et son bras refusa de lui obéir et de porter un coup fatal à l'envahisseur.

Il n'était plus qu'à une foulée lorsque l'homme en noir tira le carreau. Alors, les genoux de Kieli cédèrent sous lui. Le trait l'avait atteint à la poitrine, haut dans le muscle sous sa première blessure.

La force de l'impact lui fit décrire un tour complet sur lui-même. Son sang éclaboussa les deux cavaliers en jaillissant à flots de la blessure. L'épée s'échappa de ses doigts gourds qui ne pouvaient plus rien retenir. Ses genoux heurtèrent le sol, puis Kieli tomba à la renverse et sa vision se brouilla tandis que la douleur et le choc s'emparaient de son esprit.

Il entendit des cris, mais le son était comme étouffé, et il ne comprit pas ce qui se disait. Pendant un bref instant, il aperçut un faucon argenté qui tournoyait dans le ciel très haut au-dessus de sa tête. Kieli eut l'impression malgré la distance que le rapace le regardait droit dans les yeux et il entendit de nouveau la voix dans sa tête : *Ne bouge pas, petit frère, car ton heure n'est pas encore venue. Deviens ma serre afin de mettre nos ennemis en pièces.*

Sa dernière pensée fut pour l'oiseau.

2

Chez kendrick

La douleur de Kieli transperça les ténèbres.

Il ne parvenait pas à ouvrir les yeux, mais il savait qu'il était en vie. Il sentit des mains sur lui et entendit marmonner une voix qui semblait venir de très loin :

— Celui-là respire encore.

— Transportons-le dans le chariot, répondit une autre voix. Il a perdu beaucoup de sang.

Une partie de l'esprit de Kieli s'aperçut que ces paroles venaient d'être échangées dans la langue commune, celle réservée aux échanges commerciaux, et non dans l'idiome des Orosinis.

D'autres mains se posèrent sur son corps. Tandis que les deux individus le soulevaient, Kieli gémit et sombra de nouveau dans l'inconscience.

Lorsqu'il se réveilla, son corps n'était plus que douleur. Il se força malgré tout à ouvrir les yeux et essaya de redresser la tête. Ce simple effort souleva en lui une nouvelle vague de souffrance insupportable et lui retourna l'estomac, mais Kieli n'avait rien à vomir. L'effroyable douleur le fit suffoquer et gémir.

Il n'avait pas encore recouvré la vue, si bien qu'il ne vit pas le propriétaire des mains douces qui le poussèrent à se rallonger, mais entendit ses paroles :

— Reste tranquille, fiston. Respire lentement.

Kieli n'apercevait que des formes devant lui, des têtes se découpant dans la pénombre et le ciel qui s'éclaircissait au-dessus d'elles.

— Tiens, fit une autre voix en glissant le goulot d'une gourde entre ses lèvres.

— Bois doucement, recommanda la première voix. Tu as perdu beaucoup de sang. On ne pensait pas que tu t'en sortirais.

La première gorgée d'eau fit revenir les spasmes, et Kieli vomit le peu de liquide qu'il avait réussi à avaler.

— Vas-y plus doucement encore, conseilla la voix.

Kieli obéit et, cette fois, réussit à garder l'eau. Alors, il s'aperçut qu'il n'avait jamais eu aussi soif de toute sa vie. Il essaya d'avaler encore, mais on éloigna la gourde de ses lèvres. Il tenta de lever la main pour la saisir, mais son bras refusa de lui obéir.

— Je t'ai dit d'y aller doucement.

De nouveau, on pressa le goulot de la gourde contre les lèvres de Kieli qui but doucement, à petites gorgées, en savourant l'eau fraîche qui coulait dans sa gorge.

Il concentra le peu de forces qui lui restait sur le fait de boire cette eau et de ne pas la vomir. Puis il leva les yeux par-dessus la gourde et tenta de distinguer les traits de son bienfaiteur. Mais il ne réussit qu'à apercevoir un visage flou couronné de gris. Ensuite, il replongea dans les ténèbres.

À un moment donné, ils s'arrêtèrent pendant quelques jours. Kieli s'aperçut qu'ils étaient dans un bâtiment, sans trop savoir s'il s'agissait d'une étable ou d'une grange. Il devina aussi qu'il pleuvait, car l'air était saturé par l'odeur de la terre humide et du moisi sur le bois mouillé.

Ensuite, ce ne fut qu'une succession d'images fugitives. Il se trouvait à bord d'un chariot et, pendant un court moment, un après-midi, il sentit qu'il se trouvait dans les bois, mais pas ceux de chez lui. Il n'aurait su dire comment il le savait, peut-être à cause de ces arbres entraperçus qui ne ressemblaient pas aux nobles balsamiers, cèdres et trembles de sa forêt. Il y avait là des chênes, des ormes et d'autres essences qu'il ne reconnut pas. Puis il retomba dans son état de somnolence agitée.

Par la suite, il se souvint de la nourriture qu'on pressait contre ses lèvres et de la façon dont il parvenait difficilement à avaler à cause de sa gorge serrée et de sa poitrine qui le brûlait. Il se souvint également de rêves enfiévrés dont il se réveilla plusieurs fois trempé de sueur, le cœur battant. Il se souvint d'avoir crié le nom de son père.

Une nuit, il rêva qu'il était au chaud, dans son village, dans la maison des femmes avec sa mère et ses compagnes. Il baignait dans leur amour. Puis il se réveilla sur le sol dur avec dans les narines l'odeur de la terre humide et de la fumée du feu récemment éteint. Deux inconnus étaient endormis de part et d'autre de lui. Il se rallongea en se demandant comment il s'était retrouvé dans cet endroit. Puis ses souvenirs lui revinrent, et il se rappela l'attaque contre son village. Les larmes lui montèrent aux yeux et il pleura en sentant tout espoir et toute joie mourir dans sa poitrine.

Il ne savait pas depuis combien de jours il voyageait. Il savait que deux hommes prenaient soin de lui, mais il ne se souvenait pas s'ils lui avaient donné leur nom. Il se rappelait avoir répondu à leurs questions, mais il avait oublié le sujet de ces discussions.

Puis, un matin, il retrouva toute sa clarté d'esprit.

Kieli ouvrit les yeux et s'aperçut qu'en dépit de sa faiblesse il était capable d'intégrer son environnement. Il se trouvait dans une vaste grange avec des portes à chaque extrémité. Il entendait des chevaux manger dans une stalle toute proche. Il était étendu sur un tas de paille surmonté d'une double couverture et il était protégé du froid par deux autres couvertures supplémentaires. Un peu de fumée s'échappait d'un petit réchaud, un rectangle de fer martelé au sein duquel brûlaient des charbons. À l'intérieur d'une grange pleine de foin, c'était plus sûr qu'un feu de camp. Kieli se souleva sur les coudes et regarda autour de lui. La fumée lui picotait les yeux, mais la plus grande partie s'échappait de l'écurie par une porte ouverte dans le grenier à foin. Tout était silencieux, si bien que Kieli en déduisit qu'il ne pleuvait pas.

Son corps lui faisait mal et il se sentait courbatu, mais son léger mouvement ne produisit pas de vagues de douleur comme auparavant.

Un homme était assis sur un tabouret en bois et le regardait de ses yeux noirs. Il avait les cheveux gris, même s'il restait encore des traces noires par endroits. Sa moustache tombante encadrait une bouche aux lèvres pincées, comme si le bonhomme se concentrait. Une lourde frange dissimulait la plus grande partie de son front, et sa chevelure lui arrivait jusqu'aux épaules.

Battant des paupières pour chasser les saletés qui s'étaient accumulées au coin de ses yeux, Kieli demanda :

— Où suis-je ?

L'homme le dévisagea d'un air inquisiteur.

— Tu es donc de retour parmi nous ? demanda-t-il sans attendre de réponse. (Il marqua une pause avant de crier par-dessus son épaule, en direction des portes de l'écurie :) Robert !

Quelques instants plus tard, les portes s'ouvrirent et un autre homme entra et vint s'agenouiller auprès de Kieli.

Cet homme était plus âgé encore, avec sa chevelure grise sans couleur, mais il possédait un regard puissant qui captura celui du garçon.

—Alors, Serre, comment te sens-tu ?

—« Serre » ?

—Tu as dit que tu t'appelais Serre du Faucon argenté, expliqua son interlocuteur.

Le jeune garçon battit des paupières et s'efforça de mettre de l'ordre dans ses pensées, car il se demandait pourquoi il avait dit une chose pareille. Puis il se rappela la vision et comprit qu'il avait bel et bien reçu son nom des dieux. Une voix lointaine résonna en écho sous son crâne : *Lève-toi et sois une serre pour ton peuple.*

—De quoi te souviens-tu ?

—Je me rappelle la bataille…

Un trou noir s'ouvrit au fond de son ventre, et il sentit les larmes commencer à monter. Repoussant sa tristesse, il demanda :

—Ils sont tous morts, n'est-ce pas ?

—Oui, répondit l'homme prénommé Robert. Que te rappelles-tu après la bataille ?

—Un chariot… (Kieli, qui devait à présent penser à lui-même en tant que « Serre », ferma les yeux un instant avant d'ajouter :) Vous m'avez emmené avec vous.

—Oui. On ne pouvait décemment pas te laisser là-bas mourir de tes blessures. (D'une voix douce, il ajouta :) En plus, nous voudrions savoir certaines choses sur toi et sur la bataille.

—Comme quoi ? demanda Serre.

—Cela peut attendre.

—Où suis-je ? répéta l'adolescent.

—Tu es dans l'écurie de *Chez Kendrick.*

Serre fouilla sa mémoire. Il avait entendu parler de l'endroit, mais ne se rappelait aucun détail.

— Pourquoi suis-je ici ?

L'homme à la moustache tombante éclata de rire.

— Parce que nous avons sauvé ta misérable carcasse, et que c'était notre destination.

— De plus, ajouta Robert, c'est un très bon endroit pour se reposer et guérir. (Il se leva et s'éloigna en penchant la tête pour ne pas heurter le plafond bas.) Kendrick nous laisse utiliser gratuitement cette grange. Son auberge dispose de chambres plus chaleureuses, de draps propres et de meilleurs repas…

— Mais il y traîne trop d'yeux et d'oreilles, intervint le premier homme.

Robert le regarda en secouant discrètement la tête.

— Tu portes un nom d'homme, reprit l'autre, et pourtant je ne vois pas de tatouages sur ton visage.

— La bataille a eu lieu le jour où je devais recevoir mon nom, répondit faiblement Serre.

Le deuxième homme, celui appelé Robert, regarda de nouveau son compagnon, puis se tourna vers le garçon.

— Cela fait plus de deux semaines, fiston. Tu voyages avec nous depuis que Pasko t'a trouvé dans ton village.

— Y a-t-il d'autres survivants ? demanda Serre d'une voix étranglée par l'émotion.

Robert revint s'agenouiller au chevet du garçon et posa doucement la main sur son épaule en disant :

— Non, ils sont morts. Tous.

— Ces salopards y ont veillé, il faut leur reconnaître ça, ajouta le dénommé Pasko.

— Qui étaient-ils ? demanda Serre.

Robert le repoussa gentiment sur sa couche de paille et de couvertures.

— Repose-toi. Pasko va bientôt t'apporter un bol de soupe chaude. Tu as bien failli mourir. Pendant longtemps, nous n'avons pas cru que tu survivrais. Nous t'avons maintenu en vie à coups de gorgées d'eau et de bouillon froid. Il est temps que tu commences à reprendre des forces. (Il marqua une pause.) Nous avons beaucoup de sujets à aborder ensemble, mais nous ne sommes pas pressés. Nous disposons de beaucoup de temps devant nous, Serre du Faucon argenté.

Serre ne voulait pas se reposer, il voulait des réponses, mais son corps affaibli le trahit. En s'allongeant, il sombra dans le sommeil.

Le chant des oiseaux l'accueillit lorsqu'il se réveilla, affamé. Pasko lui apporta un large bol en terre cuite contenant du bouillon chaud et il lui recommanda de boire doucement. L'autre homme, Robert, n'était nulle part en vue.

Après s'être brûlé avec le liquide chaud, Serre demanda :

— Quel est cet endroit ?

— *Chez Kendrick* ? C'est… une auberge, enfouie quelque part au fond des forêts de Latagore.

— Pourquoi ?

— Pourquoi quoi ? Pourquoi on est là, ou pourquoi tu es encore en vie ?

— Les deux, j'imagine, répondit Serre.

— Commençons par la deuxième, répliqua Pasko en s'asseyant sur le petit tabouret et en prenant un bol de bouillon lui aussi. On t'a trouvé au milieu d'un carnage comme j'en avais pas vu depuis ma jeunesse, quand j'étais soldat au service du duc de Dungarren, dans la Lointaine Loren. On t'aurait laissé servir de pâture aux corbeaux comme les autres si je t'avais pas entendu gémir – enfin, ça ressemblait plus à un gros soupir. Seule la main du hasard a permis que tu survives. Tu avais tellement de sang sur toi et une blessure si vilaine en travers de la poitrine qu'on a d'abord cru que t'étais mort. Enfin, tu respirais, alors mon maître m'a dit de t'emmener. C'est un cœur sensible, moi je te le dis.

— Je devrais le remercier, dit Serre – mais il se sentait si malheureux d'être toujours vivant quand le reste de sa famille avait péri qu'il n'éprouvait pas la moindre once de gratitude.

— Oh, j'imagine qu'il trouvera bien un moyen de te faire rembourser ta dette envers lui ! répondit Pasko en se levant. T'as pas envie de te dégourdir un peu les jambes ?

Serre acquiesça. Il essaya de se lever, mais, aussitôt, il eut la tête qui tournait et des douleurs dans tout le corps. Il n'avait pas la moindre force.

— Doucement, mon garçon, s'exclama Pasko en courant lui porter secours. Tu es plus faible qu'un chaton. Tu as besoin de repos et de nourriture pour être à peu près remis. Mais, pour le moment, il faut que tu bouges un peu.

Pasko aida Serre à marcher jusqu'à la porte de la grange, puis le conduisit à l'extérieur. L'air était frais en cette matinée, et Serre devina qu'il se trouvait dans une vallée située à basse altitude. L'air avait une odeur inhabituelle et donnait l'impression d'être différent de celui des prairies de montagne. Serre avait les jambes tremblantes et s'obligea à faire de petits pas. Pasko s'arrêta alors pour laisser le garçon découvrir son nouvel environnement.

Ils se trouvaient dans une grande cour d'écurie ceinte d'un haut mur en pierre. Le garçon comprit qu'il s'agissait d'une espèce de fortification, car des marches de pierre s'élevaient dans l'alignement de la muraille, à courte distance d'un grand bâtiment qu'il devina être l'auberge. Le chemin de ronde s'ornait de créneaux et de merlons et était suffisamment large pour permettre à deux hommes de se croiser lorsqu'ils défendaient l'ensemble.

Quant à l'auberge, c'était le plus grand édifice que Serre ait jamais vu, surpassant en taille, et de loin, la maison des femmes et la loge des hommes dans son village. Elle s'élevait sur trois niveaux et possédait un toit couvert de tuiles en céramique plutôt qu'en chaume ou en bois. Peinte en blanc, avec des bordures en bois autour des portes et des fenêtres, elle s'ornait de portes et de volets d'un vert joyeux. Plusieurs cheminées recrachaient une fumée grise dans le ciel.

Un chariot était garé sur le côté de l'écurie, et Serre pensa qu'il devait s'agir du véhicule qui l'avait amené jusque-là. Apercevant la cime de nombreux arbres à quelque distance au-delà de la muraille, il se dit que la forêt avait dû être élaguée autour de l'auberge.

— Qu'est-ce que tu vois ? lui demanda Pasko de manière inattendue.

Serre jeta un coup d'œil à son compagnon, qui l'observait attentivement. Il ouvrit la bouche pour parler, puis se rappela du conseil de son grand-père lui disant de regarder au-delà des apparences. C'est pourquoi, au lieu de répondre, il fit signe à Pasko de l'aider à monter l'escalier le plus proche. Il gravit lentement les marches jusqu'au sommet du rempart et s'avança pour voir ce qui s'étendait au-delà.

L'auberge se dressait au cœur d'une clairière naturelle, mais le grand nombre de souches d'arbres alentour montrait que cette même clairière avait été agrandie des années auparavant. Des graminées et des ronces étaient venues recouvrir les souches, mais la route qui s'enfonçait dans les bois était quant à elle bien entretenue.

— Qu'est-ce que tu vois ? répéta Pasko.

Encore une fois, Serre ne répondit pas, mais commença à marcher en direction du bâtiment principal. Cela lui permit de se faire une image précise de l'auberge *Chez Kendrick*. Ensuite, il hésita. Il parlait couramment la langue commune, comme n'importe quel garçon du village, mais il avait rarement eu l'occasion de l'utiliser, sauf lorsque des négociants venaient… Le fait de penser à son village fit revenir ce sentiment de grand désespoir. Serre repoussa la souffrance et réfléchit aux mots qu'il voulait employer. Puis il répondit :

— C'est une forteresse, pas une auberge.

Pasko sourit.

— En fait, c'est les deux. Kendrick aime pas beaucoup certains voisins.

Serre acquiesça. La muraille était robuste, et la forêt avait été suffisamment élaguée de tous côtés pour donner à des archers postés sur les remparts une ligne de mire dégagée. La route qui sortait des bois décrivait un brusque virage à mi-chemin de l'auberge pour faire le tour de l'enceinte jusqu'à des portes qui devaient sans doute se trouver de l'autre côté de l'ensemble. Difficile alors de pousser un bélier ou un chariot en feu pour détruire lesdites portes et réussir à entrer.

Serre jeta un coup d'œil à l'auberge proprement dite. Des archers postés aux fenêtres du deuxième étage pouvaient fournir un deuxième groupe de défenseurs pour soutenir ceux sur les remparts. Serre posa de nouveau son regard sur les portes ; elles étaient bardées de fer et devaient sans doute pouvoir être verrouillées de l'intérieur par des barres également en fer. Il faudrait des hommes costauds armés de lourdes haches pour abattre ces portes-là. Levant les yeux, Serre aperçut des meurtrières au-dessus de chaque porte. De l'huile ou de l'eau bouillante pouvaient être versées et des flèches tirées directement sur la tête des assaillants.

— Ils doivent être bien difficiles, ces voisins, finit-il par dire.

Pasko gloussa.

— Et comment.

Alors qu'ils continuaient à contempler l'auberge depuis le rempart, la porte s'ouvrit et une jeune fille apparut, un grand seau à la main. Levant les yeux, elle les vit et agita la main.

— Salut Pasko !

— Salut Lela !

— Qui est ton ami ? demanda-t-elle d'un air enjoué.

Elle paraissait un peu plus âgée que Serre mais, contrairement aux filles de son peuple, elle avait la peau sombre, avec un soupçon de couleur olive, et des cheveux aussi noirs que la nuit. Ses grands yeux bruns pétillaient lorsqu'elle riait.

— Un garçon ramassé en chemin. Laisse-le tranquille. Tu as déjà suffisamment d'admirateurs.

— On n'en a jamais assez ! répliqua-t-elle d'un ton joueur en virevoltant et en faisant tournoyer le seau autour d'elle avant de reprendre son chemin. J'aurais besoin d'aide pour aller chercher de l'eau, ajouta-t-elle avec un sourire séducteur.

— Tu es une fille en bonne santé, alors que le garçon est blessé. (Pasko marqua une pause, puis demanda :) Où sont Lars et Gibbs ?

— Kendrick les a envoyés en course, répondit Lela avant de disparaître de l'autre côté de la grange.

Serre garda le silence pendant un moment après son départ, puis finit par demander :

— Qu'est-ce que je vais faire ?

Il éprouvait au fond de lui un profond désespoir, un manque d'envie et de volonté qu'il n'avait encore jamais ressenti. Sans sa famille… Des souvenirs de son village lui firent monter les larmes aux yeux. Les Orosinis étaient un peuple d'émotifs, capables de se laisser aller à de bruyantes manifestations de joie et de verser des larmes abondantes en cas de chagrin. En revanche, ils avaient tendance à se montrer réservés en présence d'étrangers. Mais tout cela paraissait futile à présent, si bien que Serre laissa couler librement ses larmes.

Ignorant ces pleurs, Pasko répondit :

— Il faudra poser la question à Robert quand il reviendra. Moi, je fais juste ce qu'on me demande. Ce qui est sûr, c'est que tu lui dois la vie, et que cette dette doit être réglée. Maintenant, viens, continuons à faire un petit tour, et puis on te ramènera à l'intérieur pour te reposer.

Serre avait envie d'explorer, de visiter l'auberge et ses merveilles, car un édifice aussi grand devait sûrement en abriter un grand nombre. Mais Pasko le ramena dans la grange. Lorsqu'ils arrivèrent près de sa paillasse, Serre se réjouit d'être arrivé, car il se sentait épuisé. Ses blessures lui faisaient mal et le lançaient, et il devina que ce simple exercice de marche avait abîmé certains tissus cicatriciels et qu'il allait avoir besoin de temps pour guérir. Il se rappela la fois où Ours-qui-se-tient-debout avait été encorné par un sanglier. Il avait boité pendant près de six mois avant de retrouver la complète mobilité de sa jambe.

Serre se rallongea sur sa paillasse et ferma les yeux pendant que Pasko s'affairait dans l'écurie avec quelques objets sortis du chariot. Alors qu'il se sentait alerte lors de son réveil, à peine une demi-heure plus tôt, le garçon ne tarda pas à se rendormir.

D'un naturel patient, Serre laissa passer les jours sans empoisonner Pasko avec ses questions. De toute évidence, le serviteur était taciturne par nature et peu ouvert de par son éducation. Si Serre voulait découvrir quoi que ce soit, ce serait au travers de ses propres capacités d'observation.

La douleur provoquée par le massacre de son peuple n'était jamais très loin de ses pensées. Pendant une semaine, il pleura toutes les nuits puis, au fil du temps, il se détourna de son chagrin pour nourrir sa colère. Il savait que, quelque part au-dehors, se trouvaient les hommes responsables de l'extermination de sa race. Un jour, il les traquerait et les tuerait tous, car telle était la coutume chez les Orosinis. Mais Serre était suffisamment réaliste pour comprendre qu'un jeune homme seul comme lui avait peu de chances de mener à bien un tel projet. Il allait avoir besoin de force, de puissance ; il lui faudrait apprendre à connaître les armes et bien d'autres choses encore. Il savait aussi que ses ancêtres le guideraient. Le Faucon argenté était son totem : le garçon autrefois connu sous le nom de Kielianapuna allait devenir la serre de son peuple.

La routine s'installa. Tous les matins, au réveil, il mangeait. Puis Pasko et lui s'en allaient se promener, au début au sein du domaine environnant l'immense auberge, puis plus tard dans les bois voisins. Il retrouva des forces et commença à aider Pasko dans ses corvées, comme porter de l'eau, couper du bois et réparer les rênes, les licous et les traits des chevaux. Intelligent, il avait simplement besoin qu'on lui montre une fois ou deux pour comprendre comment faire. Il nourrissait une passion féroce pour l'excellence.

De temps en temps, Serre entrapercevait Robert qui entrait d'un pas pressé dans l'auberge, souvent en compagnie des trois mêmes hommes. Serre ne demanda pas leur nom à Pasko, mais il mémorisa leur visage. Le premier devait être Kendrick. Grand, les cheveux gris et la barbe fournie, il se déplaçait sur la propriété comme si elle lui appartenait. Il portait une tunique de belle facture et un anneau en or serti d'une pierre noire ainsi qu'un pantalon et des bottes qui se voulaient plus pratiques que jolis. Il s'arrêtait souvent pour donner des ordres aux serviteurs : Lela, la fille, et Lars et Gibbs, deux hommes d'une trentaine d'années. Ces derniers venaient souvent visiter l'écurie quand des voyageurs se présentaient à l'auberge, car c'étaient eux qui s'occupaient des chevaux.

Serre avait surnommé le deuxième compagnon de Robert « Tête de Neige », car il avait les cheveux aussi blancs que la neige alors qu'il ne paraissait pas plus de trente ans. Il n'était pas aussi grand que Kendrick ou Robert, mais semblait d'une certaine façon les regarder de haut. Il se comportait comme un chef ou un chaman, et il émanait de lui un parfum de puissance. Il avait les yeux bleu pâle et le visage tanné par le soleil. Il portait une robe gris foncé ornée de broderies complexes sur les manches et l'ourlet, lequel était juste assez haut pour permettre à Serre d'apercevoir en dessous des bottes d'excellente facture. Il avait parfois avec lui un bâton en bois et il affectionnait à d'autres moments un chapeau en feutre mou de la couleur de sa robe.

Le troisième homme présentait une certaine ressemblance avec le deuxième, comme s'ils étaient parents, mais il avait les cheveux bruns, presque de la même couleur que ceux de Serre. Il avait les yeux d'un marron profond, et la façon dont il se déplaçait et dont il réagissait trahissait le guerrier ou le chasseur. Dans son for intérieur, Serre l'appelait « la Lame », car sa main gauche semblait ne jamais s'aventurer très loin de la poignée de son épée, une lame fine comme Serre n'en avait encore jamais vu. Il portait une culotte bleue qui disparaissait dans des bottes montant jusqu'aux genoux et une chemise gris foncé par-dessus laquelle il avait enfilé un gilet à lacets. Il portait également un chapeau en permanence, le jumeau de celui de Tête de Neige, sauf que le sien était noir. Une fois, Serre l'avait vu quitter l'auberge au lever du soleil, armé d'un arc long. Il était rentré à la nuit tombée avec un cerf déjà vidé en travers de ses épaules. Aussitôt, le jeune homme avait éprouvé de l'admiration pour la Lame : les Orosinis considéraient la chasse comme un grand talent.

Robert, Pasko et Serre étaient traités comme s'ils faisaient partie des meubles. Seule Lela prenait parfois le temps de saluer

Pasko et Serre ou de leur faire un petit signe de la tête ou de la main. Lars, un garçon roux et trapu, et Gibbs, plus svelte et plus vieux, échangeaient quelques mots avec eux de temps en temps pour leur demander une pièce d'équipement ou de l'aide pour tenir un cheval dont ils s'occupaient. La plupart du temps, Serre avait l'impression que Pasko et lui n'existaient pas dans l'esprit de ceux qui vivaient à l'auberge.

Un mois complet venait de s'écouler lorsque Serre se réveilla un matin et trouva Robert en grande conversation avec Pasko. Le jeune homme se leva en silence et s'habilla, puis leur fit connaître sa présence.

— Ah, jeune Serre ! dit Robert en souriant. Pasko vient de me dire que tu récupères bien.

Serre acquiesça.

— Mes blessures sont guéries et la plus grande partie de mes raideurs a disparu.

— Te sens-tu assez en forme pour aller chasser ?

— Oui, répondit-il sans hésiter.

— Bien, alors suis-moi.

Il sortit de l'écurie, et Serre lui emboîta le pas. Comme ils marchaient en direction de l'auberge, le jeune homme demanda :

— Monsieur, je vous suis redevable, n'est-ce pas ?

— C'est exact, répondit Robert.

— Comment puis-je m'acquitter de ma dette envers vous ?

Robert s'arrêta.

— Je t'ai sauvé la vie, tu es d'accord ?

— Oui, répondit le garçon.

— Si je comprends bien les coutumes de ton peuple, tu as une dette de vie envers moi, c'est bien cela ?

— Oui, répondit calmement Serre.

Une dette de vie était un concept complexe, qui impliquait de nombreuses années de service, direct ou indirect. Quand un Orosini sauvait la vie d'un autre homme, ce dernier devait alors répondre aux demandes de son sauveur. C'était comme s'il devenait un membre de la famille, mais sans bénéficier des privilèges qui allaient avec ce statut. Il était tenu sur l'honneur de veiller à ce que la famille de son sauveur mange à sa faim, même si la sienne devait pour cela se passer de nourriture. Il était obligé d'aider son sauveur à rentrer ses récoltes avant les siennes. Dans n'importe quel domaine, il était redevable envers l'homme qui l'avait sauvé. En disant cela, Robert faisait comprendre à Serre que, désormais, ce dernier devait le considérer comme son maître jusqu'à ce qu'on le libère de son service.

— C'est une lourde dette, n'est-ce pas ?

— Oui, répondit Serre d'un ton mesuré.

Le vent soufflait légèrement et faisait bruire les feuilles dans les arbres lointains. Robert se tut, comme pour réfléchir. Puis il reprit la parole :

— Je vais te mettre à l'épreuve, jeune Serre. Je vais tester ton courage et voir si tu feras l'affaire.

— Faire l'affaire pour quoi, monsieur ?

— Pour de nombreuses choses. Mais je ne t'en expliquerai pas la moitié pendant encore bien des années à venir. Si tu déçois mes attentes, je t'attacherai au service de Kendrick pour un certain nombre d'années, afin que tu apprennes à prendre soin de toi dans un monde différent de celui des Orosinis, car cette vie t'est maintenant interdite à jamais.

Serre eut l'impression de recevoir un coup de poing à l'estomac, mais il garda son masque de neutralité. Ce qu'avait dit Robert était vrai. À moins que d'autres aient survécu au massacre et se soient cachés dans les montagnes, il était désormais le dernier des Orosinis, et aucun homme ne pouvait vivre seul dans ces montagnes.

— Et si je ne vous déçois pas ? demanda-t-il finalement.

— Alors tu verras et tu apprendras des choses qu'aucun Orosini n'aurait imaginé découvrir, mon jeune ami. (Il se retourna en entendant un autre homme approcher. Il s'agissait de la Lame, qui portait un arc long en travers de son dos et un deuxième à la main, ainsi qu'un carquois de flèches à accrocher sur la hanche.) Ah, le voilà ! Serre, je suis sûr que tu as déjà vu cet homme, car j'ai remarqué que tu possèdes un grand don d'observation. Je te présente Caleb. Son frère et lui sont mes partenaires.

Serre hocha la tête à l'intention de l'homme qui resta silencieux, occupé à le dévisager. De près, Serre s'aperçut que Caleb était plus jeune qu'il le pensait – il ne devait sans doute pas avoir plus de dix ans que lui. Pourtant, il avait la prestance d'un guerrier aguerri.

Caleb lui tendit l'arc et le carquois, et Serre attacha la ceinture du carquois autour de sa taille avant d'inspecter l'arc. Il était plus long que celui avec lequel il avait appris à tirer, et lorsqu'il en testa la corde, le jeune garçon sentit le regard de Caleb épier chacun de ses gestes. La corde était usée à une extrémité, mais cela ne représentait pas encore un problème. Malgré tout, il demanda :

— Vous avez des cordes de rechange ?

Caleb acquiesça.

Serre passa l'arc en travers de sa poitrine et dit :

— Allons chasser.

Caleb tourna les talons et ouvrit la voie. Bientôt, les deux jeunes gens s'enfoncèrent dans les bois en trottinant.

Ils se déplaçaient en silence entre les arbres. Caleb n'avait pas encore adressé la parole à Serre. Au bout d'une demi-heure, Caleb quitta le chemin et conduisit Serre sur un sentier à gibier. Le jeune garçon regarda autour de lui pour graver dans son esprit des repères qui lui permettraient au besoin de retrouver son chemin.

Caleb ouvrait la voie à petites foulées régulières, une allure qui n'aurait posé aucun problème à Serre du temps où il était au mieux de sa forme. Mais ses blessures l'avaient affaibli et il s'aperçut au bout d'une heure qu'il avait du mal à maintenir le pas. Il envisageait de demander un temps de repos lorsque Caleb ralentit. Il portait une gourde sur la hanche gauche, à l'endroit où se trouvait d'ordinaire son épée, et il la détacha pour la tendre à Serre. Ce dernier acquiesça et but avec parcimonie, juste de quoi s'humecter la gorge et la bouche. Revigoré, il rendit la gourde à Caleb. Toujours en silence, ce dernier fit un geste, comme pour demander à Serre s'il voulait encore boire. L'intéressé refusa d'un signe de tête. À contempler les riches bois alentour, il savait qu'il ne devait pas être très loin d'un certain nombre de points d'eau (sources, mares et ruisseaux). Mais, comme il venait des hautes montagnes où l'eau était bien plus difficile à trouver, boire avec parcimonie lors d'une partie de chasse était inné chez lui.

Ils repartirent mais, cette fois, Caleb se mit à marcher plutôt qu'à trottiner, en examinant le sol à la recherche de traces de gibier. Au bout de quelques minutes, ils entrèrent dans une prairie, et Serre s'arrêta. L'herbe lui arrivait presque à la taille et avait cette teinte jaune tirant sur le vert due au soleil estival et aux pluies abondantes.

Il prit rapidement son arc et s'en servit pour donner un petit coup sur l'épaule de Caleb. Puis il tendit la main gauche, et Caleb regarda dans la direction indiquée. Ils s'avancèrent alors dans la prairie, notant la façon dont l'herbe avait été écartée et parfois piétinée. Serre s'agenouilla pour chercher des empreintes. Au sein d'une dépression creusée dans le sol humide, il en trouva une.

— Un ours, dit-il à voix basse. (Il tendit la main pour toucher les brins d'herbe cassés. Ils étaient encore humides à l'endroit de la cassure.) Il est proche.

Caleb acquiesça.

— Tu as de bons yeux, souffla-t-il.

Ils traversèrent la moitié de la prairie en suivant la piste de l'ours. Caleb leva la main, et ils s'arrêtèrent. Alors Serre l'entendit, lui aussi. Un ours reniflait au loin, un son qui fut bientôt suivi d'un bruit sourd.

Les deux jeunes gens continuèrent leur chemin furtivement jusqu'à ce qu'ils arrivent au bord d'un petit ruisseau. De l'autre côté de l'eau se tenait un gros ours brun occupé à secouer un tronc d'arbre mort ; il en déchirait l'écorce avec ses griffes, car il voulait atteindre une ruche dont les abeilles bourdonnaient vainement autour de lui. En arrachant le bois sec, il réussit à mettre à nu les riches alvéoles de la ruche. Pendant ce temps, les abeilles continuèrent à piquer son épaisse fourrure sans obtenir la moindre réaction, sauf lorsque l'une d'elles parvenait à trouver la seule partie exposée de l'animal, la chair tendre de sa truffe. L'ours poussait alors un grognement de rage mais, au bout de quelques instants, se préoccupait de nouveau de récupérer le miel.

Serre tapa de nouveau sur l'épaule de Caleb et désigna l'ours, mais son compagnon secoua la tête et lui fit signe de repartir par où ils étaient venus.

Ils s'éloignèrent en silence du ruisseau puis, après avoir parcouru une courte distance, Caleb accéléra le pas et ramena Serre en direction du chemin.

La nuit surprit les deux chasseurs sur la route du retour, un cerf en travers des épaules de Caleb et un couple d'oies sauvages attachées par les pattes entre les mains de Serre.

Robert les attendait à la porte. Comme ils arrivaient, Gibbs apparut et prit les oies. Robert, de son côté, regarda Caleb.

— Le garçon sait chasser, déclara ce dernier.

Serre observa le visage de Robert et crut y voir apparaître, brièvement, de la satisfaction. Il n'était pas sûr de très bien comprendre l'implication de ce qui venait d'être dit, mais il était persuadé que cela ne concernait pas uniquement le simple fait de chasser du gibier dans les bois.

Caleb suivit Gibbs sur le côté de l'auberge, en direction de la porte de la cuisine.

Robert posa la main sur l'épaule de Serre.

— On va pouvoir commencer.

3

Serviteur

Serre avait bien des difficultés à suivre Lela.

En effet, pour revenir du ruisseau qui courait à travers bois, il fallait grimper une colline, ce qui n'était pas évident lorsque l'on portait un grand panier rempli de linge dégoulinant. Depuis une semaine, il était passé sous les ordres de la jeune servante, essentiellement pour lui fournir une paire de jambes et de bras supplémentaires.

La seule chose étrange dans tout cela, c'est que Robert avait insisté pour qu'elle lui parle uniquement dans la langue de Roldem et qu'elle ne lui réponde que lorsqu'il posait une question correctement. Quelques mots de cet idiome étaient passés dans la langue commune, mais celle-ci était surtout un mélange hybride de bas keshian et de langue du roi, mélange développé au fil d'innombrables années d'échanges commerciaux à la frontière de ces deux grandes nations.

Cependant, Serre découvrit qu'il était doué en langues étrangères et il apprit rapidement au contact de la jeune fille toujours enjouée.

De cinq ans son aînée, elle était arrivée chez Kendrick par des chemins détournés, à en croire son histoire. Elle prétendait avoir été la servante d'une princesse de Roldem en route pour un mariage d'État avec un noble de la cour du prince d'Aranor. Elle avait ensuite été enlevée par des pirates ou des bandits et vendue comme esclave, avant de s'échapper ou d'être libérée par un généreux bienfaiteur – ces variations dépendaient de la compréhension encore limitée de Serre et de la fréquence à laquelle l'histoire changeait dans la bouche de sa narratrice. Quoi qu'il en soit, la jeune fille, originaire de la lointaine nation insulaire située en mer des Royaumes, s'était retrouvée chez Kendrick, où elle travaillait comme servante depuis deux ans.

Elle était toujours gaie, prompte à plaisanter et jolie comme un cœur. D'ailleurs, Serre commençait à s'enticher d'elle.

Mais il avait toujours mal à l'intérieur quand il pensait à Œil de la Sarcelle bleue, qui gisait morte quelque part avec le reste de sa famille, à la merci des charognards. Il repoussa cette image en continuant à monter la pente avec son énorme panier en osier sur le dos.

Lela semblait penser que le fait d'avoir Serre à sa disposition lui épargnait plusieurs allers-retours au ruisseau pour laver les vêtements. Elle avait donc trouvé un panier d'un mètre vingt de profondeur auquel elle avait rajouté un harnais afin que Serre puisse remonter la colline en le portant sur le dos. Descendre le linge jusqu'au ruisseau représentait la partie facile de la matinée ; remonter les vêtements et les draps trempés jusqu'à l'auberge, en revanche, constituait la difficulté.

— Caleb dit que tu es un bon chasseur.

Serre hésita quelques instants, car il devait chercher ses mots avant de répondre.

— J'ai toute ma vie chassé.

Elle corrigea la structure de sa phrase et le fit répéter :

— J'ai chassé toute ma vie.

Serre écouta avec frustration Lela continuer à babiller, car il ne comprenait pas la moitié de ce qu'elle disait. L'autre moitié comprenait surtout des ragots de cuisine, à propos de gens qu'il avait à peine entraperçus. Mais il avait beau faire de son mieux, il avait toujours du mal à comprendre une grande partie de ce qu'elle disait.

Il se sentait perdu en bien des façons. Il dormait toujours dans l'écurie, mais seul, car Pasko avait disparu, parti en mission pour Robert. Quant à ce dernier, il était peu visible, et Serre ne faisait que l'entrapercevoir à travers une fenêtre ou lorsqu'il traversait la cour derrière l'auberge pour se rendre au petit coin. De temps en temps, l'homme qui lui avait sauvé la vie s'arrêtait pour échanger quelques civilités banales avec Serre dans la langue commune ou en roldemois. Lorsqu'il utilisait cet idiome, il ne répondait à Serre que si celui-ci s'exprimait également dans cette langue.

Serre n'avait toujours pas le droit de rentrer dans l'auberge, mais il ne trouvait pas cela surprenant. Un étranger n'aurait jamais été convié à entrer dans une loge orosinie. Bien sûr, ces gens n'étaient pas orosinis, mais, comme il était un serviteur à présent, il présumait que le fait de dormir dans l'écurie faisait partie de sa condition. Il y avait encore tant de choses qu'il ne comprenait pas au sujet de ces gens.

À son grand étonnement, il se sentait souvent fatigué. Il ne comprenait pas pourquoi, car il était encore jeune. Joyeux et plein d'énergie en temps normal, il se surprenait, depuis son arrivée chez Kendrick, à combattre chaque jour des humeurs noires et une tristesse presque irrésistible. Si Robert ou Pasko lui confiaient une tâche ou s'il se trouvait en présence de Caleb ou de Lela, alors il constatait que son esprit échappait aux sombres ruminations dont il était la proie au cours de ses moments de solitude. Il aurait aimé pouvoir faire appel à la sagesse de son grand-père sur ce sujet, mais le fait de penser à sa famille le plongeait plus profondément encore dans cette introspection morbide qui lui donnait l'impression d'être prisonnier d'un endroit obscur dont il était impossible de s'évader.

Les Orosinis étaient ouverts entre eux et parlaient facilement de leurs pensées et de leurs sentiments, même avec les personnes qui ne faisaient pas partie de la famille proche, mais ils présentaient un masque impassible, et parfois même taciturne, au monde extérieur. D'un naturel réservé, même au regard des critères de son peuple, Serre paraissait presque muet parfois pour son entourage. À l'intérieur, il se languissait de cette libre expression qu'il avait connue dans son enfance, une période de sa vie qui ne s'était achevée que quelques semaines auparavant, et pourtant il avait l'impression que cela faisait des siècles.

Pasko et Lela ne se montraient pas très ouverts quand il leur posait des questions, et Lela avait tendance à répondre à côté de la plaque ou par des faux-fuyants, tandis que Pasko balayait carrément la question en disant que cela n'avait rien à voir avec la tâche qui les préoccupait. La frustration que provoquait inévitablement cette situation ne faisait qu'ajouter à la mauvaise humeur de Serre.

Le seul répit qu'il trouvait à ces ténèbres écrasantes qui régnaient sur son cœur, c'étaient les parties de chasse avec Caleb. Le jeune homme était encore plus réservé que Serre, et souvent, au cours d'une journée de chasse, ils n'échangeaient pas plus d'une dizaine de mots.

— Tiens, nous avons des clients, fit remarquer Lela en atteignant la cour d'écurie.

Un carrosse en bois laqué noir orné de dorures, dont les finitions en métal avaient été polies pour briller comme de l'argent, était arrêté près de l'écurie. Gibbs et Lars étaient occupés à détacher la plus belle paire de hongres noirs que Serre ait jamais vue. Les chevaux n'étaient pas aussi importants pour les tribus de montagne comme les Orosinis qu'ils l'étaient pour d'autres cultures voisines, mais ils n'en étaient pas moins capables d'apprécier une belle monture. Le cocher surveillait les deux serviteurs pour s'assurer que l'attelage de son maître était traité avec le respect nécessaire.

— On dirait que le comte DeBarges nous rend une nouvelle visite, ajouta Lela.

Serre se demanda qui pouvait bien être cet homme, mais il garda le silence.

— Dépose le panier sur le porche de derrière, demanda la jeune fille.

Serre obéit, et Lela lui sourit en disparaissant dans la cuisine.

Il attendit un moment, ne sachant trop quoi faire, puis il tourna les talons et repartit vers l'écurie. À l'intérieur, il tomba sur Pasko, qui chantonnait dans sa barbe en effectuant l'une des nombreuses réparations qu'exigeait le vieux chariot. Il leva un instant les yeux, puis porta de nouveau son attention sur son travail. Après quelques minutes de silence, il demanda :

— Donne moi cette alène, là, fiston.

Serre lui donna l'outil et regarda Pasko travailler le cuir pour les nouveaux harnais.

— Quand on vit dans une grande ville, fiston, commenta-t-il, on trouve des artisans à foison pour faire ce genre de travail. Mais quand on se retrouve sur la route au beau milieu de nulle part et qu'un harnais casse, mieux vaut savoir se débrouiller seul. (Il s'arrêta un instant, puis rendit l'alène à Serre.) Laisse-moi te regarder percer quelques trous.

Le jeune garçon observait son compagnon qui s'occupait de ce harnais depuis quelques jours déjà et il avait une bonne idée de ce qu'il fallait faire. Il commença donc à travailler les lanières qui, il le savait, recevraient les boucles. Quand il n'était pas sûr de lui, il levait les yeux vers Pasko, qui lui répondait par un hochement approbateur ou qui secouait la tête pour indiquer une erreur. Finalement, il termina la lanière.

— Tu as déjà cousu du cuir ? lui demanda Pasko.

— J'ai aidé ma mère à coudre des peaux…

Il fut incapable de terminer sa phrase. La moindre discussion concernant sa famille ramenait inévitablement le désespoir qui menaçait chaque jour de le submerger.

— C'est bon pour moi, répondit Pasko en lui tendant une longe de cuir sur laquelle les trous avaient déjà été percés. Prends cette boucle et couds-la au bout de cette lanière, dit-il en désignant une large boucle en fer utilisée pour attacher les harnais des chevaux aux traits des chariots.

Serre étudia l'objet pendant quelques instants. Il vit qu'il s'agissait de deux bandes de cuir cousues dos à dos pour plus de solidité. Il remarqua que l'un des deux côtés était plus plat que l'autre. Il souleva la boucle et la fit glisser par-dessus la longue lanière en plaçant le morceau de métal opposé à la pointe contre le côté le plus plat. Il leva les yeux.

Pasko hocha la tête avec un sourire presque imperceptible. Serre prit donc la lourde aiguille servant à travailler le cuir et commença à coudre la boucle.

— C'est pas mal, fiston, lui dit Pasko quand il eut fini. Mais tu as fait une erreur.

Serre écarquilla légèrement les yeux d'un air interrogateur.

— Regarde celle-là, dit l'autre en désignant une lanière déjà terminée.

Serre fit ce que Pasko lui demandait et vit qu'il avait fait un nœud trop court à l'endroit où il avait cousu les deux extrémités ensemble. L'autre lanière avait trois rangées de points sous la boucle pour lui donner plus de résistance.

Serre acquiesça, prit un gros couteau pour le cuir et commença à défaire ses points en veillant à ne pas abîmer la peau. Puis il ajusta la lanière de façon que les trous d'un côté correspondent à la première rangée de points et que les trous de l'autre s'alignent sur la troisième. Il cousit soigneusement ces deux rangées-là, puis en ajouta une troisième entre les deux.

— C'est bien, le félicita Pasko lorsqu'il eut terminé. Quand tu dois faire quelque chose pour la première fois et que tu as un exemple à portée de la main, prends le temps d'étudier ce que tu dois faire. Comme ça, tu feras moins d'erreurs. Or, les erreurs, c'est ce qui peut coûter la vie à un homme.

Serre acquiesça, même s'il trouva étrange cette dernière remarque.

— Pasko, est-ce que je peux discuter avec toi ?

— De quoi ? demanda le serviteur plus âgé.

— De ma vie.

— Ça, c'est un sujet pour Robert, répondit Pasko. Le moment venu, il te fera savoir ce qu'il attend de toi, j'en suis sûr.

— Au sein de mon peuple, quand un jeune devient un homme, un autre homme est toujours prêt à le guider, pour l'aider à faire les bons choix, avec sagesse. (Serre se tut, et son regard se perdit au loin pendant un moment, comme s'il voyait quelque chose sur les murs de l'écurie.) J'ai…

Pasko ne souffla mot et se contenta d'observer attentivement le garçon. Celui-ci garda le silence un long moment, puis se remit à travailler sur les traits de cuir. Un certain temps s'écoula avant qu'il reprenne :

— Je me serais marié. J'aurais rejoint les hommes dans la loge, et j'aurais participé à la chasse, j'aurais planté des récoltes, engendré des enfants. J'étais né pour cela, Pasko. (Il s'immobilisa pour regarder le serviteur.) Un homme m'aurait guidé pour toutes ces choses-là. Mais tout ça n'a plus d'importance maintenant. Je suis ici, dans cette grange, avec toi, et je ne sais pas ce que va être ma vie. Que vais-je devenir ?

Pasko soupira et posa la bande de cuir dont il s'occupait jusqu'alors. Puis il posa la main sur l'épaule de Serre en le regardant droit dans les yeux.

— Les choses changent en un instant, fiston. Rien n'est éternel. Souviens-toi de ça. On sait pas pourquoi, mais les dieux t'ont épargné, toi, parmi tous ceux de ta race. On t'a fait don de la vie pour une raison indéterminée. Je prétends pas la connaître. (Il s'arrêta un moment, comme s'il réfléchissait à ce qu'il allait dire ensuite, puis il ajouta :) Mais peut-être que la première tâche qui t'attend est de la découvrir, cette raison. Je crois que, ce soir, tu devrais discuter avec Robert. (Il posa le harnais de cuir et s'apprêta à sortir de la grange. Par-dessus son épaule, il ajouta :) Je vais lui parler et voir s'il est d'accord pour avoir une petite discussion avec toi.

Serre resta seul dans l'écurie. Il regarda le travail devant lui et se souvint de ce que son grand-père lui avait dit un jour : *Occupe-toi de la besogne qui se trouve sous tes yeux et mets de côté les inquiétudes concernant le travail à venir.* Il se concentra donc sur le cuir dans sa main et le fait de coudre des points aussi serrés et réguliers que possible.

Les semaines passèrent, et l'été fit place à l'automne. Serre perçut le changement dans l'air comme n'importe quelle créature sauvage qui avait vécu toute sa vie dans les montagnes. Les prairies de plaine autour de l'auberge étaient bien différentes des hautes vallées de son enfance, mais elles se ressemblaient suffisamment pour que le garçon se sente encore en phase avec les rythmes de la nature.

Lorsqu'il chassait avec Caleb, il voyait la fourrure s'épaissir sur le dos des lapins et des autres animaux. À l'approche de l'hiver, de nombreux arbres perdaient leurs feuilles ; bientôt le froid allait les faire virer au roux, à l'or et au jaune pâle.

Les oiseaux migraient vers le sud et les bêtes qui se reproduisaient à l'automne étaient en rut. Un après-midi, il entendit une vouivre mâle rugir de défi à l'adresse d'un autre mâle qui avait dû s'aventurer sur son territoire. Avec les jours de plus en plus courts survint une mélancolie qui menaçait parfois de submerger Serre. L'automne, c'était le temps de la récolte. On salait viandes et poissons, on ramassait des noix et on réparait manteaux et couvertures en prévision du rude hiver qui allait suivre.

L'hiver risquait d'accentuer la terrible impression de perte que Serre éprouvait car, si les violentes chutes de neige en montagne pouvaient couper le village du reste du monde jusqu'au premier dégel, c'était l'époque où les villageois se rapprochaient les uns des autres, blottis dans la loge des hommes ou dans la maison des femmes pour se raconter des histoires. On venait souvent s'entasser sous le même toit à raison de deux, trois ou même quatre familles, pour puiser du réconfort dans la présence des autres, pour se parler et pour se raconter de vieilles histoires que l'on écoutait encore et encore avec ravissement, même si on les connaissait par cœur.

Le chant des femmes qui peignaient les cheveux de leurs filles ou qui préparaient le repas, les odeurs de cuisine, le rire des hommes qui échangeaient des plaisanteries à voix basse... Oui, Serre savait que l'hiver allait être pour lui la plus difficile des saisons.

Un jour qu'il revenait de la chasse, il tomba de nouveau sur le carrosse du comte Ramon DeBarges dans la cour. Caleb prit les gros lapins qu'ils avaient attrapés au collet pendant que Serre déposait la carcasse d'un daim fraîchement tué sur le porche de la cuisine, à l'arrière du bâtiment.

Caleb s'immobilisa quelques instants, puis dit :

— Serre, tu as bien chassé.

L'intéressé hocha la tête en guise de réponse. Comme d'habitude, ils avaient à peine échangé deux mots de toute la journée, préférant communiquer par gestes ou s'en remettre à ce sens inné de leur environnement qu'ils avaient en commun. Caleb était l'un des meilleurs chasseurs que Serre ait jamais connu, même si une dizaine d'hommes du village pourrait… non, aurait pu rivaliser avec lui.

— Emmène le daim à l'intérieur, ordonna Caleb.

Serre hésita un bref instant. Il n'avait jamais mis les pieds dans l'auberge et n'était pas sûr qu'il devrait. Mais Caleb ne lui aurait pas demandé de faire quelque chose d'interdit, c'est pourquoi il reprit le daim en travers de ses épaules et gravit les larges marches qui menaient à la porte de derrière. Celle-ci, en chêne solide, était bardée de fer, et l'on se serait attendue à la voir dans une forteresse plutôt que dans une résidence, mais Serre n'y accorda pas beaucoup d'importance. Il était déjà convaincu que *Chez Kendrick* avait été conçu autant pour la défense que pour le confort.

Il souleva la lourde poignée en fer et poussa vers l'intérieur. La porte s'ouvrit et Serre entra dans la cuisine pour découvrir un univers comme il n'en avait encore jamais connu.

Les Orosinis faisaient la cuisine sur des feux à l'air libre ou autour de grands fours communaux, lesquels ne se trouvaient jamais au centre d'une pièce. Serre eut tout d'abord une impression de chaos puis, en prenant le temps d'observer les choses un moment, il commença à appréhender l'organisation de la cuisine.

Lela leva les yeux et lui offrit un bref sourire en le voyant, avant de se pencher de nouveau sur une large marmite suspendue devant l'un des trois âtres immenses. Une femme corpulente suivit le regard de la jeune fille et aperçut le garçon efflanqué qui tenait la carcasse du daim.

— Est-ce qu'il a été vidé ? demanda-t-elle.

Serre acquiesça, puis pensa à ajouter :

— Mais il n'a pas été dépouillé.

La femme désigna un gros crochet à viande dans un coin, au-dessus d'un grand bac en métal qui devait servir à récupérer le sang et les abats. Serre alla accrocher le daim par la lanière qui retenait prisonnière les deux pattes de derrière. Puis il se retourna et attendit.

Au bout de quelques minutes, la femme d'un certain âge lui jeta un coup d'œil et vit qu'il n'avait pas bougé.

— Sais-tu comment dépouiller un daim, mon garçon ? demanda-t-elle.

Il hocha la tête.

— Alors mets-toi au travail !

Sans hésiter, Serre entreprit de retirer la peau du daim avec l'efficacité que confère une longue pratique. Il ne songea même pas à se demander qui était cette femme ni pourquoi elle devrait lui donner des ordres. Au sein de son peuple, les femmes s'occupaient de tout ce qui était cuisine et les hommes leur obéissaient autour des âtres, des feux de camp et des fours.

Il eut rapidement terminé. Lorsqu'il se retourna pour demander un chiffon avec lequel nettoyer le couteau qu'il portait habituellement à la ceinture, quelqu'un lui en lança un. Il l'attrapa au vol et aperçut Gibbs, tout sourires. Ce dernier se tenait devant un grand plan de travail sur lequel se trouvait un tas de légumes qu'il était occupé à couper avec un gros couteau.

Derrière Gibbs, Serre aperçut d'autres serviteurs qui cuisaient de la viande devant un âtre tandis que d'autres encore surveillaient la cuisson de miches de pain frais dans les fours. Brusquement, Serre fut assailli par tous ces arômes de cuisine et il s'aperçut qu'il avait très faim. Mais il eut également un coup au cœur, car ces odeurs chaleureuses firent remonter des souvenirs de sa mère et des autres femmes préparant les repas.

Alors que ses yeux se remplissaient de larmes, Serre vit une grande porte s'ouvrir et un homme entrer dans la cuisine. Costaud, d'âge moyen, avec un gros ventre saillant par-dessus sa ceinture (qui n'était pas sans rappeler la sous-ventrière d'un cheval), il portait une culotte enfoncée dans des bottes montant à mi-mollet et une volumineuse chemise blanche couverte d'éclaboussures de vin et de nourriture. Son visage formait un rond presque parfait, et il avait les cheveux noirs striés de gris, noués en queue-de-cheval, ainsi que des favoris qui descendaient presque jusqu'à la pointe de son menton. Il regarda autour de lui d'un œil critique et ne trouva rien à redire jusqu'à ce que son regard s'arrête sur Serre.

— Toi, là, gamin, dit-il en pointant sur lui un index accusateur. (Cependant, il avait les yeux rieurs et l'ombre d'un sourire sur les lèvres.) Qu'est-ce que tu fais ?

— J'ai dépouillé ce daim, monsieur, répondit Serre d'un ton hésitant, car le bonhomme parlait roldemois.

En tout cas, la question lui avait brutalement fait oublier sa tristesse.

L'homme marcha d'un air décidé en direction du garçon.

— Ça, c'est ce que tu as fait, répliqua-t-il d'une voix beaucoup trop forte. Qu'est-ce que tu fais, là, actuellement ?

Serre hésita, puis répondit :

— J'attends que quelqu'un me dise ce que je dois faire.

Le visage de son interlocuteur s'illumina d'un sourire.

— Bien dit, fiston. Tu es Serre, le garçon qui vit dans l'écurie, c'est ça ?

— Oui, monsieur.

— Je suis Léo, et voici mon royaume, ajouta l'homme en faisant un ample geste du bras. J'ai cuisiné pour la noblesse et les gens du commun, de Roldem à Krondor, et aucun homme ne s'est jamais plaint de ma cuisine.

— Parce qu'ils sont tous morts avant d'en avoir eu l'occasion, marmonna quelqu'un dans la cuisine encombrée.

Il y eut des rires, que certains serviteurs ne réussirent pas à étouffer à temps et qui poussèrent Léo, le regard noir, à se retourner avec une vivacité surprenante.

— Eh, Gibbs ! Je t'ai reconnu ! Encore en train de faire le malin, hein ? Va t'occuper des ordures.

Gibbs se redressa, indigné.

— Mais le nouveau devrait s'en charger, Léo. Moi, je dois servir à table, ce soir.

— Non, pas ce soir, Gibbs le malin. Le garçon servira à table pendant que tu t'occuperas des cochons !

Comme Gibbs quittait la cuisine d'un air dégoûté, Léo adressa un clin d'œil à Serre.

— Voilà qui va le remettre à sa place. (Puis il contempla les vêtements frustes du garçon.) Viens avec moi.

Sans attendre de voir si Serre le suivait, Léo tourna les talons et poussa la lourde porte par laquelle il était entré. Le garçon lui emboîta le pas.

La pièce était certainement réservée à l'usage des serviteurs, avec une autre porte qui s'ouvrait dans le mur d'en face. De grandes tables étaient alignées le long des murs de droite et de gauche. Sur l'une d'entre elles se trouvait un assortiment d'assiettes, de bols, de verres et d'autres plats pour le service.

— Voilà où nous gardons toute notre vaisselle, expliqua Léo malgré l'évidence. Lorsque nous en aurons l'occasion, nous te montrerons comment dresser la table pour les clients. (Il désigna l'autre table, vide pour le moment.) Ce soir, au dîner, nous servirons des plats chauds. Lela et Meggie feront le service.

Il ouvrit la deuxième porte, et Serre le suivit au milieu d'un grand couloir. Le mur d'en face était orné d'étagères sur lesquelles on trouvait divers objets : lampes, chandelles, tasses, verres, tout un assortiment de fournitures pour une auberge où le travail ne manquait pas.

— Voilà l'endroit où Kendrick garde les babioles dont on a besoin, reprit Léo. (Désignant la porte à l'extrémité gauche du couloir, il ajouta :) Là-bas, c'est la salle commune. Si une caravane fait étape ici, ou une patrouille venue d'un château voisin, elle est généralement pleine d'imbéciles bruyants et bourrés. (Puis il montra l'autre porte, située sur la droite.) Voici la salle à manger, où dînent les nobles et les clients importants. Ce soir, c'est là que tu feras le service.

Il se tut, le temps de fouiller les étagères à la recherche d'une longue tunique blanche qu'il tendit à Serre :

— Tiens, enfile-la.

Serre obéit et s'aperçut que la tunique lui arrivait à mi-chemin entre la hanche et le genou. Il noua les lacets qui pendaient au bout des manches bouffantes.

— Fais-moi voir tes mains, fiston, ordonna Léo.

Serre lui tendit ses mains, et Léo dit :

— Contrairement à certains, je ne suis pas un fanatique de la toilette, mais tu ne peux pas servir la noblesse avec du sang de daim sous les ongles. Retourne en cuisine et lave-toi. Utilise la brosse pour enlever le sang.

Serre repassa par l'office pour rentrer dans la cuisine et dénicha un gros seau d'eau savonneuse qui servait à nettoyer les casseroles et la vaisselle. Il vit Lela qui finissait de couper les légumes, debout devant la table en bois, à la place que Gibbs venait juste de quitter. Serre commença à se laver les mains, et Lela lui sourit.

— Tu sers à table, ce soir ?

— Je crois, répondit le garçon. Mais on ne me l'a pas dit.

— Tu portes une tunique de serveur, lui apprit-elle. Ça veut dire que tu es de service.

— Qu'est-ce que je dois faire ? demanda Serre en essayant de réprimer un soudain élan de nervosité.

— Léo te le dira, répondit Lela avec un sourire étincelant. C'est facile.

Serre examina ses mains et vit qu'il n'avait plus de sang sous les ongles. Il retourna dans le couloir où l'attendait Léo.

— Tu en as mis du temps, fit remarquer le cuisinier d'un ton espiègle.

Serre commençait à penser que le cuisinier ressemblait beaucoup à son grand-père, taquin dans ses réprimandes, comme s'il n'en pensait pas un seul mot.

— Viens, dit Léo.

Serre le suivit dans la salle à manger. Il s'agissait d'une pièce en longueur, avec une table immense, comme le jeune Orosini n'en avait encore jamais vu. À chaque extrémité se dressaient deux chaises à haut dossier, tandis que huit autres s'alignaient de chaque côté de la table. Celle-ci était en chêne ancien, poli par des années d'usure et de cirage, et elle brillait d'une couleur dorée un peu fauve, avec ses milliers de taches de vin et de bière qui lui donnaient des teintes variées d'un bout à l'autre du plateau.

— La table de Kendrick, fit remarquer Léo en voyant l'expression du garçon. Elle est légendaire. Taillée d'un seul tenant dans le tronc d'un ancien chêne. Il a fallu pas moins d'une vingtaine d'hommes et deux mules pour l'amener jusqu'ici. (Il leva les yeux et agita la main.) Kendrick a fait bâtir cette pièce autour d'elle. (Il sourit en se prenant le menton d'un air songeur.) Je ne sais pas ce qu'il ferait s'il devait la remplacer. Je suppose qu'on pourrait découper celle-là à la hache pour en faire du petit bois, mais comment est-ce qu'on en ferait rentrer une autre ?

Serre passa la main sur la surface du bois et la trouva très lisse.

— Une centaine de garçons comme toi ont usé un bon millier de chiffons sur cette table. Tu verras, ton tour viendra de la cirer. (Il se retourna et mit les poings sur les hanches.) Maintenant, voilà ce que tu vas faire. (Il désigna un long buffet sur le côté.) Dans quelques minutes, on va apporter de gros pichets de bière ainsi que des carafes de vin. Tu vois ces verres ? demanda-t-il en désignant ceux qui se trouvaient déjà sur la table.

Serre acquiesça.

— Il faudra remplir certains avec de la bière et d'autres avec du vin. Tu connais la différence ?

Serre se surprit à vouloir sourire. Mais il garda son sérieux pour répondre :

— J'ai goûté les deux.

Léo fit mine de froncer les sourcils.

— Devant les clients, tu m'appelleras « maître cuisinier », c'est clair ?

— Oui, maître cuisinier.

— Bon, où en étais-je ? (Il parut perplexe pendant quelques instants.) Ah oui, ton rôle est de rester de ce côté de la table. De ce côté seulement, compris ?

Serre acquiesça.

— Observe bien les clients devant toi. Il y en aura six de ce côté, sept de l'autre, et les deux derniers assis là-bas, ajouta-t-il en indiquant les deux chaises au bout de la table, à la droite de Serre. Personne ne sera assis à l'autre bout.

— Six de ce côté, maître cuisinier, répéta Serre.

— Ton rôle est de veiller à ce que les verres soient toujours remplis. Si un client était obligé de redemander de la bière ou du vin, l'honneur de *Chez Kendrick* en serait entaché, et je considérerais cela comme un affront personnel. Je demanderais certainement à Robert de Lyis de te faire donner une correction par Pasko.

— Oui, maître cuisinier.

— Veille bien à ne verser la bière que dans les verres contenant de la bière et pareil pour le vin. J'ai entendu dire que certains barbares du côté de Kesh mélangent les deux, mais je trouve ça difficile à croire. Quoi qu'il en soit, si tu les mélanges, je demanderais à Robert de Lyis de te faire donner une correction par Pasko.

— Oui, maître cuisinier.

Ce dernier donna une petite tape sur l'arrière du crâne de Serre en ajoutant :

— Il se pourrait aussi que je demande à Robert de Lyis de te faire donner une correction uniquement parce que tu es un gamin, et que les gamins sont ennuyeux. Reste ici.

Sur ce, le maître cuisinier s'en alla, laissant Serre seul dans la pièce. Ce dernier promena son regard tout autour de lui. Des tapisseries étaient suspendues au-dessus du buffet derrière lui. Deux petites cheminées d'angle réchauffaient l'ensemble, capables à elles deux de diffuser une ambiance chaleureuse dans la grande salle à manger même par les nuits les plus froides.

Le long du mur opposé se trouvait une autre desserte. Au bout de quelques minutes, Lars apporta dans la pièce un gigot de mouton posé sur un énorme plat. Alors débuta un ballet frénétique mais apparemment parfaitement contrôlé. Meggie, Lela et plusieurs serviteurs dont Serre ignorait le nom, mais qu'il avait croisés dans la cuisine entrèrent à tour de rôle dans la salle à manger avec des plats de légumes fumants, du pain chaud, des pots de condiments et de miel, des mottes de beurre fraîchement baratté et des assiettes de canard, de lapin et de poulet rôti. Chacun déposait son fardeau sur la desserte et s'en retournait en cuisine en frôlant la personne suivante sans rien déranger sur les tables ni faire tomber ce que portaient les autres. Puis il revenait quelques instants plus tard avec un autre plat. Il y avait là de nombreux mets tels que Serre n'en avait encore jamais vu. Des fruits à la couleur et à la texture étranges côtoyaient les pommes, les poires et les prunes si familières.

Puis la bière et le vin furent apportés à leur tour, et Lars se plaça en face de Serre, de l'autre côté de la table, tandis que Meggie se postait à gauche de la desserte et Lela à droite du buffet derrière Serre.

Ils n'eurent qu'un instant très bref, à peine le temps de reprendre leur souffle et de se composer une attitude, avant que la porte de droite s'ouvre et qu'un défilé d'hommes et de femmes élégamment vêtus commence.

Ils entrèrent les uns à la suite des autres et prirent place autour de la table, sans doute selon un système de rang quelconque, car le premier couple s'en alla se mettre debout derrière les chaises en haut de la table et les autres convives s'installèrent ensuite dans l'ordre d'arrivée. Serre trouva que cela ressemblait beaucoup à la cérémonie qui se déroulait dans la loge des hommes. Le doyen du village s'asseyait sur le haut siège, celui le plus en vue, avec son cadet à sa droite et son benjamin à sa gauche, et ainsi de suite jusqu'à ce que tous les hommes du village aient pris place. L'ordre n'était modifié que si l'un des hommes venait à mourir, si bien qu'il fallait s'attendre à rester assis à la même place pendant de nombreuses années.

Le dernier à franchir la porte ne fut autre que Kendrick lui-même, vêtu pratiquement comme la première fois où Serre l'avait aperçu. Ses cheveux et sa barbe paraissaient lavés et peignés de frais, mais son pourpoint était de la même couleur, et il portait toujours son pantalon et ses bottes plus pratiques que jolis. Il s'avança jusqu'à la chaise qui se trouvait devant le noble en bout de table et l'écarta pour lui.

Serre vit alors Lars faire un pas et poser les mains sur la chaise la plus proche du haut de la table. Le jeune garçon n'hésita qu'un instant avant de faire pareil de son côté, imitant chacun des mouvements de Kendrick et de Lars : tirer la chaise en la décalant légèrement sur le côté, afin de permettre au convive (en l'occurrence, une femme d'une trentaine d'années, éblouissante, avec un superbe collier d'émeraudes autour du cou) de s'avancer et de prendre place, puis repousser légèrement la chaise au moment où le convive s'asseyait. Serre n'avait qu'une seconde de retard sur les autres et réussit la manœuvre à la perfection.

Sans attendre, il passa à la chaise suivante et répéta les mêmes gestes jusqu'à ce que, très vite, tous les convives soient assis. En retournant se poster à l'endroit qui lui avait été désigné, Serre s'aperçut que Kendrick le regardait et il vit Lars reprendre place devant la desserte.

Les filles commencèrent à servir les plats, puis Lars prit un pichet de bière et une carafe de vin et s'avança en haut de la table. Serre hésita et regarda Kendrick, qui plissa très légèrement les yeux avant de désigner du regard le buffet, puis le jeune garçon.

Serre imita donc chacun des gestes de Lars et se présenta à côté de l'homme en bout de table pour lui présenter les boissons. L'individu s'exprimait avec un accent très prononcé, mais il s'agissait bel et bien de roldemois et il était clair qu'au beau milieu de remarques pleines d'esprit ce noble personnage demandait à Serre de lui servir le vin, ce que fit le jeune garçon en s'efforçant de ne pas en renverser sur la table ou sur le convive.

Puis il fit le tour des autres personnes présentes en remplissant les verres sur leurs instructions.

Lorsque ce fut fait, le reste de la soirée se déroula sans incident. Tout au long du repas, il remplit verre après verre. Lorsque ses pichets et ses carafes furent presque vides, l'une des filles les ramena en cuisine pour les remplir.

Du point de vue inexpérimenté de Serre, les choses semblaient se passer plutôt bien. Vers la fin du repas, il chercha à remplir de nouveau le verre de l'homme qui présidait la table, mais celui-ci indiqua qu'il ne souhaitait pas boire davantage en posant brièvement sa main au-dessus du verre.

Serre, ne sachant pas quoi dire, se contenta de s'incliner légèrement avant de reculer.

Kendrick se tenait en retrait derrière le couple en bout de table et observait chacun des mouvements de son personnel, surveillant que tous les besoins des convives soient satisfaits.

Lorsque le repas prit fin, les personnes firent savoir qu'elles étaient prêtes à partir. Serre s'empressa de se poster devant la première chaise en voyant Kendrick et Lars faire de même et tira chaque chaise en douceur pour que les convives puissent se lever avec grâce.

Lorsqu'ils furent tous partis, Kendrick les suivit. La porte qui donnait sur la salle commune venait à peine de se refermer lorsque celle de l'office s'ouvrit et que Léo entra en criant :

— Bon, très bien ! Qu'est-ce que vous attendez ? Nettoyez-moi tout ça !

Brusquement, Meggie, Lela et Lars ramassèrent plats et assiettes sur les tables, et Serre fit de même. Ils firent ainsi plusieurs allées et venues entre la salle à manger et la cuisine pour remettre en ordre la première.

Serre perçut rapidement le rythme sous-jacent de ce manège, une affaire de tâches dévolues chaque fois à la même personne, et il n'eut donc aucun mal à anticiper la suite. À la fin de cette soirée de travail, il se sentait à l'aise avec ces tâches ménagères et il savait qu'il serait capable de les exécuter mieux encore la prochaine fois qu'on le lui demanderait.

Comme le personnel de cuisine préparait le petit déjeuner du lendemain, à commencer par le pain, Lela vint trouver Serre pour lui dire :

— Avant que tu ailles dormir, Kendrick veut te voir.

— Où ? demanda tranquillement le jeune garçon en regardant autour de lui.

— Dans la salle commune, répondit-elle.

Il s'y rendit et trouva Kendrick assis à l'une des longues tables en bois devant le comptoir, face à Robert de Lyis. Tous deux savouraient une chope de bière.

— Gamin, tu t'appelles Serre, c'est bien ça ?

— Oui, monsieur.

— Serre du Faucon argenté, ajouta Robert.

— C'est un nom orosini, fit remarquer Kendrick.

— Oui, monsieur.

— Au fil des ans, nous avons vu quelques-uns des tiens par ici, de temps en temps, mais vous avez tendance à rester dans vos montagnes.

Serre hocha la tête sans trop savoir s'il devait répondre. Kendrick le dévisagea un long moment en silence, puis reprit :

— Tu sais tenir ta langue. C'est une qualité.

Il se leva et vint se camper devant Serre comme s'il cherchait quelque chose sur son visage, quelque chose qu'il ne pouvait voir de loin. Après un bref examen, il demanda :

— Est-ce que Léo t'a indiqué ce que tu devais faire ?

— Il m'a demandé de verser le vin dans les verres et la bière dans les chopes.

— C'est tout ?

— Oui, monsieur.

Kendrick sourit.

— Léo trouve amusant de jeter un gamin dans l'arène sans même lui indiquer tous les détails de son service. Il va encore falloir que je lui parle. Tu t'en es plutôt bien sorti, aucun des convives n'a remarqué ton manque d'expérience. (Il se tourna vers Robert :) Je vous le laisse. Bonne nuit.

Robert se leva et fit un signe de tête en guise d'au revoir. Puis, d'un geste, il demanda à Serre de s'asseoir. Le garçon obéit, et Robert le regarda attentivement. Finalement, il prit la parole :

— Connais-tu le nom de la personne qui était assise en bout de table ?

— Oui, répondit Serre.

— Qui est-ce ?

— Le comte Ramon DeBarges.

— Comment le sais-tu ?

— Je l'avais déjà vu avant, la dernière fois qu'il est venu à l'auberge. Lela m'a dit son nom.

— Combien de bagues portait-il à la main gauche ?

Serre fut surpris par cette question, mais il n'en dit rien et tenta de se rappeler ce détail. Après avoir fait remonter en lui une image du comte levant son verre pour réclamer du vin, le garçon répondit :

— Trois. Une bague en argent sertie d'une grosse pierre rouge au petit doigt. Un anneau en or gravé au doigt suivant, et une bague en or incrustée de deux pierres vertes à l'index.

— Bien, fit Robert. Les pierres vertes, ce sont des émeraudes, la rouge, un rubis.

Serre se demanda quel était le but de toutes ces questions, mais garda cette réflexion pour lui.

— Combien d'émeraudes y avait-il dans le collier de la dame à la gauche du comte ?

Serre réfléchit un instant, puis répondit :

— Sept, je crois.

— Tu crois ou tu le sais ?

Serre hésita, puis répéta :

— Je crois.

— Il y en avait neuf.

Robert étudia le visage du jeune homme, comme s'il s'attendait que ce dernier dise quelque chose, mais Serre continua à garder le silence. Au bout d'une longue pause, Robert posa une nouvelle question :

— Te souviens-tu de quoi parlaient le comte et l'homme qui se trouvait à deux places de lui, sur sa droite, quand tu as servi de la bière à la dame qui était assise entre eux ?

Serre resta muet une bonne minute en fouillant sa mémoire.

— Ils parlaient de chiens, je crois.

— Tu crois ou tu le sais ?

— Je le sais. Leur conversation concernait les chiens.

— Quel en était le sujet ?

— Quelque chose à propos des chiens de chasse. (Serre marqua une pause, puis ajouta :) Je ne parle pas encore très bien le roldemois, Robert.

De Lyis resta immobile quelques secondes, puis hocha la tête.

— Tu as raison.

Il se lança ensuite dans une nouvelle série de questions allant de qui avait mangé quoi jusqu'aux sujets de discussion à divers moments de la soirée, en passant par les toilettes et les bijoux de ces dames et le nombre de boissons consommées par ces messieurs. Serre commençait à avoir l'impression qu'il allait y passer toute la nuit.

— Nous avons fini, déclara brusquement Robert. Retourne dormir dans l'écurie jusqu'à ce qu'on t'appelle. Ensuite, tu viendras t'installer ici, dans le logement des domestiques. Tu partageras une chambre avec Gibbs et Lars.

— Vais-je devenir un membre du personnel de *Chez Kendrick* ?

Robert esquissa un petit sourire.

— Pour un temps, jeune Serre. Pour un temps.

Serre se leva et se rendit en cuisine où la pâte à pain levait devant l'âtre en attendant de passer au four en tout début de matinée. Le jeune homme s'aperçut qu'il n'avait pas mangé depuis des heures et s'arrêta le temps de prendre une pomme dans un grand saladier. Il savait qu'elles étaient sûrement destinées à la confection de tartes, mais il songea qu'un fruit en moins ne représenterait pas une grande perte pour Léo.

En sortant, il vit que le ciel s'éclaircissait à l'est. Bientôt, ce serait cette heure avant l'aube que son peuple appelait la « queue du chien », cette heure grise durant laquelle un homme pouvait partir tôt pour la chasse ou pour un long voyage s'il désirait prendre de l'avance.

Serre entra dans la grange, chercha sa paillasse et se jeta dessus, submergé de fatigue. La pomme à demi mangée s'échappa de sa main. Alors même qu'il se demandait ce que le destin lui réservait et la raison pour laquelle Robert lui avait posé autant de questions apparemment inutiles, Serre sombra rapidement dans un sommeil épuisé.

4

Jeux

Serre fronça les sourcils.

Les yeux fixés sur les cartes étalées devant lui sur la table, il essayait de trouver une solution. Mais, après avoir regardé les quatre cartes qu'il venait juste de retourner, il comprit qu'il lui était impossible de continuer la partie.

Il soupira de frustration mêlée d'ennui. Puis il ramassa les cartes pour battre le jeu tout en résistant à la tentation de se retourner pour voir si les deux hommes qui l'observaient montraient la moindre réaction.

L'homme aux cheveux blancs, que Serre avait surnommé « Tête de Neige », mais qui se prénommait en réalité Magnus, se tenait debout derrière Robert, lequel était assis sur un tabouret, qu'il avait pris dans la salle commune pour l'apporter dans la salle à manger. Une semaine plus tôt, Robert avait commencé à expliquer à Serre le concept des cartes.

Le jeu était composé de cinquante-deux cartes se déclinant en quatre familles : coupes, bâtons, épées et diamants, chacune d'une couleur différente, bleu pour les coupes, vert pour les bâtons, noir pour les épées et jaune pour les diamants. On s'en servait essentiellement pour jouer au *lin-lan*, au *pashawa* et au poker, ou *po-kir* comme on l'appelait à Kesh. Robert en avait expliqué les règles et fait jouer quelques parties de chacun des jeux à Serre pour qu'il se familiarise avec l'ordre des familles, depuis la carte connue sous le nom d'« as », qui venait d'un mot bas-tyran pour désigner l'unité, jusqu'au seigneur. Les autres cartes allaient de deux à dix, mais Serre ne comprenait pas trop pourquoi l'as, ou le « un » comme il l'appelait, valait plus que le seigneur, la dame ou le capitaine. Ce n'était pas logique.

Serre esquissa un petit sourire de dérision. Il ne savait pouquoi ce détail, le fait que le plus petit nombre avait le plus de valeur, l'irritait. Malgré tout, il s'en était bien sorti avec les jeux que Robert lui avait appris. Son mentor lui avait alors expliqué le concept du solitaire, où le joueur utilisait le jeu pour se distraire seul quand il n'avait pas de partenaires. Il existait différentes combinaisons, toutes des variations sur un même thème, avec chaque fois une façon différente de sortir les cartes du talon. Certaines variantes exigeaient du joueur qu'il aligne les cartes selon des rangées reposant sur la valeur des cartes, ou en alternant les couleurs claires et les couleurs foncées, ou encore dans l'ordre numérique.

La veille, Robert avait fait sortir Serre de la cuisine (en l'absence de clients, il n'y avait pas beaucoup de travail) et l'avait fait venir dans la salle à manger. Là, il lui avait expliqué le jeu des « quatre seigneurs ».

Ce dernier laissait le jeune garçon perplexe. Les quatre seigneurs étaient étalés devant lui de droite à gauche, et quatre autres cartes étaient également retournées. L'objectif était de ranger les cartes par famille à côté des seigneurs, le seul obstacle étant que les cartes devaient être placées à côté de cartes de la même famille ou du même nombre. Ensuite, il fallait créer des paquets de quatre cartes au nombre identique, en carré, jusqu'à ce que les quatre as soient réunis. Alors, on retirait ceux-ci du jeu, puis on faisait de même avec les deux, et ainsi de suite jusqu'à ce qu'il ne reste plus que les seigneurs.

Serre avait rapidement découvert qu'il était très difficile de gagner à ce jeu, qui reposait beaucoup plus sur le hasard, selon l'ordre dans lequel les cartes sortaient du talon, que sur le talent. Mais ce dernier était quand même requis pour anticiper les situations où certaines cartes risquaient de se retrouver isolées de celles ayant la même valeur qu'elles.

Pendant une demi-journée, Serre y avait joué volontiers, bien déterminé à maîtriser ce jeu. Puis il s'était aperçu à quel point la victoire dépendait de la chance et il avait fini par s'en lasser. Mais Robert insistait pour qu'il continue à jouer et restait assis en silence derrière le jeune garçon pour l'observer.

Tandis que Serre commençait à redistribuer les cartes, il se demanda pour la énième fois pourquoi Robert faisait tout cela.

— Robert, pourquoi fais-tu cela ? chuchota Magnus.

— Le peuple du garçon n'utilisait pas beaucoup la logique abstraite dans la vie quotidienne, répondit Robert dans un murmure. C'étaient des chasseurs, des fermiers, des poètes et des guerriers, mais ils n'utilisaient que les bases des mathématiques et n'exerçaient aucune des disciplines faisant appel à une logique poussée. Ils comptaient des bâtisseurs parmi eux, certes, mais pas d'ingénieurs, et bien moins de magiciens que la plupart des peuples que je connais. Il n'en existait peut-être qu'un ou deux sur tout le territoire des Orosinis.

Ils s'exprimaient dans la langue du roi, l'idiome du royaume des Isles, pour éviter que Serre les comprenne, car Robert savait que le garçon avait l'ouïe très fine.

— Alors, tous ces jeux servent à lui apprendre la logique ?

Robert acquiesça.

— Ce n'est qu'un début, une façon très basique de lui apprendre à résoudre un problème.

Magnus fixa son regard bleu pâle sur les cartes étalées sur la table.

— J'ai joué aux quatre seigneurs, Robert. C'est toi qui me l'as appris, tu t'en souviens ? Il ne gagnera pas souvent.

Robert sourit.

— Il ne s'agit pas de gagner. Il s'agit de reconnaître une situation où l'on ne peut pas gagner. Tu vois, il a compris que ces quatre cartes l'empêchaient de gagner. (Ils regardèrent Serre ramasser les cartes en laissant les seigneurs sur la table, puis distribuer un nouveau jeu.) Au début, il passait tout le talon en revue avant de s'apercevoir qu'il ne pouvait pas gagner. Maintenant, moins de deux jours plus tard, il est capable de reconnaître les combinaisons plus subtiles qui lui montrent qu'il ne peut pas gagner.

— D'accord, il a du potentiel, peut-être même du talent. Mais cela ne nous dit pas ce que tu comptes faire du garçon.

— Patience, mon impétueux ami. (Il regardait Magnus, qui continuait à observer fixement Serre.) Il aurait mieux valu que tu hérites du caractère de ton père plutôt que de celui de ta mère.

L'homme aux cheveux blancs ne tourna pas son regard vers son interlocuteur, mais il sourit.

— Je t'ai entendu dire ça plus d'une fois, mon vieil ami. (Alors seulement, il consentit à regarder Robert.) Je sais de mieux en mieux contrôler mon tempérament, tu sais.

— Comment, serais-tu en train de dire que tu n'as détruit aucune cité ces dernières semaines ?

Magnus sourit d'un air malicieux.

— Pas à ma connaissance. (Puis il reprit un air sévère.) Je piaffe d'impatience devant tous ces jeux au sein des jeux.

— Ah, fit Robert, là encore, tu es bien le fils de ta mère ! Ton père m'a appris tout au long de ma vie d'adulte que nous ne pouvons affronter nos ennemis que lorsqu'ils se présentent à nous. Au cours des trente dernières années, nous avons subi tellement d'atteintes à la tranquillité de nos vies que cela défie l'imagination. Et il n'y a toujours eu qu'une seule constante.

— Laquelle ? demanda Magnus en prêtant de nouveau attention au jeu de Serre.

— Nos ennemis n'ont jamais utilisé deux fois le même stratagème. Les serviteurs du Sans-Nom sont malins et ils retiennent la leçon de leurs erreurs. Le pouvoir à l'état brut a échoué, alors maintenant ils essaient d'atteindre leur but par la ruse. Nous devons répondre de la même façon.

— Mais ce garçon ?

— Je crois que le destin avait une bonne raison de l'épargner. Ou, du moins, j'essaie de profiter d'une occasion inattendue. Il a… quelque chose en lui. Je crois que, si cette tragédie ne s'était pas abattue sur son peuple, il serait devenu un simple jeune homme orosini, un époux et un père, guerrier au besoin, fermier, chasseur et pêcheur le reste du temps. Il aurait transmis à ses fils les coutumes de ses ancêtres et serait mort de vieillesse, satisfait de son sort.

» Mais prends le même garçon et forge-le dans le creuset du malheur et de la souffrance, qui sait ce que tu obtiendras ? Deviendra-t-il fragile et cassant comme le fer ou pourra-t-on le transformer en acier ?

Magnus ne répondit pas, tandis que Serre, sous leurs yeux, entamait une nouvelle partie.

— Une dague est à double tranchant, Robert, peut importe la manière dont elle a été forgée. Elle peut couper dans les deux sens.

— Ce n'est pas à une grand-mère qu'on apprend à gober des œufs, Magnus.

Ce dernier sourit.

— Mon père n'a jamais connu sa mère, et la seule grand-mère dont j'ai jamais entendu parler a réussi à conquérir la moitié du monde, alors je ne crois pas que j'aurais pu lui apprendre quoi que ce soit.

— Tu as aussi le sens de l'humour féroce de ta mère. (Robert passa de la langue du roi au roldemois pour dire :) Serre, ça suffit. Il est temps pour toi de retourner en cuisine. Léo te dira ce qu'il y a à faire.

Le jeune homme rangea le jeu de cartes dans une petite boîte qu'il tendit à Magnus, puis se hâta de regagner la cuisine.

— Je ne suis toujours pas sûr de voir ce que, d'après toi, ce garçon va apporter à notre cause, reprit Magnus.

Robert haussa les épaules.

— Ton père m'a montré de nombreuses choses quand j'étais jeune, mais la leçon la plus importante fut pour moi la nature même de votre foyer. Votre île servait de refuge et d'école à toutes sortes d'êtres que je n'aurais jamais imaginés, même dans mes rêves les plus fous. (Il tendit le doigt en direction de la cuisine.) Ce garçon ne deviendra peut-être qu'un bon serviteur ou un outil de bonne facture. (Il plissa les yeux.) Mais il pourrait aussi devenir quelque chose de bien plus important : un esprit indépendant, loyal à notre cause.

Magnus garda le silence un long moment avant de déclarer :

— J'en doute.

Robert sourit avec chaleur.

— Nous avions des doutes à ton sujet quand tu étais plus jeune. Je me rappelle un certain incident pour lequel nous avons dû te consigner dans ta chambre pendant… combien de temps déjà ? Une semaine ?

Magnus lui rendit un pâle sourire.

— Ce n'était pas ma faute, tu te souviens ?

Robert hocha la tête d'un air indulgent.

— Ça ne l'a jamais été.

Magnus regarda en direction de la cuisine.

— Mais ce garçon ?

— Il a beaucoup à apprendre. La logique n'est qu'un début. Il doit comprendre que même les questions les plus importantes dans la vie peuvent être perçues comme des jeux, à condition d'avoir le sens du risque, de la récompense et du calcul. Il doit apprendre quand tourner le dos à un conflit et quand pousser l'avantage. La plus grande partie de sa nature, ce qu'on lui a appris lorsqu'il était enfant parmi son peuple, doit lui être enlevée. Il doit apprendre les relations entre hommes et femmes – sais-tu qu'on lui choisissait sa future épouse pendant qu'il attendait en haut d'une montagne la vision qui ferait de lui un homme ?

— Je ne connais pas grand-chose aux coutumes des Orosinis, avoua Magnus.

— Il ne sait rien de la ville, il est incapable de duplicité ou de tromperie, il n'a donc presque aucune chance de savoir quand quelqu'un lui ment. Cependant, en pleine nature, il possède un instinct propre à rivaliser avec celui d'un ranger du Natal.

— Caleb m'a dit qu'il chasse comme aucun citadin ne saurait le faire, approuva Magnus.

— Ton frère a passé des années parmi les elfes, alors il sait de quoi il parle.

— Tu as raison.

— Non, notre jeune Serre est une véritable aubaine. Il est sans doute unique. Et il est suffisamment jeune pour que nous puissions lui apprendre à devenir ce que peu d'entre nous peuvent être.

— C'est-à-dire ? demanda Magnus, visiblement intéressé.

— Il n'est pas limité par notre héritage. Il est encore capable d'apprendre, alors que la plupart des nôtres, à son âge, sont déjà convaincus de tout savoir.

— Il semble apprendre volontiers, concéda Magnus.

— Et il a un sens de l'honneur propre à rivaliser avec celui d'un capitaine de LaMut d'origine tsurani.

Magnus haussa les sourcils. Les personnes d'origine tsurani étaient davantage tenues par leur honneur que tout autre habitant de Midkemia. Ils étaient prêts à mourir pour payer une dette d'honneur. Il regarda Robert un moment pour voir s'il exagérait, puis il comprit que ce n'était pas le cas.

— L'honneur est parfois utile.

— Il a déjà sa propre quête, même si elle n'a pas encore fait surface dans son esprit.

— Une « quête » ?

— C'est un Orosini. Il doit traquer et tuer les hommes responsables de l'extermination de son peuple.

Magnus poussa un long soupir.

— Raven et sa bande de meurtriers. Ce ne sera pas une mince affaire.

— Le gamin est déjà un chasseur. Quand il sera prêt, il se lancera sur leur piste. Mais je préférerais qu'il le fasse avec de meilleures armes que ses mains nues et son intelligence. Nous avons donc encore beaucoup à lui apprendre, tous les deux.

— Il n'a aucun don pour la magie, je suppose, sinon tu l'aurais envoyé auprès de mon père au lieu de le ramener ici.

— C'est vrai, mais il existe de nombreux talents en dehors de la magie, Magnus. Je ne plaisante pas. Il est large d'esprit et nous savons qu'il y a des tâches bien plus compliquées pour discipliner l'esprit que des jeux de cartes. Si nous voulons qu'il serve notre cause, il doit devenir aussi résistant dans son esprit et dans son intellect qu'il l'est déjà dans son corps. Il n'a peut-être aucune aptitude en matière de magie, mais il devra l'affronter, et affronter des gens qui n'hésiteront pas à le doubler et à le poignarder dans le dos. Il sera face à plus de tromperies qu'il saurait l'imaginer.

— Si tu crains qu'il se fasse doubler, tu aurais dû demander à Nakor de lui servir de tuteur.

— Il se pourrait bien que je le fasse, mais pas maintenant. De plus, ton père a envoyé Nakor en mission à Kesh.

Magnus se leva.

— Ah, je vois que la perspective d'une guerre entre le royaume des Isles et l'empire de Kesh la Grande est à présent excellente.

Robert éclata de rire.

— Allons, Nakor ne provoque pas de ravages partout où il passe.

— Non, juste dans la plupart des endroits qu'il visite. Enfin, si tu penses que tu peux préparer le garçon pour traquer Raven et le tuer, bonne chance.

— Oh, ce ne sont pas Raven et ses meurtriers qui m'inquiètent. Les traquer ne sera qu'une partie de l'éducation de Serre, tout au plus son voyage d'apprenti. S'il échoue, alors il n'aura pas à affronter la véritable mise à l'épreuve de ses talents.

— Me voilà intrigué. Qu'est-ce qui l'attend ensuite ?

— Serre n'aura vengé son peuple que lorsqu'il aura tué toutes les personnes responsables de la disparition des Orosinis. Ce qui signifie qu'il ne trouvera pas le repos tant qu'il n'aura pas tué l'homme qui se cache derrière les responsables de ce génocide.

Magnus plissa les yeux dont le bleu pâle vira à la couleur de la glace.

— Tu vas le transformer en arme ?

Robert acquiesça.

— Il va vouloir tuer l'homme le plus dangereux de Midkemia.

Magnus se rassit en croisant les bras et regarda en direction de la cuisine comme s'il pouvait voir à travers les murs.

— Tu envoies une souris couper la barbe à un dragon.

— Peut-être. Si c'est le cas, assurons-nous que cette souris a des crocs.

Magnus secoua lentement la tête, sans répondre.

En remontant de l'eau de la rivière, Serre vit que Meggie l'attendait, les sourcils froncés. La jeune femme était l'antithèse de Lela, maigre là où Lela était voluptueuse, blonde au point de paraître pâle quand Lela était si brune, dotée d'un physique banal comparé à la beauté exotique de Lela, et acerbe quand Lela était exubérante. En réalité, elle n'était pas loin de ressembler à une mégère d'âge moyen alors qu'elle n'avait même pas vingt ans.

— T'en a mis du temps, lui dit-elle.

— Je ne savais pas qu'on était pressé, répliqua Serre, désormais à l'aise avec l'idiome roldemois qu'on lui demandait de parler presque exclusivement.

— On l'est toujours, riposta sèchement la jeune fille.

Serre la suivit en haut de la colline et lui demanda :

— Pourquoi es-tu descendue à ma rencontre ?

— Kendrick m'a ordonné de te retrouver pour te dire que tu referas le service dans la salle à manger ce soir.

Elle portait un châle d'un vert terne qu'elle ramena étroitement sur ses épaules tout en marchant devant Serre. Le temps était au froid, et plus encore la nuit, car l'automne faisait place à l'hiver et, bientôt, la neige allait se mettre à tomber.

— Une caravane d'Ordon, à destination de Farinda, doit faire étape ici cette nuit, et il semblerait que quelqu'un d'important voyage à son bord. Lela et moi, on fera le service en salle commune avec Lars pendant que Gibbs et toi, vous vous occuperez de la salle à manger.

— Tu aurais pu attendre que je rentre pour me le dire, lui fit remarquer Serre.

— Quand on me demande de faire quelque chose, j'obéis tout de suite, répliqua-t-elle.

Elle pressa le pas. Serre la regarda marcher devant lui, le dos raide. Quelque chose lui paraissait étrange, mais il mit quelques minutes à comprendre de quoi il s'agissait : en fait, il aimait la façon dont les hanches de la jeune femme bougeaient tandis qu'elle grimpait. Il éprouvait ce même trouble au ventre qu'il ressentait souvent lorsqu'il se trouvait seul avec Lela, et il en fut surpris. Il n'appréciait pas particulièrement Meggie, mais il se mit brusquement à songer à son nez retroussé et aux ridules qui se formaient au coin de ses yeux lors des rares fois où elle souriait.

Il savait qu'il y avait eu quelque chose entre Meggie et Lars pendant un moment mais, pour une raison ou une autre, ils se parlaient à peine désormais, alors que tout le monde parlait à Lela. Serre repoussa ce sentiment de gêne. Il savait ce qui se passait entre un homme et une femme. Son peuple ne faisait pas du sexe un tabou, et il avait vu nombre de femmes nues lors de la baignade quand il était enfant. Cependant, le fait de se trouver à proximité d'une jeune femme le plongeait dans une grande détresse. De plus, ces gens n'étaient pas des Orosinis mais des étrangers, même si, en réalité, c'était lui, maintenant, l'étranger. Il ne connaissait pas leurs rituels, mais ils semblaient user librement de leur corps avant même d'être promis à quelqu'un. En fait, Serre ne savait même pas si ce genre de liens existait dans cette communauté. Peut-être qu'ils n'avaient pas de mariage, contrairement aux Orosinis.

Kendrick n'avait pas d'épouse, pour autant que Serre le sache. Léo était marié à Martha, la femme bien en chair qui s'occupait de tout ce qui était pain et pâtisserie. Mais le couple venait d'un endroit lointain appelé Ylith. Peut-être qu'ici, au Latagore, les hommes et les femmes vivaient seuls et ne faisaient que… Serre secoua la porte en arrivant devant le portail de la cour d'écurie.

Il ne savait pas quoi penser et décida d'en parler à Robert si l'occasion s'en présentait.

Il remarqua que Meggie se tenait sur le porche à l'attendre.

— Remplis les tonneaux, lui dit-elle.

— Je sais ce que j'ai à faire, répondit-il avec douceur.

— Oh, vraiment ? fit-elle.

Serre n'aurait su dire de quoi elle parlait en réalité. Elle se retourna pour lui tenir la porte. Il attendit, puis passa devant elle. Lorsqu'elle referma la porte derrière lui, il posa ses gros seaux d'eau par terre.

— Meggie ?

— Quoi ? dit-elle en se tournant vers lui, le visage renfrogné.

— Pourquoi est-ce que tu ne m'apprécies pas ?

La franchise brutale de cette question la prit au dépourvu. Elle resta sans voix pendant quelques instants, puis répondit d'une voix douce, en le frôlant au passage :

— Qui a dit que je ne t'appréciais pas ?

Avant qu'il puisse répondre, elle sortit de la cuisine. Serre souleva les seaux et les transporta jusqu'aux tonneaux. Il ne comprenait vraiment pas ces gens.

Après le dîner, ce soir-là, Serre s'en alla à la recherche de Robert, qui occupait une chambre sur l'arrière de l'auberge, au rez-de-chaussée. Il savait qu'il avait une dette de vie envers cet homme. Il savait aussi qu'à moins d'être affranchi de cette dette il servirait Robert de Lyis pour le reste de ses jours, sauf s'il lui arrivait de sauver à son tour la vie de cet homme. Mais il n'était toujours pas sûr des projets que Robert nourrissait le concernant. Abruti par le chagrin, Serre avait également été submergé par tous les changements survenus dans sa vie depuis le solstice d'été. Mais, à présent que l'hiver approchait à grands pas, il songeait de plus en plus à l'avenir et se demandait ce qu'il allait devenir l'an prochain, une fois l'été revenu.

Devant la porte, il hésita, car il n'avait jamais dérangé Robert dans son intimité auparavant et il ne savait même pas si cela lui était permis. Il prit une profonde inspiration et frappa un coup léger à la porte.

— Entrez.

Il ouvrit lentement le panneau de bois et passa la tête à l'intérieur.

— Monsieur, est-ce que je peux vous parler ?

La chambre de Robert ne contenait que quatre meubles : un lit, un coffre pour ses vêtements, une petite table et un tabouret. Robert était assis sur ce même tabouret, devant la table où il examinait un gros objet que Serre identifia comme une pile de parchemins reliés ensemble. À côté se trouvait une chandelle, le seul éclairage de la pièce. Une cuvette et un broc indiquaient l'autre fonction de la table quand Robert ne travaillait pas.

— Entre et referme la porte.

Mal à l'aise, Serre obéit et vint se camper devant Robert.

— Est-ce que c'est permis ? demanda-t-il enfin.

— Quoi donc ?

— De vous poser une question.

Robert sourit.

— Enfin ! Non seulement c'est permis, mais c'est encouragé. Qu'est-ce qui te préoccupe ?

— Beaucoup de choses, maître.

Robert haussa les sourcils.

— « Maître » ?

— Je ne sais pas comment vous appeler autrement, et tout le monde dit que vous êtes mon maître.

Robert désigna le lit d'un geste.

— Assieds-toi.

Serre s'assit, toujours aussi gêné.

— Pour commencer, il convient de m'appeler « maître » devant tous ceux que nous connaissons, mais, lorsque nous sommes seuls tous les deux, ou en compagnie de Pasko, tu peux m'appeler Robert. Compris ?

— Je comprends ce que je dois faire, mais je ne comprends pas pourquoi.

Robert sourit.

— Ton esprit est aussi acéré que ton regard, Serre du Faucon argenté. Maintenant, dis-moi, de quoi souhaitais-tu me parler ?

Serre mit de l'ordre dans ses idées et prit quelques instants pour choisir ses mots.

— Quels sont vos projets pour moi ? demanda-t-il enfin.

— Cela t'inquiète ?

Serre baissa les yeux quelques minutes, puis se rappela les paroles de son père qui lui avait dit qu'il devait toujours regarder un autre homme dans les yeux et affronter les problèmes de face.

— Oui, cela m'inquiète.

— Pourtant, tu as attendu des mois avant de poser la question.

De nouveau, Serre réfléchit longuement. Puis :

— J'avais beaucoup de choses à passer en revue. Je n'ai plus de peuple. Tout ce que je connaissais a disparu. Je ne sais plus qui je suis désormais.

Robert se redressa sur son tabouret et tambourina doucement sur la table.

— Sais-tu de quoi il s'agit ? demanda-t-il après quelques instants, en désignant le gros tas de parchemins reliés.

— Des écrits, je crois.

— Ça s'appelle un « livre ». C'est de la connaissance. Il existe de nombreux livres qui contiennent différents types de connaissances, tout comme chaque homme est différent des autres.

» Certains hommes vivent leur vie, Serre, sans prendre beaucoup de décisions. Ils naissent à un endroit, grandissent, se marient, font des enfants, vieillissent et meurent à ce même endroit. C'est ainsi que ça aurait dû se passer pour toi, n'est-ce pas ?

Serre acquiesça.

— D'autres hommes sont lancés à la dérive par le destin et doivent choisir leur propre vie. Il en va ainsi pour toi désormais.

— Mais je vous suis redevable.

— Et tu me rembourseras cette dette. Mais que feras-tu ensuite ?

— Je ne sais pas.

— Dans ce cas, nous avons un but en commun, car en découvrant quelle est la meilleure manière pour toi de me servir, nous découvrirons aussi quelle est ta destinée.

— Je ne comprends pas.

Robert sourit encore.

— Ce n'est pas nécessaire pour l'instant. Tu comprendras le moment venu. Maintenant, laisse-moi t'expliquer quelque chose que tu devrais savoir.

» Tu vas passer l'année qui vient ici, chez Kendrick. Tu feras de nombreuses choses, depuis la cuisine jusqu'à l'écurie comme tu le fais déjà, en passant par d'autres activités que je laisse au choix de Kendrick. De temps en temps, tu serviras également Caleb ou Magnus lorsqu'ils auront besoin de toi lors de leurs séjours en ces lieux. À d'autres moments, tu voyageras avec moi. (Il se retourna et posa une fois de plus la main sur le livre.) Nous commencerons dès demain en t'apprenant à lire.

— Je vais apprendre à lire, Robert ?

— Tu es brillant, Serre du Faucon argenté, mais il te manque la culture. Tu as été éduqué selon les coutumes de ton peuple pour devenir un homme bon, un vrai Orosini. Maintenant, nous allons devoir t'enseigner comment est le monde.

— Je ne comprends toujours pas, Robert.

Ce dernier fit signe à Serre de se lever.

— Va dormir. Avec le temps, tu comprendras. Je sens en toi un véritable potentiel pour la grandeur, Serre. Je me trompe peut-être, mais, si jamais tu échoues à développer ce potentiel, en tout cas, ce ne sera pas faute d'efforts.

Ne sachant pas quoi dire, Serre se contenta de hocher la tête et s'en alla. Après être sorti de la chambre, il s'immobilisa devant la porte fermée en se demandant : *Du potentiel pour quoi ?*

Serre attendait, l'épée en garde. Magnus se tenait à une courte distance et l'observait. Le garçon était déjà baigné de sueur, et les marques rouges sur ses épaules et son dos attestaient des coups qu'il avait reçus.

Kendrick se tenait devant lui, une épée en bois à la main. Il fit signe à Serre d'attaquer une fois de plus. Il lui avait permis d'utiliser une vraie lame en déclarant que, si le garçon réussissait à le toucher, alors il méritait de saigner. Mais, jusqu'à présent, l'aubergiste avait prouvé sa capacité à éviter tout contact. Cependant, Serre était rapide et apprenait vite, si bien qu'il n'était plus loin d'atteindre Kendrick.

Magnus ne soufflait mot depuis le début de la séance d'entraînement, mais il observait chaque geste avec attention.

Cette fois, Serre attaqua en levant son arme en arrière comme pour frapper vers le bas. Puis il se détourna brusquement du côté droit de Kendrick – son côté armé – et donna un vicieux coup de taille en direction du flanc gauche de l'aubergiste, laissé sans protection. Kendrick ne devina la stratégie qu'au dernier moment et il eut à peine le temps de descendre sa lame pour bloquer l'attaque. Mais Serre se retourna brutalement et donna un autre coup de taille, à revers cette fois, en direction du flanc droit de son adversaire laissé à découvert à cause de la parade.

Dans un bruit sourd que Serre trouva satisfaisant, le plat de sa lame frappa le dos de l'aubergiste, arrachant un grognement de douleur à ce dernier.

— Pause ! cria Kendrick.

Serre se retourna, haletant, et regarda l'aubergiste qui le dévisageait.

— Qui t'a appris cette botte, fiston ?

— Personne, monsieur. J'ai juste… pensé à ça il y a quelques instants.

L'aubergiste se frotta le dos à l'endroit où Serre l'avait frappé.

— Drôle de combinaison, qui dépasse l'imagination de la plupart des bretteurs, sans parler de leurs capacités, et pourtant tu l'as réussie du premier coup.

Serre ne savait pas quoi dire. Il n'était pas sûr qu'il s'agisse de louanges, car bien qu'il soit devenu pratiquement bilingue, certaines nuances du roldemois lui échappaient encore.

Kendrick lui tendit son épée en disant :

— C'est fini pour aujourd'hui. Range les épées et demande à Léo ce que tu peux faire pour lui en cuisine.

Serre s'essuya le front avec la manche de sa tunique, prit l'arme et s'en alla vers la cuisine.

— Eh bien, qu'en pensez-vous ? demanda Magnus lorsque le garçon fut hors de portée de voix.

— C'est un vrai chat, celui-là, répondit Kendrick. J'aurais parié un sac d'or qu'il ne pourrait pas me toucher pendant encore au moins deux leçons. Au début, je pouvais le malmener à volonté. Puis il a commencé à anticiper mes coups. L'art de la défense lui est venu en premier, instinctivement, en sachant que la survie passe avant la victoire. Il est aussi malin qu'il est rapide.

— À quel point peut-il devenir bon ?

Kendrick haussa les épaules.

— Si vous voulez en faire de la chair à canon, je peux le préparer à se lancer à l'assaut d'une muraille en un mois. Si vous voulez un véritable bretteur, il va lui falloir de meilleurs maîtres que moi.

— Et où pourrais-je les trouver ?

— Donnez-le moi pour un an, ensuite, il sera prêt pour la cour des Maîtres, à Roldem. Un an ou deux là-bas et il deviendra l'un des meilleurs bretteurs que j'ai jamais connus.

— À ce point-là ?

Kendrick acquiesça.

— Et plus encore. Il deviendra peut-être le meilleur si des ennuis ne viennent pas tout gâcher en cours de route.

Magnus s'appuya sur son bâton cerclé de fer et contempla l'endroit par où avait disparu Serre, comme s'il pouvait encore voir le garçon fatigué, dégoulinant de sueur, les cheveux trempés et plaqués sur le crâne.

— Quel genre d'ennuis ?

— La boisson. La drogue. Le jeu. Les femmes. Le truc habituel, quoi. (Il regarda Magnus d'un air entendu.) Ou alors les intrigues et les complots que fomente votre père à son sujet.

Magnus hocha la tête.

— Père a confié le garçon à Robert. Serre ne fait pas partie de nos plans… pas encore. Mais père se tient au courant de ses progrès et considère qu'il représente une possibilité.

— Oui, mais pour qui ? demanda Kendrick. Venez, j'ai besoin de prendre un bain. Ce gamin m'a fait courir plus que je m'y attendais.

— Si Robert et Pasko ne l'avaient pas trouvé, Serre serait mort avec le reste de sa tribu. D'après Robert, chaque minute qui passe depuis ce jour-là est du temps en plus, un bonus en quelque sorte. Le gamin a eu droit à une seconde chance.

— D'accord, mais qui va utiliser cette chance ? insista l'aubergiste. Telle est la question, n'est-ce pas ?

— Nous sommes tous manipulés par quelqu'un d'autre, d'une manière ou d'une autre, répondit Magnus. Croyez-vous vraiment que ma vie pourrait être différente ?

— Non, votre destin a été déterminé par la nature même de vos parents. Votre frère, en revanche, avait le choix.

— Pas tant que ça, en réalité. Caleb n'a pas reçu le don de magie, mais il aurait pu devenir plus qu'un soldat.

— Mais c'est le cas, répliqua Kendrick. Les elfes lui ont appris à chasser, et je ne connais personne qui parle autant de langues que lui, sans compter qu'il sait déchiffrer la nature humaine comme personne. J'aurais aimé l'avoir à mes côtés quand nous avons maté la rébellion à Bastion-de-Bardac, car ce ne fut pas une mince affaire d'arracher des informations aux prisonniers dans la crique du Traître, croyez-moi. Caleb, lui, n'a qu'à le regarder pour savoir quand un homme lui ment. (Kendrick secoua la tête.) Non, tous les membres de votre famille sont doués, très doués même. Et c'est pareil pour ce gamin, si vous voulez mon avis. Je crois qu'il pourrait devenir beaucoup de choses. (Il donna une tape légère sur l'épaule de Magnus.) Mais ne gaspillez pas ses talents en essayant justement de le faire devenir trop de choses à la fois, mon ami.

Magnus ne répondit pas et s'arrêta pour laisser passer Kendrick devant lui. Ensuite, il se retourna et leva les yeux vers le ciel comme s'il essayait de déchiffrer quelque chose dans l'air. Il écouta les sons en provenance du sous-bois, puis il étendit le champ de ses perceptions. Tout semblait en ordre. Il regarda par-dessus son épaule en se demandant ce qui l'avait brièvement troublé. Peut-être s'agissait-il tout simplement de l'avertissement de Kendrick au sujet du jeune garçon. Quoi qu'il en soit, on ne pouvait forger une lame sans chauffer le métal au préalable et, si une impureté existait au sein de l'acier, c'était dans le creuset qu'on la découvrait. Or, si le plan de son père échouait, ils allaient avoir besoin de toutes les lames disponibles en vue de la guerre à venir.

Serre souleva le dernier sac de farine et le déposa au sommet de la pile qu'il venait d'édifier. Un chariot plein de vivres était arrivé en provenance de Latagore, et le garçon avait passé l'après-midi à le décharger, transportant toutes les marchandises dans la cave sous la cuisine. En plus d'une quantité de farine suffisante pour tenir l'hiver tout entier, il y avait là des paniers de légumes et de fruits importés d'autres terres et préservés par un sortilège mystérieux que Serre ne comprenait pas, même s'il avait entendu dire en cuisine qu'une telle magie de préservation coûtait une fortune et que seuls les nobles et les riches pouvaient se l'offrir.

Léo et Martha avaient également commandé un assortiment de petites boîtes contenant des épices, des herbes et des condiments plus précieux, aux yeux du cuisinier, que leur poids en or. Toutes ces provisions, ajoutées aux légumes et fruits d'automne cultivés dans le jardin et aux produits des chasses de Caleb et de Serre, laissaient présager un hiver faste quant aux repas, bien plus que ce à quoi le garçon était habitué.

— Serre ! appela Lela du haut de l'escalier.

L'intéressé s'empressa de remonter les larges marches en bois et vit que la jeune fille, debout à côté du chariot, contemplait le ciel avec ravissement.

— Regarde ! dit-elle en tendant le doigt.

La neige tombait sous forme de petits flocons poussés par une brise douce mais tenace. La plupart fondaient en atteignant le sol.

— C'est juste de la neige, rétorqua Serre.

Lela fit la moue, une des nombreuses expressions qui nouaient le ventre du jeune homme.

— C'est merveilleux, protesta-t-elle. Tu ne trouves pas que c'est magnifique ?

Serre regarda les flocons tomber pendant un moment avant de répondre :

— Je n'y ai jamais songé. Dans mon village, quand la neige arrivait, ça voulait dire qu'on allait passer des mois enfermés dans nos maisons ou qu'on allait devoir chasser dans des congères qui nous arrivaient à la poitrine. (Bizarrement, le simple fait de prononcer le mot « poitrine » fit dériver son regard sur celle, généreuse, de Lela, même s'il baissa les yeux un instant plus tard.) J'avais toujours les orteils gelés après une partie de chasse hivernale.

— Oh, dit-elle d'un air faussement réprobateur, tu ne sais pas ce que c'est que la beauté. Je viens d'un pays où il ne neige jamais. C'est merveilleux.

Serre sourit.

— Si tu le dis. (Il regarda à l'arrière du chariot et constata que ce dernier était vide.) Il faut que j'aille dire au charretier que j'ai fini.

Il ferma les grandes portes en bois de la cave, puis contourna l'auberge pour rentrer dans la cuisine. Une fois à l'intérieur, il s'aperçut combien l'air s'était refroidi au-dehors, car la pièce lui parut chaude et confortable.

Le charretier et son apprenti étaient assis à une petite table d'angle et mangeaient le repas que leur avait préparé Martha. Ils levèrent les yeux à l'arrivée de Serre.

— On a fini de décharger le chariot, expliqua ce dernier.

Le charretier, un homme émacié dont le nez ressemblait au bec d'un vautour, sourit, dévoilant l'absence de deux dents de devant.

— Sois gentil et dételle les chevaux, tu veux ? On n'a pas encore fini et mieux vaut ne pas les laisser trembler dans le froid. On va passer la nuit ici et on reprendra la route du nord dès l'aube.

Serre acquiesça et repartit en direction de la porte. Lars l'intercepta.

— Tu ne devrais pas t'occuper de son attelage. C'est son boulot.

Serre haussa les épaules.

— Ça ne me dérange pas. Il n'y a pas de clients en ce moment, alors, soit je m'occupe des chevaux, soit je récure des marmites ici, en cuisine. Tu parles d'un choix.

— Comme tu voudras, répondit Lars avant de s'en retourner à son travail.

Serre sortit. Pendant les quelques minutes passées dans la cuisine, l'air était passé de vif à franchement froid. Le jeune garçon se hâta de retourner au chariot et conduisit les chevaux à l'entrée de l'écurie. Même si ses quelques leçons d'équitation lui avaient paru tout sauf agréables, il avait appris à avoir la main sûre avec ces animaux rétifs et, en règle générale, il appréciait le travail dans l'écurie, qu'il trouvait facile. Le lourd chariot était tiré par un attelage de quatre bêtes, et Serre dut faire appel à toute sa persuasion pour convaincre les animaux de reculer suffisamment pour mettre le chariot à l'écart du passage. Ensuite, il dételа rapidement les chevaux, les emmena à l'intérieur et les installa chacun dans une stalle. Puis il entreprit de les bouchonner. Même après être restés immobiles pendant près d'une demi-heure, le temps que Serre décharge le véhicule, les chevaux avaient encore la robe humide. De la vapeur s'éleva de leur dos lorsqu'il les brossa, car l'air était devenu vraiment très froid.

Le temps de déposer de l'eau et du fourrage dans les stalles, il comprit que le temps se gâtait vraiment. Il sortit dans la cour d'écurie et regarda le ciel. Le soleil se couchait, mais le garçon constata que les nuages devenaient de plus en plus épais et noirs et que l'averse de neige s'était accrue. Il se dit que le charretier et son apprenti feraient bien de reprendre rapidement la route de Latagore s'ils ne voulaient pas se retrouver enfoncés dans la neige jusqu'aux essieux dans les prochains jours. Et encore, à condition d'avoir de la chance car, si un blizzard passait par là, ils pourraient bien se retrouver bloqués par la neige et obligés de passer tout l'hiver chez Kendrick.

Le dîner se déroula sans incident. Après avoir nettoyé la cuisine et préparé la pâte à pain en vue de la fournée du matin, Serre était sur le point de se retirer dans la chambre qu'il partageait avec Lars et Gibbs lorsque Lela s'approcha de lui.

— Non, ne va pas te coucher tout de suite, lui dit-elle dans un murmure.

Elle posa la main sur son bras et le conduisit à l'office, entre la salle commune et la salle à manger. Elle entrouvrit légèrement la porte de la salle commune.

Assis devant l'âtre, Gibbs contemplait les braises rougeoyantes, une chope de bière à la main. Lela referma la porte, un sourire malicieux sur les lèvres.

— Lars a besoin de la chambre un petit moment.

— Pourquoi ? demanda Serre.

Lela écarquilla les yeux et pouffa de rire.

— Tu me demandes pourquoi ? Tu ne le sais vraiment pas ?

Il fronça les sourcils.

— Si je savais, je ne le demanderais pas.

Taquine, Lela posa la main sur le ventre de son compagnon et le poussa gentiment.

— Il est avec Meggie.

— Pourquoi ? répéta Serre. (Puis, avant qu'elle puisse répondre, il comprit.) Ils ont besoin de se retrouver seul à seul, c'est ça ?

— Bien sûr, idiot ! répliqua-t-elle en riant.

— Parmi mon peuple, c'est différent, expliqua-t-il. On vit en communauté pendant l'hiver, et souvent un homme et une femme couchent ensemble sous les peaux d'ours. Tout le monde fait semblant de ne rien voir.

— Par ici, on ne fait pas semblant, répliqua-t-elle. (Elle le regarda, une étincelle au fond des yeux, et lui demanda :) Tu parais troublé. Qu'y a-t-il ?

Serre repensa au sourire étrange de Meggie, à son nez retroussé et à la façon dont son corps mince ondulait en marchant.

— Je ne sais pas, finit-il par répondre.

Brusquement, Lela écarquilla les yeux.

— Tu es jaloux !

— Je ne connais pas ce mot.

— Tu veux Meggie pour toi tout seul, expliqua-t-elle en riant gaiement.

Tout à coup, Serre rougit et eut envie d'être n'importe où, sauf en face d'elle.

— Je ne vois pas ce que tu veux dire, balbutia-t-il.

Lela le regarda de la tête aux pieds pendant une longue minute. Puis elle fit remarquer :

— Tu deviens un beau jeune homme, Serre. (Elle lui passa les bras autour de la taille et s'avança contre lui, son visage tout près du sien.) As-tu déjà été avec une femme ?

Serre sentit son pouls s'accélérer et resta sans voix. En fin de compte, il hocha la tête.

Lela rit et s'écarta brusquement de lui.

— Tu es un vrai gamin.

Alors, Serre se mit en colère car, pour une raison qu'il ne comprenait pas, cette remarque lui avait fait mal. Il se mit presque à crier :

— Non, je suis un homme des Orosinis ! J'ai accompli ma quête de vision et… (Il s'interrompit.) J'aurais des tatouages sur mon visage si ma famille n'avait pas été tuée.

Lela s'adoucit et se rapprocha de nouveau de lui.

— Je suis désolée, j'avais oublié.

La colère de Serre s'envola dès que la jeune fille se pressa contre lui pour l'embrasser. Ses lèvres douces et chaudes provoquèrent en lui des sensations qui menacèrent de le submerger. Il l'attrapa presque violemment et la serra contre lui, lui arrachant un cri de protestation. Elle le repoussa légèrement en disant :

— Doucement.

Confus, en proie à des sentiments qu'il n'aurait su nommer, Serre battit des paupières. Il avait tellement envie de la serrer de nouveau dans ses bras que cela lui faisait mal.

Elle sourit.

— Tu ne connais rien aux jeux de l'amour.

— Des « jeux » ?

Elle le prit par la main.

— J'ai vu ces jeux que t'apprennent Robert et Magnus. Maintenant, je crois qu'il est temps de t'apprendre le meilleur de tous.

Craintif et rouge d'appréhension, Serre s'accrocha à la main de Lela qui lui fit traverser la salle commune en direction de la chambre qu'elle partageait avec Meggie.

Remarquant ce manège, Gibbs sourit d'un air malicieux et leva sa chope pour les saluer. Tandis qu'ils grimpaient l'escalier pour rejoindre la chambre de Lela, déserte ce soir-là, il déclara :

— Il va falloir embaucher une autre fille, pas moyen de faire autrement.

En l'absence de tout autre réconfort, il choisit de boire une deuxième bière avant de se trouver un endroit où passer la nuit.

5

Voyage à la ville

Serre éternua.

— Trop de poivre, lui dit Léo.

Le garçon essuya ses larmes avec l'ourlet de son tablier et hocha la tête. Cela faisait un an qu'il travaillait en cuisine et, depuis quatre mois, il commençait à s'y sentir chez lui. Il travaillait encore dans d'autres domaines selon le bon vouloir de Kendrick mais, depuis peu, il passait la majeure partie de son temps avec le cuisinier.

Quatre mois plus tôt, Léo était entré et avait appelé Serre à ses côtés pour lui montrer comment préparer une quiche, une recette simple impliquant du lard et de la farine. Ensuite, le garçon avait appris à laver les fruits et les légumes, puis à préparer des plats simples. Enfin, au cours des dernières semaines, Serre avait découvert les bases de la préparation et de la cuisson des différentes viandes ; il s'entraînait maintenant à mijoter des sauces.

Il sourit.

— Qu'est-ce qui t'amuse, mon jeune ami ? demanda Léo.

— Je me disais juste que la cuisine peut être bien plus compliquée que ce qu'on m'a appris quand j'étais enfant. Mon père et les autres hommes du village avaient l'habitude de s'asseoir autour de la grande broche sur laquelle rôtissait un daim et ils parlaient de la chasse, ou des récoltes, ou de quel fils courait le plus vite, pendant que les femmes faisaient cuire le pain ou préparaient des ragoûts et des soupes. Ma mère serait restée bouche bée devant votre placard à épices, Léo.

— Oh, les repas simples peuvent aussi représenter un défi, Serre. Un rôti de bœuf doit être légèrement saupoudré de sel et de poivre au bon moment et assaisonné, peut-être, d'une légère touche d'ail avant la présentation.

Serre sourit de nouveau.

— Ma mère n'aurait jamais compris ce qu'est la « présentation. »

— Et encore, tu n'en as eu qu'un aperçu, mon garçon, répondit Léo. Ce que nous faisons ici est trop raffiné pour nos clients habituels, qui sont issus du peuple. D'un autre côté, les dames et les seigneurs qui font étape ici doivent trouver nos plats bien rustiques, comparés à ceux qu'on leur sert dans les grandes cités.

» Sur les nobles tables de Rillanon et de Roldem s'empilent chaque soir les efforts de dizaines de maîtres queux comme moi et de centaines de marmitons comme toi. Chaque assiette reçoit une petite portion de plusieurs plats, pas plus qu'il en faut. C'est un art, fiston.

— Si tu le dis, Léo, mais je ne suis pas sûr de comprendre le mot « art ». Il n'existe pas dans notre langue.

Léo arrêta de remuer la sauce qu'il était en train de réduire.

— Vraiment ?

À présent, Serre parlait couramment le roldemois et il ne se faisait plus corriger que sur la prononciation et, parfois, sur sa manie de dire des insanités, laquelle semblait amuser Léo, irriter Robert et indigner Martha. Les Orosinis étaient parfaitement à l'aise avec le sexe et d'autres fonctions naturelles du corps, et Serre trouvait à la fois étrange et amusant que le fait de décrire la défécation ou l'acte sexuel puisse être considéré comme tabou dans la société roldemoise.

— Vraiment, répondit-il. Ce qui s'en rapprocherait le plus dans la langue orosinie, c'est l'idée de grâce ou de beauté, mais la notion de faire quelque chose juste pour le plaisir de le faire… ce n'est pas quelque chose avec laquelle j'ai grandi.

Serre avait fini, au fil de l'année qui venait de s'écouler, par se faire à l'idée que sa famille était morte. Cela n'éveillait plus en lui la terrible souffrance des débuts, c'était plutôt devenu une espèce de noir souvenir qui le hantait de temps à autre. Son anxiété et son désespoir avaient en grande partie disparu, grâce à toutes ces nouvelles choses qu'il apprenait, et aussi grâce à Lela.

— Eh bien, tu vois, on en apprend tous les jours, fit remarquer Léo.

Serre approuva.

— Nous pratiquons… (Il se corrigea de lui-même.) Nous pratiquions une certaine forme d'art à travers l'artisanat des femmes. Ma grand-mère tissait des couvertures dont les motifs faisaient l'admiration de tous dans le village. Notre chaman et ses disciples dessinaient des prières… Vous n'avez pas d'équivalent pour ce mot-là, il s'agissait de cercles de sable coloré qui représentaient différents motifs. Ils priaient et récitaient des incantations tout en travaillant dessus, parfois pendant des jours, abrités sous une tente spéciale. Ensuite, quand ils avaient fini, le village tout entier se réunissait pour voir leur travail et réciter à leur tour des incantations pendant que le vent emmenait la prière jusqu'aux dieux. Certains cercles étaient superbes. (Serre hésita.) Ces tableaux que Kendrick a accrochés dans la salle à manger…

— Eh bien ? fit Léo.

— J'aurais aimé que certaines couvertures de ma grand-mère ou quelques-uns des cercles de sable laissent une trace comme celle-là et soient accrochés sur un mur pour que les gens puissent les voir. Ils étaient magnifiques.

— Ton œil sait reconnaître la beauté, jeune Serre, c'est là un don, dit Léo.

Au même moment, Lela entra dans la cuisine.

— D'ailleurs, en parlant de beauté, ajouta le cuisinier avec un sourire malicieux.

Serre jeta un coup d'œil à la jeune fille et esquissa un petit sourire. Comme tous ceux de son peuple, il était capable de masquer ses sentiments en présence d'étrangers, mais le personnel de cuisine était devenu comme une seconde famille pour lui désormais, et tout le monde était au courant de sa relation avec Lela. Il dormait dans son lit presque tous les soirs depuis près d'un an maintenant. À presque seize ans, un homme au regard de son peuple, il aurait été marié et serait déjà père si son village n'avait pas été détruit.

Lela lui rendit son sourire.

— Et à quoi dois-je ce plaisir ? s'enquit Léo. La lessive est faite ?

— Oui, répondit la jeune fille effrontément. Meggie et Martha finissent de plier les draps de couleur et je suis venue voir si on avait besoin de mes services par ici.

— Ben voyons ! gloussa le cuisinier.

Il poussa gentiment Serre sur le côté, plongea une cuiller dans la sauce que préparait le jeune garçon et la goûta. Il resta alors les yeux dans le vague pendant un long moment, puis dit :

— Simple, mais… fade.

Il fit danser ses doigts au-dessus des petits flacons à épices devant lui et ajouta ensuite à la sauce une pincée de ceci, une mesure de cela.

— C'est pour du poulet, fiston, du poulet rôti tout doucement. C'est une viande fade, privée des saveurs fortes de ces délicieuses oies et perdrix que tu nous ramènes de la chasse. Ces volailles-là ont besoin d'une sauce tout en simplicité pour faire ressortir le goût de leur chair. Mais la sauce qui nous préoccupe, Serre, doit au contraire donner du goût à notre poulet. Tiens! (Il porta la cuiller aux lèvres du garçon.) Goûte-moi ça!

Serre obéit et acquiesça. C'était exactement la sauce qu'il essayait en vain de faire depuis tout à l'heure.

— J'aurais donc dû utiliser plus d'épices, Léo?

— Au moins deux fois plus, mon garçon, deux fois! (Le cuisinier posa sa cuiller et s'essuya les mains sur son tablier.) Maintenant, sois gentil et va aider Lela à laver les légumes.

Serre acquiesça et se rendit au bord du gros évier en bois fixé au mur du fond de la cuisine. Cet évier était muni d'un tuyau qui passait à travers le mur et qui se déversait dans un petit caniveau longeant l'auberge. Ce dernier était relié à un conduit d'évacuation souterrain qui allait jusqu'à la fosse d'aisances creusée par Kendrick derrière le mur de la cour. Le jeune garçon souleva un seau d'eau froide et en versa lentement le contenu dans le bac pendant que Lela lavait les légumes fraîchement cueillis. Il s'agissait de la première récolte de printemps et la pensée des carottes, des radis et des navets nouveaux lui mettait l'eau à la bouche.

— Pourquoi la sauce? s'étonna Lela. Nous n'avons aucun convive ce soir.

— C'est justement pour ça, expliqua Serre. Léo a décidé de me laisser essayer une nouvelle recette puisque personne ne pourra se plaindre de la qualité de la sauce.

— Tu dois faire des progrès, fit remarquer Lela. Celle-là, il ne l'a pas jetée à travers la cuisine.

— C'est vrai, approuva Serre. Vous faites des trucs bizarres, vous les gens de la plaine.

— C'est toi qui dis ça ? (Elle l'éclaboussa tandis qu'il posait le seau.) D'après ce que tu m'as raconté au sujet de ton peuple, c'est toi le type bizarre.

Le visage de Serre s'assombrit.

— Ça n'a plus guère d'importance, je suis le dernier de ma race à présent.

Lela essaya de cacher son amusement.

— Ah, je t'ai vexé ! (Taquine, elle l'embrassa sur la joue.) Il va falloir que je me fasse pardonner.

Aussitôt, l'humeur du garçon s'améliora.

— Comment ?

Elle se détourna de lui en virevoltant.

— Nettoie l'évier pour moi et viens dans ma chambre ce soir, je te montrerai.

Lars entra dans la cuisine avec un gros quartier de bœuf dans les bras.

— C'est tout ce qui reste de nos provisions d'hiver, annonça-t-il. La chambre froide est vide.

La chambre froide était une réserve souterraine construite par Kendrick. Ses murs en terre gelaient comme le reste de la nature pendant l'hiver, si bien qu'il en allait de même pour les vivres qui y étaient conservés. Par contre, le dégel était lent à se faire dans cette pièce, si bien que les provisions restaient gelées durant le printemps et très froides au cours de l'été et de l'automne en attendant le retour de la saison des neiges.

— Il va falloir aller à Latagore, dit Léo. On a besoin d'acheter du bétail en plus des provisions.

— Est-ce que je peux y aller ? demanda Serre au cuisinier.

Ce dernier se frotta le menton.

— J'sais pas, fiston. C'est à Robert de décider, je suppose. Je serais content d'y aller en ta compagnie, mais, d'habitude, j'y vais avec Kendrick ou un des gars.

Lars accrocha le quartier au crochet à boucher, sortit un gros couteau et commença à découper la viande.

— Pourquoi tu veux y aller, Serre ?

— Je n'ai jamais vu de cité, répondit le garçon. J'aimerais en visiter une.

— Dans ce cas, je vais demander à Robert ce qu'il en pense, promit Léo.

Tandis que Serre finissait d'enlever les épluchures de légumes restées dans l'évier, il se demanda ce qu'il attendait avec le plus d'impatience, le fait de rendre visite à Lela ce soir-là après le dîner ou le fait de visiter une cité.

Serre vit le lac apparaître comme par magie lorsqu'ils arrivèrent en haut de la montée. Ils se trouvaient dans l'immense forêt de Latagore, connue sous le nom de Grandbois. Après avoir laissé derrière eux la partie de la forêt située en altitude, ils étaient descendus parmi des collines ondoyantes et ils avaient traversé une demi-douzaine de petites vallées jusqu'à l'entrée d'un profond ravin creusé par une rivière étroite mais au courant rapide. Le paysage sur la gauche disparaissait derrière une paroi de roche et de terre compacte sur laquelle poussaient des plantes grimpantes et persistantes. Sur la droite, le terrain déclinait rapidement, laissant place au lit de la rivière. Dans le lointain, on distinguait une trace de bleu qui devait sûrement être le grand lac de Latagore.

Serre, fasciné par tout ce qu'il voyait, était content de voyager en silence. Ce qui était une bonne chose, compte tenu du fait que Kendrick avait choisi Caleb pour se rendre au marché, pour des raisons qu'il n'avait pas communiquées à Serre.

Ce dernier vivait depuis assez longtemps chez Kendrick pour avoir compris certaines choses au sujet des étranges relations qui existaient entre ceux qui travaillaient à l'auberge et ceux qui y séjournaient. Kendrick possédait et dirigeait l'établissement, aucun doute là-dessus. Robert y détenait une certaine position d'autorité, apparentée à celle de Kendrick, mais Serre n'était pas sûr de très bien comprendre de quoi il s'agissait. Robert et Pasko quittaient parfois l'auberge pendant des semaines (une fois, leur absence avait duré deux mois), puis ils revenaient y séjourner quelque temps. Ils s'apprêtaient à partir pour un autre voyage et ils ne seraient plus là lorsque Serre reviendrait à l'auberge.

Pendant un bon moment, le garçon avait d'abord essayé de comprendre les relations qui l'entouraient à travers le prisme des traditions de son peuple. Puis il avait décidé que cela représentait un handicap plutôt qu'une aide. Il savait que Kendrick avait un fils quelque part, dont on parlait rarement. Léo et Martha, de leur côté, étaient mari et femme, mais sans enfants. Serre savait aussi que Lars et Meggie étaient des amants occasionnels, même s'ils semblaient traverser en ce moment l'une de leurs nombreuses périodes où ils se parlaient à peine. Enfin, même si tout le monde le considérait comme le compagnon de Lela, il n'était toujours pas sûr de savoir ce que la jeune fille en pensait. Il avait deviné la nature d'autres relations parmi les serviteurs de l'auberge, qu'ils résident dans le bâtiment ou qu'ils vivent sur l'une des nombreuses fermes que possédait Kendrick pour approvisionner son établissement en légumes. Mais tout cela lui paraissait encore bien étrange. Même s'il avait développé une certaine affection pour le personnel de la cuisine, il se sentait isolé, privé des liens traditionnels de la famille et du clan.

Mais il chassa ces pensées moroses ; s'appesantir sur son défunt passé n'amenait que du désespoir. Or, le garçon savait qu'il devait profiter au mieux de ce que la vie avait à lui offrir. Il regarda le lac se rapprocher au sortir des bois. Puis, comme ils arrivaient en haut d'un autre vallon, il découvrit la cité de Latagore.

Le soleil au zénith mettait en relief les arêtes, les lignes, les formes et les contours de la ville. L'œil de Serre commença par refuser de définir ce chaos qui s'offrait à lui. Puis un certain sens de l'ordre commença à émerger. *Chez Kendrick* avait été jusque-là la plus grande construction humaine qu'il ait jamais connue, si bien que la taille même de la cité menaçait de submerger les sens du garçon. La ville se dressait sur une crique de plusieurs kilomètres de large, ce qui donnait l'impression qu'elle avait été déposée au creux du rivage par une espèce de main géante.

Caleb regarda Serre du coin de l'œil et le vit qui restait bouche bée.

— Que vois-tu ?

Serre connaissait cette question. Robert la posait tout le temps, comme Magnus quand il enseignait. On ne lui demandait pas ses impressions ou son ressenti, mais plutôt le détail de ses observations : les « faits », comme les appelait Robert.

Serre adopta aussitôt une approche analytique.

— La cité est entourée d'un rempart qui s'étend jusque dans l'eau… sur une centaine de mètres, je dirais. (Il plissa les yeux.) Je vois un grand bâtiment au centre de la cité qui s'élève suffisamment haut pour dominer le paysage à des kilomètres à la ronde. Je ne sais pas comment ça s'appelle.

— Il s'agit d'une citadelle, érigée autrefois pour défendre la rive du lac. La cité s'est construite tout autour.

— Je vois aussi cinq grands… trucs qui s'étendent dans l'eau.

— Des jetées.

Serre laissa son regard se promener un moment et fut frappé par la taille du lac. Il ne pouvait s'agir d'un simple lac, ce devait sûrement être une mer.

La voix de Caleb le sortit en sursaut de sa rêverie.

— Quoi d'autre ?

Serre commença à faire la liste des détails qui lui paraissaient presque surnaturels. Chaque fois qu'il rencontrait quelque chose d'inconnu qu'il avait du mal à décrire, Caleb lui fournissait le mot qui lui manquait et il passait à la suite.

Continuant à cheminer sur la route en direction de la plaine où se dressait Latagore, Serre perdit la cité de vue et fut obligé de faire appel à sa mémoire.

— Tu t'en es bien sorti, dit Caleb en entrant dans un petit bois qui les empêchait de voir la ville. Tu as manqué quelques détails, mais tu n'as pas encore l'habitude de faire attention.

— Faire attention à quoi ?

Caleb sourit, ce qui était rare, et répondit :

— À tout, voyons. Il faut prêter attention à tout.

— Pourquoi ?

Ils sortirent du bois et longèrent une prairie. Serre attendait toujours sa réponse. Enfin, Caleb reprit :

— Quand tu chasses, à quoi fais-tu attention ?

— À tout, répondit Serre. La direction du vent, les odeurs dans l'air, le bruit dans le sous-bois, tout ce qui laisse des traces.

Caleb hocha la tête.

— Alors agis comme si tu étais toujours en train de chasser.

— « Toujours » ? demanda Serre.

— Toujours.

— Pourquoi ?

— Parce que c'est ce qui te permettra de rester en vie.

Ensuite, ils roulèrent en silence pendant une heure avant d'arriver à un carrefour et à une auberge. Midi était passé depuis une heure, si bien que Caleb annonça :

— Nous allons déjeuner ici pour laisser les chevaux se reposer. Nous arriverons à la ville pour le dîner.

Serre ne protesta pas, bien au contraire. Ils voyageaient depuis deux jours et, même si ça ne l'avait pas dérangé de dormir sous le chariot, il appréciait la perspective d'un bon repas.

L'auberge était minuscule – elle ne servait qu'à accueillir les rares voyageurs qui arrivaient juste un peu trop tard pour atteindre Latagore avant la nuit ou ceux qui, comme Caleb et Serre, s'arrêtaient pour le repas de midi. L'enseigne au-dessus de la porte représentait un homme avec une fourche dans une main et une grande chope dans l'autre. La peinture était écaillée, mais Serre vit que le personnage semblait particulièrement heureux.

— Quel est cet endroit ? demanda-t-il à voix basse tandis que Caleb arrêtait le chariot.

— *L'Auberge du Fermier heureux.*

Un garçon qui les avait entendus arriver surgit de l'arrière du bâtiment et écouta les instructions de Caleb concernant les soins à donner aux deux chevaux. Comme le chariot était vide, les bêtes n'étaient pas très fatiguées et n'avaient besoin que d'eau et d'un peu de paille. En revanche, il leur faudrait plus de repos et de fourrage pour la longue ascension des collines, lors du voyage de retour, avec le chariot plein de victuailles.

Caleb conduisit Serre à l'intérieur de l'auberge et choisit une table d'angle. Il retira son chapeau de feutre noir et repositionna l'épée sur sa hanche de manière à pouvoir s'asseoir confortablement, puis il fit signe à Serre de prendre place en face de lui.

Une femme d'âge moyen aux manières agréables vint leur demander ce qu'ils désiraient. Caleb commanda un repas et de la bière pour deux, puis se laissa aller contre le dossier de sa chaise pour observer les autres clients.

Le calme régnait dans la salle commune qui ne comptait que quatre autres clients prenant leur pause de midi. Deux d'entre eux, des individus corpulents vêtus d'une tenue de voyage robuste mais élégante, étaient visiblement des marchands. Les deux autres, assis à la table voisine, conversaient à voix basse, tête contre tête. Ils ressemblaient à des mercenaires et étaient habillés de vêtements simples, tunique, pantalon et veste, mais sans bijoux apparents. Cependant, leurs bottes et leurs armes étaient bien entretenues, ce qui signifiait pour Serre qu'ils passaient beaucoup de temps à marcher et à combattre.

On leur apporta le repas, et Serre et Caleb se mirent à manger en silence. La nourriture n'était pas aussi bonne que celle servie chez Kendrick, mais elle remplissait bien le ventre, et le jeune garçon trouva la bière satisfaisante.

Ils n'avaient pas encore fini de manger lorsque Serre vit les quatre hommes se lever et partir ensemble.

— À ton avis, qui sont-ils ? demanda Caleb après leur départ.

— Deux marchands en route pour Latagore et les deux gardes qui les accompagnent.

— Bonne supposition. Mais je parie qu'il se trame quelque chose.

— Comment ça ?

— Eh bien, il n'est pas inhabituel pour des gardes de manger près de leurs employeurs à une table séparée, comme l'ont fait ces deux-là, mais ils avaient l'air de discuter d'un sujet qu'ils ne voulaient pas que leurs employeurs entendent. Ils ont passé le repas plongés dans leur conversation.

Serre haussa les épaules.

— Je ne suis pas sûr de comprendre ce que ça signifie.

— Ça ne signifie rien, sauf que quelque chose ne colle pas chez ces gardes. L'un d'eux n'a même pas touché son repas.

Il désigna la table où avaient déjeuné les deux hommes, et Serre vit qu'en effet l'une des deux assiettes était restée intacte.

Or, il avait servi suffisamment de gardes et de mercenaires au cours de l'année passée chez Kendrick pour savoir que la plupart d'entre eux mangeaient ce qu'on leur présentait comme s'il s'agissait de leur dernier repas.

— D'accord, Caleb. À toi de me dire ce que ça signifie.

— Il n'y avait pas de chariot en vue dans la cour d'écurie derrière l'auberge, ni sur aucun côté du bâtiment. En revanche, le gamin s'occupait de quatre chevaux juste avant d'emmener notre chariot à nous.

Serre réfléchit à ce qu'il venait de voir et à ce qu'il savait des marchands.

— Cela veut donc dire que ces deux marchands s'en vont acheter des choses à Latagore ?

— Ou qu'ils cherchent à faire transporter des marchandises ailleurs. Ce qui est sûr, c'est qu'ils n'ont rien à vendre en ville.

— Ça veut dire qu'ils transportent de l'or sur eux.

— Peut-être pas, mais c'est sûrement ce que croient les deux mercenaires qu'ils ont embauchés comme escorte.

Serre se dépêcha de finir son repas.

— Que fais-tu ? s'étonna Caleb.

— Nous allons nous dépêcher de les rattraper pour les aider, n'est-ce pas ?

— Non, pas du tout. Tu rencontreras déjà assez d'ennuis comme ça sur les routes sans te porter volontaire pour affronter ceux des autres.

— Mais ces deux gardes vont tuer ces hommes, protesta Serre en vidant sa chope avant de se lever. Nous pouvons les empêcher de commettre un acte vil.

Caleb secoua la tête.

— Je pense plutôt qu'ils s'empareront de l'or des marchands, quelle qu'en soit la quantité, ainsi que de leurs chevaux, et qu'ils les laisseront continuer à pied jusqu'à Latagore. Le temps qu'ils atteignent la ville, les deux mercenaires auront déjà rejoint l'autre rive par bateau et seront en route pour les Hautes Étendues ou Côte-du-Guet.

—Oui, ou ils pourraient simplement leur trancher la gorge et s'attarder à Latagore. Le nerveux pourrait paniquer et agir stupidement.

Caleb se leva et fit signe à la femme qui leur avait servi le repas.

—Dites au garçon de nous préparer le chariot. (Regardant Serre, il ajouta :) Nous allons devoir épuiser les chevaux pour les rattraper.

—Pas nécessairement, rétorqua Serre. Les mercenaires ne m'ont pas l'air du genre à se presser. Ils vont essayer de continuer à berner les marchands jusqu'à ce qu'ils décident de passer à l'attaque. Tu as déjà emprunté cette route : à ton avis, quel est l'endroit idéal pour y commettre un meurtre ?

—Il existe un profond ravin à huit kilomètres et demi d'ici, qui jouxte la route. Si je devais monter une attaque, c'est là que je le ferais, car il doit être facile de traîner les corps dans le ravin et de les cacher à environ huit cents mètres de la route sans que personne ne remarque rien. Il pourrait s'écouler des mois entiers avant que quiconque découvre les cadavres par hasard.

—Dans ce cas, on doit se dépêcher, dit Serre. Ils doivent déjà avoir parcouru un bon kilomètre et demi.

Caleb dévisagea Serre d'un air curieux pendant un moment, puis déclara :

—Alors allons-y.

Ils durent attendre quelques minutes qu'on leur amène le chariot devant l'auberge. Le garçon avait bouchonné les chevaux pendant qu'ils se reposaient, si bien que Caleb lui donna un sou de cuivre pour le remercier de cette attention supplémentaire.

Ensuite, il lança les bêtes à une allure rapide. Les chevaux hennirent, comme pour protester.

— Si tu as raison, nous rattraperons les gardes et les marchands juste au moment où ils arriveront à l'entrée du ravin. (Du coin de l'œil, il vit que Serre avait les traits figés en un masque de détermination.) Pourquoi es-tu si impatient d'intervenir, mon jeune ami ?

Le visage de Serre s'assombrit.

— Je n'approuve pas une pareille vilenie.

Caleb acquiesça.

— Puisque tu veux jouer les héros, il vaudrait mieux que tu sois armé, reprit-il au bout d'un moment.

Serre hocha la tête à son tour. Il se retourna et prit une épée et un couteau sous le siège du chariot. Il n'avait vu aucune raison de les porter jusqu'à présent.

Caleb continua à faire avancer les chevaux et demanda, après plusieurs minutes de silence :

— Quelles sont les armes des mercenaires ?

— Le plus grand, celui qui est calme, porte une épée longue sur la hanche droite – il est gaucher. Il a une dague à la hanche gauche, et j'ai aperçu la poignée d'un couteau à lancer à l'intérieur de sa botte droite.

» Le nerveux, pour sa part, porte un glaive sur la hanche gauche et deux dagues à la droite de sa ceinture. Il cache aussi plusieurs couteaux sous son gilet noir sans manches et une autre petite lame dans la doublure de son chapeau, du côté de la plume de corbeau noir.

Caleb éclata de rire, une chose plus rare encore que son sourire.

— Tiens, je l'ai raté, celui-là.

— Elle déforme légèrement son chapeau.

— Tu t'es bien appliqué lors de tes leçons chez Kendrick. Tu n'as manqué qu'une seule arme, celle coincée derrière la boucle de ceinture du nerveux. Je ne l'ai remarquée que parce qu'il a fait attention en se levant et qu'il a mis son pouce derrière elle pendant quelques instants pour ne pas se couper avec.

— Ça paraît un endroit dangereux pour cacher une lame.

— Non, si tu t'y prends bien, c'est une bonne cachette, vraiment. Mais si tu fais une erreur… (Il haussa les épaules.)

Ils continuèrent à rouler ainsi tandis que le soleil traversait le ciel.

— Là, dit soudain Caleb en arrivant au sommet d'une colline.

Dans le lointain, Serre vit la route s'élever sur la gauche et redescendre sur la droite. La cité était clairement visible sur l'horizon, et ils l'auraient atteinte sans difficulté avant la tombée de la nuit si les choses s'étaient déroulées comme prévu.

Serre aperçut des silhouettes en mouvement à l'autre bout de la route.

— Quatre cavaliers.

Caleb fit claquer les rênes et les chevaux s'élancèrent à un trot plus rapide.

— Ils vont arriver au ravin plus vite que je le pensais.

Le chariot prit de la vitesse et Serre s'agrippa au siège des deux mains, car les lourds essieux n'amortissaient en rien les cahots de la route qui se répercutaient dans le dos du garçon. Le chariot était fait pour transporter de lourdes cargaisons, pas pour assurer le confort de ses conducteurs.

Le bruit du chariot dévalant la route aurait dû alerter les cavaliers mais, le temps de les rejoindre, Serre et Caleb virent qu'ils s'étaient arrêtés et que les deux marchands se disputaient avec les gardes. Le mercenaire que Serre avait surnommé « le nerveux » tira son épée juste au moment où son compagnon se retournait vers le chariot. Il cria, et le nerveux se retourna pour voir quel était le problème.

Les deux marchands firent volte-face sur le dos de leurs montures et tentèrent de s'enfuir, ce qui poussa le nerveux à attaquer le marchand le plus proche. Il l'atteignit à l'épaule gauche, et le malheureux tomba de cheval en criant.

Caleb guida l'attelage au galop sur la gauche des trois autres montures qui s'agitaient. Le marchand qui était tombé se mit à reculer à la manière d'un crabe pour s'éloigner des deux gardes, tandis que son compagnon dévalait la route à toute allure en battant des bras comme s'il tentait de s'envoler du dos de son cheval.

Serre se leva, sauta du chariot lancé à pleine vitesse et précipita le nerveux à bas de sa monture, lui faisant perdre son épée au passage. De son côté, Caleb fit de son mieux pour empêcher le chariot de se renverser en ralentissant. L'autre mercenaire évalua rapidement la situation et éperonna son cheval pour remonter la route au galop dans la direction d'où ils étaient arrivés.

Serre atterrit sur le nerveux qui laissa échapper un grognement en heurtant le sol, le souffle coupé dans sa chute. Puis il se mit à convulser tandis que Serre se relevait, l'épée à la main. Il s'attendait à voir le brigand faire de même, mais celui-ci resta sur le sol, la main crispée sur le ventre. Du sang jaillit entre ses doigts, et il regarda Serre.

— Regardez ce que vous avez fait ! Vous m'avez tué !

Serre garda son épée à la main en venant s'agenouiller à côté du type.

— C'est cette lame que vous cachiez derrière votre boucle de ceinture ? demanda-t-il.

— Quelle saloperie ! Ça n'a jamais marché, geignit le blessé, et maintenant je saigne comme un porc.

Caleb avait fait demi-tour avec le chariot pour revenir près de l'endroit où se trouvaient Serre et les deux hommes. Le jeune homme écarta les mains du blessé et dégagea la boucle.

Il en sortit le couteau, une lame d'acier acéré d'environ huit centimètres de long avec une poignée en forme de T, destinée à se glisser entre l'index et le majeur, une dangereuse arme de poing pour tuer quelqu'un.

— Êtes-vous blessé ? demanda Caleb au marchand.

Ce dernier avait la main plaquée sur son épaule en sang.

— Je ne vais pas en mourir, contrairement aux souhaits de ce gredin.

Il s'agissait d'un individu corpulent au crâne dégarni avec une couronne de cheveux gris à l'arrière de la tête. Il avait les yeux noirs et le menton orné d'un bouc extrêmement court.

Caleb descendit du chariot pour rejoindre Serre. Il contempla le mercenaire sur le sol, le couteau et la blessure avant de déclarer :

— Vous vivrez et vous serez pendu. Cette petite lame ne s'est pas enfoncée très profondément dans la chair.

Il prit le couteau des mains de Serre et découpa un pan de tissu dans la chemise du mercenaire avant de le rouler en boule.

— Pressez ça contre la blessure avec vos deux mains. Serre, aide-moi à le monter à l'arrière du chariot.

À eux deux, ils réussirent à transporter le voleur blessé dans le véhicule. Puis Caleb examina l'épaule du marchand.

— Ça va aller, déclara-t-il après quelques instants.

— Pourquoi m'avez-vous aidé ? demanda le marchand. Je veux dire, merci de m'avoir sauvé, mais pourquoi ?

Caleb hocha la tête en direction de Serre qui s'était installé à l'arrière du chariot pour surveiller le blessé.

— J'ai bien peur que mon jeune ami là-bas possède un grand sens de la justice. On dirait qu'il n'aime pas le meurtre.

— Dans ce cas, je remercie les dieux de vous avoir mis sur ma route.

— Repartons pour Latagore, vous n'aurez qu'à voyager devant avec moi, proposa Caleb.

— Je m'appelle Dustin Webanks, marchand d'Olasko. Je me rendais à Latagore avec mon associé pour acheter du bois de charpente.

— Et les deux types que vous aviez engagés ont voulu vous dérober votre or.

— Stupide, en effet. Nous ne transportons pas d'or sur nous, mais des lettres de crédit de la Royal Bursar d'Opardum pour faire nos achats.

— Vous représentez donc le duc ?

— Oui, répondit le marchand en grimpant avec précaution à bord du véhicule. Le duc Kaspar fait construire un nouveau pavillon de chasse et il apprécie les sculptures sur bois. Mais, pour cela, il faut un bois particulier, qu'on ne trouve qu'ici apparemment, dans les forêts de Latagore. Voilà pourquoi nous sommes là.

Caleb haussa les épaules comme si cela ne l'intéressait pas.

— J'imagine que votre ami va vous envoyer la garde de la cité.

— Très certainement, répondit Dustin.

— Dans ce cas, ils nous escorteront jusqu'à la ville, ami marchand.

Ils se turent, chacun songeant aux événements qui venaient de se produire. Serre regarda le prisonnier, qui paraissait perdu dans de sombres réflexions probablement liées à l'échec de son plan, et il se demanda ce qui avait bien pu pousser cet homme à essayer de voler le marchand. Puis il décida qu'il serait plus avancé s'il essayait de découvrir pourquoi lui-même s'était si impulsivement porté au secours d'un étranger.

6

Latagore

Serre était bouche bée.

Il avait gardé le silence tout au long de leur approche de la cité, dont ils atteignirent l'une des portes une heure avant la tombée de la nuit. Plus ils se rapprochaient et plus il était surpris par la taille de Latagore, mais, lorsqu'ils arrivèrent aux abords de la ville, le jeune garçon resta carrément confondu.

Rien au cours de sa vie ne l'avait préparé à la vue de tant de gens vivant dans une telle promiscuité. Le brouhaha faillit le submerger au début, puis il commença à absorber ce qu'il voyait et ce qu'il entendait.

Des marchands ambulants rôdaient près des portes de la ville pour vendre à tous ceux qui se trouvaient à portée de voix des colifichets, des porte-bonheur ou des articles dont Serre ignorait la nature. Beaucoup de mendiants en guenilles se trouvaient également là, offrant des bénédictions à ceux qui voulaient bien les aider et lançant des injures à ceux qui les ignoraient.

Caleb regarda par-dessus son épaule en direction du garçon muet.

— Tu ferais bien de fermer la bouche avant qu'un oiseau y fasse son nid, lui dit-il.

— Il y a tant de gens, souffla Serre.

Dustin Webanks se retourna à son tour pour regarder le garçon.

— Tu n'étais encore jamais venu en ville ?

— Non, monsieur.

Le prisonnier, qui était resté jusqu'à présent enfermé dans un silence morose, à l'exception d'un grognement de douleur lors de cahots particulièrement violents, répliqua :

— Et encore, fiston, t'as rien vu. Descends jusqu'à Opardum ou Karesh'kaar, et là tu en prendras plein la vue. Latagore est à peine assez grosse pour se donner le nom de cité, c'est plus une grosse bourgade.

Caleb ricana.

— Elle est bien assez grande en tout cas pour abriter des gens d'armes et une bonne mesure de corde. Serre, c'est par cette porte qu'il faut passer quand on veut entrer en ville. La plupart des gens du coin utilisent celle-ci, parce que les autres portes sont prises d'assaut par les voyageurs et les caravanes, alors ça prend du temps pour entrer. C'est pour ça qu'on l'appelle la porte des Habitants.

— Combien de portes y a-t-il en tout ? demanda Serre en songeant à la simple barricade autour de son village, avec son portail.

— Je crois que cette ville en possède vingt…-quatre ? Oui, c'est ça, vingt-quatre.

Ils se joignirent à une file de personnes qui attendaient de rentrer dans la cité avant la tombée de la nuit et la fermeture des portes. Seuls deux chariots et un groupe de cavaliers se trouvaient devant eux, si bien qu'ils atteignirent rapidement la porte.

— Salut Roderick ! s'écria Caleb en arrêtant le véhicule.

— Caleb ! répondit un soldat vêtu d'un uniforme vert profond, couleur emblématique de la cité car elle rappelait les forêts de Latagore. Tu viens vendre ou acheter ?

— Acheter, répondit Caleb. Nous arrivons les mains vides.

Le soldat lui fit signe de passer.

— Est-ce qu'on peut te laisser un bandit ?

Une rapide discussion s'ensuivit avec le soldat qui fit ensuite emmener le prisonnier. Dustin Webanks quitta également les deux jeunes gens afin de déposer plainte auprès du magistrat, mais il leur promit une récompense s'ils venaient le voir le lendemain à *L'Auberge du Laquais qui court*.

Caleb traversa la cité pour rejoindre une auberge où les employés de *Chez Kendrick* séjournaient lorsqu'ils venaient à Latagore. La nuit tombait lorsqu'ils arrivèrent devant un bâtiment gai et pimpant avec une grande cour d'écurie sur la droite. L'enseigne représentait un homme aux yeux bandés qui lançait des balles en l'air. Un adolescent qui devait avoir à peu près le même âge que Serre sortit en entendant le chariot s'arrêter.

— Salut Caleb ! s'écria-t-il en voyant qui conduisait le véhicule.

— Salut Jacob !

Le jeune homme avait les cheveux couleur de sable et un physique de grand maigre. Il portait une simple chemise de coton sur un pantalon en cuir avec de lourdes bottes de travail. Il attrapa les chevaux par leur mors et demanda :

— Qui est ton ami ?

— Serre, je te présente Jacob.

Serre hocha la tête et sauta à bas du chariot.

— Mon père va être content de te voir, prédit Jacob. Il a de nouvelles histoires de chasse à te raconter.

— Il a trouvé le temps d'aller à la chasse ? s'étonna Caleb.

— Non, répondit Jacob d'un air malicieux, mais il a récolté quelques nouvelles histoires.

Caleb sourit.

— Comme toujours.

Serre et Caleb laissèrent le chariot aux bons soins de Jacob et entrèrent dans l'auberge. Une petite bonne femme corpulente se réjouit à la vue de Caleb et s'empressa de faire le tour du comptoir pour venir le serrer dans ses bras.

— Caleb, espèce de fripouille ! Tes visites se font rares. On ne t'a pas revu depuis l'été dernier !

Si le chasseur d'ordinaire taciturne éprouva une quelconque gêne face à cet accueil débordant de chaleur, il ne le montra pas et se laissa faire de bonne grâce.

— Salut Angelica, dit-il lorsque la femme le relâcha enfin. (Puis il désigna son compagnon :) voici Serre, c'est lui qui m'aide pour ce voyage.

Brusquement, l'adolescent se retrouva enlacé dans une étreinte qui embaumait.

— Bienvenue au *Jongleur aveugle*, Serre. (Angelica se tourna de nouveau vers Caleb.) Ella est dans la cuisine.

Caleb ne releva pas cette remarque et se contenta de faire un petit sourire.

— Nous allons avoir besoin d'une chambre pour deux, trois jours.

— Pas de problème, répondit la femme. Allez donc vous installer à une bonne table près du feu. Les porteurs et les charretiers vont nous envahir dès qu'il fera noir et alors ce sera chacun pour soi.

Caleb indiqua une petite table d'angle près du feu, et Serre alla s'y asseoir.

— Nous allons faire un brin de toilette chacun notre tour, déclara Caleb. Elle a raison. Dans quelques minutes, on aura à peine la place de bouger par ici.

Angelica réapparut un instant plus tard avec deux grandes chopes de bière et une clé qu'elle tendit à Caleb.

— Première chambre en haut de l'escalier. C'est la meilleure.

— Merci, dit Caleb.

Serre goûta le breuvage et le trouva fort et goûteux.

— Fais attention à ce que tu bois, Serre. Cette bière te monte facilement à la tête si tu n'y prends pas garde. (Caleb se pencha en avant.) Apprends à boire de petites gorgées tout en faisant semblant de consommer plus que tu le fais en réalité.

— Comment faut-il faire ?

Caleb lui en fit la démonstration. Il souleva la chope et eut l'air de descendre une longue lampée, mais, lorsqu'il reposa le verre sous le nez de Serre, ce dernier vit que son compagnon n'avait bu que quelques gouttes.

— Renverses-en un peu sur le sol ou laisse-la dégouliner le long de ton menton si tu es en mauvaise compagnie. Si tu dînes avec des gens de qualité, fais signe au serveur de te rapporter un nouveau verre de temps en temps. Personne ne remarquera que ton verre est encore à moitié vide, à l'exception du serveur qui le remmènera, mais lui n'en parlera à personne. Au contraire, il le videra sûrement avant d'arriver à l'office.

— Pourquoi ?

— Pourquoi est-ce qu'il le videra ?

Serre secoua la tête en souriant.

— Non, ça, je comprends bien. Pourquoi est-ce que j'aurais envie de faire croire que je bois plus que je le fais en réalité ?

— Prends-en l'habitude. Les hommes qui ont un verre dans le nez se conduisent souvent comme des idiots. Or, la sagesse nous commande parfois de nous faire passer pour des idiots. (Caleb se leva.) Je vais faire ma toilette.

Serre acquiesça et se laissa aller contre le dossier de sa chaise. Caleb sortit par une porte qui jouxtait le comptoir et qui devait mener à la cuisine, supposa Serre. Comme la plupart des siens, Serre avait nagé dans les rivières et les lacs de montagnes par tous les temps, sauf lors des mois les plus froids. Assis avec les hommes et les femmes de son village, il s'était purifié la peau dans la loge de sudation. Il s'y débarrassait alors de la saleté de la journée avec un bâton gracieusement incurvé, puis il se rinçait avec un seau d'eau laissé à proximité des pierres brûlantes pour créer de la vapeur. Utiliser du savon et de l'eau (froide, la plupart du temps) lui avait donc paru un rituel étrange, mais Serre avait fini par s'y habituer. Il avait remarqué que la plupart des gens, y compris les nobles, semblaient considérer le bain ou la toilette comme une lubie. Mais les habitants de *Chez Kendrick* passaient un temps considérable à se laver le visage ou les mains. Serre s'en était étonné auprès de Lela, qui lui avait dit que c'était déjà le cas lorsqu'elle était arrivée et que cela ne la dérangeait pas trop.

En pensant à Lela, Serre sentit son ventre se nouer. Elle lui manquait, en dépit de l'excitation que lui procurait le voyage. Il n'avait jamais connu de femme avant elle car, comme le voulait la coutume de son peuple, il serait resté pur jusqu'à sa nuit de noces. Cette pratique n'était pas toujours respectée, surtout par ceux à qui l'on n'avait pas choisi de fiancée au cours de l'année précédant leur quête de vision, mais c'était malgré tout une tradition suivie par la plupart des Orosinis. De temps en temps, il arrivait à Serre de repenser à Œil de la Sarcelle bleue et aux autres filles du village. Il se demandait alors si elles auraient fait l'amour avec autant de joie que Lela, qui riait et jouait autant qu'elle se montrait ardente. Mais il écarta toutes pensées de son village et des filles avec lesquelles il avait grandi, car il s'agissait d'un sujet encore douloureux pour lui s'il s'y appesantissait trop. Robert lui avait appris à se concentrer sur le présent ou le futur proche car, comme il l'avait souligné : « S'appesantir sur le passé, c'est vivre dans le regret. »

Serre entreprit donc d'étudier son environnement, une habitude qui commençait à s'ancrer en lui. La pièce abritait une dizaine de tables et pouvait confortablement accueillir pas moins de cinquante clients, et même plus si ça ne les dérangeait pas de rester debout au comptoir. Serre visualisa l'extérieur du bâtiment, en compara la superficie avec l'auberge de Kendrick et se dit qu'il devait y avoir six ou huit chambres à l'étage. Comme dans la plupart des auberges de la région, pour quelques sous, certains clients devaient dormir sous les tables, dans la salle commune. Certes, le sol pouvait paraître peu confortable, même allongé sur un épais manteau, mais c'était toujours mieux que d'essayer de dormir à l'air libre. Le feu qui couvait fournissait de la chaleur toute la nuit et l'on servait un repas chaud au réveil.

Après une minute de réflexion silencieuse, Serre vit la porte d'entrée s'ouvrir et une demi-douzaine d'hommes costauds entrer. Ils étaient couverts de poussière et portaient des vêtements grossiers, visiblement fait maison. En voyant leurs lourdes bottes aux orteils renforcés et leur impressionnante carrure, Serre se dit qu'il devait s'agir de porteurs, ces ouvriers qui déchargeaient les chariots et transportaient les caisses jusqu'aux magasins et aux entrepôts à travers toute la ville. Tous se rendirent rapidement au comptoir et l'un d'eux s'écria :

— Angelica ! Ella ! Il y a quelqu'un ? On meurt de soif !

Deux de ses copains pouffèrent de rire, mais tous attendirent tranquillement jusqu'à ce qu'Angelica sorte de la cuisine. Elle salua les porteurs par leur nom et leur servit à boire sans leur demander ce qu'ils voulaient prendre. De toute évidence, il s'agissait de clients réguliers.

Au cours des minutes qui suivirent, une autre dizaine d'hommes entra dans l'auberge, tous des ouvriers, charretiers ou porteurs, comme le premier groupe.

Caleb revint s'asseoir.

— Qu'as-tu appris ?

Serre dévisagea son compagnon. Pendant un moment, il ne comprit pas la question, puisqu'il était resté assis seul. Puis il s'aperçut que Caleb lui demandait ce qu'il avait déduit de ses observations. Il lui parla de son estimation de la taille de l'auberge, puis ajouta :

— La cour d'écurie à l'arrière doit être spacieuse, car notre chariot y a facilement trouvé une place et nous n'occupons qu'une seule chambre. J'imagine qu'elle peut abriter pas moins d'une dizaine de chevaux, peut-être plus.

— Plus, tu as raison, répondit Caleb au moment où une jolie fille sortait de la cuisine en portant un plateau de victuailles. Serre, voici Ella.

Serre jeta un coup d'œil à la jeune fille qui, bien que svelte comme un roseau, ressemblait beaucoup à Angelica. Sans doute un peu plus âgée que Serre, elle possédait des yeux bleus et une chevelure très noire qui ne faisait qu'accentuer la pâleur de son teint et le rose de ses joues. Elle portait une robe en lin bleu et un tablier blanc dont la ceinture soulignait un corps aux proportions agréables et aux rondeurs attrayantes en dépit de sa minceur.

— Bonjour, lui dit-il.

Elle sourit, et Serre fut aussitôt frappé par sa beauté. Elle posa le plateau et regarda Caleb avec beaucoup de chaleur.

— Appelez-moi si vous avez besoin de quoi que ce soit, leur dit-elle.

Alors qu'elle s'apprêtait à retourner en cuisine, d'autres ouvriers firent leur entrée. L'un d'eux héla la jeune fille au moment où elle arrivait près du comptoir.

— Salut Ella !

L'intéressée s'immobilisa quelques instants, et son visage s'assombrit.

— Salut Forney.

Puis, sans autres mots, elle s'en fut rapidement dans la cuisine.

Serre étudia le nouveau venu. Il s'agissait d'un jeune homme à peu près du même âge que Caleb, bien charpenté, avec une épaisse crinière de cheveux noirs. Il était vêtu d'habits grossiers mais relativement propres. Il se rendit jusqu'au comptoir avec ses compagnons.

Jacob sortit de la cuisine, salua quelques-uns des clients réguliers de l'auberge, puis rejoignit les deux jeunes gens à leur table. Caleb poussa une chaise dans sa direction et Jacob s'y assit.

— Vos chevaux sont installés et ont été nourris. La jument baie semblait avoir le sabot antérieur gauche douloureux, alors j'y ai jeté un coup d'œil et j'en ai retiré un caillou. Il faudra surveiller si un abcès se forme.

Serre avait nettoyé les sabots des chevaux midi et soir ; la bête avait dû ramasser ce caillou lors de la dernière partie du voyage.

— Je la garderai à l'œil, ajouta Jacob. (Il se pencha et baissa la voix.) Alors, est-ce que Forney a vu Ella te parler ? (Caleb ne semblait pas amusé. Jacob se tourna vers Serre.) Ma sœur a jeté son dévolu sur notre ami ici présent, mais le jeune Forney là-bas a bien l'intention de l'épouser.

Serre n'était toujours pas très au fait des coutumes matrimoniales de ces gens, mais il commençait à comprendre que les choses étaient loin d'être aussi formelles parmi les citadins (comme il appelait tous ceux qui n'étaient pas Orosinis) qu'elles l'avaient été au sein de son peuple. Ne sachant trop quoi dire, Serre ne fit aucun commentaire.

Caleb jeta un coup d'œil à Forney, puis regarda Jacob.

— J'ai dit à ta sœur que je l'aimais bien, mais tu sais aussi bien que moi que je ne suis pas près de me marier. (Son regard se perdit au loin, puis le chasseur ajouta doucement :) Si je me marie un jour. (Il leur adressa un petit sourire.) En plus, si je ne m'abuse, Forney aurait beaucoup d'efforts à faire même si je n'avais jamais mis les pieds à Latagore.

Jacob éclata de rire.

— C'est vrai qu'il tape souvent sur les nerfs d'Ella, bizarrement. Mais c'est toujours pareil, n'est-ce pas ? On veut ce qu'on ne peut pas avoir.

Serre ne cacha pas sa perplexité. Jacob le remarqua et expliqua :

— Ella veut Caleb, mais ne peut pas l'avoir, et Forney veut Ella, mais il ne peut pas l'avoir non plus. C'est pareil, tu vois ?

Serre ne voyait pas, pas tout à fait, mais il acquiesça quand même.

— Qui est-ce ? reprit-il au bout d'un moment.

— Forney ? fit Jacob en haussant les épaules. Un bon gars, rien à redire là-dessus, mais il n'a rien de spécial.

Caleb haussa les sourcils et adressa à Jacob un petit sourire sardonique.

— D'accord, son père est l'armateur le plus riche de la région.

Serre ne connaissait pas grand-chose aux gens riches, à part ceux qui séjournaient chez Kendrick, c'est pourquoi il fit remarquer :

— Il s'habille comme les autres pourtant.

— Pour obéir à son père. Le vieux veut que son fils apprenne les affaires en partant de la base. (Puis il ajouta, en tapant sur l'épaule de Caleb :) C'est pas comme notre mystérieux ami. Ella a jeté son dévolu sur lui depuis qu'elle a… quoi ? Quinze ans ?

— C'était il y a quatre ans, Jacob.

Ce dernier acquiesça.

— Je n'arrête pas de lui dire que, si elle apprenait à te connaître, elle changerait d'avis, mais tu sais comment sont les sœurs.

— Pas vraiment, rétorqua Caleb. Je n'ai qu'un frère, tu te rappelles ?

Une étrange expression se peignit sur le visage de Jacob. Elle n'y resta qu'un instant fugace, mais Serre la remarqua.

— Difficile d'oublier Magnus, répondit Jacob avec une légèreté forcée. (Il repoussa bruyamment sa chaise et se leva.) Bon, j'ai d'autres choses à faire. Si vous avez besoin de quoi que ce soit, vous n'avez qu'à demander.

— Ça ira, répondit Caleb.

Serre attendit que Jacob s'en aille, puis il confia à Caleb :

— Il y a tant de choses que je ne comprends pas à votre sujet.

— Au sujet de qui ? demanda Caleb.

— Toi, Jacob et les habitants de *Chez Kendrick*. (Il avait du mal à exprimer ce concept.) Les gens qui ne sont pas orosinis.

Caleb balaya la pièce du regard.

— Il vaudrait mieux que tu oublies que tu es un Orosini, du moins à portée de voix d'étrangers.

— Pourquoi ?

— Quelqu'un s'est donné beaucoup de mal pour exterminer les Orosinis, Serre. Seul, tu ne représentes pas une menace pour ces personnes, mais le fait que tu as été témoin du génocide froidement calculé d'une nation tout entière peut… les plonger dans l'embarras. (Il ramena sa voix à un niveau normal.) Revenons-en à ce que tu disais. Qu'est-ce que tu ne comprends pas ?

Serre détourna les yeux, comme s'il se refusait à croiser le regard de Caleb. Lorsqu'il reprit la parole, ce fut à voix basse et égale.

— Le… badinage, je crois que c'est le mot. Cette façon de plaisanter sans plaisanter.

— Les taquineries, tu veux dire.

— Oui, c'est ça. Lela fait pareil avec moi, parfois, et il y a des moments où je ne sais pas si elle est sérieuse.

Caleb haussa les épaules.

— Voilà qui ne fait pas de toi quelqu'un d'unique parmi les jeunes hommes, Serre.

— Peut-être, mais tu es plus vieux que moi, et je me disais…

Caleb l'interrompit avec l'un de ses rires très rares.

— Je ne peux t'être d'aucune aide, mon ami. (Il se pencha en avant pour contempler le fond de sa chope.) Un jour, peut-être, tu rencontreras les autres membres de ma famille et tu verras où j'ai été élevé. Mais, même si ça n'arrive pas, tu dois savoir que mon éducation fut tout sauf ordinaire. (Il leva les yeux et sourit.) J'ai grandi comme un aveugle parmi des voyants.

— Que veux-tu dire ?

— Un jour, je te l'expliquerai mais, en attendant, il suffit de dire que je n'ai pas eu une enfance heureuse. Mes parents sont des gens exceptionnels, dont les talents dépassent l'imagination, mais ils n'avaient pas la possibilité de guérir ce que je voyais comme un défaut de ma nature.

Serre se redressa, visiblement étonné.

— Je ne perçois aucun défaut en toi, Caleb. Tu es à mes yeux le meilleur chasseur que je connais, et mon peuple est réputé pour ses chasseurs. J'ai suffisamment étudié l'escrime en compagnie de Kendrick pour savoir que tu es aussi doué à l'épée qu'à l'arc. Tu parles avec simplicité, mais tu es réfléchi. Tu es patient et tu examines chaque chose en profondeur. Que te manque-t-il ?

Caleb sourit.

— Serais-tu en train de devenir un connaisseur de l'âme humaine ? Robert a le don de faire cet effet-là, quand on lui en laisse le temps. C'est l'un de ses nombreux talents. Ce qui me manque, ajouta-t-il à voix basse, c'est la magie. Mon frère n'est pas le seul magicien de ma famille. Au contraire, je suis le seul à ne pas avoir ce don. J'ai grandi sur une île où j'étais tout simplement le seul à ne pas pouvoir pratiquer la magie.

— Alors Robert et ton frère sont tous les deux magiciens ? dit Serre en veillant à ne pas parler fort lui non plus.

— Tu ne le savais pas ?

— Je ne les ai jamais vus pratiquer, mais... (Il réfléchit.) Les leçons que m'enseigne ton frère m'apprennent toutes à utiliser mon esprit plus que... (Il avait du mal à trouver le concept.) C'est plus étrange que les leçons de logique que me donne Robert. Magnus me montre comment faire des choses là-dedans (il se tapota le crâne) que je n'aurais pas crues possibles. Pourtant, je ne suis pas doué de magie.

— Tu en es sûr ? demanda Caleb comme s'il prenait le sujet à la légère.

— Chez les Orosinis, il existe très peu de chamans, des prêtres qui font de la magie. Chaque bébé est testé, et ceux qui possèdent le don quittent leur village dès l'enfance pour étudier avec les chamans. Ils ne sont qu'une poignée et... (Brusquement submergé par ses souvenirs, Serre s'interrompit.) Peu importe. Ils sont tous morts. (Il sentit les larmes lui monter aux yeux et battit des paupières pour les chasser.) Ça faisait un moment que je n'avais pas ressenti ça.

Caleb hocha la tête.

— Ça ne disparaît jamais complètement. Mais tu découvriras d'autres choses dans la vie. (Son humeur s'éclaircit.) Là où je voulais en venir, c'est que, même si j'ai depuis longtemps fait la paix avec les torts imaginaires de mon éducation, il reste une chose pour laquelle je n'ai jamais été bon, et c'est la compréhension des femmes. Comme toi, j'étais un « étranger » privé de tout repère quand je suis arrivé dans cette partie du monde. (Il but une gorgée de bière.) D'un autre côté, le fait d'apprendre est parfois très agréable.

Serre sourit.

— C'est bien vrai. Lela est…

Caleb l'interrompit.

— Lela. C'est une fille très enjouée, je te l'accorde.

— Comment est-ce que je…

— Oui ?

Serre essaya de mettre de l'ordre dans ses idées. Au bout d'un long silence, au cours duquel les deux jeunes gens restèrent assis à se regarder l'un l'autre, avec la conversation bruyante des porteurs en fond sonore, Serre se pencha en avant.

— Chez les Orosinis, ce sont nos parents qui nous choisissent notre compagnon ou notre compagne. Je n'ai plus de parents et je ne sais rien de ceux de Lela…

— Tu penses au mariage ? l'interrompit Caleb.

Serre battit des paupières, comme surpris de l'entendre formuler de cette façon. Puis il finit par acquiescer.

— Je ne sais pas quoi faire.

— Parle à Robert, conseilla Caleb.

Serre hocha de nouveau la tête.

— Mais je préfère te prévenir que je ne crois pas que ça arrivera, même si Lela acceptait, ce dont je doute également, reprit Caleb.

— Mais elle m'aime ! protesta Serre assez fort pour que deux porteurs se retournent et le regardent. Puis, dans un éclat de rire et sur une remarque impolie, ils retournèrent à leur propre conversation.

— Comme je le disais, je ne suis pas un expert de la gent féminine, Serre. Mais il faut que tu saches que tu n'es pas le premier garçon à réchauffer la couche de Lela.

— Je le sais déjà.

Caleb se tut, comme s'il réfléchissait. Au bout d'un moment, il continua :

— Ce qui se passe entre un homme et une femme ne regarde qu'eux. Mais laisse-moi te dire quelque chose. Tu connais certains des hommes qui se sont retrouvés entre les bras de Lela.

Serre battit des paupières comme s'il n'avait jamais songé à cela.

— Gibbs ? (Caleb acquiesça.) Lars ? (De nouveau, Caleb hocha la tête.) Mais Lars est avec Meggie ! protesta Serre.

— Pour le moment, mais ils se disputent souvent. Meggie n'est pas du genre facile. Elle a des qualités, mais elle sait aussi se montrer pénible.

— Mais ce n'est pas bien, insista Serre.

— Mon ami, ce n'est pas la question. C'est comme ça que ça se passe. Chez les tiens, on t'aurait choisi ta compagne, et tu aurais pu ne connaître qu'une seule femme au cours de ta vie. (Il soupira.) Ici, c'est différent.

Serre paraissait en plein désarroi.

— Il faut que tu saches que moi aussi, j'ai couché avec Lela, reprit Caleb.

Cette fois, l'adolescent parut complètement choqué.

— Toi !

— Lors du dernier solstice d'été, le jour où Pasko et Robert t'ont trouvé, Lela et moi avons bu trop de bière et nous avons fini par passer la nuit ensemble. Et elle a déjà fait la même chose avec de jeunes et beaux voyageurs.

On aurait dit que le monde venait de s'écrouler sous les pieds de Serre.

— Est-ce que c'est… ah, comment on dit, déjà ?

— Quoi donc ?

— Une femme qui couche avec les hommes pour de l'argent.

— Une putain, répondit Caleb. Non, mon jeune ami, ce n'en est pas une. Mais c'est une jeune fille en bonne santé qui aime les hommes et qui vient d'un pays où les gens n'hésitent pas à coucher les uns avec les autres pour s'amuser.

Serre avait l'impression d'avoir du vide dans l'estomac.

— Ce n'est pas bien, marmonna-t-il obstinément.

— Va te laver les mains, lui dit Caleb avant de désigner la porte de la cuisine. On ne va pas tarder à nous apporter notre repas. Souviens-toi que, la plupart du temps, le bien et le mal dépendent uniquement de ce que tu vis à l'instant présent. Si on avait dit au peuple de mon père que les Orosinis choisissaient le compagnon de vie de leurs enfants, il aurait trouvé cette coutume… disons, barbare. (Comme Serre faisait mine de se rembrunir, Caleb s'empressa d'ajouter :) N'y vois pas d'offense, je ne fais que remarquer que les choses nous apparaissent souvent de telle ou telle manière parce que c'est comme ça qu'on les a apprises quand on était enfant. Or, le reste du monde est extrêmement différent de ce qu'un enfant peut imaginer. Maintenant, va te laver les mains.

Serre se leva et longea le comptoir avant d'entrer dans la cuisine. Là, il découvrit un spectacle familier. Angelica et Ella travaillaient aux côtés de deux autres personnes, un homme qui devait être le père de Jacob, à en juger par leur ressemblance, et un autre qui était de toute évidence le cuisiner. Serre trouva un seau et du savon et se lava les mains. Lorsqu'il leva les yeux, il vit qu'Ella le regardait du coin de l'œil d'un air approbateur.

Il se risqua à lui faire un sourire hésitant, puis il s'essuya les mains avec un torchon suspendu à côté du seau. Même si elle avait de l'affection pour Caleb, la jeune fille le dévisageait avec insistance, et ça le déstabilisait. Serre sortit de la cuisine et retourna auprès de Caleb qui attendait. Il s'assit et regarda l'homme qu'il considérait comme son ami. Pourtant, il avait couché avec la femme que Serre aimait ! Comment était-il censé réagir maintenant ?

Finalement, il poussa un long soupir.

— Je ne comprendrai jamais les femmes.

— Bienvenue au club, mon ami, répondit Caleb en riant.

Tôt le lendemain matin, Caleb entreprit de faire le tour de la ville. Cinq ou six fois par an, Kendrick faisait livrer à l'auberge de la farine de blé, du riz, du sucre, du miel et des produits de saison. Mais, deux fois l'an, il établissait une liste spéciale et envoyait quelqu'un à Latagore pour se procurer ces marchandises spécifiques. Souvent, Kendrick se déplaçait en personne mais, cette fois-ci, Caleb avait choisi d'y aller à la place de l'aubergiste.

En sortant de la troisième boutique, Serre commençait à comprendre pourquoi. Caleb semblait avoir le don de négocier ce qu'il voulait. Quand un commerçant était prêt à accepter un rabais ou quand, au contraire, il avait atteint la limite de ce qu'il voulait bien offrir, le jeune chasseur le sentait.

— Comment tu fais ? demanda Serre tandis qu'ils remontaient la rue en direction de la boutique suivante.

— Comment je fais quoi ?

— Comment tu fais pour savoir quand il faut arrêter de discuter un prix ?

Caleb s'écarta pour laisser passer une petite bande de gamins qui dévalait la rue dans leur direction, un marchand en colère sur les talons.

— Il faut rester attentif aux signes. C'est la même chose quand tu joues à des jeux d'argent ou quand tu essaies de détecter si un homme te ment.

— Quels sont ces signes ?

— Ils sont nombreux, mais commençons par les plus évidents, répondit Caleb. Les expressions faciales. Par exemple, le marchand d'épices, tout à l'heure, était content de voir entrer un client. Son visage a reflété une joie sincère à notre arrivée.

— Mais comment s'en rendre compte ?

— Quand tu rentres dans une boutique, observe bien le visage de son propriétaire. La plupart des commerçants vont s'arrêter quelques instants pour voir qui leur rend visite. À ce moment-là, tu sais tout de suite quel est leur état d'esprit. Tu mettras un peu de temps à apprendre, mais tu découvriras bientôt par toi-même la différence entre un homme qui se réjouit sincèrement de la venue d'un client et un autre qui fait semblant. Le premier a besoin de te vendre quelque chose, ce qui n'est pas le cas du second.

» Il existe de nombreuses autres vérités masquées derrière un sourire mielleux, un vœu de bonne santé ou des protestations sur un prix trop haut ou trop bas. Pour le moment, contente-toi de dévisager les hommes avec qui je fais affaire, et tu verras ce que j'essaie de t'expliquer.

Serre observa les commerçants toute la journée et posa de nombreuses questions après chaque séance de marchandage. Lentement, il commença à appréhender ce que voulait dire Caleb. Effectivement, les signes révélateurs étaient bien là si l'on avait la patience de les chercher.

Un peu après midi, ils visitèrent un petit marché, près des remparts à l'est de la cité, et ils se frayèrent un chemin entre les étals qui proposaient de la nourriture, des vêtements, des volailles vivantes, des bijoux, des outils et des armes. Il y avait même quelqu'un qui négociait des contrats pour des mercenaires. Les chalands paraissaient différents des autres personnes croisées dans les rues, et Serre eut un coup au cœur en les voyant, car il eut l'impression de se retrouver, pendant un bref instant, parmi les siens ! Les hommes avaient le visage tatoué, même si les dessins ne lui étaient pas familiers. Ils portaient des gilets de fourrure assez semblables à ceux des Orosinis et voyageaient par groupes au sein desquels on trouvait également des enfants et des vieillards.

Serre les entendit parler une langue incroyablement familière, parsemée ici et là d'un mot qu'il connaissait. Il tendit la main pour arrêter Caleb, et ce dernier se retourna afin de voir ce qui n'allait pas. Remarquant l'expression concentrée sur le visage de Serre, Caleb attendit sans mot dire tandis que le garçon essayait de comprendre ce qu'il entendait.

Après avoir écouté, pendant quelques instants, un homme parler avec une femme qui devait être son épouse, Serre s'aperçut qu'il comprenait leur langue, malgré leur accent prononcé et plusieurs phrases et mots étranges.

— Qui sont ces gens ? demanda-t-il à voix basse en se penchant vers Caleb.

Ce dernier fit signe à Serre de le suivre, puis il répondit, après s'être éloigné du couple d'étrangers :

— Ce sont des Orodons. Ils vivent au nord, de l'autre côté des montagnes. Ce sont des cousins éloignés des Orosinis, mais ils habitent dans les plaines et pêchent dans l'océan, alors que les tiens étaient un peuple de montagnards. Ils ont des villages, mais pas de grande cité, c'est pourquoi, chaque hiver, nombre d'entre eux descendent dans le sud et viennent au début du printemps faire des achats au marché de Latagore. Certains négociants s'en vont aussi visiter régulièrement les villages côtiers des Orodons.

— Comment se fait-il que je n'ai jamais entendu parler d'eux ?

Caleb haussa les épaules.

— Il aurait fallu le demander à des gens qui sont morts à présent, comme ton père ou ton grand-père. Autrefois, toutes ces terres appartenaient à tes ancêtres, Serre. Quand les hommes du Sud, les hommes des cités, sont montés vers le nord, ils ont repoussé ton peuple dans les montagnes et les Orodons plus au nord encore, dans les plaines. Les nations du Sud sont toutes apparentées au royaume de Roldem, voilà pourquoi l'on parle cette langue sur toutes ces terres.

Serre regarda par-dessus son épaule tandis qu'ils laissaient le marché derrière eux.

— J'aimerais en savoir plus sur ces gens.

— Magnus sera ravi, prédit Caleb. Il a un penchant particulier pour l'histoire et sera heureux de te répondre. Moi, j'ai bien peur que ça m'ennuie.

Ils arrivèrent devant une auberge dont l'enseigne montrait un homme en livrée de laquais qui courait après un carrosse.

— *Le Laquais qui court*, dit Caleb. C'est là que nous trouverons notre ami Dustin Webanks.

Ils entrèrent dans la pénombre relative de la salle commune et battirent des paupières quelques instants, le temps que leurs yeux s'habituent à la différence de luminosité. Puis Serre poussa un cri de rage inarticulé, sortit son épée et se jeta sur un homme debout au comptoir.

7

Une nouvelle éducation

Caleb réagit aussitôt.

L'homme sur lequel Serre venait de se jeter en criant de rage était un mercenaire, à en juger par sa tenue et ses armes. Visiblement aguerri, il ne resta paralysé par la surprise que pendant quelques secondes. Puis il comprit qu'on le menaçait et il porta la main à son épée. Mais, au même moment, Caleb tendit la jambe et fit un croche-pied à Serre.

Puis il s'interposa, l'épée au clair, entre le jeune garçon, qui tentait de se relever tant bien que mal, et l'homme au comptoir. Il agita vaguement la pointe de son épée dans la direction de l'étranger et, de la main gauche, fit retomber Serre à genoux.

— Ne bougez pas ! Attendez une minute ! cria-t-il.

Le mercenaire adopta alors une posture défensive plutôt que d'attaquer l'un des deux hommes qui lui faisaient face.

— D'accord, j'attends, répondit-il. Mais pas pour longtemps.

Serre essaya de nouveau de se lever. Caleb l'attrapa par sa tunique, à l'épaule, et le hissa sur ses pieds. Surpris, car il s'attendait à se faire repousser, Serre se retrouva debout sur la pointe des pieds, emporté par son élan. Caleb le laissa ainsi suspendu quelques instants avant de le lâcher. Le jeune garçon atterrit sur les fesses.

— Attends, bon sang ! jura Caleb.

Serre obéit.

— Qu'est-ce que ça signifie ? cria le mercenaire.

— C'est un meurtrier ! répondit Serre, le visage tordu par la rage, en essayant une fois de plus de se lever.

Dans sa colère, il venait de répondre dans sa langue natale. Caleb le laissa se redresser, puis lui donna un coup de pied dans le tibia, ce qui le fit de nouveau s'étaler par terre.

— Personne ici à part moi n'a compris ce que tu viens de dire, reprit Caleb dans l'idiome des Orosinis. Qui est cet homme d'après toi ?

— L'un des assassins de ma famille !

Caleb ne lâchait pas le mercenaire des yeux.

— Votre nom ? lui demanda-t-il en roldemois.

— Qui le demande ?

— Quelqu'un qui essaie d'empêcher le sang de couler, répondit Caleb.

— Je m'appelle John Creed, d'Inaska.

— Avez-vous servi sous les ordres de Raven ? demanda Caleb en jetant un rapide coup d'œil pour s'assurer que Serre ne bougeait pas.

Creed faillit cracher par terre.

— Je pisserais pas sur Raven même s'il avait le cul en feu. Je suis un mercenaire, pas un tueur d'enfants.

— Lentement, dit Caleb à l'intention de Serre en le laissant se relever.

— Qui est votre fougueux ami ? demanda le mercenaire en sentant que la crise était passée.

— Voici Serre, et moi c'est Caleb.

— Si ce gamin réagit comme ça face aux gars de Raven, vous feriez mieux de vérifier s'il a sur lui assez d'argent pour payer son bûcher funéraire, dit John Creed en rangeant son épée. Ils le tailleront en pièces sans renverser une seule goutte de bière et en riant aux éclats.

— À quoi pensais-tu ? demanda Caleb en se tournant vers Serre.

Ce dernier remit lentement son épée au fourreau sans quitter Creed des yeux.

— Il ressemble…

— Il ressemble à quelqu'un, alors toi tu perds les pédales et tu oublies tout ce qu'on t'a appris, c'est ça ?

Serre dévisagea le mercenaire en essayant de retrouver son visage parmi les images gravées dans son esprit. Peu à peu, il prit conscience de sa stupidité. Creed était un type musclé avec des cheveux noirs qui lui tombaient aux épaules. Visiblement, il s'était cassé le nez plusieurs fois, car ce dernier n'était plus qu'une masse tordue au centre de son visage. Une moustache tombante encadrait sa bouche, et sa tête n'avait rien d'exceptionnel, à l'exception de ses yeux, qu'il plissait pour mieux dévisager son agresseur. Serre reconnut ces yeux-là, car ils étaient comme ceux de Caleb, noirs et intenses, et ils ne rataient pas le moindre détail. Cet homme ressemblait à l'un des individus qui avaient détruit son village, l'un des assassins que Serre avait surpris avant d'être atteint par le carreau d'arbalète, mais ce n'était pas lui.

— Je suis désolé, dit-il à Caleb.

— Ce n'est pas à moi qu'il faut le dire. Présente-lui tes excuses.

Serre dépassa Caleb pour rejoindre John Creed.

— Je suis désolé. J'avais tort, déclara-t-il en regardant le mercenaire droit dans les yeux.

Creed garda le silence quelques instants. Puis ses lèvres frémirent, et il répondit avec un petit sourire en coin :

— Y a pas de mal, mon gars. L'emportement est le propre de la jeunesse. Ça te passera… si tu as la chance de vivre assez longtemps.

— J'ai réagi sur un coup de tête, reconnut Serre.

Creed continua de dévisager le garçon.

— Les gars de Raven ont dû te faire sacrément mal pour que tu pètes un plomb comme ça, finit-il par dire.

— On peut le dire, en effet, se contenta de répondre Serre.

— En tout cas, si tu cherches Raven et sa bande, il paraît qu'ils travaillent pour le duc d'Olasko depuis quelques années. Le jeune Kaspar les a impliqués dans un conflit autour des Terres disputées et il les a fait se colleter avec le duc de Maladon et les hommes de Simrik. Tu es donc dans la mauvaise partie du monde si tu essaies de mettre la main sur Raven.

— Laissez-nous vous offrir un verre pour nous faire pardonner, proposa Caleb.

— Volontiers, merci, répondit Creed.

Caleb parcourut du regard la salle bondée. Les choses revenaient à la normale puisque le duel avait été évité. Il demanda à l'aubergiste de servir à boire à Creed, puis il prit Serre par le coude et lui fit traverser la foule. Arrivé devant une table d'angle, il poussa le garçon pour l'obliger à s'asseoir. Ensuite, il le dévisagea pendant un long moment. Puis il rompit le silence au bout de quelques minutes.

— Pour quelqu'un qui, d'ordinaire, réfléchit avant d'agir, tu t'es montré aussi impulsif qu'on peut l'être.

En proie à un sentiment de rage et de frustration qui le mettait au bord des larmes, Serre hocha la tête ;

— J'ai vu cet homme… et quelque chose en moi s'est soulevé et m'a submergé, comme ça, d'un coup. J'étais persuadé qu'il s'agissait de… l'un des hommes que j'ai combattus quand mon village a été détruit.

Caleb fit signe à une jeune serveuse de leur apporter à boire et à manger, puis il retira ses gantelets et les jeta sur la table.

— Tu es jeune. Creed a raison, tu surmonteras ton impulsivité si tu vis assez longtemps.

Serre ne répondit pas. On leur apporta repas et boissons, et ils mangèrent en silence, pendant que l'adolescent ruminait ce qui venait de se passer.

— Caleb, pourquoi tu ne m'as rien dit ? demanda-t-il après qu'ils eurent terminé leur déjeuner.

— Quoi donc ?

— Pourquoi tu ne m'as jamais dit que tu connaissais ceux qui ont détruit mon village ?

Caleb cligna des yeux, mais Serre savait qu'il l'avait pris en faute.

— Tu m'as souvent parlé de l'attaque, répondit-il.

— Mais tu ne m'as jamais dit que le chef des assassins s'appelait Raven. Tu sais qui sont ces hommes !

Caleb laissa échapper un long soupir.

— D'accord. Raven et sa compagnie sont très connus. J'imagine que je n'ai jamais songé que tu aurais besoin de savoir son nom.

— Il y a autre chose. De quoi s'agit-il ?

— Rien, répondit doucement Caleb, mais en lançant à Serre un regard qui disait qu'il valait mieux en rester là.

— Tu sais quelque chose, insista calmement l'adolescent. Dis-moi tout.

Caleb dévisagea Serre pendant un moment.

— Pas aujourd'hui, finit-il par répondre.

— Quand ?

— Quand tu seras capable de comprendre.

— Si les miens avaient vécu, ils me considéreraient comme un homme depuis presque deux ans déjà, Caleb. Si… mon village existait encore, je serais sûrement papa à l'heure qu'il est. Qu'est-ce qui est donc si difficile à comprendre ?

Caleb prit une petite gorgée de bière. Visiblement, il hésitait.

— Ce choix implique plus de choses que je suis autorisé à te révéler. Je te juge capable de beaucoup, Serre. Tu es plus doué que la plupart des jeunes gens de ton âge, mais la décision ne m'appartient pas entièrement.

— À qui appartient-elle, alors ? À Robert ?

Caleb acquiesça.

— C'est lui, le responsable de ton entraînement.

Serre tourna légèrement la tête de côté en continuant à fixer Caleb du regard.

— Pour quoi m'entraînez-vous ?

— Pour de nombreuses choses, Serre. De nombreuses choses.

— Comme quoi, par exemple ?

— C'est un sujet qu'il te faudra aborder avec Robert. Mais je peux au moins te dire ceci, Serre du Faucon argenté. Si tu réussis à maîtriser tout ce qu'on te fait apprendre, alors tu deviendras un homme dangereux et hors du commun. Or, tu auras besoin de ces deux qualités si tu choisis de venger ton peuple.

— De ce côté-là, je n'ai pas mon mot à dire, répondit Serre d'une voix égale. Lorsque je serai libéré de ma dette envers Robert, il faudra que je retrouve les hommes qui ont assassiné mon peuple.

Caleb savait ce que ferait le garçon lorsqu'il aurait retrouvé ces hommes. C'est pourquoi il dit :

— Applique-toi dans ton travail et apprends bien tes leçons, Serre, car ceux que tu cherches ont des amis et des maîtres puissants et extrêmement dangereux.

Serre réfléchit à ce que Caleb venait de dire tandis que le brouhaha autour d'eux s'amplifiait avec l'arrivée de nouveaux clients. Parmi eux se trouvaient Dustin Webanks et son compagnon de la veille.

— Salut ! s'écria Dustin en apercevant ses deux sauveurs dans un coin. Je craignais de ne plus vous revoir, mais je suis content de vous trouver là, car je me sens redevable envers vous.

Il traversa la pièce pour les rejoindre, et Caleb lui fit signe ainsi qu'à son compagnon de prendre les deux chaises restantes. Mais Webanks refusa.

— On a trop à faire, on ne peut pas s'attarder. (Il prit une bourse à sa ceinture.) Je ne saurais déterminer la valeur qu'a ma vie, mais je vous prie d'accepter cet or en récompense de votre bonne action.

Son compagnon détourna les yeux, gêné sans doute d'avoir pris la fuite alors que Webanks était en péril. La bourse atterrit sur la table dans un bruyant cliquetis de métal, et Caleb regarda Serre. Comme le garçon ne bougeait pas, Caleb lui dit :

— Cette intervention, c'était ton idée, et c'est toi qui as sauté du chariot pour jeter l'assassin à bas de son cheval. Tu mérites la récompense.

Serre regarda la bourse. Il avait servi suffisamment longtemps à l'auberge pour savoir le nombre de pièces que devait contenir une aumônière de cette taille. Il songea que tout cet or représentait plus qu'il ne pourrait gagner en dix ans de labeur. Cependant, il hésita. Enfin, il tendit la main et repoussa la bourse dans la direction de Webanks.

— Vous refusez ? s'étonna le marchand.

— Vous l'avez dit vous-même, votre vie n'a pas de prix. Cependant, je vous demande une faveur à la place de l'or.

— Dites-moi.

— Si je me rends à Opardum un jour, je vous la demanderai à ce moment-là.

Cette requête parut surprendre Webanks.

— Très bien. Dans ce cas, je reste en dette envers vous.

Il ramassa l'or, puis jeta un coup d'œil à son compagnon, qui paraissait tout aussi stupéfait du refus du jeune homme. Ils échangèrent un regard perplexe, puis s'inclinèrent légèrement avant de s'éloigner.

Caleb attendit qu'ils soient partis pour demander :

— Pourquoi ?

— Avec cet or, j'aurais pu m'offrir des tas de choses dont je n'ai pas besoin. J'ai de quoi manger, de quoi m'habiller et des amis chez Kendrick. Mais si ce que tu as dit est vrai, si mes ennemis ont des amis dangereux et des maîtres puissants, alors j'aurai besoin d'autres amis. Le marchand Webanks pourrait bien être l'un d'entre eux un jour.

Caleb se laissa aller contre le dossier de sa chaise.

— Tu apprends vite, mon jeune ami, lui dit-il.

Au lieu de répondre à cette remarque, Serre pâlit et porta brusquement la main à son épée. Mais, plutôt que de se lever d'un bond, il resta assis là, tendu comme la corde d'un arc. Caleb se retourna lentement pour voir ce que son compagnon regardait.

— Qu'y a-t-il ?

— Cet homme là-bas, répondit Serre.

Caleb vit qu'un homme venait d'entrer dans l'auberge et qu'il se tenait à présent au comptoir où il conversait avec Webanks et son compagnon. Caleb laissa lui aussi sa main glisser vers son épée. Il se retourna pour regarder Serre de nouveau.

— Eh bien ?

— C'est l'un des types qui a détruit mon village, je le jure.

— Tu en es sûr cette fois ?

— Oui, répondit Serre d'une voix qui évoquait le sifflement d'un serpent prêt à mordre. Il portait le tabard du duc d'Olasko et il montait un cheval noir. C'était lui qui commandait les assassins qui ont massacré mon peuple.

Caleb regarda autour de lui et vit que quatre autres hommes étaient rentrés en compagnie de l'individu en question. Ils balayaient la pièce du regard comme s'ils cherchaient à détecter une possible source d'ennuis.

— Qu'est-ce que tu proposes ? demanda Caleb à Serre.

— On l'observe.

— C'est bien. Tu apprends vite.

Pendant quinze minutes, ils restèrent assis là à siroter leur bière dans leurs chopes à moitié vides, jusqu'à ce que les cinq hommes s'en aillent. Aussitôt, Serre se leva et s'en alla trouver Webanks.

— Maître Webanks, une question.

— Certainement, jeune Serre.

— J'ai remarqué qu'il y a encore quelques instants vous discutiez avec un homme qui me paraît vaguement familier, expliqua Serre tandis que Caleb les rejoignait. Je crois qu'il est déjà passé à l'auberge où nous travaillons, Caleb et moi. Mais je n'arrive pas à me rappeler son nom.

Webanks parut troublé.

— C'est juste un garde que je viens d'engager pour nous escorter jusqu'à Opardum. Lui et ses quatre hommes attendent que nous terminions notre mission pour le duc, puis nous prendrons la route du retour tous ensemble. Son nom ne me revient pas non plus, pour l'instant, ajouta-t-il avec un rire nerveux. Euh… Stark. Oui, je crois que c'est Stark.

— Merci, lui dit Serre. J'ai dû me tromper.

Le jeune homme quitta alors l'auberge avec une telle rapidité que Caleb dut pratiquement courir pour ne pas se laisser distancer. À l'extérieur, il regarda à droite et à gauche avant de repérer les cinq hommes qui tournaient dans une autre rue.

— Que fais-tu ? demanda Caleb.

— Je traque ma proie, répondit Serre.

Caleb acquiesça. Ensemble, les deux jeunes gens suivirent les hommes. La vue exceptionnelle de Serre l'empêcha de perdre ces derniers lorsqu'ils fendirent la foule du marché, puis lorsqu'ils traversèrent les rues encombrées de chariots, de charrettes et de voyageurs. Finalement, les deux jeunes gens virent les hommes s'arrêter, regarder autour d'eux pour vérifier qu'on ne les suivait pas, puis entrer dans un bâtiment tout à fait banal. Visiblement, ils n'avaient pas repéré Serre et Caleb.

— Qu'est-ce qu'on fait maintenant ? demanda ce dernier.

— On attend, répondit Serre.

— On attend quoi ?

— De voir ce qui va se passer, répondit Serre en s'accroupissant, le dos au mur.

Il voulait se faire passer pour un chasseur venu faire une virée en ville et qui avait besoin de repos.

— Tu es sûr d'avoir reconnu cet homme ?

— Oui, le dénommé Stark.

Caleb s'adossa lui aussi au mur, les yeux fixés sur la porte du bâtiment. Le temps s'étira en longueur, puis deux autres hommes arrivèrent et entrèrent à leur tour dans le bâtiment, sans frapper.

— Ça alors, murmura Caleb.

— Qu'est-ce qu'il y a ?

— Retournons à notre chambre.

— Je veux voir ce qui va arriver, protesta Serre.

Caleb se baissa et l'attrapa par le haut du bras pour le hisser sur ses pieds.

— Ce qui va arriver, mon jeune ami, c'est la guerre.

— Quoi ?

Sans attendre de réponse, Caleb tourna les talons et s'en fut vers le *Jongleur aveugle*.

— Je te raconterai quand nous quitterons la ville.

Serre le suivit rapidement.

Le chariot franchit la porte en roulant pesamment, et Serre regarda par-dessus son épaule. Il était inhabituel qu'un chariot de marchandises quitte la cité à une heure si tardive, c'est pourquoi, en l'absence de tout autre véhicule devant eux, ils purent s'en aller rapidement après que les gardes eurent inspecté leur chargement. Ils allaient passer la nuit à *L'Auberge du Joyeux Fermier* et prendre la route dès l'aube pour retourner chez Kendrick.

Caleb avait terminé ses achats à une vitesse surnaturelle et il avait demandé à faire livrer un certain nombre de produits directement chez Kendrick plutôt que d'attendre qu'ils soient chargés dans le chariot. Cela coûtait plus cher, mais Caleb ne parut pas se soucier de cette dépense supplémentaire.

— Explique-moi, demanda Serre lorsqu'ils furent hors de portée de voix.

— L'homme que Webanks a désigné sous le nom de Stark n'est pas un mercenaire.

— C'est également ce que je me suis dit, puisqu'il portait le tabard du duc d'Olasko quand il a attaqué mon village.

— Il s'appelle Quentin Havrevulen, et il est le quatrième fils d'un noble roldemois de moindre importance. Il est devenu capitaine spécial au service de Kaspar, le duc d'Olasko. Le capitaine Quint, comme il se fait appeler, est un soldat exceptionnel et un bonhomme particulièrement dur. Le duc Kaspar lui confie les missions les plus difficiles.

— Qu'est-ce que l'un des capitaines du duc d'Olasko faisait à Latagore, déguisé en garde pour marchands ?

— Il est venu rencontrer deux officiers de l'armée de Latagore.

— Les deux hommes que nous avons vus entrer dans ce bâtiment ?

— Exactement. Je ne connais le premier que de vue, mais je connais l'autre de nom, je lui ai déjà parlé. Il s'agit du capitaine

Janoish. Le fait qu'il se soit entretenu avec le capitaine Quint signifie que Latagore a été trahi.

— Pourquoi ?

— Parce que Janoish est responsable de la défense de la cité, expliqua Caleb en encourageant les chevaux à soutenir leur allure la plus rapide. Parler avec un officier de l'armée d'une autre nation est un acte de trahison.

— Alors, il va y avoir la guerre ?

— Elle a déjà commencé, mon jeune ami. Je te parie tout l'or que Webanks voulait t'offrir que l'armée d'Olasko est déjà en marche.

— Mais pourquoi le duc d'Olasko voudrait-il attaquer Latagore ?

— Il faudra poser la question à Robert.

Serre jeta un regard en coin à son compagnon et nota qu'il serrait les mâchoires d'un air têtu. Lui poser d'autres questions ne servirait à rien, il ne répondrait pas.

Le voyage de retour prit plus de temps, car le chariot était plein de provisions et les chevaux avaient besoin de plus de repos. Le sentiment qu'il y avait urgence ne faisait que croître au fil des jours.

Enfin, ils arrivèrent en vue de l'auberge. Dès qu'ils eurent franchi les portes, Caleb demanda à Serre de s'occuper des chevaux et il laissa Gibbs et Lars décharger les provisions pendant qu'il s'en allait chercher Kendrick. Serre suivit ses instructions puis, lorsqu'il eut rangé le chariot et installé les chevaux dans l'écurie, il se dépêcha de rentrer dans l'auberge.

Il traversa la cuisine en saluant vaguement Léo, Martha et Meggie. Le cuisinier voulut lui parler, mais le jeune homme franchit sans se retourner la porte qui menait à la salle commune.

Robert y était assis en compagnie de Pasko et de Kendrick. Visiblement, il y avait un blanc dans la conversation car, lorsque

Serre fit son apparition, ils étaient tous silencieux. Robert fit signe au garçon de s'asseoir, puis il se tourna vers Caleb.

— Je vais immédiatement prévenir ton père et lui demander de faire revenir ton frère au plus vite.

— Ce qui signifie que Magnus sera là une minute après que ton message sera arrivé sur l'île, répliqua Caleb avec un sourire ironique.

Robert s'adressa ensuite à Serre :

— Il est clair, d'après ce que vient de me dire Caleb, que tu as appris des informations qu'il aurait mieux valu que tu continues à ignorer.

Serre haussa les épaules.

— Je ne peux prétendre savoir si c'est vrai ou pas. Ce que je sais, en revanche, c'est que vous m'avez caché des choses et que vous en savez plus sur le génocide de mon peuple que vous voulez bien l'admettre. Je sais aussi que certains des responsables de ce crime atroce se trouvent en ce moment même à Latagore, où ils projettent de renverser le Dominaire et son conseil.

Kendrick jeta un coup d'œil à Robert comme pour lui demander la permission de parler. Robert secoua discrètement la tête et regarda de nouveau Serre.

— Nous savons tout cela, et bien plus encore. (Il dévisagea longuement le garçon, puis demanda :) Que penses-tu de cette histoire ?

Serre était partagé entre sa frustration, bien naturelle face aux questions apparemment vaines de Robert, et le sentiment qu'en même temps Robert ne faisait jamais rien en vain. Il prit le temps de réfléchir, puis répondit :

— Cette situation peut être examinée sous différents angles, Robert. D'un point de vue politique, je sais, d'après ce que j'ai entendu quand le comte DeBarges nous a rendu visite, qu'il existe un mouvement royaliste à Latagore.

Caleb esquissa un petit sourire tandis que Serre continuait.

— Il est donc possible que le duc d'Olasko considère qu'il est de son avantage d'aider les royalistes à renverser le Dominaire afin d'installer sur le trône le petit-fils du vieux roi. Mais la question reste de savoir pourquoi le duc Kaspar d'Olasko se soucie de la personne qui dirige le conseil de Latagore.

— Une hypothèse à partager avec nous ? demanda Robert.

— Je peux essayer de deviner, mais je ne suis sûr de rien. (Puis Serre se pencha en avant.) À moins que la raison soit militaire.

— C'est-à-dire ? fit Kendrick.

— Jusqu'à la semaine dernière, je n'arrivais pas à imaginer pourquoi les hommes du duc d'Olasko auraient voulu aider une bande d'assassins à exterminer mon peuple. Mais, maintenant, je comprends que je prenais le problème à l'envers. Raven et sa bande travaillaient pour le duc, avec pour seule récompense de l'or et peut-être des esclaves. Mais le duc, quant à lui, voulait de toute évidence chasser les Orosinis de leurs montagnes. (Il marqua une pause, comme s'il réfléchissait à ce qu'il allait dire ensuite.) Je n'arrivais pas à imaginer pourquoi, jusqu'à maintenant.

— La raison militaire que tu évoquais ? demanda Kendrick.

— Oui. Avec la disparition des Orosinis et Latagore aux mains d'un souverain bien disposé envers le duc, ou tout au moins en proie aux affres de la guerre civile, une seule conclusion s'impose. Kaspar veut neutraliser Latagore sur son flanc droit pour pouvoir attaquer le duché de Farinda.

— Où as-tu appris la stratégie militaire ? s'étonna Kendrick.

Serre parut embarrassé.

— Nulle part. Mais vous parlez tout le temps des batailles auxquelles vous avez pris part et, à vous entendre, ça a l'air très important de protéger ses flancs de toute attaque ennemie.

— Il est brillant, pas vrai ? fit Kendrick à l'attention de Robert.

Ce dernier sourit.

— Serre, tes déductions sont intelligentes, mais incorrectes.

— Vraiment ?

— Oui. Il y a bien plus de choses en jeu que tu saurais l'imaginer, mais ta faculté de déduction est tout à fait extraordinaire. Le duc d'Olasko souhaite effectivement instaurer à Latagore un régime qui lui soit favorable, et il finira également par envahir Farinda, mais sans doute pas avant quelques années encore. Cependant, c'est déjà bien d'avoir réussi à identifier ne serait-ce que quelques pièces du puzzle.

Serre semblait toujours un peu gêné.

— Qu'est-ce qui va se passer alors ?

Kendrick se leva.

— Ce qui va se passer, c'est qu'un grand nombre de soldats d'Olasko vont traverser nos bois d'ici peu, alors je ferais bien de m'assurer que nous sommes prêts à les recevoir.

— Vont-ils attaquer ? demanda Serre après le départ de l'aubergiste.

— Sans doute pas, répondit Caleb. Ils ne nous considèrent pas comme une grosse menace et ils n'ont pas de temps à perdre à essayer de nous déloger.

— Tout le monde sait que nous possédons des ressources supérieures à celles visibles à l'œil nu, ajouta Robert. Je suis persuadé que Kaspar nous laissera tranquilles le temps de commettre d'autres atrocités sur des innocents.

— Qu'est-ce qu'on va faire ? demanda Serre.

— On ne bouge pas, bien sûr, répondit Robert. Latagore peut se débrouiller seul. Peu importe si le Dominaire reste au pouvoir ou si les amis de Kaspar s'emparent du trône. Ce qui compte, c'est que nous poursuivions notre propre… (Il se reprit juste à temps et s'adressa directement à Serre :) Laisse-nous, à présent. Va voir si Léo a besoin d'aide.

Serre hésita, puis se leva et se rendit en cuisine.

— Vous avez parlé de quoi ? demanda Meggie en le voyant revenir.

— Je ne peux pas te le dire, répondit Serre, qui se sentait inclus dans un groupe bien particulier et ne souhaitait pas partager ses informations.

Il s'attendait à une réaction de la part de la frêle jeune fille, mais il n'eut droit qu'à un haussement d'épaules, comme si elle avait l'habitude de ces cachotteries.

— Est-ce que je peux aider ? demanda Serre, déçu.

— Tout est pratiquement fini, répondit-elle. Tu n'as qu'à aller vider ce seau dehors.

Serre prit le seau en question, puis s'immobilisa.

— Je n'ai pas encore vu Lela. Où est-elle ?

Meggie prit un air troublé.

— C'est ce que j'ai essayé de te dire tout à l'heure quand tu as traversé la cuisine en coup de vent. Lela n'est pas là.

— Où est-elle ?

Meggie baissa les yeux, comme si elle n'osait pas le regarder en face.

— Elle nous a quittés. Elle est partie hier avec la suite du comte Ramon DeBarges. Ils sont arrivés il y a trois jours et quand ils ont repris la route du sud, Lela a décidé de les accompagner.

Serre ne sut quoi répondre. Il porta le seau à l'extérieur et en versa le contenu dans une tranchée près du mur. Il s'arrêta un moment pour écouter, dans les bois environnants, les subtiles variations sonores indiquant le passage du jour à la nuit. Il savoura le bruit des créatures nocturnes qui s'éveillaient, un son si familier et si différent de ceux qu'il avait entendus en ville. Il laissa la familiarité de la forêt l'envahir, puis il retourna dans la cuisine.

— Et Lars et Gibbs, où sont-ils ?

— Ils sont partis, eux aussi. Je suppose que, pendant quelque temps, on ne sera plus que tous les deux, Serre, ajouta Meggie avec un sourire timide.

Serre regarda la mince jeune fille et éprouva soudain de l'embarras. Elle flirtait avec lui comme elle l'avait fait avec Lars entre deux disputes. Mais Lela était partie ! Il avait cru l'aimer, jusqu'à ce que Caleb lui dise qu'il avait couché avec elle, comme Lars et Gibbs. Et maintenant, la jeune fille qu'il considérait comme la compagne de Gibbs semblait s'intéresser à lui.

Brusquement, il se rendit compte qu'il était très fatigué. La tension du voyage, la rage brûlante qui l'avait submergé en revoyant les meurtriers de sa famille, le fait de savoir qu'ils repartaient pour le Nord, sans compter sa perplexité face aux jeux étranges dans lesquels Robert et les autres étaient impliqués, tout cela commençait à faire beaucoup.

Au même moment, il entendit un bruit étrange au-dehors, comme un bouchon qui saute, suivi par un crépitement semblable à celui d'un éclair qui frappe une prairie lointaine.

— Magnus est là ! s'exclama Meggie.

Avant que Serre puisse lui demander comment elle le savait, la porte de la cuisine s'ouvrit et l'homme aux cheveux blancs entra. Il balaya la cuisine du regard puis, sans dire un mot, s'en fut dans la salle commune.

— Je le croyais en visite dans sa famille, s'étonna Serre.

Meggie se pencha vers lui.

— Tu n'as donc pas encore compris ? Magnus et Robert pratiquent la magie ! Ils peuvent aller et venir en un clin d'œil quand ils le souhaitent.

Serre se rappela sa conversation avec Caleb, qui avait effectivement confirmé ses soupçons. Mais cela le mit mal à l'aise. Voilà encore une chose que Robert avait négligé de lui dire, une information qu'il avait dû dénicher par lui-même.

Léo et Martha préparèrent un repas léger pour tous les quatre, puis le cuisinier emporta de quoi manger dans la salle commune pour les autres résidents de l'auberge. Les quatre employés mangèrent dans un silence relatif. Léo et Martha posèrent parfois des questions à Serre sur ce qu'il avait pu remarquer en ville. Mais ces questions portaient le plus souvent sur des détails qu'il n'avait pas remarqués. À la moitié du repas, la conversation laissa la place à un silence gêné.

Après avoir nettoyé la cuisine et préparé le petit déjeuner du lendemain, chacun s'en alla se coucher, laissant Serre seul dans la pièce. Il alla jeter un coup d'œil dans la salle commune et vit Robert, Caleb, Pasko et Magnus en grande conversation. Robert leva les yeux et dit, en le voyant debout sur le seuil :

— Bonne nuit, Serre.

Le garçon referma la porte et resta planté là en ne sachant trop quoi faire. Il n'avait pas de chambre à lui, puisqu'il avait quitté l'écurie pour s'installer dans celle de Lela. Après réflexion, il se dit que, puisqu'elle était partie, il pouvait aussi bien garder cette chambre pour lui.

Il monta l'escalier de derrière et ouvrit la porte. La pièce était vide. La malle en bois toute simple était ouverte et le lit était fait, mais Lela n'avait laissé derrière elle aucun effet personnel. Sa brosse à cheveux n'était plus sur la petite table, tout comme les boîtes minuscules où elle rangeait ses quelques affaires acquises au fil des ans.

Serre se laissa lourdement tomber sur le matelas rempli de paille, en faisant grincer le sommier de corde et de bois, puis il resta allongé là à réfléchir. Qu'est-ce qu'il allait devenir ? Il venait d'obtenir quelques éclaircissements, mais il savait désormais qu'il y avait bien plus en jeu que ce qu'il imaginait au départ. De toute évidence, Robert travaillait avec des gens bien plus importants que Kendrick. Caleb avait mentionné son propre père, mais Serre ignorait tout de lui ou du rôle qu'il jouait dans cette histoire.

La conversation dans la salle commune lui avait paru bien plus animée qu'elle l'aurait été s'il s'était simplement agi de rumeurs de guerre ou d'inquiétude concernant la défense de l'auberge.

Non, il y avait bien plus en jeu que Serre l'imaginait, et cela le frustrait de ne pas tout savoir ou comprendre.

Il était tellement perdu dans ses pensées qu'il entendit à peine la porte s'ouvrir dans son dos. Il se retourna et vit Meggie se glisser dans l'entrebâillement de la porte. Elle lui sourit et chuchota :

— Je pensais bien te trouver là.

Il était sur le point de lui demander ce qu'elle voulait lorsqu'il la vit lever les bras et défaire les liens qui retenaient sa chemise de nuit aux épaules. Le vêtement tomba, et la jeune fille vint s'agenouiller sur le matelas à côté de Serre.

— Pousse-toi, lui dit-elle sèchement comme s'il était trop lent pour comprendre.

Il obéit, et elle se glissa sous la couverture. Il la dévisagea alors d'un air stupéfait jusqu'à ce qu'elle dise :

— Il fait froid ici et tu n'avais pas l'air de vouloir me proposer la couverture. (Comme il continuait à la dévisager, bouche bée, elle continua :) Eh bien, ne reste pas là comme ça ! Viens me rejoindre !

Mettant de côté sa confusion passagère, il obéit à la jeune fille. Mais elle le poussa hors du lit, et il atterrit par terre sur les fesses.

— Quoi encore ? protesta-t-il.

Elle pouffa de rire.

— C'est plus facile si tu te déshabilles avant, idiot !

Il fit rapidement ce qu'elle lui demandait et se glissa dans le lit à côté d'elle. Elle lui passa alors les bras autour du cou.

— De toute évidence, Lela ne t'a pas très bien éduqué. Il va falloir y remédier.

Puis elle l'embrassa, et Serre oublia toutes ses inquiétudes à propos de ce qui se passait dans la salle commune.

8

Magie

Serre s'assit en sursaut, le cœur battant.

Quelqu'un était en train de gravir l'escalier d'un pas lourd. Désorienté, le garçon regarda tout autour de lui. Puis Meggie bougea à côté de lui, et Serre se sentit encore plus perdu, même si c'était émotionnel cette fois. Comme il avait été facile de laisser Lela devenir un vague souvenir tant qu'il était dans les bras de Meggie !

La porte s'ouvrit sur Magnus. Il portait son chapeau de feutre mou et tenait son bâton à la main. Une grosse lanière noire lui barrait la poitrine et servait à retenir un sac en cuir sur sa hanche.

Meggie bougea de nouveau et ouvrit les yeux. Elle eut l'air surprise en voyant le magicien et elle s'empressa de remonter la couverture jusqu'à son menton.

Magnus l'ignora.

— Serre, habille-toi et prends tes affaires si tu en as. Nous partons immédiatement.

— Hein ?

Mais le magicien était déjà parti en claquant la porte derrière lui.

Serre sortit du lit en titubant et balaya la pièce du regard. Il n'avait pas beaucoup d'effets personnels. Il possédait en tout et pour tout deux tuniques et un pantalon de rechange, la paire de bottes à côté du lit et une petite bourse. Elle contenait quelques sous gagnés en faisant un peu de travail supplémentaire pour les clients. Quant à l'épée et à la dague qu'il utilisait, elles lui avaient été prêtées par Caleb.

Il regarda Meggie, qui lui sourit timidement.

— Il faut que j'y aille, expliqua-t-il, ne sachant pas quoi dire d'autre.

Elle hocha la tête. Il s'habilla, rassembla ses quelques affaires et se hâta de descendre dans la salle commune, où l'attendaient Robert et Magnus. Ce fut le premier qui prit la parole :

— Serre, tu vas rester avec Magnus quelque temps. Obéis-lui comme tu m'obéirais à moi. Nous nous reverrons, mais pas tout de suite.

— Où est-ce que vous m'emmenez ? demanda Serre, parfaitement réveillé à présent.

— Tout te sera expliqué lorsque tu arriveras à destination, répondit Robert d'une manière qui n'invitait pas d'autres questions.

— Suis-moi, ordonna Magnus en se dirigeant vers la cuisine.

Serre obéit et traversa la cuisine, où Léo et Martha préparaient les différents repas de la journée. Il suivit ensuite Magnus dans la cour.

— Mets-toi à côté de moi et pose ta main sur le bâton, dit le magicien.

Serre vint se placer à côté de Magnus et fit passer ses affaires sur son bras gauche de façon à pouvoir prendre le bâton de la main droite.

Sans mot dire, le magicien sortit un artefact des plis de sa robe. Il s'agissait d'une sphère en métal qui avait l'éclat du bronze ou peut-être même de l'or. Serre vit Magnus presser avec le pouce un levier sur le côté de l'objet. Aussitôt, le bruit d'un essaim d'abeilles en colère les assaillit.

Serre eut alors l'impression que le monde s'écroulait sous ses pieds. Son cœur fit un bond dans sa poitrine. Pendant un instant, il crut qu'il était devenu aveugle mais, plutôt que du noir, il s'aperçut qu'il ne voyait plus qu'un gris profond, un néant absolu. Puis le sol réapparut sous ses pieds, mais il ne cessait de tanguer. Serre agrippa bien fort le bâton de Magnus pour ne pas tomber. Soudain, il eut le sentiment qu'il se trouvait très loin de l'auberge car, là où il se tenait à présent, il faisait encore nuit. De plus, l'air était chargé d'effluves étranges, une odeur âcre que Serre n'avait encore jamais sentie. Dans le lointain, un bruit tout aussi étrange ne cessait de se répéter. On aurait dit des grondements de tonnerre sourds.

Le magicien dévisagea le garçon pendant un moment avant d'expliquer :

— Ce sont les brisants que tu entends.

Serre le regarda malgré la pénombre. Il ne pouvait distinguer les traits de Magnus sous le rebord de son grand chapeau, car la seule lumière qui les éclairait provenait de la petite lune, et celle-ci s'apprêtait à se coucher.

— Qu'est-ce que c'est ?

— Des vagues qui se brisent sur les rochers.

— Nous sommes près de la mer ? demanda Serre, tout en prenant aussitôt conscience qu'il s'agissait d'une question stupide.

Mais Magnus ne lui reprocha pas d'être désorienté.

— Viens, lui dit-il.

Ils descendirent un chemin, puis gravirent une crête avant de se retrouver devant une petite cabane en pisé, couronnée de chaume. Bizarrement, le bruit des vagues sur les rochers semblait plus fort à cet endroit.

— Au lever du soleil, tu pourras voir la pointe nord de l'île depuis l'endroit où nous sommes, dit Magnus avant d'entrer dans la cabane.

Serre le suivit et se retrouva dans une petite pièce au sol lisse et dur. En avançant, le jeune homme vit un faible rayon de lumière se refléter par terre. Il provenait du feu qui couvait dans l'âtre en pierre. Serre s'agenouilla pour toucher le sol.

Magnus posa son bâton dans un coin, retira son chapeau et se débarrassa de son sac de voyage. Se tournant de nouveau vers Serre, il sourit.

— Ah, je vois que le sol t'intrigue.

— Qu'est-ce que c'est ?

— De la roche. C'était de la boue autrefois, mais un très bon sortilège l'a transformé en roche. J'essayais d'obtenir un matériau un peu plus proche du marbre, mais j'ai dû négliger un mot quelque part dans mon incantation. (Il haussa les épaules.) Pure vanité de ma part, vraiment. (D'un geste, il désigna les murs et le toit.) Ces murs n'auront jamais besoin d'être réparés, ni le chaume d'être remplacé.

Dans la pièce se trouvaient quatre meubles : un immense coffre, une table avec deux chaises et un matelas par terre.

— C'est mon matelas, prévint Magnus. Tu dormiras devant la cheminée.

Serre acquiesça, puis montra ses affaires.

— Où est-ce que je dois ranger ça ?

Le magicien haussa les sourcils en examinant les maigres possessions du garçon.

— Utilise les vêtements comme oreiller. Mets la bourse où tu veux, pourvu que ce soit hors de ma vue.

Serre hocha de nouveau la tête et regarda autour de lui. Un des coins de la pièce, à côté de l'âtre, abritait des tenailles, une bouilloire et un balai, mais les autres angles étaient déserts. Il déposa sa pile de vêtements dans l'un de ces coins vides.

— Suis-moi dehors, ordonna Magnus. (Une fois à l'extérieur, il leva les yeux vers le ciel nocturne.) Tu es loin d'être un garçon stupide. Regarde les étoiles et dis-moi où nous sommes, d'après toi.

Serre leva les yeux et compara le ciel à celui qu'il avait connu enfant dans les montagnes des Orosinis. Il prit en compte la petite lune décroissante et jeta un coup d'œil à l'est, où une lueur annonçait la présence de la grosse lune qui se levait.

— Ici, il reste environ quatre heures avant l'aube, fit-il remarquer. Mais c'était justement l'aube au-dessus de *Chez Kendrick* quand vous m'avez réveillé. (Il ne connaissait que des rudiments de géographie pour avoir observé quelques plans à l'auberge par-dessus l'épaule de Robert. Mais il se servit de ces maigres connaissances pour répondre enfin :) Nous sommes sur une île quelque part dans la Triste Mer.

— Bien. Comment as-tu atteint cette déduction ?

— Nous sommes à l'ouest de *Chez Kendrick*, sinon il ferait jour. D'un autre côté, si nous étions loin à l'est, ce serait la fin de journée ou le début de soirée et la petite lune serait basse sur l'horizon oriental au lieu de se coucher à l'ouest. Mais nous ne sommes pas non plus suffisamment loin à l'ouest pour être au-delà de la passe des Ténèbres et de la mer sans fin. Nous sommes… au sud de l'auberge.

— Bien, répéta Magnus.

— Est-ce que je peux savoir ce que je fais ici ? demanda Serre.

— Reprends le bâton dans ta main, répondit Magnus, et ne le lâche sous aucun prétexte.

Serre obéit et se sentit brusquement propulsé dans les airs, comme soulevé au creux de la main d'un géant. Le sol s'éloigna à une vitesse vertigineuse tandis que Magnus et lui s'élevaient dans les nuages.

Puis ils s'immobilisèrent. Serre n'avait pas besoin de regarder pour savoir qu'il avait les jointures toutes blanches, car il serrait le bâton de toutes ses forces.

— Contemple le monde, Serre du Faucon argenté.

À l'est, la grande lune montante mettait en relief le lointain paysage qu'elle baignait de sa lumière argentée. L'air était vif, mais Serre tremblait pour une autre raison. Il était terrifié.

Malgré tout, il regarda tout autour de lui en continuant à s'accrocher au bâton. En contrebas, l'île disparaissait sous les nuages et l'obscurité. Cependant, il avait réussi à en estimer la superficie en s'élevant dans les airs. La cabane se situait à la pointe nord de l'île, et le terrain alentour déclinait vers le sud, peut-être pour céder la place à une vallée. Serre ne connaissait pas grand-chose en matière d'îles et d'océans, à l'exception de ce qu'il avait entraperçu sur les cartes de Robert, mais il estimait que l'endroit était assez grand, plus que les bois autour de *Chez Kendrick*, par exemple.

Au bout d'un moment, sa peur s'envola, et il regarda dans toutes les directions. La lune montante jouait avec les nuages en contrebas, et la mer étincelante au nord montra au garçon la courbure de la planète.

— C'est si vaste, finit-il par dire.

— C'est bien, dit Magnus en commençant à les faire redescendre. Tu apprends la perspective. (Lorsqu'ils furent de nouveau sur la terre ferme, il continua :) Si tu es là, Serre du Faucon argenté, c'est pour apprendre.

— Apprendre quoi, Magnus ? demanda le jeune homme.

Le magicien lui serra gentiment l'épaule.

— Tout ce que je pourrai t'enseigner.

Sur ce, sans autres paroles, il tourna les talons et entra dans la cabane. Après une courte hésitation, Serre le suivit à l'intérieur du bâtiment qui allait de toute évidence devenir sa nouvelle maison pendant un moment.

Serre lut le passage à haute voix pour la cinquième fois consécutive. Magnus l'écoutait attentivement.

— Voilà qui est satisfaisant, déclara le magicien lorsque Serre eut fini.

Au cours du premier mois suivant son arrivée sur l'île, le garçon avait été forcé de lire à voix haute pour que Magnus puisse corriger sa grammaire, sa prononciation et l'intonation de sa voix. Serre savait, pour avoir entendu parler le comte Ramon DeBarges, que Magnus essayait de lui donner le ton et les manières d'un noble.

— Voilà quelque chose de nouveau, ajouta Magnus en lui tendant un autre livre.

Celui-ci était écrit dans une langue inconnue de Serre.

— Qu'est-ce que c'est ?

— La biographie, plutôt ennuyeuse d'ailleurs, d'Henry le Troisième, roi des Isles, lequel n'a pas vraiment marqué son époque. Mais elle est rédigée de façon assez simple et te servira d'introduction au fait d'écrire et de parler la langue du roi.

— Magnus, on ne pourrait pas faire une pause ?

— « Une pause » ?

— J'ai la tête qui tourne ; les mots se brouillent devant mes yeux. Voilà une semaine que je suis enfermé à l'intérieur de cette cabane. La dernière fois que je suis sorti, c'est pour me promener sur la plage l'après-midi où vous n'étiez pas là, expliqua Serre d'un ton maussade, presque plaintif – chose inhabituelle chez lui.

Le magicien sourit.

— Tu as la bougeotte ?

—Oui, vraiment. Je pourrais peut-être aller chasser? (Il marqua une pause.) Si vous avez un arc…

—Je n'en ai pas. En revanche, est-ce que tu sais pêcher?

Serre se redressa, le visage illuminé par l'enthousiasme.

—J'ai commencé à pêcher dans les lacs et les rivières autour de chez moi dès que j'ai su marcher.

Magnus le contempla en silence pendant quelques instants, puis lui dit :

—Très bien. Laisse-moi te montrer comment on pêche dans l'océan.

D'un geste, il fit apparaître un trou noir au beau milieu des airs. Il y plongea la main et parut chercher quelque chose à tâtons.

—Ah! s'exclama-t-il d'un air satisfait.

Lorsqu'il sortit le bras du trou, il tenait à la main une longue perche qu'il tendit à Serre.

Ce dernier vit qu'il s'agissait d'une canne à pêche telle qu'il n'en avait encore jamais vu. Lui-même mesurait un bon mètre quatre-vingts et pourtant, elle le dépassait en hauteur d'au moins trente centimètres. De plus, un étrange appareil y était fixé, une espèce de cylindre avec une manivelle, autour duquel était enroulée une prodigieuse quantité de fil. Celui-ci passait par ailleurs à travers une série de crochets en rotin ou en bambou jusqu'à un crochet en métal à la pointe de la canne. Une barre en métal surmontait le cylindre.

Magnus sortit du trou noir une deuxième canne à pêche ainsi qu'un panier en osier, que Serre reconnut comme étant un panier de pêcheur.

—Viens, allons pêcher puisque tu le souhaites, mais nous en profiterons pour étudier en même temps.

Serre prit le panier et les deux cannes à pêche et suivit le magicien en soupirant. Même s'il devait continuer à étudier, au moins, il passerait l'après-midi dehors.

Il suivit Magnus sur un chemin rocailleux qui descendait de la falaise jusqu'à la plage en contrebas. Le vent soufflait de l'écume et des embruns en provenance de la mer. Serre avait fini par trouver le bruit du ressac apaisant, et l'air marin lui paraissait désormais aussi revigorant que l'odeur des pins et des trembles de sa terre natale.

En arrivant sur la plage, Magnus remonta l'ourlet de sa robe et le coinça dans sa ceinture. Sur un autre homme, cela aurait pu paraître comique, mais il n'y avait rien de comique chez Magnus. Serre découvrit alors que son nouveau mentor possédait des jambes musclées et il songea que Magnus était aussi imposant physiquement que son jeune frère, alors qu'il n'était pas chasseur ou guerrier, lui.

Le magicien montra à Serre comment tenir la canne à pêche. Il désigna nommément chaque partie du « moulinet », comme il appelait l'objet attaché à la canne, et expliqua que la barre en métal était un « frein » qui ralentirait le moulinet si un gros poisson mordait à l'hameçon et essayait de s'enfuir. La manivelle permettait au pêcheur de rembobiner le fil pour ramener le poisson et empêchait ce dernier de trop se dérouler, à moins que le pêcheur enlève volontairement le frein.

Serre était fasciné car, jusqu'à cet instant, la pêche pour lui impliquait des filets ou un simple fil attaché au bout d'un long bâton. Il regarda Magnus sortir des morceaux de viande séchée du panier et les empaler sur un gros crochet en métal. Puis le magicien prit deux pas d'élan et lança l'extrémité de la canne en direction des vagues, ce qui eut pour effet de projeter l'hameçon loin au-delà des brisants.

— Veille à bien regarder où se trouve ton hameçon avant de le lancer, prévint-il. Ce n'est pas drôle de s'accrocher soi-même. Il faut alors pousser cette saloperie à travers la peau, puis te couper pour la faire sortir de ta chair.

Serre sentit que son mentor parlait d'expérience, et non sans amertume. Le jeune homme s'éloigna donc de quelques pas, puis accrocha le bœuf séché sur l'hameçon. Ensuite, il laissa sa ligne reposer sur le sable, fit un pas en avant, puis fit claquer sa canne comme un fouet et projeta la ligne plus loin encore que Magnus.

— Bien joué, fit le magicien.

Ils passèrent alors près d'une demi-heure sans se parler. Aucun de ces deux hommes ne redoutait le silence.

— Quelles sont les croyances de ton peuple au sujet de ce monde ? demanda alors Magnus.

— Je ne suis pas sûr de vous comprendre, avoua Serre.

— Quelles sont les histoires qu'ils racontent concernant la nature de ce monde ?

Serre repensa aux récits que racontaient les vieillards autour du feu, les soirs d'été, ou aux paroles du chaman lorsqu'il venait raconter l'histoire de leur race.

— Les Orosinis croient que le monde est un rêve façonné par les dieux, un rêve qui vit dans l'esprit du Dormeur.

— Et qu'en est-il des humains ?

— Nous faisons partie de ce rêve, répondit Serre. Mais, pour nous, tout est réel. Comment savoir ce qui est réel pour un dieu ?

Magnus ne répondit pas pendant quelques minutes. Puis il reprit la parole :

— Ton peuple a peut-être raison, parce que rien dans ce concept n'entre en contradiction avec ce que nous savons de ce monde. Mais, pour le moment, mets de côté les croyances de ton peuple et écoute-moi. Voilà ce que je sais être la vérité :

» Le monde est une grosse boule de terre, de magma, de roche et d'eau entourée d'air. Si vaste qu'il fût, il ne représente qu'une infime partie d'un univers dont le gigantisme dépasse l'imagination, un univers plein d'autres mondes dont la plupart abritent également de la vie. Il existe des milliards d'autres mondes dans l'univers.

—Des « milliards » ?

—Qu'est-ce que Robert t'a appris concernant les chiffres ? se renseigna Magnus.

—Je sais ajouter et soustraire, et multiplier et diviser si je fais attention.

—C'est mieux que la plupart des gens. Jusqu'à combien sais-tu compter ?

—Je sais multiplier des nombres à quatre chiffres par d'autres nombres à quatre chiffres.

—Dans ce cas, tu sais ce que représente un millier.

—Dix centaines, répondit Serre.

—Tu sais aussi que dix mille multiplié par dix est égal à cent mille.

—Oui, je comprends.

—Eh bien, dis-toi qu'un million, c'est dix fois cent mille.

—Ah, fit Serre d'un air peu sûr de lui.

Magnus lui lança un regard en coin et vit qu'il était perdu.

—Écoute, laisse-moi t'expliquer de cette façon : si je te donnais des grains de sable, un pour chaque seconde, en une minute, tu en aurais soixante dans la main.

—Et si vous faisiez cela pendant mille secondes, j'en aurais un millier. Oui, je vois, dit Serre en sentant dans quelle direction l'emmenait cette leçon.

—Je mettrais plus de douze jours à te donner un million de grains de sable, même si je continuais au rythme de un par seconde sans jamais m'arrêter.

Serre parut stupéfait.

—Si longtemps ?

—Si je voulais t'en donner un milliard, au même rythme, cela me prendrait plus de trente ans.

Serre regarda Magnus d'un air complètement incrédule.

— Il existe vraiment des chiffres aussi gros que celui-là ?

— Et plus encore. Pense à deux milliards, répondit le magicien avec un petit sourire.

Serre ne put qu'éclater de rire.

— Et ensuite trois milliards, puis quatre, puis cinq… Oui, je vois.

— Il existe plusieurs milliards de mondes dans l'univers, Serre. Ils sont peut-être même trop nombreux pour que nos dieux les connaissent tous.

Serre n'afficha pas la moindre émotion mais, de toute évidence, il trouvait l'idée fascinante. Magnus poursuivit son discours en décrivant un univers dont la variété et les possibilités étaient infinies.

— Qu'en est-il de la vie sur ces autres mondes ? demanda Serre à un moment donné.

— Tu as entendu parler de la guerre de la Faille ?

— Oui, mon grand-père me racontait des histoires à ce sujet. Il disait qu'à l'ouest… (Serre s'arrêta, lança un coup d'œil en direction de la mer et se reprit :) à l'ouest de notre terre natale, alors j'imagine que ça doit être à l'est d'ici…

— Non, ça reste à l'ouest d'ici, sur la Côte sauvage. Continue.

— Il disait que des hommes venus d'un autre monde étaient arrivés par magie sur le nôtre, pour faire la guerre, mais que le royaume les avait repoussés.

— C'est une version de l'histoire, répondit Magnus avec ironie. Je te raconterai ce qui s'est vraiment passé une autre fois.

— Est-ce que ces gens nous ressemblent ?

— Autant que les Orosinis ressemblent aux Roldemois.

— Ils ne nous ressemblent pas beaucoup, donc, reprit Serre.

— Suffisamment pour que, en fin de compte, nous ayons pu trouver un terrain d'entente et mettre fin à la guerre. Tu rencontreras peut-être leurs descendants un de ces jours.

— Où ça ?

— Dans la province de Yabon, au royaume des Isles. Nombre d'entre eux se sont installés dans la cité de LaMut.

— Ah, fit Serre comme s'il comprenait.

Ils continuèrent ensuite à pêcher en silence pendant une demi-heure, jusqu'à ce que Serre fasse remarquer :

— On dirait qu'on n'est pas très doués.

— Pour attraper le poisson ?

— Oui.

— C'est parce que nous avons utilisé un mauvais appât.

Serre dévisagea son mentor d'un air surpris.

— Un mauvais appât ?

— Avec de la viande séchée, nous pourrions peut-être attirer un poisson des bas-fonds ou un requin, mais si nous voulions quelque chose de plus vif, il aurait fallu mettre du maquereau frais sur l'hameçon.

— Dans ce cas, pourquoi on fait ça ?

— Parce que pêcher, ce n'est pas attraper du poisson. (Le magicien regarda dans l'eau, et Serre sentit ses poils se hérisser sur ses bras, ce qui signifiait que Magnus s'apprêtait à utiliser la magie.) Là, dit-il en pointant du doigt.

Il leva la main droite, et un gros animal parut bondir hors de la mer. Couvert d'écailles rouges et pourvu d'un effroyable assortiment de crocs, il faisait à peu près la taille d'un petit cheval. Une fois hors de l'eau, il se débattit dans les airs en essayant de mordre l'ennemi invisible qui le maintenait dans cette position.

D'une torsion du poignet, Magnus laissa le poisson retomber dans les vagues.

— Si je veux du poisson, je n'ai qu'à me servir.

— Mais alors, qu'est-ce qu'on fait là avec ces cannes à pêche ?

— On est là pour le plaisir, répondit Magnus. C'est un moyen de se détendre, de réfléchir, de méditer.

Même s'il se sentait complètement stupide à présent avec cette canne à la main, Serre se surprit à lancer de nouveau sa ligne, puis à traîner l'hameçon dans l'écume.

— Magnus, est-ce que je peux vous poser une question ? demanda-t-il alors qu'il commençait à se faire tard.

— Comment puis-je t'apprendre quoi que ce soit si tu ne le fais pas ?

— Eh bien…

— Allez, crache le morceau, insista Magnus en lançant une nouvelle fois sa ligne.

Le vent s'intensifiait et repoussait les cheveux blancs du magicien loin de son visage.

— Il y a un sujet sur lequel je reste très confus.

— Lequel ?

— Les femmes.

Magnus se retourna pour dévisager Serre.

— Tu veux dire que tu ne comprends pas quelque chose en particulier à propos des femmes, ou que tu ne les comprends pas en général ?

— En général, je suppose.

— Tu n'es pas le premier à dire ça, tu sais.

— Oui, je m'en suis aperçu, reconnut Serre. C'est juste que, chez les miens, entre les hommes et les femmes, les choses étaient… prévisibles. On vous choisissait votre fiancée avant que vous rentriez de votre quête de vision et vous vous marriez peu après. Vous restiez avec une femme… (Il baissa la voix.) J'ai déjà connu deux femmes, et je n'ai épousé aucune d'elles.

— Cela te gêne ?

— Oui… non… je ne sais pas.

Magnus planta sa canne à pêche dans le sable et se rendit auprès de Serre.

— Je ne peux pas te dire grand-chose, mon jeune ami. Mon expérience est très limitée dans ce domaine.

Serre regarda le magicien.

— Vous n'aimez pas les femmes ?

Magnus sourit.

— Non, ce n'est pas ça… J'ai connu quelques expériences quand j'étais jeune… à peu près ton âge. C'est juste que certaines personnes qui, comme moi, pratiquent les arts magiques préfèrent rester à l'écart de tout ça. Les choses du cœur ont tendance à embrouiller l'esprit. (Son regard se perdit au loin sur la mer.) J'aime à croire que j'ai gagné en clarté en évitant ce genre de problèmes. (Il regarda de nouveau Serre.) Mais toi et moi ne sommes pas sur le même chemin. Quelle est ta question ?

— J'ai été… avec Lela, pendant quelque temps. Je pensais que peut-être on pourrait… (Serre baissa les yeux et s'abîma dans la contemplation du sable car il se sentait embarrassé.) Je pensais qu'on pourrait peut-être même se marier.

Il lança un regard en coin à Magnus et vit ce dernier trahir un instant un certain amusement. Puis le visage du magicien redevint un masque figé.

— Mais, quand je suis revenu de Latagore avec Caleb, elle était partie, continua Serre. Je ne m'étais pas encore habitué à l'idée de ne plus jamais la revoir quand Meggie…

— Ah, fit Magnus. C'est vrai, tu étais avec elle ce matin-là quand je suis venu te réveiller.

— Mais comment puis-je éprouver des sentiments si forts pour Lela et pourtant me retrouver si facilement dans les bras de Meggie ? Je n'ai même pas pensé à Lela pendant qu'on était ensemble, Meggie et moi.

Magnus hocha la tête.

— Laisse-moi te poser une question. Si je pouvais amener l'une des deux filles ici, maintenant, laquelle souhaiterais-tu revoir ?

Serre commença par ne pas répondre et resta debout sur le sable, sa canne à pêche à la main. Puis :

— Je ne sais pas. Je croyais aimer Lela… Je l'aime. Mais il y a quelque chose dans la façon dont Meggie… bouge. Elle est… ardente. C'est bien le mot, n'est-ce pas ?

Magnus observa à son tour quelques instants de silence, avant de répondre enfin :

— Les voies du cœur sont complexes. (De nouveau, son regard se perdit au-dessus de l'océan.) Les vagues bouillonnent et se brisent sur les rochers, Serre. Avec les sentiments, c'est la même chose. La passion peut provoquer la perte d'un homme. À la passion doit s'ajouter la sagesse ; sinon, tes ennemis disposent d'une arme contre toi.

— Je ne comprends pas.

— La plupart des hommes nourrissent une passion ou une autre à un moment donné de leur vie. Ce peut être l'amour d'une femme, une vocation, un métier ou un idéal.

— Un « idéal » ?

Magnus acquiesça.

— Il y a des hommes qui sacrifieraient leur vie pour un idéal, des hommes qui font passer le bien de tous avant leur propre réussite. (Il regarda Serre.) Ensuite viennent les passions plus « obscures » : l'ambition, l'envie, la luxure, la soif de pouvoir.

» Ce que tu ressens pour Lela et Meggie se situe à mi-chemin entre l'idéal et l'obscur. Poussé à l'extrême, ce que tu ressens n'est que du désir aveugle qui ignore la complexité des femmes après qui tu cours. Mais, élevé au plus haut niveau, cela risque de te faire tomber trop facilement sous le charme des femmes en pensant que chacune est digne d'être adorée au détriment de toi-même.

» L'un comme l'autre serait une erreur.

Serre acquiesça pour montrer qu'il comprenait.

— Tu es jeune, reprit Magnus. Tu connaîtras beaucoup de femmes au cours de ton existence si tu le souhaites. Mais les circonstances risquent de te placer dans une position où tu devras rapidement discerner la vérité, à savoir s'il s'agit simplement de désir ou si un amour plus profond est en train de se développer.

» Les jeunes femmes que tu as connues sont toutes deux de bonnes personnes. Du moins, elles ne te voulaient aucun mal. Elles t'aimaient à leur façon et tu le leur rendais bien. Mais je me souviens de ce que c'est que d'avoir ton âge et de plonger son regard au fond de grands yeux verts. On est balayé par des sentiments si intenses que l'on croit que son cœur va s'arrêter. Mais le même phénomène se reproduit quelques jours plus tard en plongeant son regard au fond de grands yeux bruns.

» Tel est le cœur d'un jeune homme, Serre. Il doit être dompté et tenu d'une main ferme comme un poulain rétif. Il doit suivre l'esprit et non l'inverse, car tu découvriras que l'amour est une chose difficile.

— Je ne suis pas sûr que vous ayez répondu à ma question.

— Je ne sais pas si tu as compris ce que tu demandais. (Magnus reprit sa canne à pêche, tourna le moulinet pour récupérer sa ligne et la rejeta de nouveau à l'eau.) Nous en reparlerons bientôt. Et dans peu de temps, tu rencontreras d'autres personnes à qui tu pourras poser ces questions-là, des personnes qui seront plus à même que moi de résoudre tes problèmes.

— Merci, Magnus.

— De rien. Tu me poseras encore beaucoup d'autres questions avant que vienne l'heure de quitter l'île.

—Combien de temps vais-je rester ici ?

—Aussi longtemps qu'il le faudra.

—Pourquoi ?

—Pour finir ce que nous sommes venus accomplir, répondit Magnus.

Serre voulut poser une autre question, puis se ravisa. L'après-midi se poursuivit, et Serre commença à avoir faim.

—Avons-nous une chance d'attraper notre dîner ici ?

—Tu as faim ?

—En fait, oui.

—Tu sais cuisiner le poisson ?

Serre avait préparé un certain nombre de plats à base de poisson avec Léo.

—Oui, mais vous n'avez que la bouilloire et la broche pour cuisiner. J'imagine que je pourrais cuisiner une soupe de poisson…

—Non, je pensais à quelque chose d'un peu plus raffiné. Cela fait plus d'un mois qu'on se nourrit de soupes et de rôtis. Que dirais-tu d'un vrai dîner fin ce soir ?

—Comment vais-je pouvoir préparer un tel repas ?

—Ne t'inquiète pas. D'abord, nous devons trouver un plat principal digne de ce nom.

Magnus ferma les yeux, puis les rouvrit, et Serre crut voir un faible voile de lumière sur les pupilles du magicien. Celui-ci tendit la main, paume vers le ciel, puis la leva lentement. De la mer surgit alors un poisson mesurant près d'un mètre vingt de longueur. D'un geste, Magnus fit flotter la créature dans les airs avant de la laisser tomber aux pieds de Serre. Le poisson se mit à battre de la queue et à se tortiller sur le sable.

—Fais attention, ces ailerons peuvent te couper si tu les serres trop fort.

Serre regarda Magnus.

— Je suis censé le porter jusqu'à la cabane ?

— Comment l'emporteras-tu là-haut sinon ? rétorqua le magicien.

Serre essaya de soulever la créature qui se débattait, mais s'aperçut qu'elle était lourde et glissante.

— Vous n'auriez pas quelque chose pour assommer le poisson ? demanda-t-il d'un air exaspéré après avoir plusieurs fois essayé de maîtriser la bête.

— Oh, fit Magnus. (Il fit un geste, et le poisson s'immobilisa.) Il est encore vivant, comme ça, il sera frais quand tu le couperas en filets. Ce poisson est un thon, et tu peux le faire légèrement griller avec un assortiment d'épices. Un riz délicatement assaisonné et un assortiment de légumes vapeur feraient ressortir son goût, ainsi qu'un vin blanc frappé, peut-être un extra-sec de la lande Noire.

Serre ramassa l'énorme poisson et contempla le chemin escarpé qui gravissait la falaise.

— Rien d'autre ?

— Si je pense à autre chose, je te le ferai savoir.

Serre remonta lentement le chemin. Le temps d'arriver à la cabane, il souffrait terriblement. Il avait les muscles des bras et des épaules tétanisés et les genoux tremblants. Le poisson devait peser pratiquement autant que lui, le garçon en était convaincu. Il se demanda ce qu'il était censé faire avec. Il pouvait certes le vider sur la table, mais il allait en mettre partout. Peut-être devrait-il le faire à l'extérieur, sur le sol, afin de pouvoir ensuite le laver avec l'eau du puits, pour en ôter la terre et les saletés. Quant aux filets, s'ils étaient suffisamment gros, il n'aurait qu'à utiliser la broche pour les faire rôtir.

Mais où allait-il bien pouvoir trouver du riz ou des épices ? Jusqu'ici, la nourriture dans la cabane de Magnus avait été plutôt ordinaire, pour rester poli.

Serre posa le poisson avec soulagement et se redressa ; une violente douleur dans le dos vint lui rappeler de ne pas retenter une chose aussi stupide. Il se massa le dos tout en ouvrant la porte de la main droite.

Mais, lorsqu'il franchit le seuil de la cabane, il faillit tomber à la renverse, choqué. À la place du petit intérieur qu'il avait appris à connaître, il se tenait dans une vaste cuisine, plus grande que la cabane elle-même. Serre jeta un coup d'œil par-dessus son épaule et aperçut le paysage familier qui s'étendait devant la cabane. En revanche, à l'intérieur, tout avait changé.

Il repéra une grande table avec une pompe où il pourrait nettoyer le poisson. Derrière la table se dressait un réchaud en pierre à côté duquel brûlait un feu sous une grille en métal. Le jeune homme aperçut également des étagères sur le mur du fond et ne douta pas d'y trouver des épices et du riz. Il était également persuadé que la porte s'ouvrait sur une cave à vin où il trouverait un vin blanc parfaitement frappé qu'il servirait avec le dîner.

— Mais comment il fait ça ? marmonna Serre à voix basse.

9

Confusion

Serre battit des paupières.

Il lisait un autre livre en langue du roi, la biographie d'un marchand de Krondor du nom de Rupert Avery. Ce livre se voulait également une chronique de son époque. Le marchand l'avait commandé et l'avait fait publier avant sa mort, un hymne à sa propre vanité, de l'avis de Serre. Le moins que l'on puisse dire, c'était que le contenu était mal écrit et improbable car, à en croire ce que racontait Avery, il avait joué un rôle capital dans l'histoire du royaume en triomphant presque à lui seul des agents du chaos qui tentaient de conquérir son pays.

Serre jugeait cette histoire tout juste bonne à raconter autour d'un feu de camp, mais seulement si le narrateur avait bien voulu prêter plus d'attention aux guerriers et aux magiciens du récit qu'à un gamin qui s'était enrichi. Il inclina sa chaise pour s'appuyer contre le mur. Il commençait à comprendre le concept de richesse. Certaines personnes semblaient prendre un plaisir particulier à amasser de l'argent. Lui était Orosini et, de son point de vue, tout ce qui ne pouvait pas se manger, se porter ou être utilisé était un luxe. Or, passé un certain stade, ce genre de luxe devenait une perte de temps et d'énergie.

Mais, en comprenant le concept de richesse, il commençait également à comprendre celui de pouvoir. Pour des raisons qui lui échappaient, certaines personnes couraient après le pouvoir comme cet Avery avait couru après la richesse. C'étaient des hommes comme le duc d'Olasko, qui ne voulaient rien tant que coiffer une couronne et se faire appeler Majesté, même si, d'après Caleb et Magnus, le duc pourrait aussi bien être roi sur les terres d'Olasko et d'Aranor.

Serre balança de nouveau sa chaise en avant et posa le livre sur la table. Il était seul depuis trois jours, depuis que Magnus était parti pour l'un de ses mystérieux voyages. Le magicien avait confié un certain nombre de tâches au garçon, parmi lesquelles la lecture (qu'il appréciait beaucoup maintenant qu'il lisait depuis plus d'un an) et la pratique d'étranges séries de mouvements, semblables à de la danse. Magnus prétendait que cette danse était une forme de combat à mains nues, appelé « *isalani* », si Serre avait bien compris. Des années d'étude de cet art martial le rendraient plus efficace dans d'autres formes de combat, lui avait-on promis. Enfin, il devait veiller à se nourrir et à nettoyer la cabane.

Cela remplissait la plupart de ses journées, si bien qu'il utilisait le peu de temps qui lui restait pour explorer les environs, même si Magnus lui avait ordonné de rester sur le rivage nord de l'île. Au sud s'élevait une série de collines, à environ une demi-journée de marche facile, mais Magnus avait recommandé à son élève de ne pas gravir ces collines ni de marcher sur la plage qui s'étendait au sud de celles-ci. Il n'avait pas expliqué à Serre pourquoi il ne devait pas se rendre au sud ni ce qui se passerait s'il ignorait cette recommandation, mais le garçon n'était de toute manière pas enclin à défier le magicien.

Une grande partie de la vie de Serre consistait désormais à attendre : il attendait de découvrir ce pour quoi on l'éduquait ainsi, car il était désormais convaincu que Robert et les autres avaient un plan le concernant.

Son éducation, justement, avançait à grands pas. Il parlait presque couramment la langue du roi, l'idiome principal du royaume des Isles, il s'exprimait en roldemois pratiquement comme un natif et il commençait à apprendre différents dialectes de l'empire de Kesh la Grande. Il étudiait également la géographie, l'histoire et la musique.

C'était d'ailleurs cette dernière matière qu'il appréciait le plus. Magnus connaissait un sortilège qui lui permettait de faire écouter à Serre des récitals joués par des musiciens rencontrés au fil des ans. Certains morceaux, parmi les plus simples, paraissaient presque familiers à Serre. Mais la musique plus sophistiquée, jouée pour les nobles par des musiciens accomplis, était tout aussi envoûtante. Pour aider le garçon à mieux comprendre la musique, Magnus avait dit à Serre qu'il allait apprendre à jouer de plusieurs instruments. Il avait commencé par lui donner une simple flûte, qui se trouvait à présent sur la table, devant lui. Il s'agissait d'un long tube en bois percé de six trous qui ressemblait énormément à la flûte dont jouait le père de Serre. Le garçon avait rapidement appris à jouer quelques mélodies simples sur cet instrument.

Serre se frotta le visage. Il avait les yeux fatigués et le dos en marmelade. Il se leva et regarda par la fenêtre. Le soleil se couchait. Serre comprit qu'il avait lu tout l'après-midi.

Il jeta un coup d'œil en direction de l'âtre, où se trouvait un gros chaudron à moitié rempli d'un ragoût préparé deux jours plus tôt. Le plat était encore comestible, mais le garçon commençait à se lasser de manger toujours la même chose. Il estima qu'il lui restait peut-être une heure pour chasser ou courir au bord du rivage attraper du poisson.

Le crépuscule était la bonne heure pour ce genre d'activité. L'île abritait une grande mare non loin de la cabane, où le gibier venait boire à l'aube et au coucher du soleil. Quant aux poissons, ils paraissaient plus actifs au coucher du soleil.

Il hésita un moment, puis décida qu'il avait plutôt envie de pêcher. Traquer le gibier demandait trop de concentration, et Serre était en cet instant d'humeur à se tenir sur le sable, avec le vent en plein visage et les yeux fixés au loin plutôt que sur un objet au bout de ses bras.

Serre attrapa sa canne à pêche et son panier et sortit de la cabane.

Le soleil était couché lorsque Serre gravit la falaise pour rentrer. En quelques minutes à peine, il avait réussi à attraper deux gros éperlans, ce qui était plus que suffisant pour son dîner. Il allait les faire cuire dans l'âtre, sur une grille en métal au-dessus des braises, et y ajouter quelques épices que Magnus conservait dans un petit coffret. Il regretta de ne pas avoir de riz pour accompagner les éperlans, ce qui lui permit de se rendre compte à quel point Léo lui avait donné le goût du luxe dans la cuisine de *Chez Kendrick*. Sa mère préparait souvent du poisson, mais elle le servait avec les racines ou les baies que les femmes avaient trouvées. Parfois, des galettes de maïs, roulées à la main et cuites près du feu, avec du miel, des baies ou des noisettes à l'intérieur, venaient accompagner le gibier. Mais Serre appréciait désormais bien plus la nourriture que n'aurait pu l'imaginer sa mère. Il était amusant de penser qu'il était sûrement le meilleur cuisinier de toute l'histoire de son peuple.

Au détour de la piste, près du sommet de la falaise, il s'arrêta. Le ciel brillait encore des derniers rayons du soleil à peine couché, mais l'obscurité tombait rapidement. Serre sentait quelque chose.

Il tendit l'oreille. Le silence régnait dans les bois près de la cabane. Or, il y aurait dû y avoir du bruit. On aurait dû entendre les animaux de jour se précipiter dans leurs tanières pendant que les prédateurs de la nuit annonçaient leur présence. Les oiseaux nocturnes auraient dû voleter entre les arbres à la recherche d'insectes.

Mais il régnait un silence qui ne pouvait signifier qu'une chose : la présence d'humains à proximité.

Pendant un instant, Serre se demanda si Magnus était rentré, mais il savait, instinctivement, que ce n'était pas le cas. Il avait un mauvais pressentiment.

Serre était persuadé que d'autres personnes vivaient sur cette île au sud de la chaîne de collines, des personnes que Magnus ne voulait pas qu'il rencontre, du moins pour le moment. Mais Serre ne croyait pas que ces gens puissent être venus le voir à l'improviste. Il posa par terre sa canne à pêche et son panier, puis il s'aperçut qu'il avait laissé ses armes dans la cabane.

Il sortit du panier un couteau à écailles, une bien piètre arme, mais cela valait mieux que rien du tout. Puis il avança lentement en direction de la cabane, tous ses sens en alerte, l'oreille tendue, le regard acéré et les narines dilatées.

Il semblait y avoir une présence près de la cabane, quelque chose de peu familier, d'inconnu. Il avait cru qu'il y avait *quelqu'un* près de la cabane ou à l'intérieur, mais, à présent, il se demandait s'il n'y avait pas plutôt *quelque chose*.

Une silhouette franchit le seuil, presque trop vite pour que l'œil de Serre l'aperçoive. En cet instant, le garçon reconnut une forme humaine, mais dépourvue de la moindre caractéristique. Noire de la tête aux pieds, c'était une ombre fugitive qui traversa son champ de vision avant de se fondre dans le noir de la nuit.

Serre s'arrêta et se mit à respirer le plus doucement possible en faisant appel à tous ses sens pour déterminer dans quelle direction la créature était partie. Derrière lui, un léger déplacement d'air le prévint que quelqu'un bougeait rapidement et silencieusement dans son dos. Le garçon se laissa alors tomber à genoux. Sans hésiter, il frappa en arrière avec le couteau à écailles, un coup qui aurait atteint n'importe quel homme entre le genou et l'aine.

Un cri inhumain déchira la nuit, et Serre fut projeté en avant par un coup terrible à l'épaule droite, comme si un corps imposant était tombé sur lui.

Serre utilisa l'élan de sa chute pour faire un roulé-boulé et se relever aussitôt. Sentant un souffle d'air l'effleurer, il comprit qu'il venait, sans le faire exprès, d'esquiver un autre agresseur invisible. Son instinct l'avertit que les deux attaquants se tenaient derrière lui, si bien qu'il bondit en avant, en direction de la cabane. S'il voulait survivre à cette agression, il devait récupérer son épée.

Ses cheveux se dressèrent sur sa nuque lorsqu'il approcha de la porte de la cabane. Alors, sans regarder derrière lui, Serre plongea au-dessus du seuil et atterrit durement sur le sol tandis que quelque chose d'invisible fendait l'air à l'endroit où sa poitrine aurait dû se trouver.

Le garçon glissa sur le ventre jusque sous la table et se retourna en se relevant rapidement avec son épée. Il jeta le fourreau au loin et renversa la table d'un coup de pied en la projetant vers la porte de manière à ralentir la chose qui pourrait vouloir la franchir.

La table heurta quelque chose juste à l'entrée de la cabane, et Serre vit l'obscurité bouger sur le seuil. Une silhouette apparut dans l'encadrement de la porte, une silhouette qu'il pouvait voir parce qu'elle bloquait le peu de lumière crépusculaire qui filtrait à travers les branches et les feuilles.

Puis la chose pénétra dans la cabane. Serre ne voyait qu'une forme humaine, noire, dépourvue de tout détail, comme si la lumière ne se réfléchissait pas sur sa surface. Il savait qu'une autre créature attendait encore à l'extérieur, si bien qu'il recula près de l'âtre et attrapa impulsivement un brandon enflammé qu'il leva bien haut de la main gauche.

La main de la créature s'abattit dans sa direction, et Serre plongea sur la droite. La douleur envahit son épaule gauche. La créature recula la main et, pendant un bref instant, Serre crut distinguer un mouvement dans les airs, comme la corde d'un fouet que l'on aurait ramenée en arrière. Serre n'avait pas besoin de regarder son épaule pour savoir qu'il avait été coupé par une arme invisible. Sa chair le brûlait et du sang suintait de la blessure, mouillant ses vêtements.

Il y eut comme un mouvement fugace près de la porte, et Serre comprit qu'un autre assassin invisible était entré dans la pièce. Un deuxième mouvement fugitif, surpris du coin de l'œil, le prévint à temps. Le jeune homme se laissa tomber sur la droite. Une nouvelle douleur s'éveilla dans son bras, mais il savait que, s'il n'avait pas bougé, ce serait sa gorge qui saignerait et non son bras.

Il heurta violemment dans sa chute le bras en métal auquel était suspendue la marmite et il roula loin de l'endroit où, d'après lui, l'assassin se trouvait. La marmite se renversa dans l'âtre et tout le ragoût restant se déversa sur les flammes, plongeant aussitôt la pièce dans un nuage de vapeur et de suie.

Brusquement, Serre vit devant lui une jambe se découper sur la fumée. Sans hésiter, il enfonça son épée dans la créature et entendit le même cri de douleur qu'à l'extérieur, mais bien plus fort cette fois.

La cabane se remplit de fumée, et Serre découvrit alors trois silhouettes clairement délimitées. Toutes avaient forme humaine et paraissaient sans armes, mais le jeune homme savait qu'il s'agissait d'une fausse impression. Il recula contre le mur.

Les autres semblaient avancer à tâtons comme s'ils étaient incapables de le voir. Serre agrippa fermement son épée en ignorant la douleur brûlante dans son épaule gauche et il se releva, dos au mur. Il était en partie caché par une colonne qui montait du sol au plafond et que Magnus avait installée pour y ranger les livres que Serre étudiait.

Les deux créatures qui avaient franchi le seuil s'avancèrent, l'une pour bloquer toute retraite et l'autre venant dans la direction du jeune homme. Le plus proche de la porte boitait visiblement, et Serre comprit qu'il devait s'agir de celui qu'il avait coupé avec le couteau à écailles.

Maintenant qu'il avait son épée, Serre se sentait trop à l'étroit pour se battre. Il avait besoin d'être dehors, mais juste sur le seuil, en bloquant la porte, de façon qu'une seule créature à la fois puisse l'attaquer. La silhouette la plus proche de lui leva le bras en arrière, comme pour faire claquer de nouveau son fouet. Alors, Serre bondit et frappa avec son épée en cherchant à repousser la créature. Puis il sauta par-dessus la table renversée, abaissa son épaule intacte et plaqua la créature qui attendait devant la porte.

La souffrance explosa le long de son dos et courut dans sa hanche gauche. Serre laissa échapper un hoquet de douleur. La créature sur sa gauche avait réussi à le frapper. Il sentit ses genoux céder sous lui.

En tombant, il donna un grand coup d'épée et sentit la lame s'enfoncer profondément dans de la chair tandis que s'élevait un cri inhumain qui s'éteignit abruptement.

Serre roula sur lui-même et essaya de se relever, tandis que quelque chose franchissait le seuil en un clin d'œil. Le troisième assaillant ! Il donna un grand coup de revers avec son épée dans la direction générale de la porte et il avait presque réussi à se redresser complètement lorsqu'une douleur brûlante jaillit le long de sa joue gauche, de son épaule et de sa poitrine.

Son souffle court, sa tunique trempée et ses genoux tremblants prouvaient qu'il perdait trop de sang, trop vite. Son cœur battait à tout rompre, et Serre savait que, s'il ne réussissait pas d'une façon ou d'une autre à tuer les deux dernières créatures, il était condamné.

Il y eut un autre mouvement fugace près de la porte. Serre comprit que les deux créatures étaient sorties avec lui. Il battit des paupières et tourna la tête de part et d'autre pour essayer de distinguer leurs formes noires dans la nuit. Mais, malgré tous ses efforts, elles restèrent invisibles.

Il perçut un mouvement derrière lui et se laissa donc tomber sur la gauche. Il avait eu l'intention de se rattraper à temps pour se redresser, mais sa jambe gauche refusa de lui obéir, et il s'écrasa par terre. Une nouvelle douleur brûlante envahit sa jambe droite. Serre perdit son épée. Son esprit avait beau ordonner à son corps de rouler sur le côté et de mettre autant de distance que possible entre lui et les deux créatures, il ne pouvait s'obliger à le faire.

Une nouvelle ligne de feu traversa son épaule, et Serre hurla. Il savait qu'il était sur le point de mourir.

Son peuple ne serait pas vengé, et lui-même ne saurait jamais qui étaient ses assassins, ni pourquoi on avait décidé de le tuer.

Ses dernières pensées furent teintées d'un grand désespoir et d'un profond regret. Puis une lumière blanche aveuglante explosa autour de lui, et il sombra dans l'oubli.

Serre dérivait au sein d'un océan de souffrances. Le feu lui brûlait la peau et il baignait dans le tourment. Pourtant, il ne pouvait bouger. Des voix et des images ne cessaient d'aller et venir, certaines familières, la plupart inconnues.

— … trop de sang. Je ne sais pas…

Les ténèbres l'engloutirent. Puis il y eut plus de douleurs encore.

— … comprends pas par quel miracle il a survécu…

Un bruit étrange retentit à son oreille pendant ce qui lui parut un laps de temps interminable, puis le bruit se transforma brusquement en musique. Quelqu'un à côté de lui jouait de la flûte.

Puis l'obscurité, de nouveau.

Le temps s'écoula au rythme des crises et des sursauts, des images et des bruits, des odeurs et des textures dont il se rappelait à peine. Le visage d'une femme ne cessait d'apparaître régulièrement devant lui. Elle était belle, mais avait l'air sévère, peut-être même dure. Elle parlait à d'autres personnes toutes proches, mais souvent Serre ne pouvait entendre ou comprendre ce qu'elle disait.

Il était en proie à des rêves enfiévrés au cours desquels apparaissaient des créatures cauchemardesques. Un être bleu avec des cornes argentées plana au-dessus de lui pendant un temps en parlant dans une langue faite de sifflets et de hululements. D'autres visages traversèrent son champ de vision, certains visiblement humains, d'autres subtilement différents : une oreille trop longue, des plumes à la place des sourcils, ou un nez avec une petite épine au bout.

D'autres rêves survinrent, des rêves de son enfance dans le village de Kulaam. Il vit le visage d'Œil de la Sarcelle bleue dont les yeux couleur de miel le contemplaient avec tristesse. Il vit son grand-père, Rire dans les Yeux le bien nommé, qui lui souriait d'un air amusé, fidèle à lui-même, comme toujours. Il vit sa mère et sa sœur, et les autres femmes du village qui s'acquittaient de leurs tâches quotidiennes.

Il se vit dévalant la montagne, épuisé, mais courant plus vite qu'il n'avait jamais couru. Il vit la fumée, et la mort, et le feu. Et il vit un homme sur un cheval noir.

— Raven ! cria-t-il en s'asseyant brusquement.

Une femme le prit aux épaules en lui disant :

— Calme-toi. Détends-toi. Tout ira bien.

Serre s'aperçut qu'il était trempé de sueur. Il se sentait pris de vertiges. Un frisson parcourut son corps couvert de bandages et la chair de poule apparut sur ses bras. Il balaya la pièce du regard.

Il se trouvait dans une chambre aux murs blancs qui abritait plusieurs meubles de belle facture. À travers une grande fenêtre, il aperçut le ciel bleu. La journée était chaude, visiblement. Une brise parfumée entrait par la fenêtre, et il pouvait entendre des voix au loin.

— Où suis-je ?

La femme se leva.

— Chez des amis. Je vais aller chercher Magnus.

Serre se laissa retomber contre un trio de lourds oreillers remplis de duvet d'oie. Il était nu sous des draps d'un tissu blanc de qualité comme il n'en avait encore jamais connu. Les draps étaient trempés eux aussi, et Serre comprit que sa fièvre venait tout juste de tomber. Des pansements recouvraient son épaule, son dos, son flanc gauche, ses deux cuisses et son mollet droit.

Quelques minutes plus tard, Magnus réapparut en compagnie de la femme.

— Comment te sens-tu ? demanda le magicien aux cheveux blancs.

— Aussi faible qu'un chaton, répondit Serre en s'adossant aux oreillers.

Magnus s'assit au bord du lit et posa la main sur le front du jeune homme.

— La fièvre est partie. (Avec le pouce, il souleva la paupière gauche de Serre.) La jaunisse aussi.

— Que s'est-il passé ? demanda le jeune homme.

— C'est une longue histoire. Pour faire court, quelqu'un a envoyé trois danseurs de mort pour me tuer. Mais c'est toi qu'ils ont trouvé.

— Des « danseurs de mort » ?

— Je t'expliquerai tout en détail mais, pour le moment, tu as besoin de te reposer. Tu as faim ?

Serre acquiesça.

— Oui, je crois que je pourrais manger.

— Je vais chercher du bouillon, dit la femme avant de quitter la pièce.

— Ça fait combien de temps que je suis dans cet état ? demanda Serre.

— Dix jours.

— Je suis ici depuis dix jours ?

Magnus hocha la tête.

— Tu as bien failli mourir, Serre. Si tu n'avais pas été sur cette île, ça aurait certainement été le cas. Peut-être qu'un prêtre puissant aurait réussi à te sauver, mais peu de personnes au monde, à l'exception des gens qui vivent ici, possèdent les talents qu'il a fallus pour te maintenir en vie. Le toucher du danseur de mort est comme du poison. Même s'il ne réussit pas à la tuer, sa victime survit rarement à leur rencontre.

— Comment suis-je arrivé ici ?

— Quand les danseurs de mort ont posé le pied sur le rivage, certains d'entre nous ont immédiatement compris que quelque chose n'allait pas. Nous nous sommes précipités jusqu'à la cabane lorsque nous avons compris que l'attaque n'avait pas lieu ici même. Les danseurs de mort s'attendaient à trouver un magicien, seul dans la cabane et, à la place, ils sont tombés sur un bretteur.

» Si tu avais été leur proie, tu serais mort sans connaître l'identité de ton assassin. Mais ils s'attendaient à une résistance magique et non à de l'acier froid, ce qui t'a permis de gagner assez de temps pour que nous nous portions à ton secours.

— Merci, lui dit Serre. À qui ce « nous » fait-il référence ?

— À moi et à d'autres personnes, répondit Magnus.

Il se leva au moment où la femme revenait avec un grand bol de bouillon et une tranche de pain sur un plateau.

Serre se redressa sur les coudes afin de pouvoir manger, mais ce simple effort lui fit tourner la tête. La femme s'assit à côté de lui et prit la cuiller ; au lieu de protester, le garçon la laissa le nourrir. C'était une belle femme d'environ trente-cinq ans, avec des cheveux noirs, un regard bleu saisissant et des lèvres pincées qui lui donnaient un air sévère.

Le regard de Serre passa du visage de la femme à celui de Magnus.

— Je vois une certaine ressemblance entre vous, fit-il remarquer entre deux cuillerées de bouillon brûlant. Vous ne m'avez jamais dit que vous aviez une sœur.

La femme sourit, tout comme Magnus d'ailleurs, ce qui ne fit qu'accentuer leur ressemblance.

— Je suis flattée, répondit la femme.

— Serre, je te présente Miranda, ma mère.

Le garçon faillit s'étrangler et rétorqua, après avoir réussi à avaler son bouillon :

— Je trouve ça difficile à croire.

En effet, elle paraissait presque plus jeune que son fils.

— Et pourtant, c'est vrai, répliqua Miranda. Crois-moi, cet endroit est vraiment remarquable.

Serre ne répondit pas et continua à manger. Lorsqu'il eut fini, Miranda mit le bol de côté. Aussitôt, le garçon ouvrit la bouche.

— Qu'est-ce…

Mais Miranda l'interrompit aussitôt.

— Pas maintenant. Tu auras tout le temps de poser des questions plus tard. Pour l'instant, tu dois te reposer.

La fatigue vint à bout de la curiosité de Serre. Miranda n'avait pas encore quitté la pièce que le jeune homme avait déjà les yeux fermés et une respiration lente et régulière.

Deux jours après avoir repris connaissance, Serre reçut l'autorisation de se lever et de faire quelques pas. Magnus lui prêta un bâton sur lequel le garçon s'appuya, car il avait les jambes douloureuses et en coton à cause de ses blessures. Il suivit en boitillant le magicien qui déclara :

— Bienvenue à la *Villa Beata*.

— C'est le nom de cet endroit ?

— Oui, cela veut dire « belle demeure » dans une langue ancienne.

Ils se trouvaient au sein d'une vaste cour entourée d'un muret et de bâtiments en crépi blanc couronnés de tuiles rouges.

— Je n'aurais jamais imaginé un endroit comme celui-là.

— Ceux qui l'ont construit s'inquiétaient moins de le défendre que d'y apporter le plus de confort possible. Il existe de nombreuses histoires quant à ses origines.

— Connaissez-vous la vérité ?

Magnus sourit.

— Non. Mon père prétend la connaître, lui, mais l'homme qui la lui a racontée était réputé pour inventer des bobards quand cela l'arrangeait. Alors, nous ne saurons sans doute jamais comment cet endroit a été créé.

— C'est votre foyer ?

— C'est l'endroit où j'ai grandi, en effet.

Serre regarda tout autour de lui et écarquilla les yeux en voyant une créature à la peau bleue avec des cornes argentées apparaître au coin d'un bâtiment. Il portait un gros panier de linge mouillé et disparut à l'intérieur d'un autre édifice.

— C'était quoi ? demanda-t-il.

— Regar, un C'ahlozian. Tu trouveras ici de nombreuses personnes qui ne nous ressemblent en rien, Serre. Mais souviens-toi que ce sont quand même des personnes. Chez elles, tu paraîtrais tout aussi bizarre qu'elles le sont pour toi.

— Avant de vous rencontrer, Magnus, j'aurais cru qu'il appartenait aux histoires qu'on raconte à la veillée. Quand je l'ai vu durant ma maladie, j'ai cru qu'il s'agissait d'un rêve dû à la fièvre. Maintenant, je commence à penser que plus rien ne peut me surprendre.

— Oh, attends encore un peu, mon jeune ami ! Il reste encore de nombreuses surprises en réserve. Mais, pour le moment, profite de la chaleur de cet après-midi et promène-toi un peu dans les environs. Tu as besoin de reprendre des forces.

En faisant lentement le tour de l'ensemble des bâtiments, Serre entraperçut des gens qui allaient et venaient d'un pas pressé. Certains paraissaient tout à fait normaux, mais un ou deux sortaient vraiment de l'ordinaire. Serre avait le souffle court à cause de la promenade, si bien qu'il remit ses questions à plus tard. Mais il réussit à faire une pause suffisamment longue pour demander :

— Magnus, qui voulait vous tuer ?

— Ça, mon jeune ami, c'est une très longue histoire.

Serre sourit, car cela faisait trop mal de rire.

— On dirait que je ne vais pas pouvoir aller bien loin pendant un bon moment, vous savez, alors j'ai le temps.

— Ah, je vois qu'on a le sens de l'humour ! fit une voix derrière lui. C'est bien.

Serre se retourna et découvrit qu'un homme frêle, de petite taille, se tenait derrière eux. Chauve, il portait une simple tunique qui se fermait sur l'épaule gauche, laissant la droite dénudée. Il était chaussé de sandales à lanières croisées, tenait un bâton à la main et avait un sac suspendu à son épaule. Son visage paraissait très âgé et pourtant presque enfantin. Il dévisagea Serre de ses étranges yeux noirs en amande.

— Serre, voici Nakor, déclara Magnus. C'est l'un de mes… professeurs, ajouta le magicien en changeant légèrement de ton, une différence dont la signification échappa à Serre.

Nakor hocha la tête.

— Il m'est parfois arrivé de t'enseigner des choses. À d'autres moments, j'ai davantage eu l'impression d'être un gardien de prison. Magnus était un vrai trublion dans sa jeunesse.

Serre regarda Magnus, qui fronça les sourcils sans pour autant réfuter l'accusation. Le magicien parut sur le point de dire quelque chose, mais Nakor le devança.

— Pour en revenir à ta question, jeune homme, c'est une sacrée histoire, et tu dois la connaître, mais pas maintenant.

Serre dévisagea chacun des deux hommes et surprit entre eux un échange silencieux. Il comprit alors que, d'une certaine façon, Nakor demandait à Magnus de ne pas en dire plus au sujet de l'attaque.

— Magnus, je crois que ton père voulait te parler, reprit Nakor.

— Bien entendu, répliqua le magicien en haussant légèrement les sourcils. Serre, je te laisse aux bons soins de Nakor et je te recommande de ne pas trop en faire. Tu as été gravement blessé et tu as surtout besoin de repos et de nourriture.

— Je vais le raccompagner à sa chambre, promit Nakor.

Serre souhaita une bonne journée à Magnus et retourna vers ses propres appartements. Il avait les jambes qui tremblaient lorsqu'il arriva près de son lit, et Nakor dut l'aider à s'allonger.

Il y avait quelque chose chez le petit homme en apparence si frêle qui intriguait Serre. Il était persuadé que son compagnon possédait en réalité une très grande force, et bien plus encore. Cependant, l'ancien professeur de Magnus n'avait pas dit un mot en le raccompagnant à sa chambre.

— Nakor ?

— Oui, Serre ?

— Quand vais-je enfin savoir ?

Nakor dévisagea le garçon et vit combien ce dernier avait du mal à garder les yeux ouverts. Lorsque la fatigue finit par submerger Serre et que ses paupières retombèrent, Nakor répondit :

— Bientôt, Serre, bientôt.

Une semaine s'écoula, et Serre retrouva toutes ses forces. Lorsqu'on lui enleva ses pansements, il découvrit avec intérêt une nouvelle collection de cicatrices qui aurait fait la fierté de n'importe quel homme de son clan. Il n'avait pas encore vingt ans et ressemblait à un vétéran qui avait connu de nombreuses batailles. Pendant un moment, il éprouva une profonde tristesse, car il se rappela qu'il n'y avait plus personne de son peuple à qui montrer ces cicatrices de guerrier. Puis il porta distraitement la main à son visage et songea que, même s'il existait un survivant, il n'avait pas de tatouages pour démontrer son appartenance aux Orosinis.

Miranda retira le dernier bandage et surprit le geste du jeune homme.

— À quoi penses-tu ? lui demanda-t-elle.

— À mon peuple, répondit Serre.

Miranda hocha la tête.

— Nombre d'entre nous ont connu des épreuves, Serre. Les histoires que tu seras sûrement amené à entendre sur cette île te prouveront que tu n'es pas le seul. (Elle s'assit au bord du lit et lui prit la main.) Certains ici sont des réfugiés qui ont fui le sang et les massacres, comme toi, et d'autres sont des survivants, toujours comme toi, qui ont tout perdu.

— Quel est cet endroit, Miranda ? Magnus évite toutes mes questions, et Nakor détourne toujours la conversation sur des sujets…

— Frivoles ?

Serre sourit.

— Il lui arrive d'être drôle.

— Ne te laisse pas avoir par son fameux sourire malicieux, lui dit Miranda en lui tapotant la main. Il est sûrement l'homme le plus dangereux que j'ai jamais rencontré.

— Nakor ?

— Oui, Nakor, approuva-t-elle en se levant. Maintenant, attends là et repose-toi encore un peu. Quelqu'un va bientôt arriver.

— Pour quoi faire ? demanda-t-il, car il se sentait agité et avait envie de quitter cette pièce.

— Pour t'emmener quelque part.

— Où ça ?

— Tu verras, répondit Miranda avant de quitter la pièce.

Serre se rallongea sur son lit. Il avait le corps raide et douloureux et il éprouvait le besoin de sortir, ne serait-ce qu'un petit moment, pour faire des étirements et aspirer l'air frais à pleins poumons. Il voulait courir, ou grimper, ou traquer un cerf dans les bois. Il aurait même eu envie de pêcher, car le fait de descendre, puis de remonter de la plage, l'aurait fait transpirer et il en avait besoin.

Serre ferma les yeux et se laissa aller à ses souvenirs, ceux des hommes qui racontaient des histoires, assis dans la loge autour d'un bon feu de joie. Il repensa aux rituels de purification pour lesquels des bâtiments spéciaux étaient construits au moment où la neige libérait les flancs des montagnes. Il se rappela la vapeur tourbillonnante qui s'élevait des pierres chaudes pour recouvrir les groupes d'une dizaine d'hommes, de femmes et d'enfants qui chantaient pour accueillir le printemps tout en se débarrassant de la crasse et de la poussière accumulées durant l'hiver.

Il songea à ses parents et sentit la tristesse monter en lui. La terrible amertume qu'il avait éprouvée la première année à la suite du massacre avait laissé la place à une nostalgie muette, car il s'était résigné au fait d'être le dernier des Orosinis, celui sur qui pesait le fardeau de la vengeance. Mais, en dehors de ce point précis, il ignorait totalement quel allait être son avenir.

Il dérivait ainsi dans ses pensées, à moitié endormi, lorsqu'il entendit soudain quelqu'un entrer dans la pièce.

Il ouvrit brusquement les paupières, le cœur battant. Puis il leva les yeux vers une jeune femme qu'il n'avait encore jamais vue. Elle possédait des traits délicats, avec un petit menton fin, une bouche pleine et un nez presque parfaitement droit. Elle avait les yeux bleus les plus surprenants qu'il ait jamais vus, grands, couleur de bleuet, et des cheveux de miel pâle, avec des mèches décolorées par le soleil. Les bras nus, elle portait une simple robe bleue avec un décolleté arrondi. Il avait croisé de nombreuses femmes vêtues de cette même robe au cours de ses promenades dans la *Villa Beata*, mais, sur elle, le vêtement paraissait magnifique, car elle possédait un grand corps mince et se déplaçait comme une chasseresse.

— Tu es Serre ?

— Oui, répondit-il d'une voix hachée, car elle lui coupait le souffle.

— Suis-moi, lui dit-elle.

Il se leva et la suivit hors de la pièce. Une fois dehors, il réussit à la rattraper pour marcher à côté de lui.

— Comment tu t'appelles ? lui demanda-t-il.

Elle se retourna et le regarda d'un air sérieux en rentrant légèrement le menton comme pour mieux le voir. Puis elle sourit, et son visage en parut tout illuminé.

— Je m'appelle Alysandra, répondit-elle d'une voix douce et presque musicale.

Il ne trouva rien à dire. Elle le privait de ses mots. Le souvenir de Lela ou de Meggie s'effaça devant la beauté de cette jeune femme. Brusquement, Serre eut mal au ventre.

Ils traversèrent une vaste cour et se dirigèrent vers une partie de la maison principale que Serre n'avait encore jamais visitée.

Trop rapidement, Alysandra se tourna vers Serre et lui dit, en désignant une porte :

— Tu dois entrer là.

Puis, sans attendre, elle s'en alla, le laissant bouche bée. Il la regarda s'éloigner. Tout en elle ne faisait que resserrer ce nœud qu'il avait au ventre. Trop vite, elle disparut par une porte, et il se retrouva seul sur le seuil qu'elle avait désigné.

Au bout d'un moment, il se ressaisit et regarda la porte, un simple panneau en bois. Il tourna la poignée et entra.

Trois hommes se tenaient dans une pièce vide. Serre reconnut deux d'entre eux : Nakor et Robert.

— Maître ! s'exclama Serre avec surprise.

Robert hocha la tête et dit, en désignant un emplacement au centre de la pièce :

— Va te mettre là, Serre.

Le troisième homme était de petite taille, avec une barbe et des cheveux noirs, et son regard perçant procura un certain inconfort à Serre. À n'en pas douter, cet homme était très puissant. Cela se devinait à son maintien, mais pas seulement. Au cours du temps passé en compagnie de Magnus et de Robert, Serre avait appris à percevoir la magie chez ceux qui la pratiquaient, et cet homme empestait les arts magiques.

— Je m'appelle Pug. On m'appelle également le Sorcier Noir.

Serre hocha la tête sans dire un mot.

— Cette île est à moi, et tous ceux qui y vivent sont mes amis et mes étudiants, poursuivit Pug.

— Serre, Pug a été mon professeur, tout comme Nakor, ajouta Robert.

Encore une fois, le garçon garda le silence.

— L'attaque des danseurs de mort a changé la donne, fiston, intervint Nakor. Nous étions en train d'évaluer tes progrès et nous attendions de te juger.

Serre continua à se taire, mais ses yeux exprimaient de nombreuses questions.

— Nous nous apprêtions à juger si tu allais rester à mon service jusqu'à ce que je te déclare quitte de ta dette de sang, reprit Robert, ou si tu étais assez doué pour être invité à rejoindre cette assemblée, ici, sur l'île.

— Quelle assemblée, maître ? finit par demander Serre.

Les trois hommes échangèrent des regards entre eux.

— Nous nous faisons appeler le conclave des Ombres, Serre, révéla Robert. Tu apprendras qui nous sommes le moment venu, si tu es accepté dans nos rangs. Tu découvriras également ce que nous faisons.

— Mais, avant que nous puissions te dire tout cela et bien d'autres choses encore, tu dois faire le choix de te joindre à nous, expliqua Pug. Ta dette envers Robert sera alors effacée et tu seras un homme libre, libre de faire ce que ta conscience te dictera, même si tu auras également des devoirs envers le Conclave.

» Mais ces devoirs s'accompagneront de privilèges. Nous sommes riches, suffisamment pour te faire vivre tout le restant de tes jours. Nous possédons de puissants alliés qui te permettront, si besoin est, de te déplacer à ta guise parmi les nobles et les hommes de pouvoir.

— Mais nous avons également de puissants ennemis, intervint Nakor. Les danseurs de mort ne représentent que l'une des nombreuses tentatives de meurtre qui ont eu lieu contre l'un de nos membres les plus puissants. S'ils avaient réussi à tuer Magnus, notre cause en aurait souffert pendant des années.

— Qu'est-ce que vous me demandez exactement ?

— Nous te demandons de prêter allégeance, non pas à moi, mais au Conclave, Serre, expliqua Robert. Lorsque tu sortiras de cette pièce, tu seras un membre de notre société. Ton serment s'accompagnera de privilèges et de responsabilités que nous n'avons fait qu'évoquer.

— On dirait qu'on me laisse un choix à faire, fit remarquer Serre.

— C'est exact, confirma Nakor.

— Quelle est l'autre possibilité ?

Pug échangea un regard avec Robert et Nakor avant de répondre :

— La mort.

10

Décision

Serre se tenait debout en silence.

Son regard passa de l'un à l'autre tandis qu'il étudiait les trois hommes et qu'il cherchait dans leurs expressions un indice quant à ce qu'ils attendaient de lui.

Mais tous trois restaient immobiles, et leur visage ne trahissait rien de leurs pensées. Pug regardait Serre comme s'il essayait de lire dans son esprit. Robert paraissait simplement attendre sa décision, tandis que Nakor tentait clairement d'interpréter l'attitude de Serre, son expression ou toute autre réaction physique face au choix qu'ils venaient de lui présenter.

— Je n'ai apparemment pas le choix, rétorqua Serre après un long silence.

— Si, il y a toujours un choix à faire, répondit Robert. Celui auquel nous sommes parvenus, cependant, est effectivement très difficile. (Il marqua une pause, puis reprit :) Pug ici présent est mon professeur, et le chef de notre communauté.

Pug dévisagea Serre pendant quelques instants, puis il sourit. Lorsque ses traits se détendirent, il parut brusquement des années plus jeunes que Robert, son étudiant.

— Il n'a jamais été dans notre intention de t'amener ici, Serre. Mon fils t'a conduit sur le rivage nord de l'île pour te couper du monde, afin que tu puisses te concentrer sur tes études pendant qu'il poursuivait ton évaluation.

D'un geste, le magicien fit s'allumer des chandelles sur une roue en métal suspendue au plafond, de sorte que la pièce était à présent très bien éclairée. Robert et Nakor s'en allèrent chercher dans les coins quatre tabourets qu'ils ramenèrent au centre. Robert en plaça un derrière Serre et l'autre à côté de Pug, et les trois inquisiteurs s'assirent. Pug fit signe que Serre avait l'autorisation de faire de même.

— Vous allez vraiment me tuer si je dis non ?

— Non, répondit Pug, mais il est vrai que tu mourrais, dans un sens. Nous serions obligés de te retirer tes souvenirs. Ce ne serait pas douloureux, simplement, tu t'endormirais et, au réveil, tu serais devenu quelqu'un d'autre. Un jeune homme ayant reçu une blessure à la guerre, par exemple, ou qui serait tombé du toit de sa maison.

» Tu trouverais à ton chevet des personnes prétendant t'avoir connu toute ta vie. Elles se réjouiraient de ton retour à la lucidité et elles te rappelleraient rapidement tout ce dont tu ne te souviendrais pas. On peut faire en sorte que ce soit très convaincant, tu sais. Avec le temps, tu en viendrais à croire que tu es vraiment cette personne-là.

— Mais vous avez raison, fit remarquer le garçon. Dans un sens, Serre du Faucon argenté serait vraiment mort.

Robert hocha la tête, et Nakor renchérit :

— Et le dernier des Orosinis serait à jamais perdu.

Serre garda le silence pendant un long moment en réfléchissant à tout cela. Puis il finit par demander :

— Dites-m'en plus, que je puisse choisir avec sagesse. Je ne désire pas perdre de vue qui je suis, même si le fait d'oublier la mort de mon peuple pourrait parfois apparaître comme une bénédiction. Je dois m'acquitter de certaines dettes que je ne peux ignorer.

— Si tu choisissais d'entrer au service du Conclave, nous te considérerions quitte de ta dette envers moi, rappela Robert.

— Mais il en existe une autre, rétorqua Serre.

Pug acquiesça.

— Une dette de sang.

— Vis-à-vis de mon peuple, confirma le garçon. Même s'il ne s'était agi que d'un seul membre de ma famille ou de mon clan, j'aurais quand même dû traquer les meurtriers jusqu'à ce que chacun ait payé pour ses crimes. Mais ces hommes ont exterminé ma race. À moins que quelqu'un ait réussi à échapper à la mort sans que je le sache, je suis le dernier des Orosinis. (Il hocha la tête à l'intention de Nakor.) Je ne peux pas mourir, dans tous les sens du terme, qu'il s'agisse de mon corps ou de ma mémoire, jusqu'à ce que les miens soient vengés.

— Nos buts respectifs ne s'opposent pas nécessairement les uns aux autres, répondit Nakor. (Il lança un regard à Pug.) Puis-je ?

Ce dernier acquiesça.

Nakor plongea la main dans un sac qu'il portait sur la hanche et en sortit une orange. Puis il enfonça l'ongle de son pouce dans le fruit. Jetant un coup d'œil à ses deux voisins, il haussa les sourcils d'un air interrogateur. Les magiciens firent tous deux un petit signe de dénégation, et Nakor se tourna de nouveau vers Serre.

— Tu as devant toi les chefs d'une communauté, commença-t-il à expliquer. Cet endroit, cette île, servait autrefois de refuge à une nation fuyant la guerre, c'est du moins ce que prétend la légende. Plus tard, elle devint la demeure du premier Sorcier Noir, un homme du nom de Macros. Miranda est sa fille. Pug est l'époux de Miranda. Ce sont les maîtres de cette île, Serre. Tu connais déjà leurs deux fils.

» Au fil des ans, de nombreuses personnes sont venues séjourner avec nous sur cette île. Des étudiants venus… de divers endroits, y compris certains dont la plupart des hommes n'imagineraient même pas l'existence. (Il sourit d'un air malicieux.) Moi-même, je n'aurais pas pu et, pourtant, j'ai une sacrée imagination.

Pug l'interrompit.

— Remettons la leçon d'histoire à plus tard, Nakor. Dis-lui ce qui l'attend.

Le sourire de Nakor s'effaça. Le petit homme chauve mordit dans son orange et mangea en silence pendant quelques instants, plongé dans ses pensées.

— Comme je le disais, nous sommes les chefs d'une communauté dont les membres sont venus ici pour recevoir une éducation et servir.

— « Servir » ? répéta Serre.

Nakor sourit.

— Tu sais, Pug, je n'ai jamais eu à expliquer d'une seule traite ce que nous faisons ici.

Pug hocha la tête.

— Et ce n'est pas maintenant que tu vas commencer. Donne-lui simplement une idée générale de qui nous sommes. S'il accepte de servir notre cause, alors nous lui en apprendrons plus au fur et à mesure.

Robert leva la main.

— Je peux ?

Pug acquiesça de nouveau.

— Serre, nous appartenons tous les trois au conclave des Ombres. Le Conclave est composé d'hommes et de femmes qui se sont alliés pour une raison qui t'apparaîtra de plus en plus claire au fil du temps. Pour le moment, sache qu'il y a des choses que tu n'es pas encore prêt à comprendre.

» Mais je peux te dire au moins ceci : nous servons une cause qui s'oppose à une grande partie du mal qui sévit aujourd'hui en ce bas monde. Ceux qui ont fomenté et mené à bien le génocide de ton peuple font partie des forces du Mal. Si ton but est de venger les tiens, alors, la meilleure façon d'y parvenir consiste à entrer à notre service.

Serre regarda Robert droit dans les yeux.

— Je vous dois la vie, maître, et j'entends bien honorer ma dette, mais vous me demandez de croire sur parole à des allégations très sérieuses. Je n'ai rien vu à l'auberge ou ici qui puisse me faire douter de ces allégations, pas plus que j'ai vu des choses qui me porteraient à croire que vous ou ces deux hommes êtes maléfiques. Mais mon grand-père m'a dit un jour que les hommes qui répandent le mal le font souvent au nom d'une grande cause bénéfique, et que les Orosinis ont eu des problèmes avec des chamans et des chefs de clan qui ont amené notre peuple à faire des erreurs en prétendant que ce qu'ils faisaient était juste.

» J'ai vu le Mal de mes propres yeux le jour où mon peuple est mort. Je ne sais pas pourquoi on a détruit ma nation. Je sais seulement que les hommes qui ont tué les femmes et les enfants de mon clan sont mauvais.

Robert leva la main pour l'interrompre.

— Cela, je peux en attester. Les hommes qui ont détruit ton village n'agissaient pas au nom d'un bien quelconque. C'étaient des mercenaires qui tuent pour de l'or, assistés par les soldats du duché d'Olasko. Nous en reparlerons plus tard. Pour le moment, dis-toi que nous faisons cause commune contre ceux dont tu cherches à te venger.

— Robert, vous m'avez sauvé la vie quand d'autres m'auraient tout simplement laissé à la merci des corbeaux et des vautours, répondit Serre. Je n'ai rien vu ou perçu chez vous ou chez vos amis qui puisse être déshonorant. Caleb et Magnus m'ont au moins appris ça, ajouta-t-il avec un hochement de tête à l'intention de Pug. Et pendant que j'étais allongé sur mon lit, en attendant de guérir, j'ai entendu des rires… (Il songea à Alysandra.) Il y a beaucoup de choses ici qui apportent la joie. (Il prit une profonde inspiration avant de poursuivre :) Les dieux ont conduit mes pas sur un certain chemin, dont je ne peux que deviner la destination. Mais, depuis le jour où je me suis réveillé dans votre chariot, Robert, vous avez pris soin de moi. Dites-moi quoi faire.

— Je ne peux pas, Serre. Dis-toi que tout serment envers le conclave des Ombres doit être prêté librement et sans le moindre doute. Car, une fois que tu auras rejoint nos rangs, tu ne pourras pas faire marche arrière. Renoncer à ton serment provoquera ta mort.

Nakor sourit.

— Mais le fait de prêter serment a aussi de bons côtés. Nous avons beaucoup de merveilles à te faire découvrir. Tu apprendras plus ici en un an que tu l'aurais fait en une douzaine de vies dans les montagnes de ton enfance.

— J'ai déjà beaucoup appris, reconnut Serre.

— Quand tu voudras te venger, poursuivit Nakor, tu auras besoin de ressources et d'alliés. Nous pouvons te fournir les deux.

— Que dois-je faire ?

Pug se leva de son tabouret et vint se placer devant Serre. Robert et Nakor vinrent quant à eux se mettre de part et d'autre du magicien.

— Acceptes-tu de jurer allégeance au conclave des Ombres, Serre du Faucon argenté ? Désires-tu rejoindre nos rangs librement et de ton plein gré ? Jures-tu d'obéir à ceux qui sont au-dessus de toi et de protéger ceux dont on te confiera la vie ?

Jures-tu de garder les secrets que nous te confierons ? Réponds oui à toutes ces questions ou garde le silence. Tout ou rien, Serre. Que décides-tu ?

Serre resta silencieux un bon moment, avant de prendre une autre grande inspiration.

— Oui, je veux servir le Conclave.

— Bien, dit Nakor. (Il posa la main sur l'épaule du jeune homme et sortit de son sac une autre orange.) Tu en veux une ?

Serre accepta.

— Merci.

— Bon, eh bien, je suppose que je devrais dire à Magnus de fermer sa petite cabane et de nous rejoindre ici, déclara Robert. L'éducation de Serre est sur le point de commencer pour de bon.

Sur ce, il quitta la pièce.

— Nakor, montre à Serre où il va dormir, demanda Pug. Installe-le avec Rondar et Démétrius.

Nakor hocha la tête.

— Viens, fiston, suis-moi.

Après leur départ, Pug resta seul pendant une longue minute, avant de s'adresser au vide :

— Qu'en penses-tu ?

— Je crois que tu n'as pas laissé le choix à ce garçon, répondit une voix surgie des ombres, dans le coin le plus éloigné de la pièce.

Miranda s'avança dans la lumière.

— Que pouvais-je faire d'autre ? protesta son mari.

— Le soigner, me laisser lui enlever ses souvenirs et le ramener dans la cabane de Magnus. Notre fils lui aurait dit qu'il était tombé de la falaise ou qu'il s'était fait agresser par un animal sauvage. Avec un bon mensonge, le garçon n'y aurait vu que du feu.

— Tu as raison, acquiesça Pug.

Un sourire ironique aux lèvres, elle s'avança et passa un bras autour de la taille de son époux.

— J'ai toujours raison.

— Bien entendu, mon amour, répondit Pug en lui rendant son sourire.

— La question demeure donc : pourquoi ne lui as-tu pas laissé le choix ?

Pug ne répondit pas pendant quelques instants. Puis :

— Je ne sais pas. J'ai senti quelque chose en lui. Je crois qu'il va être important pour nous.

— Pourquoi ?

— Je ne sais pas. Je sais seulement que, ces derniers temps, nos ennemis font preuve de subtilité. Je ne m'attendais pas à ces danseurs de mort. Ils m'ont rappelé des années depuis longtemps enfuies.

— Ils redoutent le pouvoir grandissant de Magnus.

— Eh bien, ils ont raison. Il pourrait bien devenir le plus puissant magicien que ce monde ait connu.

— Si nous arrivons à le garder en vie, rappela Miranda du ton d'une mère inquiète.

— Ces danseurs de mort me rappellent vraiment l'époque où on nous attaquait à coups d'armées ou de démons.

— Quelque chose a dû les titiller.

Pug se mit à rire.

— Quand Magnus a détruit ce temple dédié à un culte de mort, au sud de Kesh, je crois que ça les a irrités au point de tenter un coup de ce genre.

— Des danseurs de mort, ce n'est pas rien, mon amour. Si j'avais l'envie de pratiquer ce genre de magie noire et si je disposais de trois humains acceptant de vendre leur âme, ça me prendrait malgré tout des mois pour faire naître ces créatures.

(Elle dévisagea son mari d'un air ironique.) Et je suis meilleure que toi en ce domaine.

Pug sourit.

— Je sais. Mais c'est pour ça, à mon avis, que Serre sera important pour nous.

— Pourquoi ?

— Parce que, pendant que les loups se disputent la carcasse d'un daim, une petite souris peut se glisser entre eux et prélever quelques miettes du butin.

— Les loups mangent les souris, rappela Miranda.

— Seulement s'ils les remarquent. Mais nos ennemis ne verront pas venir Serre tant qu'ils s'efforceront de tuer notre fils.

Miranda se blottit contre son mari comme si elle avait froid brusquement.

— Pour le bien du garçon, j'espère que tu as raison.

— Quel garçon ? Serre ou Magnus ?

Miranda soupira.

— Les deux.

Serre suivait Nakor dans le couloir en serrant ses affaires contre sa poitrine. Il se sentait encore faible, mais moins raide qu'au début de sa convalescence. En compagnie du petit homme chauve, il passa devant une série de portes dont la plupart étaient fermées. Deux étaient restées ouvertes, cependant, et Serre aperçut à l'intérieur des lits faits, quatre par chambre.

Dans l'une d'elles, il aperçut Alysandra, assise sur un lit. Elle conversait à voix basse avec une jeune fille aux cheveux noirs qui pouffait de rire, la main sur la bouche. Les jeunes filles relevèrent la tête au passage de Serre, et ce dernier les entendit rire toutes les deux.

Cela l'irrita, sans trop savoir pourquoi. Ces rires étouffés lui paraissaient hors de propos alors qu'il venait de jurer solennellement de mettre sa vie au service d'une société secrète dont il ne connaissait guère les motivations.

En fin de compte, Nakor s'arrêta devant une porte qui s'ouvrait sur une chambre légèrement plus grande que les autres. Cependant, comme ses voisines, elle contenait quatre lits. Nakor fit signe à Serre d'aller s'asseoir sur le lit le plus éloigné de la porte, à gauche, tandis que lui-même prenait place sur le lit en face du sien.

— Voilà, c'est là que ta nouvelle vie commence.

Serre haussa les épaules.

— Ma nouvelle vie a commencé quand Robert m'a trouvé, je suppose.

Nakor secoua la tête.

— Non, ton ancienne vie s'est terminée ce jour-là. Ce que tu as vécu ces deux dernières années, c'était une parenthèse. Tu vivais et tu apprenais, mais tu n'avais aucun but.

— Et maintenant, j'en ai un ?

— Bien plus grand que tu l'imagines, confirma Nakor. Tu as encore beaucoup à apprendre, mais tu as le temps. Je me souviens de l'impatience de la jeunesse, ajouta-t-il avec un sourire malicieux. Tu me sembles plus patient que la plupart des garçons de ton âge, mais je sais que tu veux quand même que l'on réponde à tes questions, que l'on définisse clairement notre position et qu'on te révèle nos motivations. Mais ça viendra, chaque chose en son temps.

— Depuis que Robert m'a pris sous son aile, j'ai le sentiment d'aller dans une direction qui m'est inconnue, reprit Serre. Je crois avoir évolué…

— Beaucoup, d'après tes professeurs.

— Est-ce que vous en faites partie maintenant ?

Nakor haussa les épaules et se leva.

— On verra. Pour le moment, j'entends arriver tes nouveaux compagnons, alors je vais vous laisser faire connaissance.

Au moment où Nakor atteignait la porte, deux jeunes gens à peu près du même âge que Serre entrèrent dans la pièce. En voyant le petit homme chauve, ils reculèrent pour le laisser passer et inclinèrent légèrement la tête en signe de respect.

— Voilà un nouveau compagnon avec lequel partager votre chambre, annonça Nakor en passant.

— Bien, maître Nakor, dit l'un des deux garçons, un jeune aux cheveux blonds, large d'épaules, avec des yeux verts et des taches de rousseur sur le nez.

L'autre avait les cheveux noirs et la peau pâle. Serre n'aurait su dire s'il essayait de se faire pousser la barbe ou s'il s'était mal rasé la veille. Il possédait des yeux presque noirs, qu'il plissa légèrement à la vue de Serre, avant de se jeter sur le lit situé du même côté que le sien, tandis que le garçon blond prenait celui d'en face.

— Je m'appelle Démétrius, fit le blond, et voici Rondar. Il ne parle pas beaucoup.

Il s'exprimait dans la langue du roi, qui semblait être l'idiome de référence sur l'île.

Rondar hocha la tête et resta silencieux.

— Moi, je m'appelle Serre.

Démétrius lui rendit son signe de tête.

— J'ai entendu parler de toi. Tu as réussi à éviter de te faire tuer par trois danseurs de mort. Impressionnant !

Serre s'adossa au mur derrière le lit.

— Je ne sais même pas ce que c'est, un danseur de mort.

— Mauvais, intervint Rondar.

— Très mauvais, renchérit Démétrius. Ce sont des créatures que l'on invoque grâce aux âmes des damnés. On leur donne une mission, en général tuer quelqu'un. C'est très dur d'en éviter un, alors trois…

—Impressionnant ! confirma Rondar.

—Ça fait longtemps que vous êtes là ? leur demanda Serre.

—Cinq ans, répondit Démétrius. Avant, mon père fabriquait des potions et des cataplasmes dans un village au sud de Kesh, près d'une ville appelée Anticostinas. Enfin, c'était pas vraiment une ville, plutôt une grosse bourgade. Des prêtres de Guis-Wa l'ont taxé d'hérésie parce qu'il utilisait la magie, prétendument. Pourtant, je n'ai jamais vu beaucoup de magie à l'œuvre, c'étaient juste des plantes, des herbes et du bon sens. Mais, une nuit, des ivrognes sont venus de la ville et ont brûlé ma maison. Ma famille est morte dans l'incendie. J'ai erré pendant un certain temps, jusqu'à ce que je rencontre Nakor, qui m'a montré quelques tours. Au final, mon père n'était pas magicien, mais moi, je le suis peut-être, alors je suis ici pour apprendre.

—Moi aussi, j'ai perdu ma famille, avoua Serre.

Il regarda Rondar, qui regarda à son tour Démétrius en faisant un signe de tête à son intention.

—Son père est le chef d'une bande de cavaliers ashuntas qui vivent dans le nord de l'empire keshian. Ce sont de très bons cavaliers…

—Les meilleurs, corrigea Rondar.

—De bons chasseurs…

—Les meilleurs, répéta Rondar.

Serre sourit.

—On verra ça !

—Mais c'est surtout une bande de barbares mal lavés, aux idées bien arrêtées, qui traitent les femmes comme du bétail et le bétail comme des animaux de compagnie.

Rondar haussa les épaules.

—C'est vrai.

Le sourire de Serre s'élargit.

— Il s'entend bien avec Miranda ?

Démétrius éclata de rire.

— Elle lui apprend à traiter les femmes avec respect.

Rondar se rembrunit. Avec un soupir résigné, il posa son menton sur ses bras :

— Ça, c'est douloureusement vrai.

— Comment es-tu arrivé ici ? lui demanda Serre.

Rondar roula sur le dos. Il resta silencieux un moment, puis répondit comme si le simple fait de parler était une épreuve :

— Je viens d'un peuple de cavaliers. Si on est incapable de monter à cheval ou de chasser, pas de femmes. Pas de femmes, pas d'enfants. (Il posa son bras en travers de ses yeux, comme si le fait de se souvenir le fatiguait.) Les hommes qui ne peuvent pas monter à cheval sont… moins que des hommes. Ils ramassent du bois pour le feu, aident à la cuisine, élèvent les garçons.

Serre lança un regard à Démétrius.

— Que font les femmes ?

Démétrius fit la grimace.

— Ce sont des objets.

— Elles font des bébés. Les hommes élèvent les garçons.

— Difficile de savoir ce qui a le plus de valeur aux yeux d'un Ashunta, un bon cheval ou une femme.

— Ça dépend s'il y a plus de chevaux que de femmes, répondit Rondar. (Il roula de nouveau sur le ventre et s'appuya sur les coudes en dévisageant durement Serre de ses yeux noirs.) Nous avons nos traditions. Je ne suis pas un bon cavalier, mais le chaman dit que j'ai un don. Alors, je m'en vais vivre avec le chaman. (Il semblait avoir atteint les limites de sa patience et se tourna vers Démétrius.) Raconte-lui, toi.

Démétrius fit une grimace pleine d'ironie.

—Le foyer des Ashuntas se situe dans l'ouest de l'empire, au cœur de vastes plaines dont personne d'autre ne veut, mais que les marchands d'esclaves et les renégats aiment traverser pour ne pas croiser le chemin de l'armée impériale. Notre ami et son maître étaient sortis ramasser des plantes pour un rituel quelconque lorsqu'une bande de marchands d'esclaves leur est tombée dessus. Le chaman était trop vieux pour valoir quoi que ce soit, mais notre jeune ami bien charpenté valait un bon prix sur le marché aux esclaves.

—Nakor m'a acheté, expliqua Rondar. Il parle trop.

Serre sourit.

—Qui, Nakor ou Démétrius ?

—Oui, répondit Rondar.

Démétrius se pencha pour donner une petite tape sur l'arrière du crâne de son copain.

—Ce mec est très sympa en réalité, derrière sa façade de grand taciturne. Il a la parole facile quand une fille est d'humeur à écouter ses bêtises.

Rondar releva la tête en souriant.

—C'est vrai.

—En parlant de filles…, commença Serre.

Rondar et Démétrius échangèrent un regard.

—Alysandra ! s'exclamèrent-ils d'une seule voix avant d'éclater de rire.

Serre se sentit rougir, mais garda le sourire.

—Eh bien, quoi ?

—J'ai entendu dire qu'elle a été te soigner de temps en temps, expliqua Démétrius.

—Tous les garçons la veulent, ajouta Rondar.

—Vous deux aussi ? demanda Serre.

—Tous les garçons essaient de la draguer chaque fois qu'ils la croisent. Elle est différente. Mais elle a une façon de faire de toi son ami et puis de te faire passer pour un idiot si tu essaies de l'attirer dans un coin tranquille.

— Elle vaut beaucoup de chevaux, soupira Rondar.

Serre se mit à rire.

— On dirait que tu es amoureux d'elle.

— C'est vrai, reconnut Rondar. Tout le monde est amoureux d'elle.

— Mais qui est-elle ?

— Personne ne sait, répondit Démétrius. Ou du moins, personne n'en parle. Elle est ici depuis plus longtemps que nous, et c'est visiblement quelqu'un de spécial. Je l'ai entendu parler à de nombreux étrangers dans leur propre langue, et elle passe beaucoup de temps seule avec Miranda.

— Pourquoi est-ce que c'est spécial ? demanda Serre.

Démétrius se leva en entendant une cloche sonner.

— C'est le signal du dîner, annonça-t-il. Viens, on parlera en chemin.

Les deux jeunes gens sortirent de la chambre, Rondar sur les talons. Serre se déplaçait avec précaution, mais pouvait soutenir l'allure tant que Démétrius n'accélérait pas.

— Tu sais que Miranda est la femme de Pug ? reprit le jeune homme blond.

Serre acquiesça.

— Je connais leurs fils.

— Pug est le… « gouverneur » de cet endroit, même si ce n'est pas tout à fait le mot approprié. Mais Miranda est son égale en tout point. Certains disent même qu'elle est plus puissante magicienne que lui. Tout ce que j'en sais, moi, c'est qu'elle passe très peu de temps avec les étudiants, et beaucoup avec Alysandra.

— Alors c'est pour ça qu'elle est spéciale.

— Il t'a fallu un paquet de mots pour saisir ça, Serre, fit remarquer Rondar.

Serre se mit à rire.

— Oui, je sais.

— Enfin, si tu veux tenter ta chance avec Alysandra, personne ne t'en voudra.

— C'est vrai, renchérit Rondar.

— Mais ne t'attends pas à obtenir des résultats.

Serre aperçut Alysandra devant eux, qui parlait avec deux autres filles.

— S'il y a bien une chose que mon père m'a apprise, expliqua-t-il à ses deux nouveaux amis, c'est qu'il n'y a pas de récompense sans prise de risque. Qui ne tente rien n'a rien.

— Câlin, fit Rondar.

— Quoi ? s'étonna Serre.

Démétrius secoua la tête.

— Non, baiser sur la joue.

— De quoi vous parlez ?

— Alysandra va te laisser la courtiser, mon ami, expliqua Démétrius. Je crois que toute cette attention autour d'elle l'amuse secrètement. Et elle est vraiment gentille. Je ne crois pas qu'elle ait une seule once de méchanceté en elle. Mais, à la fin de votre première soirée en tête à tête, elle te fera jurer que tu seras comme un frère pour elle. Alors, tu comprendras que tu ne passeras jamais tes bras autour de sa jolie taille de guêpe. Ensuite, juste avant de te renvoyer dans ta chambre, elle te donnera un tout petit câlin, si bref que tu sentiras à peine son corps contre le tien, ou un baiser sur la joue, comme ça, en passant. Mais ses lèvres frôleront à peine ton visage. Les garçons ont tendance à considérer le baiser sur la joue comme une espèce de médaille honorifique.

Comme si elle se savait l'objet de cette conversation, Alysandra regarda par-dessus son épaule. En voyant Serre et ses nouveaux amis, elle sourit.

Serre regarda ses amis, qui évitaient tous deux de croiser le regard de la jeune fille. Lui, en revanche, lui adressa son plus beau sourire. Elle soutint son regard pendant quelques secondes encore, puis baissa les yeux et se tourna de nouveau vers ses compagnes.

— Je parie un sou qu'il aura droit à un câlin, affirma Rondar.

— Tenu, moi je parie sur le baiser, répondit Démétrius.

Serre baissa la voix.

— Je relève ces deux paris, car j'ai bien l'intention d'obtenir bien plus qu'un baiser sur la joue.

— Quelle détermination ! s'exclama Démétrius. J'adore !

— Hum, fut le commentaire inarticulé de Rondar.

Serre regarda la mince jeune fille entrer dans le bâtiment où les étudiants prenaient leur repas en commun.

— J'aurai bien plus, se promit-il tout bas.

11

Un nouveau but dans la vie

Les chevaux filaient sur la plaine sous le regard attentif de Nakor et de Magnus.

Penché sur l'encolure de sa jument, Serre la guidait aussi bien avec sa volonté qu'avec ses talents de cavalier. Mais le hongre de Rondar continuait à creuser lentement l'écart, car son cavalier avait une assiette fluide, le dos droit et les mains légères sur les rênes.

— Rondar semble particulièrement bien s'y connaître, pour quelqu'un que son peuple considérait comme un mauvais cavalier, fit remarquer Nakor.

Magnus hocha la tête.

— Tu connais mieux les Ashuntas que moi, mais ne dit-on pas qu'il s'agit des meilleurs cavaliers au monde ?

— C'est la meilleure cavalerie légère, en tout cas. L'empire a dû envoyer pas moins de quinze Légions sur leurs terres pour les soumettre. Ils ont été la clé de la conquête de l'ouest de l'empire il y a deux siècles, mais la révolte des chefs ashuntas y a mis fin. (Nakor étudia les cavaliers, pendant que Démétrius, non loin de là, les encourageait et les applaudissait bruyamment.) Serre sera bientôt un très bon cavalier.

—Je comprends tout ça, Nakor, reprit Magnus en faisant un geste vague en direction des deux jeunes gens. Je comprends que Serre apprenne plusieurs langues, l'équitation, l'escrime et le reste. Mais pourquoi l'inclure dans les cours de magie avec les autres ?

Nakor sourit d'un air malicieux.

—Quelle magie ? La magie n'existe pas.

Magnus essaya de ne pas rire, mais en vain.

—Tu pourras toujours débattre de ça avec mon père jusqu'à ce que l'univers meure, mais nous savons tous les deux que ton « matériau » n'est qu'une autre façon d'envisager l'utilisation de la magie.

—C'est plus que ça et tu le sais, rétorqua Nakor. C'est une façon de libérer son esprit de toute notion préconçue. En plus, c'est ton père qui a dit le premier que la magie n'existait pas, ajouta-t-il en gloussant.

—Est-ce qu'un jour, vous allez me raconter, père et toi, comment il savait que James devait te dire ça quand il t'a rencontré ? Vous ne vous connaissiez même pas tous les deux.

—Il ne me l'a jamais dit, répondit Nakor. Il y a des choses que ton père ne confie à personne, pas même à ta mère.

—Le Sorcier Noir, soupira Magnus. C'est si facile d'oublier qu'il ne s'agit pas seulement d'un rôle pour effrayer les marins qui s'approchent un peu trop de cette île.

—Non, c'est bien plus que ça, comme ton grand-père le savait.

Macros, le grand-père de Magnus, avait été le premier magicien à utiliser l'image du Sorcier Noir pour protéger l'intimité de l'île. Il avait été l'agent de Sarig, le dieu défunt de la magie, et avait donné l'île du Sorcier à Pug et à Miranda.

Nakor et Magnus étaient placés tout en haut de la hiérarchie du conclave des Ombres. Pourtant, ni l'un ni l'autre ne connaissaient réellement les mystères les plus profonds de l'organisation secrète. Un jour, Magnus avait demandé à son père qui reprendrait le contrôle du Conclave si quelque chose lui arrivait. Pug avait répondu de manière énigmatique que, si cela se produisait, tout le monde saurait le nom de son successeur.

Magnus revint à la situation présente.

— Malgré tout, qu'on parle de « magie » ou de « matériau », tu ne m'as toujours pas dit pourquoi Serre étudie les arts mystiques.

— C'est vrai, je ne te l'ai pas dit.

— Nakor, as-tu l'intention de passer toute la journée à m'énerver ?

Nakor se mit à rire.

— Non, il m'arrive juste d'oublier que tu n'as aucun sens de l'humour. (Il désigna l'extrémité de la prairie où la course venait de prendre fin et où les trois garçons attendaient d'autres instructions.) Serre doit en apprendre le plus possible sur ses ennemis potentiels. Nos adversaires utilisent la magie noire depuis des années, et le fait que ce garçon ait survécu à l'attaque des trois danseurs de mort m'a donné une idée.

Magnus ne souffla mot. Il savait que les danseurs de mort auraient sûrement réussi à le tuer s'il avait été seul dans cette cabane. Son père et lui avaient passé quelques nuits blanches à se demander pourquoi leurs ennemis avaient tenté une attaque aussi audacieuse et pourquoi ils l'avaient choisi pour cible. Cependant, en fin de compte, ils n'avaient que des hypothèses et aucune certitude.

— Tu veux qu'il soit capable de détecter la magie ? finit-il par demander.

— C'est possible. Il y a des années, messire James, le duc de Krondor, m'a avoué que ses cheveux se hérissaient quand quelqu'un utilisait la magie en sa présence. Il m'a également parlé de sa fameuse intuition qui lui permettait de deviner que quelque chose de mauvais était sur le point de se produire. Cela lui a sauvé la vie à plusieurs reprises.

— Tu penses que Serre possède lui aussi la faculté de détecter les ennuis ?

— Je ne le sais pas, mais cela pourrait s'avérer utile d'avoir à nos côtés quelqu'un qui, de toute évidence, n'est pas un magicien sans être non plus totalement imperméable à la magie. Il serait capable d'entrer dans des lieux protégés contre les magiciens et pourrait malgré tout agir en connaissance de cause.

— Voilà qui me paraît assez vague comme motivation quand il s'agit de soumettre ce garçon à plusieurs heures d'étude supplémentaires, surtout que cela ne restera jamais que de l'abstrait et qu'il ne pourra pas mettre ses connaissances en pratique.

— On ne sait jamais, répliqua Nakor. Quoi qu'il en soit, cela fera de lui une personne bien plus éduquée qu'il l'est déjà, et ce au bénéfice de tous. (Il regarda les garçons échanger leur place, de sorte que Démétrius et Serre allaient courir la prochaine course pendant que Rondar les observait.) Je pense que nous devrions également entamer une nouvelle phase de l'éducation de Serre. J'ai lu avec intérêt tes notes concernant ses histoires de cœur avec les deux servantes de *Chez Kendrick*. Je crois que nous avons besoin d'approfondir la leçon.

— Alysandra ?

— Oui. Je pense qu'il est temps pour elle de commencer à utiliser les talents que nous lui avons enseignés.

— Pourquoi ?

— Parce que Serre va devoir affronter des choses bien plus dangereuses que l'acier ou les sortilèges.

Magnus se retourna pour contempler les grands bâtiments qui s'élevaient sur la propriété de son père.

— Comment en sommes-nous arrivés là, Nakor ? Comment sommes-nous devenus capables de faire des choses si mauvaises ?

— C'est à cause de l'ironie des dieux, répondit Nakor. Nous faisons le mal au nom du Bien, et nos ennemis ont parfois fait le bien au nom du Mal.

— Tu crois que les dieux se moquent de nous ?

Nakor pouffa de rire.

— Constamment.

— Tu n'as pas…

— Quoi donc ?

— Quand j'étais ton élève, tu n'as pas… Helena… Elle n'agissait pas sur tes ordres, si ?

L'expression du petit homme chauve s'adoucit.

— Non. (Il posa la main sur le bras de Magnus et ajouta :) Cette dure leçon t'appartient tout entière. La vie est comme ça, parfois.

Puis il se tourna de nouveau vers les trois garçons. La nouvelle course venait de commencer, et Serre et Démétrius guidaient leurs montures avec tout le talent qu'ils possédaient pendant que Rondar les insultait tous les deux.

Quand Nakor regarda de nouveau Magnus, il constata qu'il était plongé dans ses pensées. Sachant à quoi s'en tenir, le petit homme chauve fit remarquer :

— Tu aurais dû trouver une autre fille, Magnus.

Ce dernier regarda son ancien professeur.

— Certaines blessures ne guérissent jamais. On se contente de les panser et de continuer à vivre.

Nakor hocha la tête.

— Je sais, Magnus.

Ce dernier sourit. Il savait que Nakor disait vrai, car son professeur avait autrefois été marié à sa grand-mère. Il l'avait aimée jusqu'au tout dernier instant, lorsqu'il avait été obligé de la tuer.

Magnus prit une profonde inspiration.

— Très bien. Quand doit-on commencer ?

— Autant s'y mettre dès ce soir, répondit Nakor.

Magnus se mit en route.

— Dans ce cas, je ferais bien d'aller prévenir la jeune fille.

— Dis-lui juste ce qu'elle a à faire, s'écria Nakor dans son dos. Elle saura exactement comment s'y prendre.

Lorsqu'il se retourna, ce fut à temps pour voir Serre finir légèrement devant Démétrius. Mais les deux garçons exultaient tout aussi bruyamment l'un que l'autre en s'arrêtant devant Rondar. Nakor songea que la jeunesse n'avait souvent pas besoin qu'on lui rappelle de profiter des joies de l'instant présent. Elle ne pensait ni au lendemain, avec ses inévitables soucis, ni au jour d'avant, avec son cortège de regrets et de culpabilité.

— Profite de ce moment, Serre. Savoure-le, murmura Nakor.

Puis, avec un soupir de regret, il tourna le dos aux trois étudiants et prit la direction des appartements de Pug. Ils avaient beaucoup de choses à aborder ensemble, et une grande partie de cette discussion n'allait pas être agréable.

Serre se sécha les cheveux avec une serviette rêche. Il aimait se baigner, même si cela ne faisait pas partie de ses habitudes lorsqu'il était enfant. Les Orosinis étaient obligés de faire chauffer l'eau de leur bain, puisque les rivières charriaient de la neige fondue tout au long de l'année et que l'on ne pouvait nager dans les lacs de montagne que lors des mois chauds de l'été. L'hiver, ils utilisaient la loge de sudation et se nettoyaient avec des morceaux de bois.

C'était à l'auberge *Chez Kendrick* qu'on lui avait appris à aimer les bains. Cependant, là-bas, il avait dû utiliser une baignoire, souvent après que d'autres y furent passés avant lui, et il avait toujours eu l'impression d'échanger sa saleté avec un autre. La *Villa Beata*, en revanche, possédait un merveilleux ensemble de pièces dans lesquelles se baigner. Il s'agissait de trois bassins reliés entre eux, contenant de l'eau froide, tiède ou chaude, et dont de nombreux membres de la communauté venaient profiter au quotidien. De plus, des baignoires étaient disponibles dans chacune des ailes de la propriété.

Après le travail ou après une heure d'équitation, le jeune homme était content de se débarrasser de sa sueur et de revêtir des habits propres. Chaque jour, il trouvait ces derniers dans son coffre à vêtements. Bien entendu, il savait que d'autres étudiants étaient astreints à travailler dans la buanderie, mais cela lui paraissait toujours aussi magique. Il laissait son linge sale dans un panier en osier à côté de la porte et, quand il rentrait de ses leçons ou de ses séances de sport, il retrouvait des vêtements propres.

En s'essuyant le visage, il effleura la courte barbe qui ornait sa mâchoire. Il avait commencé à se raser l'année précédente, de la même manière que Magnus, alors que les Orosinis préféraient retirer chaque poil du menton un par un. Serre, pour sa part, avait décidé qu'il préférait, et de loin, un rasoir bien acéré.

Il était occupé à aiguiser son rasoir sur une lanière en cuir lorsque Rondar et Démétrius revinrent du bain eux aussi.

— Qu'est-ce que vous faites après le dîner ? leur demanda-t-il en se couvrant les joues et le menton de mousse à raser.

Rondar se jeta sur le lit avec une serviette rêche en guise de vêtement et il grogna une vague réponse.

— Je suis de corvée en cuisine, ce soir, alors je vais servir et débarrasser, répondit Démétrius. Et toi ?

— Je suis libre, répondit Serre en commençant à se raser. Je me suis dit qu'on pourrait peut-être faire un feu au bord du lac et voir qui viendra.

— Ça aide si tu fais passer le mot pendant le dîner.

— Avec les filles, ajouta Rondar.

— Une fête à l'improviste, souvent, y a pas mieux.

— Ben, demain, c'est sixdi, approuva Serre, alors peu importe la fatigue au lever, parce qu'à partir de midi, on pourra se reposer.

— Moi, je pourrai, confirma Démétrius, et lui aussi, ajouta-t-il en désignant Rondar. Mais pas toi. Tu n'as pas vérifié l'emploi du temps ?

— Non.

— Tu seras de corvée de cuisine, demain dès l'aube jusqu'au repas du soir.

— Tant pis pour la fête de ce soir, soupira Serre.

— Non, c'est une bonne idée, même si tu n'y seras pas, fit remarquer Démétrius.

— Oui, approuva Rondar.

— Merci bien. C'est moi qui y ai pensé, et je ne pourrai pas y aller.

— Si. Il faut juste que tu ne te couches pas trop tard, c'est tout, rétorqua Démétrius.

— Du vin ! s'écria Rondar en se redressant et en commençant à s'habiller.

— Oui, on va avoir besoin de vin.

Démétrius regarda Serre, qui lui sourit.

— C'est toi qui seras en cuisine, ce soir.

— Si Besalamo me surprend de nouveau dans la cave, il va me faire cuire pour son dîner, gémit Démétrius.

— C'est un Taldaren, fit Rondar en hochant la tête.

Serre se mit à rire. Besalamo était un magicien originaire d'un autre monde, un détail que le jeune homme avait mis du temps à assimiler pleinement. Il paraissait presque humain, à l'exception de deux minces ailerons blancs qui surmontaient l'avant et l'arrière de son crâne à la place de cheveux – sans oublier qu'il possédait aussi des yeux d'un rouge vif.

— Je crois que c'est pour nous faire obéir qu'il a lancé cette rumeur comme quoi les Taldarens mangent les garçons, rétorqua Serre.

— Tu veux en avoir le cœur net ? demanda Démétrius.

— Non, mais ce n'est pas moi qui ai besoin de nous procurer du vin. Sans le vin, les filles ne viendront pas au lac.

— Elles le feront, si tu leur demandes, suggéra Démétrius.

Serre rougit. Il apparaissait clairement qu'en tant que nouveau sur l'île il était l'objet de beaucoup de curiosité de la part des filles.

En tout, il semblait y avoir une cinquantaine d'étudiants. En enlevant ceux qui n'étaient pas humains, il restait seize jeunes hommes entre dix-huit et vingt-cinq ans et quatorze filles âgées de quatorze à vingt-deux ans.

— Alysandra, dit Rondar.

— Oui, approuva Démétrius. Invite-la. Si elle dit oui, tous les garçons viendront, et si tous les garçons descendent au lac, alors toutes les filles iront aussi.

Le visage et le cou de Serre virèrent au cramoisi.

— Tu rougis, se moqua Rondar en enfilant son pantalon.

— Laisse-le tranquille, sale barbare. Si on veut que les filles viennent au lac ce soir, on a besoin que Serre invite Alysandra.

Serre lança un regard dubitatif à Démétrius, mais il ne souffla mot. Contrairement à d'autres garçons, il n'avait aucun problème pour parler à Alysandra. Mais il était parvenu à la conclusion qu'elle ne s'intéressait pas du tout à lui. Entre ses réponses polies mais peu enthousiastes au cours des dernières semaines (quelles que soient les circonstances qui les amenaient à se croiser) et l'espèce de vénération que les garçons lui vouaient, il avait vite compris qu'essayer de la courtiser était une perte de temps.

Malgré tout, si Démétrius était prêt à encourir la colère du cuisinier en chapardant un peu de vin et si Rondar lui-même était excité à l'idée de cette fête, alors Serre avait l'impression qu'il ferait mieux de remplir sa mission.

Il finit de s'habiller et se lança à la recherche d'Alysandra.

Les flammes crépitaient joyeusement devant les jeunes hommes et les jeunes femmes de l'île. Assis par groupes de deux ou trois, ils discutaient tranquillement, à l'exception de Rondar qui était assis légèrement à l'écart de Démétrius et d'une fille dont Serre ne connaissait pas le nom.

Serre était surpris de voir que près de cinquante personnes s'étaient réunies autour du feu. Aux deux bouteilles de vin rapportées par Démétrius était venu se rajouter un gros tonneau de bière chipé dans la réserve, et quelques garçons commençaient déjà à subir les effets de l'alcool. Serre se servit un verre et s'éloigna un peu du groupe.

Il aimait le vin, mais la bière ne présentait pas grand intérêt à ses yeux. Quant aux boissons miellées de son enfance, il n'en avait plus qu'un vague souvenir, et il n'avait jamais eu le droit de boire l'hydromel des hommes. Il s'en alla à l'écart et fit tourner le liquide piquant dans sa bouche pour mieux en savourer le goût.

— Pourquoi est-ce que tu restes tout seul ?

Serre leva les yeux et vit qu'une mince jeune fille brune du nom de Gabrielle l'avait rejoint. Elle portait un léger châle sur les épaules et elle avait des yeux bleus surprenants et un sourire chaleureux.

— Je suis loin d'être seul, rétorqua Serre.

Elle hocha la tête.

— Pourtant, tu as toujours l'air… d'être à l'écart des autres.

Serre regarda autour de lui sans répondre.

— C'est Alysandra que tu attends ?

On aurait dit que la jeune fille lisait dans son esprit. Or, sur cette île, c'était une possibilité ! Le sourire de Gabrielle s'élargit. Le jeune homme se surprit à bégayer :

— Non... enfin, oui, je suppose. Je lui ai parlé de cette petite fête avant le dîner et... (Il agita la main en direction des autres filles.) Apparemment, elle en a parlé à un certain nombre de ses copines.

Gabrielle le dévisagea attentivement avant de dire :

— Toi aussi, elle t'a ensorcelé, comme les autres ?

— « Ensorcelé » ? Comment ça ?

— C'est mon amie. On partage une chambre, et je l'adore, mais elle est différente.

Serre ne savait pas vraiment où Gabrielle voulait emmener cette conversation, c'est pourquoi il préféra garder le silence.

— J'ai des visions, expliqua Gabrielle après une longue pause. Quelquefois, c'est juste des flashs, des images qui ne durent qu'un bref instant. Mais, à d'autres moments, ce sont de longues visions détaillées, comme si je me tenais dans une pièce à regarder et à écouter d'autres personnes.

» Ma famille m'a abandonnée quand j'étais enfant. Ils avaient peur de moi parce que j'avais prédit la mort d'un fermier voisin. Du coup, les villageois me traitaient de sorcière. (Son regard s'assombrit.) J'avais quatre ans.

Serre tendit la main pour la réconforter, mais elle recula et se tourna vers lui avec un sourire triste.

— Je n'aime pas qu'on me touche.

— Désolé, dit-il en retirant sa main. Je voulais juste...

— Je sais que tu voulais bien faire. En dépit de ta propre souffrance, tu as l'esprit ouvert et le cœur généreux. C'est pourquoi je ne vois que de la douleur pour toi.

— Que veux-tu dire ?

— Alysandra. (Gabrielle se leva.) Je l'aime comme une sœur, mais elle est dangereuse, Serre. Ce soir, elle ne viendra pas. Mais tu la trouveras, bientôt. Tu tomberas amoureux d'elle, et elle te brisera le cœur.

Il n'eut pas le temps de poser d'autres questions que, déjà, la jeune fille avait tourné les talons et s'était éloignée dans le noir en le laissant complètement ébahi. Il réfléchit à ce qu'elle venait de dire et se surprit à éprouver un mélange de confusion et de colère. N'avait-il pas déjà suffisamment souffert dans sa vie ? Il avait perdu tout ce qui lui était cher, il avait failli mourir, on l'avait trimballé dans des endroits étranges et on lui demandait d'apprendre des choses qu'il trouvait parfois encore bizarres et dérangeantes. Et maintenant, on venait lui dire qu'il ne choisirait même pas la personne à qui il donnerait son cœur, que tout était joué d'avance ?

Serre se leva, tourna le dos aux autres participants de la fête et reprit le chemin de sa chambre d'un pas lent. L'esprit en ébullition, il se retrouva, sans trop savoir comment, allongé sur son lit à fixer le plafond. Il avait l'impression que deux visages planaient tour à tour au-dessus de lui : celui d'Alysandra, dont le brillant sourire semblait démentir les paroles de Gabrielle (car comment une personne si belle et si douce pourrait-elle être dangereuse ?) et celui de Gabrielle justement, avec son regard douloureux. Il savait que la jeune fille ne lui avait pas donné un conseil en l'air. Elle avait perçu un danger, et lui devait tenir compte de son avertissement.

Serre somnolait lorsque Rondar et Démétrius rentrèrent de la fête, tous deux un peu ivres. Ils bavardaient, ou plutôt Démétrius bavardait pour deux, songea Serre.

— Tu es parti, s'étonna Rondar.

— Oui, répondit Serre. Au cas où tu l'aurais oublié, une longue journée de travail m'attend demain en cuisine. Alors, faites-nous une faveur à tous les trois et arrêtez de parler.

Démétrius regarda Serre, puis Rondar, et se mit à rire.

— Ça, c'est tout Rondar, il ne fait que parler, parler, parler.

L'intéressé enleva ses bottes et se laissa tomber sur son lit en grognant.

Serre tourna son visage vers le mur et ferma les yeux, mais le sommeil fut long à venir.

Les semaines passèrent, et les événements de la nuit où Gabrielle avait partagé sa vision avec lui s'estompèrent dans son souvenir. Serre trouvait prévisible et routinière une grande partie du travail qu'on lui donnait, mais il y avait toujours suffisamment de nouvelles leçons pour l'intéresser malgré tout. Comme Magnus l'avait prédit, Rondar fit de lui un bon cavalier et, au cours des quelques mois qui suivirent, l'Orosini s'avéra être le meilleur bretteur de l'île. Il s'agissait cependant d'un titre à la gloire quelque peu ternie par le fait que la plupart des étudiants de l'île du Sorcier n'étudiaient pratiquement pas, voire pas du tout, les armes et leurs usages.

Les cours de magie étaient étranges. Serre comprenait à peine la moitié des choses dont parlaient les autres, car il ne semblait pas posséder la moindre aptitude naturelle dans ce domaine. De temps en temps, il lui arrivait d'éprouver une curieuse sensation juste avant qu'un sortilège soit lancé. Quand il en parlait à Magnus et à Nakor, ils passaient plus d'une heure à lui demander de décrire cette sensation en détail.

L'événement le plus amusant de ces quelques semaines se produisit lorsque Rondar s'éprit d'une nouvelle venue. D'origine keshiane, la mince jeune fille au caractère bien trempé se prénommait Selena. Par principe, elle méprisait les Ashuntas, car elle les avait croisés à plusieurs reprises à l'entrée de sa ville lorsqu'elle était enfant. Indignée par la façon dont ils traitaient les femmes, elle cristallisa ce sentiment sur Rondar comme si ce dernier était responsable des valeurs et des croyances de son peuple. Au début, Rondar avait gardé le silence face à la colère de la jeune fille, ignorant ses piques et ses insultes. Puis il s'était mis en colère à son tour et lui avait répondu par des phrases complètes, chose si rare chez lui que cela avait beaucoup amusé Serre et Démétrius. Ensuite, contre toute attente, il s'était amouraché de Selena.

Il était si déterminé à gagner son amour que Démétrius lui donnait des leçons sur la manière de courtiser une femme. Serre restait assis sans faire le moindre commentaire, mais il devait se mordre la langue pour s'empêcher de rire. Il savait qu'il n'était pas un expert en la matière, et que la fille avait beaucoup plus à dire dans ce domaine que le garçon. Cependant, son expérience avec Lela et Meggie lui permettait au moins d'être un peu plus à l'aise que ses copains en présence de la gent féminine. Seule Alysandra échappait à la règle.

L'avertissement de Gabrielle n'avait fait qu'ajouter à l'attirance que Serre éprouvait depuis le début. Désormais, il trouvait Alysandra à la fois séduisante et intimidante à l'extrême. Il émanait d'elle un parfum de danger, et Serre se demandait si cela provenait de son imagination ou s'il était vraiment risqué d'avoir le moindre contact avec elle.

Il avait décidé que la meilleure réponse à cette question était d'ignorer la jeune femme, si bien qu'il se montrait poli mais distant lorsqu'il se trouvait en sa présence. Il trouvait également le plus d'excuses possibles pour rester à l'écart tant qu'il ne saurait pas mieux définir ce qu'il ressentait vis-à-vis de tout ça.

Nakor et Magnus lui donnaient toujours de nouvelles choses à faire et, un après-midi, le jeune homme dut se lancer dans l'exercice le plus étrange qu'on lui ait jamais donné. Nakor l'avait conduit au sommet d'un tertre où se dressait un bouleau rabougri, pratiquement mort à cause d'un parasite, avec des branches tordues et peu de feuilles. Le petit homme chauve avait donné à Serre un grand morceau de parchemin tendu sur un cadre en bois et un bâton durci au feu avec un charbon de bois en guise de pointe.

— Dessine cet arbre, avait-il dit avant de s'éloigner sans attendre les questions ou les remarques de Serre.

Ce dernier contempla l'arbre pendant un long moment. Puis il fit deux fois le tour du tronc et contempla le parchemin blanc pendant près d'une demi-heure.

Ensuite, il remarqua une courbe sous une branche, à l'endroit où une ombre avait la forme d'un poisson. Il tenta de dessiner ça.

Trois heures plus tard, il s'arrêta pour contempler son dessin, puis il leva les yeux vers l'arbre. Envahi par la frustration, il jeta le parchemin par terre. Puis il s'allongea et regarda les nuages qui parcouraient le ciel en laissant son esprit vagabonder. Les gros nuages blancs avaient tous des formes différentes dans lesquelles il s'amusa à reconnaître des visages, des animaux, la muraille d'un château…

Ses pensées s'estompèrent peu à peu, et il ne tarda pas à s'apercevoir qu'il s'était assoupi. Il n'aurait su dire combien de temps il avait dormi (à peine quelques minutes, à son avis) mais, brusquement, il venait de comprendre quelque chose. Il s'assit, regarda le parchemin, puis l'arbre, et il commença avec énergie un autre dessin, à gauche du premier. Cette fois, il cessa de chercher des détails et essaya seulement de reproduire sa perception de l'arbre, les lignes et les ombres captées par son œil de chasseur. Il venait de comprendre que les détails n'étaient pas importants ; ce qui comptait, c'était la perception globale de l'objet.

Alors même que Serre finissait son dessin, Nakor revint et jeta un coup d'œil par-dessus l'épaule du jeune homme.

— Tu as fini ?

— Oui.

Nakor regarda les deux dessins.

— Tu as fait celui-là en premier ? demanda-t-il en désignant celui de droite.

— Oui.

— Celui-là est meilleur, commenta-t-il en montrant celui de gauche.

— Oui.

— Pourquoi ?

— Je ne sais pas. J'ai juste arrêté d'essayer de tout dessiner.

— Ce n'est pas mal, décréta Nakor en lui rendant le dessin. Tu as un bon œil. Maintenant, tu dois apprendre à reproduire ce qui est important en oubliant ce qui ne l'est pas. Demain, tu commenceras à apprendre la peinture.

— « La peinture » ?

— Oui. Viens, suis-moi, ajouta Nakor en reprenant la direction de la propriété de Pug.

Serre emboîta le pas à son professeur et se demanda ce que Nakor voulait dire par « apprendre la peinture ».

L'air renfrogné, Macéus observait Serre. Le bonhomme était apparu comme par magie devant la porte des appartements de Nakor le lendemain du jour où Serre avait dessiné l'arbre. Quegan d'origine, il avait le nez retroussé, une petite moustache coquette et une nette tendance à faire claquer sa langue pendant qu'il examinait le travail de Serre. Cela faisait un mois maintenant qu'il enseignait la peinture au jeune homme et qu'il le faisait travailler dès l'aube jusqu'au crépuscule.

Serre apprenait vite. Macéus avait décrété qu'il n'avait aucun talent et qu'il manquait de grâce, mais il reconnaissait à contrecœur qu'il possédait un œil juste et les connaissances de base.

Nakor venait parfois observer les leçons où Serre s'efforçait de maîtriser les concepts de lumière, de forme, de texture et de couleur. Il apprenait également à mélanger ses couleurs et ses huiles pour créer les éléments dont il avait besoin et à préparer des cadres en bois ou des toiles sur lesquelles peindre.

Serre utilisait également tout ce qu'il avait appris dans les autres disciplines, car la peinture le frustrait plus que tout ce qu'il s'était efforcé de maîtriser jusque-là. Le résultat final ne ressemblait jamais à ce qu'il avait en tête lorsqu'il prenait le pinceau. Macéus avait commencé par lui faire peindre des choses simples : quatre fruits sur une table, un gant en cuir, une épée et un bouclier… Mais même ces objets semblaient bien décidés à ne pas se laisser capturer sur une toile en dépit de ses efforts.

Serre étudiait, s'appliquait et échouait plus souvent qu'à son tour mais, petit à petit, il commençait à comprendre comment aborder l'art de la reproduction.

Un matin, il se leva et, après avoir fini ses corvées en cuisine (la peinture lui donnait la nostalgie de la joie relativement simple qu'il trouvait en cuisinant), il se retrouva à contempler sa dernière tentative, la peinture d'une cruche et d'un bol en porcelaine. Blanc cassé, avec un liseré bleu sous le rebord du bol et au centre de la cruche, ces objets requéraient une approche subtile.

Macéus surgit comme s'il avait senti que son élève avait terminé, et Serre s'écarta. Le maître regarda la peinture d'un air dédaigneux sans prononcer un mot pendant un moment.

— C'est acceptable, décréta-t-il enfin.

— Vous aimez ? s'étonna Serre.

— Je n'ai pas dit que j'aimais, j'ai dit que je trouvais ça acceptable. Tu as fait les bons choix, jeune Serre. Tu as compris qu'il était nécessaire de représenter plutôt que de reproduire le liseré à l'identique. Tu as choisi une bonne palette de couleurs pour reproduire le blanc cassé.

Serre était content de recevoir cette louange, si réservée fût-elle.

— Et maintenant ?

— Maintenant, tu vas apprendre à peindre des portraits.

— Qu'est-ce que c'est ?

— Tu vas peindre des gens.

— Oh.

— Va faire autre chose, ordonna Macéus. Sors et sers-toi de tes yeux pour regarder l'horizon. Tu les as fait travailler trop longtemps sur des objets rapprochés.

Serre acquiesça et sortit de la pièce. Tout le monde était en classe et il n'avait pas envie de faire une balade à cheval ou de nager seul dans le lac. Il s'en alla donc dans la prairie au nord de la propriété et il finit par tomber sur un groupe d'étudiants dans le petit bosquet de pommiers au bord des bois.

Une silhouette familière le héla, et le jeune homme sentit son pouls s'accélérer.

— Serre ! s'écria Alysandra. Viens nous aider !

Elle se trouvait en haut d'une échelle appuyée contre un arbre. Un garçon du nom de John tenait l'échelle. Serre s'aperçut qu'il y avait douze étudiants dans le verger – six groupes de deux.

Il vint se placer au pied de l'échelle et demanda :

— Qu'est-ce que je fais ?

Elle se pencha pour lui donner un gros sac de pommes.

— Mets ça avec les autres sacs et ramène-m'en un vide, que je n'aie pas à descendre et à remonter sur l'échelle.

Serre fit ce qu'elle lui demandait et alla déposer les pommes en haut d'une grosse pile de sacs tout aussi pleins. Dans le lointain, il vit un autre étudiant amener un chariot dans leur direction, il songea donc qu'ils n'étaient pas loin d'avoir fini. Il prit un sac vide à côté de l'échelle, gravit quelques barreaux et le tendit à Alysandra.

Celle-ci avait ramené ses cheveux sous un fichu blanc, ce qui ne faisait qu'accentuer la courbe gracieuse de son cou et de ses épaules. Serre vit que les oreilles de la jeune fille dépassaient légèrement du fichu et trouva cela charmant.

— Pourquoi ne vas-tu pas aider les autres ? lui demanda-t-elle après un court moment. Nous avons presque fini ici.

Serre sauta à bas de l'échelle et attrapa une poignée de sacs vides qu'il échangea contre des sacs pleins. Le temps que le chariot arrive dans le verger, la récolte était finie.

Les étudiants chargèrent rapidement le véhicule et repartirent à pied vers la propriété. Ils n'étaient pas tout à fait arrivés lorsque Alysandra se glissa à côté de Serre en disant :

— Où étais-tu ces derniers temps ? Je ne te vois presque plus.

— Je peins, expliqua Serre. Maître Macéus m'apprend à peindre.

— Merveilleux ! s'exclama-t-elle. (Elle regarda le jeune homme qui faillit se perdre au fond de ses yeux immenses. Puis elle glissa son bras sous le sien et Serre perçut la douceur de sa poitrine contre son coude. Il pouvait même sentir le parfum de la jeune fille sous l'odeur omniprésente des pommes.) Qu'est-ce que tu peins ?

— Principalement ce que le maître appelle des « natures mortes » : des choses qu'il pose sur une table, ou des paysages. Demain, je commence à peindre des portraits.

— Merveilleux ! répéta-t-elle. Tu voudras bien faire le mien ?

— Euh…, oui, bien sûr, si maître Macéus le permet, bégaya-t-il.

Avec la grâce d'une danseuse, elle se dressa sur la pointe des pieds et lui déposa un petit baiser sur la joue.

— C'est une promesse que je te rappellerai, annonça-t-elle.

Sur ce, elle pressa le pas et partit en avant, laissant Serre comme frappé par la foudre. Plusieurs autres garçons se mirent à rire de son état de confusion évident.

Serre leva lentement la main pour toucher la joue qu'elle avait embrassée. Pendant longtemps, il ne pensa à rien d'autre qu'à ce baiser.

12

Le temps de l'amour

Serre fronça les sourcils.

— Tenez-vous tranquilles, s'il vous plaît, supplia-t-il.

Démétrius et Rondar s'efforcèrent tous deux de tenir la pose encore un moment. Mais Démétrius finit par éclater :

— Je n'en peux plus !

Serre jeta sa brosse avec dégoût.

— Très bien. Prenons une minute pour nous détendre.

Rondar fit le tour du chevalet sur lequel Serre avait posé un morceau de bois traité. Il examina le portrait que Serre faisait de lui et de Démétrius et grogna :

— Très bon.

Démétrius prit une pomme sur une petite table près de la porte et mordit dedans.

— Pourquoi ils te font faire un truc pareil ? T'as une idée ? demanda-t-il entre deux bouchées.

— Ça dépend, de quoi tu parles ? demanda Serre, perplexe.

— Ben, ce truc-là, la peinture.

Serre haussa les épaules.

— Ces dernières années, ils m'ont fait apprendre des tas de trucs qui n'ont pas beaucoup de sens pour moi. Mais je dois la vie à Robert de Lyis, qui m'a attaché au service de maître Pug, alors je fais ce qu'ils me demandent.

— Mais tu n'es pas du tout curieux de savoir ce qu'ils veulent ? demanda Démétrius.

— Bien sûr, mais ils me le diront quand j'aurais besoin de le savoir.

— C'est simple, déclara Rondar en s'asseyant sur un lit.

— Quoi donc ? demanda Démétrius en fronçant les sourcils.

— Pourquoi il peint, répondit Rondar.

— Oh, et tu voudrais pas nous l'expliquer ? Ça serait sympa.

Démétrius regarda Serre, qui sourit. Rondar secoua la tête comme si ça sautait aux yeux. Puis il se leva, traversa la pièce et posa la main sur l'épaule de Serre.

— Garçon des montagnes.

— D'accord, dit Démétrius, dont l'expression prouvait que, jusque-là, il ne suivait pas.

— Aujourd'hui : gentilhomme roldemois.

Sur ce, Rondar retourna s'asseoir. De son côté, Démétrius hocha la tête comme s'il saisissait enfin.

— Quoi ? demanda Serre, perplexe.

— Combien de langues tu parles, maintenant ?

— Six, en comptant l'orosini. Je parle couramment le roldemois, la langue du roi, la langue commune, je me débrouille vraiment bien en keshian et je commence à m'en sortir en quegan, qui est assez proche du vieux keshian. Après, je suis censé apprendre le yabonais.

— Et, sur l'île, tu es le meilleur à l'épée.

— Exact, répondit Serre sans s'embarrasser de fausse modestie.

— Tu joues d'un instrument ?

— La flûte. Nakor m'a montré comment en fabriquer une.

— Tu joues bien ?

— Plutôt, oui.

— Tu joues aux échecs, aux cartes et aux dés, pas vrai ?

— Oui.

— Et tu joues bien, pas vrai ?

— Oui, répéta Serre.

Démétrius sourit.

— Rondar a raison. Ils vont essayer de te faire passer pour un gentilhomme de Roldem.

— Tu cuisines ? reprit Rondar.

Serre sourit.

— Mieux que Besalamo, pour être franc.

— Ce qui ne veut pas dire grand-chose, rétorqua Démétrius. Écoute, s'ils commencent à te faire jouer d'autres instruments et à t'apprendre tout ce que tu dois savoir sur le vin et d'autres produits de luxe, alors Rondar aura raison. Les maîtres de cette île essaient de te transformer en gentilhomme de Roldem.

— Mais pourquoi ? s'étonna Serre.

— Tu le sauras quand ils te l'expliqueront, répondit Démétrius.

Serre réfléchit quelques instants, puis dit :

— Très bien. Reprenez vos places. J'ai dit à maître Macéus que j'aurais quelque chose à lui montrer avant le dîner.

Les deux jeunes gens reprirent la pose, et Serre se remit au travail en chassant de son esprit la question qui l'obsédait : le pourquoi de cette éducation intensive.

Maître Macéus contempla le portrait.

— Passable, décréta-t-il au bout d'un moment.

— Merci, répondit Serre sans grande conviction.

Il était frustré par les défauts de son travail, dont il était conscient : les portraits étaient raides, peu naturels et ne révélaient pas grand-chose de la nature de ses deux amis.

— Tu as besoin de travailler sur la structure du corps, annonça son professeur.

— Bien, monsieur.

— Je crois que ton prochain cours devrait porter sur le nu.

Serre haussa les sourcils. Il avait grandi au sein d'un peuple pour qui la vue du corps humain n'avait rien de remarquable, mais il avait appris, depuis qu'il avait quitté les montagnes des Orosinis, que de nombreux autres peuples considéraient la nudité d'une tout autre manière. Certains étudiants nageaient nus dans le lac, mais d'autres évitaient ces réunions et préféraient se baigner seuls ou porter des vêtements spécialement conçus pour l'eau. D'autres, comme Rondar, fuyaient carrément la baignade.

Serre avait même discuté de ce sujet avec Nakor, un mauvais choix probablement, puisque son professeur lui avait fourni plus de questions que de réponses. Malgré cette expérience ratée, Serre se sentit obligé de demander :

— Maître Macéus ?

— Oui ?

— De tels tableaux sont-ils monnaie courante ?

— Plutôt, oui, répondit Macéus. (Puis il eut une petite toux embarrassée et fit remarquer :) Mais ils ne sont pas souvent destinés à être exposés en public. Ils sont plutôt réservés aux collections privées. Il en va différemment pour les statues. Les grands héros sont souvent dépeints à divers stades de nudité et leur corps affiche la plupart du temps de magnifiques blessures. Mais on ne parle pas ici de ta capacité à créer une œuvre propre à titiller un noble blasé ; de même, je ne crois pas que tu sois destiné à devenir un sculpteur. Il s'agit plutôt de voir sous la surface, Serre. (Il désigna la peinture sur le chevalet et ajouta :) Tu as su capturer la surface des garçons, le sens global des angles et des plans de leurs visages et de leurs vêtements, mais les muscles sous la peau, les lignes de leurs épaules, de leurs bras, de leur buste, tout cela manque. Quand tu peins un portrait, il faut penser au corps sous la surface, à l'esprit au sein de la chair. Ensuite, seulement, tu peux habiller le sujet avec nos brosses et nos couteaux. Quand tu regardes un corps nu, il faut voir les os, les tendons et les muscles, puis les couvrir de chair et de poils. Tu finiras par comprendre. Qui sait, on arrivera peut-être à faire de toi un peintre, en fin de compte, conclut-il avec l'un de ses rares sourires.

En se demandant comment il allait convaincre Rondar de rester debout sans le moindre vêtement, Serre posa une dernière question :

— Vous croyez que je devrais chercher un autre sujet ?

— Ne t'inquiète pas, je t'enverrai quelqu'un demain.

Serre acquiesça et commença à ranger ses brosses et ses peintures en réfléchissant aux explications de son professeur.

Serre sortit de la cuisine. Il était de corvée de petit déjeuner ce matin-là et avait dû se lever deux heures avant le reste de la communauté. Il avait passé tout ce temps en cuisine, jusqu'à ce que l'équipe de l'après-midi vienne le remplacer. Il aurait dû retourner dans sa chambre pour rencontrer le modèle de son nouveau tableau, mais Nakor était venu le voir et l'avait envoyé faire une course en lui disant qu'il rencontrerait la personne plus tard.

Serre avait mis pratiquement tout l'après-midi pour faire la commission de Nakor, et il s'apprêtait désormais à aller prendre un bain rapide avant le dîner. Mais, lorsqu'il arriva dans sa chambre, il tomba sur Rondar et Démétrius qui portaient la malle en bois contenant ses affaires.

— Qu'est-ce qui se passe ? demanda le jeune homme.

— Déménagement, expliqua Rondar.

— On déménage ?

— Non, toi, tu déménages, rétorqua Démétrius. Je ne sais pas pourquoi, mais on a reçu l'ordre de porter toutes tes affaires dans le petit cottage près du lac, tu vois lequel.

Serre sourit. Les étudiants utilisaient souvent cette cabane après la fin des corvées. Puis son sourire s'évanouit. Si on lui donnait le cottage comme nouveau lieu de résidence, un bon nombre d'étudiants n'allaient pas être ravis.

— Ils peuvent toujours utiliser l'écurie, rétorqua Rondar comme s'il lisait dans les pensées de son ami.

Démétrius éclata de rire.

— C'est vrai. Il y a plein d'autres endroits pour faire intimement connaissance. Moi-même, j'ai une préférence pour la piscine après la tombée de la nuit. L'eau est encore bien chaude, tout est calme…

Il poussa un grognement théâtral en soulevant la malle, mais Serre savait que cette dernière n'était pas lourde, juste encombrante.

Il les laissa passer devant lui et sortir dans le couloir, puis il leur emboîta le pas.

— Et mon lit ?

— On l'a déménagé il y a une heure, répondit Démétrius. Ton matériel de peinture aussi. On a juste pas réussi à mettre cette malle dans le chariot avec le reste.

— Pourquoi ? s'étonna Serre. Je n'ai pas beaucoup d'affaires, en tout cas pas assez pour remplir un chariot.

De nouveau, Démétrius sourit.

— Tu serais surpris.

Ils remontèrent le couloir jusqu'à l'endroit où les attendait le chariot vidé de son contenu précédent. Ils y déposèrent la malle, puis se retrouvèrent bientôt sur le chemin cahoteux qui menait au cottage en longeant le lac.

La petite cabane avait probablement abrité autrefois un charbonnier ou un garde-chasse, mais elle avait cessé de servir, pour une raison indéterminée, et elle était restée inhabitée pendant des années. Quand ils arrivèrent à destination, Démétrius tira sur les rênes du cheval de trait et Serre, qui voyageait à l'arrière du véhicule, sauta à bas du chariot. Rondar et lui descendirent la malle et la portèrent à l'intérieur tandis que Démétrius leur tenait la porte ouverte.

Mais, en franchissant le seuil du cottage, Serre s'arrêta, stupéfait.

— Que je sois…, murmura-t-il.

— Les filles sont venues nettoyer hier, expliqua Démétrius, et Rondar et moi, on a apporté tout le reste.

— Mais d'où ça vient tout ça ? demanda Serre en désignant la pièce.

Le cottage était spacieux, bien plus que la cabane qu'il avait partagée avec Magnus. Un âtre avec une broche à rôtir et un chaudron en fer suspendu à un crochet attendait qu'on y allume un feu. Un garde-manger était placé à portée de main et une petite table occupait l'angle entre le meuble et la cheminée. Le lit se trouvait contre le mur opposé, près de la porte, et une grande armoire en bois se dressait juste à côté. Serre et Rondar déposèrent la malle à côté de l'armoire.

— Regardez ça ! s'exclama Serre en ouvrant la porte.

De beaux vêtements de diverses coupes et couleurs étaient soigneusement suspendus à l'intérieur.

— Gentilhomme, fit Rondar.

Démétrius acquiesça.

— On dirait bien. Mais pourquoi ici, ça, je n'en ai aucune idée.

— Pour que je m'entraîne à m'habiller et à porter ces vêtements-là, j'imagine, répondit Serre en contemplant un pourpoint avec tellement d'œillets et de lacets qu'il paraissait très compliqué à enfiler. Regardez tout ça.

Chausses, bas, culottes, doublets, pourpoints, vestes, tout était suspendu avec soin à des crochets ou sur des cintres en bois. Dans le bas de l'armoire étaient disposées avec autant de soin une demi-douzaine de paires de chaussures et de bottes différentes.

Puis Serre releva les yeux et découvrit ce qu'abritait le coin le plus éloigné.

— Des livres ! s'exclama-t-il avec plaisir. (Il traversa la pièce pour lire les titres des volumes disposés sur les étagères.) Et je n'en connais aucun, ajouta-t-il un ton plus bas.

— Bon, on est de corvée de dîner, annonça Démétrius. On m'a demandé de te dire que tu vas te débrouiller seul quelque temps. Ce soir, quelqu'un va t'apporter ton dîner et des provisions et, ensuite, tu devras rester ici un moment.

Serre savait qu'il ne servait à rien de demander pourquoi. Personne n'avait dû l'expliquer à Démétrius.

— Entraîne-toi, ajouta Rondar en désignant le chevalet.

— Oui, acquiesça Serre. Je suppose qu'ils veulent que je me concentre sur ça, et sur le reste.

— On se croisera de temps en temps, j'en suis sûr, dit Démétrius. Viens, Rondar. Ramenons le chariot à l'écurie.

Après le départ de ses deux amis, Serre s'assit pour contempler son nouvel environnement. Comme il était bizarre de songer que cet endroit allait devenir son nouveau foyer, au moins pour quelque temps ! Cela l'emplit d'une étrange mélancolie. Depuis sa naissance, il n'avait jamais vécu seul. La seule fois où il s'était réellement retrouvé seul, c'était lors de sa quête de vision sur les flancs du Shatana Higo.

Il resta assis en silence et laissa ce sentiment l'imprégner. Comme on le lui avait appris, il laissa ces souvenirs d'enfance et cette nostalgie le balayer, car il n'avait pas envie de repousser ce chagrin maintenant. Au contraire, il préférait l'embrasser et se jurer de nouveau de venger son peuple, puis permettre à cette émotion de se dissiper.

Le crépuscule tomba sans que Serre en prenne conscience. Il était justement en train d'allumer une lampe lorsqu'il entendit un chariot s'arrêter devant le cottage. Son dîner venait d'arriver, sans doute.

Il alla ouvrir la porte et faillit tomber à la renverse en s'effaçant devant Alysandra, qui entra dans la cabane d'un pas décidé en portant une marmite dont l'odeur alléchante laissait présager un merveilleux contenu.

— Je vais décharger ! s'exclama une voix derrière la jeune femme.

— Merci, Jom, répondit-elle par-dessus son épaule.

— Qu'est-ce que tu fais là ? demanda Serre.

— Je t'apporte ton dîner, répondit-elle. On ne t'a pas prévenu ?

— On m'a dit que quelqu'un allait venir, mais on ne m'a pas dit que ce serait toi, répondit Serre qui se sentit aussitôt idiot d'avoir dit ça.

Alysandra sourit, puis retira la cape légère qu'elle portait sur ses épaules. En dessous, elle était vêtue d'une simple robe, les épaules nues, et ses cheveux tombaient librement autour de son visage. Le jeune homme eut le cœur serré devant tant de beauté.

Il resta planté là sans voix pendant un bon moment, avant de dire :

— Je vais aller aider Jom.

Elle sourit de nouveau et entreprit de chercher les assiettes et les tasses.

Jom, debout à l'arrière du chariot, tendit deux gros sacs à Serre en disant :

— J'en ai encore d'autres dans cette boîte ici.

— Qu'est-ce que c'est ?

— De la nourriture. On m'a demandé de te dire que tu es censé faire tes repas toi-même. « Mets en pratique ce que Léo t'a appris », même si je connais pas de Léo et même si j'ai pas la moindre idée de ce qu'il t'a appris, ajouta Jom en prenant un troisième sac avant de sauter à bas du chariot.

Serre prit les vivres et les emporta à l'intérieur.

— Tu ferais bien de creuser un cellier derrière la cabane, reprit Jom en posant l'un des sacs. On m'a demandé de te prévenir qu'on te livrera du jambon et un quartier de bœuf demain. Il y a une pelle et des outils dans le cabanon au-dehors, au cas où tu le saurais pas.

— Merci, dit Serre tandis que Jom quittait la cabane.

Il se retourna, car il s'attendait à voir Alysandra suivre Jom, mais elle était debout à côté de la table, occupée à remplir deux bols avec le ragoût qu'elle avait apporté.

— Ah…, tu restes ? demanda Serre.

Elle lui fit signe de s'asseoir et sortit une bouteille de vin. Puis elle remplit deux verres, sortit l'un des deux petits tabourets rangés sous la table et s'assit.

— Oui, je vais manger avec toi. Ils ne te l'ont pas dit ?

Serre s'assit à son tour.

— Apparemment, tout le monde était au courant de tout, sauf moi.

Il avait du mal à détacher son regard d'Alysandra. Mais, chaque fois qu'elle le regardait, il détournait les yeux.

Elle se mit à rire.

— C'est comme ça parfois sur cette île, tu ne trouves pas ?

— Moi, je trouve que c'est souvent comme ça, rétorqua-t-il, ce qui la fit rire de nouveau.

Ils mangèrent en silence pendant quelques minutes, puis Serre reprit la parole :

— Je suis content que tu sois là, vraiment, mais… enfin… qu'est-ce que tu fais là, au juste ?

— Oh, maître Macéus ne t'a rien dit non plus ?

— Non. Comme je l'ai déjà dit, personne ne m'a rien expliqué du tout.

— Je vais rester ici avec toi. Je suis ton nouveau modèle.

Serre posa son verre. Il n'arrivait pas à en croire ses oreilles.

— Tu es le modèle.

— Oui, pour l'étude de nu que tu dois faire.

Serre sentit ses joues s'empourprer, mais il se força à rester calme. De toute évidence, poser nue n'était pas un problème pour elle, alors il n'avait pas besoin de se sentir gêné. Malgré tout, il fut incapable d'avaler une bouchée, si bien qu'il remit le contenu de son assiette dans la marmite.

— Je n'ai pas vraiment faim, expliqua-t-il d'une voix faible. J'ai passé toute la journée dans la cuisine et tu sais ce que c'est, une bouchée par-ci, une bouchée par-là.

Elle sourit sans répondre.

— Va me chercher de l'eau au lac, que je puisse nettoyer et ranger tout ça, demanda-t-elle lorsqu'elle eut fini de dîner.

Ravi d'avoir une excuse pour être seul un moment, Serre s'empressa d'obéir, prit le gros seau en chêne à côté de la porte et descendit au lac. Celui-ci était alimenté par un petit ruisseau que Serre utilisa pour remplir son seau, car, à cet endroit, l'eau était plus fraîche. Il le ramena au cottage et vit qu'Alysandra avait déjà débarrassé la table et mis les assiettes et les verres dehors sur un égouttoir à côté de la porte. Elle prit le seau des mains de Serre et fit la vaisselle sans le moindre commentaire.

Serre rentra dans la cabane et se tritura les méninges en se demandant ce qu'il allait bien pouvoir lui dire. Il n'avait pas encore trouvé de réponse lorsqu'elle apparut sur le seuil et resta là, dans l'encadrement de la porte.

— Il fait chaud, ce soir, dit-elle.

— Oui, reconnut Serre en se rendant compte qu'il transpirait, mais que cela n'avait rien à voir avec le temps. Il fait un peu chaud.

Brusquement, elle se mit à se déshabiller.

— Allons nager.

Serre resta là, bouche bée, tandis qu'elle retirait rapidement sa robe. Elle rit de son expression médusée.

— Il va falloir que tu t'y habitues, Serre. Tu vas me peindre pendant un bon moment, rappelle-toi.

— Oui, j'imagine, dit-il en la regardant tourner les talons et courir vers l'eau.

— Allez, viens ! ordonna-t-elle en riant de sa gêne évidente.

Serre ôta ses bottes, sa tunique et son pantalon et courut derrière la jeune fille. Le temps qu'il rejoigne le rivage, Alysandra barbotait déjà dans l'eau. Il courut et plongea à son tour. Puis, remontant à la surface, il repoussa ses cheveux en arrière en disant :

— L'eau est bonne.

La jeune fille le rejoignit à la nage.

— N'est-ce pas ?

Serre plongea la tête sous l'eau puis la ressortit.

— Je n'ai pas pris de bain aujourd'hui et je crois que j'en avais besoin.

— Oh, tu ne sentais pas plus mauvais que d'habitude.

— Hein ? s'écria-t-il, stupéfait. Je sens mauvais ?

Elle rit.

— C'est une blague, idiot.

Puis elle commença à l'éclabousser. Il lui rendit la pareille, et ils se retrouvèrent bientôt en train de jouer comme des enfants. Ils nagèrent ensuite pendant près d'une heure, jusqu'à ce que la grande lune apparaisse à l'est.

— Il est temps de sortir, annonça finalement Alysandra.

— Je n'ai pas apporté de serviette ou de peignoir, regretta Serre comme s'il aurait dû y penser.

— Il fait chaud. Nous serons déjà à moitié secs le temps d'arriver à la cabane.

Ils sortirent de l'eau et remontèrent le chemin côte à côte. Serre n'arrivait pas à détacher les yeux du corps de sa compagne, baigné de lune. Elle était mince, comme il s'en était douté, mais elle avait une poitrine plus généreuse qu'il l'avait imaginée, et les hanches plus étroites, presque masculines sous certains angles.

— Je sais que tu me regardes.

Il rougit.

— Désolé. Je me demandais de quelle meilleure façon te faire poser.

Elle détourna les yeux.

— Oh. Bien sûr.

Embarrassé, Serre s'aperçut que son corps commençait à répondre à la vision de sa compagne. Il aurait voulu disparaître sous terre et mourir mais, heureusement, Alysandra ignora sa gêne. Lorsqu'ils arrivèrent à la cabane, Serre s'arrêta sur le seuil.

— Je viens juste de m'apercevoir…

— Quoi donc ? demanda-t-elle en se tournant vers lui.

— Il n'y a qu'un lit.

— Évidemment, répondit-elle en s'avançant de manière à presser son corps contre celui du jeune homme.

Elle lui passa les bras autour du cou. Brusquement, le visage de la jeune fille apparut juste en face du sien. Elle posa sa bouche sur la sienne. Serre n'hésita qu'un instant avant de la serrer contre lui en oubliant tout le reste.

— Qu'est-ce que tu siffles ? demanda-t-elle.

— Ne bouge pas, ordonna Serre en souriant. Je ne sais pas, un air comme ça. Je l'ai inventé.

— J'aime bien. Tu peux le jouer avec ta flûte ?

— Je pense que oui, répondit-il en reculant pour regarder le portrait qu'il avait commencé ce matin-là, le troisième depuis qu'Alysandra et lui étaient arrivés à la cabane.

Pour la première fois depuis qu'il maniait le pinceau, il avait confiance en lui, et sa première esquisse n'avait pratiquement pas besoin de corrections. Il appliquait à présent la peinture sous forme de blocs et de taches afin de colorer le croquis en noir et blanc, et il voyait le tableau prendre forme sous ses yeux.

Il avait passé sa première nuit avec elle dans un état d'euphorie. Il n'aurait jamais cru aimer une femme comme il aimait Alysandra. Douce, chaleureuse, passionnée, généreuse, elle savait aussi se montrer insistante et exigeante, mais d'une manière taquine et excitante.

Ils avaient à peine dormi cette nuit-là, à l'exception de courtes siestes entre deux étreintes. Finalement, elle avait annoncé que la faim l'empêchait de dormir. Serre avait fait la cuisine pendant qu'elle se baignait dans le lac. Il était parti nager rapidement tandis qu'elle mangeait puis, à son retour, il avait englouti du pain, du fromage et une ou deux gorgées de vin avant d'entraîner de nouveau la jeune femme vers le lit.

Sans trop savoir comment, entre leurs étreintes, les repas et le sommeil, il avait réussi à creuser la cave derrière le cottage, à côté du cabanon à l'abandon. Il avait été ravi de découvrir que quelqu'un avait entrepris ce même projet bien des années auparavant et que la plus grande partie du trou était déjà creusée. Il avait simplement eu à déblayer des années de détritus et de broussailles accumulées avant de finir les bords, de tailler des marches et de mettre une porte.

Il avait fini cette tâche le deuxième jour. La viande, la bière, le vin et le fromage, ainsi qu'un panier de fruits, reposaient à présent au frais dans la cave. Depuis, il ne s'était consacré qu'à une seule chose : Alysandra.

— Hum, fit-il en contemplant le portrait.

Elle abandonna la pose et fit le tour du chevalet pour jeter un coup d'œil.

— C'est moi ?

— Oui, répondit-il en feignant le plus grand sérieux. Ça te ressemblera de plus en plus au fur et à mesure que je peaufinerai les détails.

— Si tu le dis. (Elle se glissa dans son dos et le serra contre elle. Puis ses mains descendirent le long du ventre du jeune homme et plus bas encore.) Eh bien, qu'est-ce que c'est que ça ? s'exclama-t-elle en feignant la surprise.

Il se retourna entre ses bras et l'embrassa en disant :

— Laisse-moi te montrer.

Pendant tout l'été, ils menèrent une vie idyllique. De temps en temps, maître Macéus venait examiner le travail de Serre afin de trouver des moyens de l'améliorer, sans jamais le critiquer cependant. À l'approche de l'automne, Serre mit la dernière main à son douzième portrait, qui montrait Alysandra allongée sur le lit.

— J'ai réfléchi, annonça-t-il alors qu'il rajoutait des détails qu'il venait juste de remarquer (il commençait désormais à rechercher la perfection dans son travail).

— À quoi ?

— À ce qui se passera ensuite.

— Un autre tableau ? demanda-t-elle en souriant.

— Non, je veux parler de nous.

Brusquement, son sourire disparut. Elle se leva rapidement et vint se camper devant lui. Sans la moindre chaleur, elle leva la main droite et posa l'index sur les lèvres de son compagnon.

— Chut ! le réprimanda-t-elle. Il n'y a rien à réfléchir. Nous sommes ici et maintenant, et c'est tout ce qui compte.

— Mais…

Elle appuya plus fort, et il vit passer dans ses yeux une lueur qu'il n'y avait encore jamais vue.

— J'ai dit « chut ».

Puis son sourire réapparut, mais teinté d'une dureté que Serre ne lui connaissait pas. La jeune femme fit descendre sa main pour le caresser en disant :

— Je sais comment te faire arrêter de penser à des choses qu'il vaut mieux ignorer.

Il éprouva un élan d'inquiétude, car il venait d'entrevoir en elle quelque chose d'inconnu et d'un peu effrayant. Cependant, ses caresses l'enflammèrent, comme toujours, et la passion fit s'envoler ses inquiétudes.

Le lendemain, la pluie se mit à tomber. Ils se réveillèrent au son de l'averse qui tambourinait sur le toit du cottage, et Serre s'aperçut bientôt qu'il y avait une douzaine de fuites à boucher. Il fit de son mieux avec de la ouate, car il s'agissait d'un toit de chaume et il devait attendre qu'il sèche avant de pouvoir le réparer correctement.

Après le repas, Alysandra se leva et commença à s'habiller.

— Tu vas quelque part ? lui demanda-t-il.

— Je retourne à la propriété, répondit-elle platement.

— Pourquoi ? demanda-t-il. Quelque chose ne va pas ?

— Non, je fais juste ce qu'on m'a demandé.

— Qui t'a demandé ça ?

— Maître Macéus. Il a dit que je devais rester avec toi tout l'été, le temps que tu finisses une douzaine de portraits différents, et qu'ensuite je devrais rentrer à la propriété faire autre chose.

— Et moi, qu'est-ce que je dois faire ? demanda Serre.

— Il ne me l'a pas dit. Je le préviendrai que tu as fini les tableaux. Je suis sûre qu'il viendra voir les deux derniers et qu'il te dira quoi faire ensuite.

Serre alla jusqu'à la porte.

— Attends que la pluie s'arrête.

— Je ne peux pas, répondit-elle en faisant mine de passer devant lui.

— Attends. (Il lui saisit le haut du bras.) Un instant.

Elle le regarda sans la moindre chaleur.

— Qu'est-ce que tu veux ?

— Et nous, alors ?

— Comment ça, « nous » ?

— Tu sais, je t'aime.

— Serre, tu es un gentil garçon, et je me suis bien amusée cet été, répliqua Alysandra d'un ton impatient. Mais l'amour n'a rien à voir là-dedans. J'aime les hommes et j'aime les jeux entre adultes. Je crois d'ailleurs avoir amélioré tes connaissances dans ce domaine, et pas qu'un peu, mais, si tu crois que c'est parce que je t'aime, tu te trompes. Complètement.

Les joues de Serre s'empourprèrent et ses yeux le piquèrent comme s'ils se remplissaient de larmes. Pourtant, aucune humidité ne perla à ses paupières. On aurait dit que quelqu'un venait de lui donner un coup de massue dans le ventre. Il avait le souffle court et l'esprit en ébullition. Il essaya d'assimiler ce qu'elle venait de dire, mais il n'arrivait pas à trouver les mots pour lui répondre.

— Attends, répéta-t-il doucement.

— Pour quoi faire ? demanda-t-elle en ouvrant la porte et en sortant sous la pluie. Attendre que tu grandisses ? Je ne crois pas, gamin. Tu as la constitution d'un étalon et tu as appris à me satisfaire mais, quand je me marierai, ce sera avec quelqu'un d'important, un homme puissant qui me couvrira de richesses et qui nous protégera, moi et mes enfants. Quant à l'amour, ça n'entrera jamais en ligne de compte.

Sur ce, elle s'en alla et disparut sur le chemin qui longeait le lac, tandis que Serre restait là à agripper si fort la poignée de la porte qu'il finit par entendre le bois craquer. Il baissa les yeux pour regarder sa paume et vit que des échardes s'étaient enfoncées dans sa chair. Puis il releva la tête et contempla la tempête qui forcissait.

Il ne s'était pas senti aussi malheureux depuis le jour où il s'était réveillé dans le chariot de Robert. Pour la deuxième fois de sa vie, il avait l'impression que tout ce qu'il chérissait venait de lui être arraché.

13

Le temps de la guérison

Serre gémit.

Il était resté allongé sur son lit pendant deux jours, ne se levant que pour se soulager et boire de l'eau. Il se sentait faible, avec les idées floues comme s'il avait de la fièvre. Son esprit ne cessait de vagabonder et de lui faire entendre les dernières paroles d'Alysandra, encore et encore.

Une main le secoua.

— Quoi ? grogna-t-il.

Il émergea de sa torpeur pour découvrir Magnus penché sur lui.

— Il est temps que tu arrêtes de t'apitoyer sur ton sort, décréta le magicien.

Serre s'assit et eut des vertiges. Il plissa les yeux pour essayer de retrouver une vision normale.

— Quand as-tu mangé pour la dernière fois ? lui demanda Magnus.

— Hier, je crois.

— Dis plutôt que cela fait trois jours. (Le magicien alla fouiller les provisions du côté de l'âtre et revint avec une pomme.) Tiens, mange ça.

Serre mordit une bouchée et sentit le jus du fruit dégouliner sur son menton. Il s'essuya la bouche du revers de la main et avala. Son ventre protesta violemment face à cet apport de nourriture après trois jours de jeûne.

Magnus s'assit sur le lit à côté du jeune homme.

— Tu te sens mal ?

Serre acquiesça, incapable de l'exprimer avec des mots.

— Elle t'a brisé le cœur ?

Serre ne répondit pas, mais les larmes lui montèrent aux yeux. De nouveau, il hocha la tête.

— Bien, dit Magnus en lui donnant un coup de bâton sur le genou.

— Aïe ! s'exclama Serre en se frottant le genou.

Magnus se leva et frappa le jeune homme sur le côté de la tête, suffisamment fort pour le faire larmoyer plus encore et lui donner des bourdonnements dans les oreilles.

— Défends-toi ! cria Magnus en s'écartant.

Cette fois, il tenta de lui assener un autre coup violent, de l'autre côté de la tête, un coup qui aurait bien pu lui fendre le crâne. Serre se jeta à genoux pour l'éviter, puis il s'éloigna de son professeur en roulant sur lui-même, gagnant par là même de précieuses secondes. Magnus devait à présent contourner les pieds du lit pour l'atteindre. Lorsque ce fut fait, le magicien trouva Serre debout à côté de la table, l'épée au clair.

— Maître Magnus ! protesta-t-il. Qu'est-ce que vous faites ?

Magnus ne répondit pas. Il fit mine de vouloir frapper avec l'extrémité de son bâton en direction de la tête de Serre, puis fit tournoyer son arme en décrivant un arc de cercle. Serre intercepta le bâton avec le plat de sa lame, à un angle suffisant pour écarter l'arme de ses épaules sans pour autant casser son épée. Puis il passa sous la garde de son professeur qu'il attrapa par le devant de sa robe avant de lui faire perdre l'équilibre.

— Est-ce que je suis censé vous tuer maintenant ? demanda-t-il en posant son épée contre la gorge de Magnus.

— Non, répondit ce dernier en souriant.

Il attrapa la main de Serre, celle qui tenait l'épée, et le jeune homme sentit ses doigts s'engourdir. Lorsque son arme s'échappa de sa main qui ne répondait plus, Serre entendit Magnus dire :

— C'était très bien.

Serre recula en se frottant la main.

— Mais à quoi ça rime, tout ça ?

— Si ton ennemi survenait à l'improviste, crois-tu vraiment qu'il s'arrêterait pour dire : « Oh, pauvre Serre, il pleure son amour perdu ! Je crois que je vais attendre un autre jour pour le tuer. »

Serre continua à masser ses doigts douloureux.

— Non.

— Précisément. (Magnus fit signe à Serre de se rasseoir sur le lit.) Nos ennemis t'attaqueront de bien des manières, dont certaines que tu n'imagines même pas. Caleb et les autres peuvent t'apprendre le maniement des armes et affûter tes dons naturels. Je peux te montrer des choses au sujet de ton esprit et faire en sorte que tes ennemis aient plus de mal à te troubler ou à te duper. Mais le cœur… (Il tapota sa propre poitrine.) C'est là que de nombreux hommes sont le plus vulnérables.

— Alors, c'était une autre de vos leçons ?

— Oui, répondit Magnus d'un air sombre. La plus cruelle de toutes, mais c'était nécessaire.

— Elle ne m'aimait pas ?

— Elle ne t'a jamais aimé, avoua froidement Magnus. Elle est notre créature, Serre, et nous l'utilisons, tout comme nous allons vous utiliser, toi et tous les autres étudiants qui sont ici. Autrefois, cet endroit était dédié à la connaissance, à l'éducation.

Mon père a fondé l'académie des magiciens du Port des Étoiles. Le savais-tu ?

— Non.

— Quand la politique a fini par rattraper l'académie, il s'est mis à chercher un autre endroit pour enseigner à des étudiants aux dons très spéciaux. J'ai été élevé ici. Mais, quand la guerre des Serpents a fait rage, amenant la destruction de Krondor, mon père a compris que notre ennemi ne nous laisserait aucun répit. C'est pourquoi cette école est devenue un lieu d'entraînement. Certains continuent à venir étudier en provenance d'autres mondes, mais ils sont de moins en moins nombreux chaque année. Père fait venir également quelques professeurs d'autres dimensions, mais c'est surtout lui, ma mère, Nakor, moi et d'autres comme Robert qui enseignent.

— Je ne l'ai pas demandé, car je suppose que vous me le direz le moment venu, mais qui est cet ennemi dont vous parlez ?

— C'est très difficile de l'expliquer à quelqu'un d'aussi jeune que toi. Je laisse le soin à mon père et à Nakor de te l'expliquer lorsque tu seras apte à comprendre.

» Mais cela ne t'empêchera pas d'être mis à l'épreuve par les agents de l'ennemi. Or, comme tu as pu t'en rendre compte la nuit où les danseurs de mort sont venus pour moi, ils peuvent frapper de la manière la plus inattendue dans des endroits où tu te crois en sécurité.

— Alors je dois…

— Apprendre, te méfier et ne faire confiance qu'à une poignée de gens. (Il marqua une pause, le temps de réfléchir à ce qu'il allait dire ensuite.) Si je demandais à Rondar ou à Démétrius de te tuer, ils le feraient. Ils se diraient que j'ai de bonnes raisons d'exiger une chose pareille, que tu représentes une menace pour nous tous ici. Si je demandais à Alysandra de te tuer, elle le ferait. La différence, c'est que Rondar et Démétrius en éprouveraient du remords. Pas Alysandra. Cela ne lui ferait ni chaud ni froid.

— C'est vous qui l'avez transformée comme ça ? s'indigna Serre dont la colère montait.

— Non, répondit Magnus. Nous l'avons trouvée comme ça. Alysandra est… abîmée. C'est tragique, c'est terrible, mais c'est comme ça. Elle ne considère pas les gens comme nous le faisons toi et moi. Elle les considère comme un morceau de bois ou… comme un meuble, ajouta-t-il en désignant une chaise. Pour elle, ils sont utiles, et il faut parfois en prendre soin pour qu'ils continuent à faire leur usage, mais ils n'ont pas de valeur intrinsèque au-delà de l'usage qu'ils peuvent lui apporter.

» Nous avons trouvé cette personne terriblement abîmée et nous l'avons amenée ici. Nakor pourra t'en parler ; pour ma part, je sais seulement qu'un jour cette jolie jeune fille est arrivée parmi nous et que Nakor nous a expliqué ce que nous devions faire avec elle.

— Mais pourquoi ? Pourquoi l'amener ici ?

— Pour lui apprendre à travailler pour nous. Pour utiliser cette nature sans remords à nos propres fins. Autrement, elle aurait très bien pu finir un jour au bout d'une potence à Krondor. Au moins, de cette façon, nous pouvons la canaliser et déterminer qui sera blessé par elle.

Serre resta assis en silence à regarder par la porte ouverte.

— Mais ça avait l'air si…

— Réel ?

— Oui. J'ai cru qu'elle était tombée amoureuse de moi.

— L'un de ses talents est justement de se montrer convaincante, Serre. C'était une leçon cruelle, mais nécessaire. Et je ne saurais assez insister sur ce point : elle t'aurait tranché la gorge dans ton sommeil si Nakor le lui avait demandé. Ensuite, elle se serait habillée et serait revenue à la propriété en sifflant gaiement.

— Pourquoi me faire ça à moi ?

— Pour que tu puisses regarder en toi et te rendre compte à quel point le cœur humain est faible. Pour que tu puisses t'endurcir afin que ça ne se produise plus.

— Vous voulez dire que je ne dois plus aimer, jamais ?

Cette fois, ce fut au tour de Magnus de se taire et de regarder pendant un moment par la porte ouverte. Puis il finit par répondre :

— Pas nécessairement. Mais tu ne dois plus te croire amoureux d'une jeune femme simplement parce qu'elle a de jolies jambes, un sourire ravageur et parce qu'elle est dans ton lit. Tu peux coucher avec autant de femmes consentantes que tu voudras, si le temps et les circonstances te le permettent. Seulement, ne va pas croire que tu les aimes, Serre.

— Je sais si peu de chose.

— Dans ce cas, tu viens de faire un premier pas sur le chemin de la sagesse, répondit Magnus en se levant et en se dirigeant vers la porte. Réfléchis quelque temps. Rappelle-toi des bons moments où ton père et ta mère prenaient soin de toi et de ta famille. C'est ça l'amour, pas une passion d'un soir entre les bras d'une femme consentante.

Serre s'adossa au mur.

— J'ai beaucoup à méditer.

— Demain, nous reprendrons ton éducation. Mange un peu et dors, car nous avons beaucoup à faire.

Magnus s'en alla et Serre s'allongea sur le lit, un bras derrière la tête. En contemplant le plafond, il songea à tout ce que le magicien lui avait dit. Il avait l'impression d'avoir reçu une douche glacée. Il avait froid et il se sentait mal. Le visage d'Alysandra flottait devant ses yeux, mais ses traits avaient cette fois une expression moqueuse et cruelle. Serre se demanda s'il pourrait jamais regarder une femme comme avant.

Serre passa une nuit agitée, même s'il s'était rarement senti si fatigué. Il s'agissait d'une fatigue plus grande encore que lors des deux fois où il avait récupéré de ses blessures après avoir échappé de peu à la mort. C'était une lassitude de l'âme, une léthargie issue d'un cœur blessé.

Malgré tout, il ressentait en même temps au fond de son être une espèce d'énergie bizarre, pleine d'images, de souvenirs et de fantasmes. Il rejetait le portrait que Magnus lui avait fait d'Alysandra. Serre savait qu'il n'avait pas pu imaginer ce qu'il avait ressenti et, en même temps, il était conscient qu'il se leurrait. Il était en colère et il cherchait un exutoire à sa douleur, mais il n'en trouvait aucun. Il en voulait à ses professeurs, mais il savait aussi que ces derniers venaient de lui donner une leçon extrêmement importante qui, peut-être, un jour, lui sauverait la vie. Il était fou de rage envers Alysandra mais, d'après ce que Magnus lui avait dit, on ne pouvait pas la tenir responsable de sa nature, pas plus qu'on ne pouvait blâmer une vipère d'être venimeuse.

L'aube se leva, et le ciel se para de rose et d'or, les couleurs d'un matin d'automne clair et frais. Quelqu'un frappa à la porte, tirant Serre de ses noires ruminations. Il alla ouvrir et découvrit Caleb sur le seuil.

— Allons chasser, déclara ce dernier.

Serre acquiesça sans même se demander comment Caleb avait pu apparaître si soudainement sur l'île. La magie était une évidence sur l'île du Sorcier.

Serre prit son arc dans l'armoire, à l'endroit où il l'avait oublié dans un coin. Il avait passé des heures à enfiler et à enlever les beaux vêtements que contenait le meuble, entre deux étreintes avec Alysandra. Il avait cru qu'ils jouaient ensemble aux jeux de l'amour mais, maintenant, il considérait tout cela comme l'apprentissage de la luxure.

L'arc lui parut solide et réel dans sa main, et il comprit qu'il avait perdu quelque chose au cours des journées passées avec la fille. Il sortit également un carquois de flèches, puis se tourna vers Caleb.

— Allons-y.

Caleb partit en avant et imposa à Serre une allure exténuante. Il ne se retourna pas une seule fois, s'attendant que le jeune homme soit sur ses talons ou à son côté.

Ils partirent vers le nord, loin de la propriété. Ils coururent pendant la moitié du temps. À midi, Caleb s'arrêta et tendit le doigt. Ils se tenaient au sommet d'une crête qui disposait d'une vue superbe sur la plus grande partie du nord de l'île. Dans le lointain, Serre aperçut la petite cabane où il avait vécu avec Magnus pendant un an. Il ne souffla mot.

— Moi aussi, un jour, j'ai cru être amoureux, finit par dire Caleb.

— Est-ce que tout le monde est au courant ?

— Seulement ceux qui ont besoin de le savoir. C'était une leçon.

— C'est ce que tout le monde n'arrête pas de dire. Moi, je ne peux pas m'empêcher de penser qu'il s'agissait d'une plaisanterie cruelle.

— Cruelle, je n'en doute pas. Mais ça n'avait rien d'une plaisanterie. Je ne pense pas que quiconque t'ait expliqué ce qui t'attend. Moi-même, je l'ignore, même si j'ai ma petite idée. On va t'envoyer dans des endroits dont aucun Orosini n'aurait pu rêver, Serre. Et, dans ces endroits-là, les ruses d'une jolie femme peuvent s'avérer aussi fatales qu'une lame empoisonnée. (Il s'appuya sur son arc.) Alysandra n'est pas la seule fille à posséder un côté obscur et vénéneux. Nos ennemis comptent de nombreuses femmes comme elle dans leurs rangs, et ils ont aussi des agents comme toi.

— « Des agents » ?

— Tu travailles pour le Conclave, cela, au moins, tu le sais. (Il lança un regard au jeune homme, qui acquiesça.) Un jour, Nakor et mon père t'en diront plus, mais je peux te dire au moins une chose, même s'ils ne croient pas que tu sois prêt à l'entendre : nous sommes des agents du bien. Quelle ironie, n'est-ce pas, de devoir faire des choses qui paraissent aussi mauvaises afin que, au bout du compte, le bien puisse triompher.

— Je ne suis pas vraiment un érudit, rétorqua Serre. J'ai lu quelques livres, assez pour reconnaître que je sais très peu de chose. Mais j'ai aussi lu suffisamment pour comprendre que tous les hommes se considèrent comme des héros, du moins comme les héros de leur propre vie. Ceux qui font le mal n'en ont généralement pas conscience.

— Dans un certain sens, tu as raison. (Caleb se tut quelques instants, comme pour mieux savourer l'air vif et automnal.) Mais, d'un autre côté, il faut que tu saches que tu as tort. Il existe des hommes qui servent volontairement la cause du Mal, qui l'embrassent et cherchent à profiter de son triomphe. Certains veulent le pouvoir. D'autres convoitent des richesses. D'autres encore ont des desseins plus maléfiques. Mais ça revient au même. Tous infligent aux innocents des souffrances et des douleurs terribles.

— Qu'est-ce que tu essaies de me dire ?

— Seulement que tu es sur le point d'entreprendre la prochaine étape de ton éducation et que tu dois être prêt à accepter de nombreuses choses qui te paraîtront terribles et importunes. C'est nécessaire.

Serre acquiesça.

— Quand cette nouvelle étape doit-elle commencer ?

— Demain. Nous partons pour Krondor. En attendant, repartons en chasse.

Caleb reprit son arc et descendit une piste à gibier en courant, sans se retourner pour voir si le jeune homme le suivait.

Serre hésita, puis emboîta le pas à Caleb en sachant que, comme toutes les blessures, celle qu'il ressentait actuellement au plus profond de son être guérirait. Mais il pressentait également que, comme certaines blessures, celle-ci allait lui laisser une cicatrice à vie.

Le navire filait vers l'ouest, poussé par de puissantes rafales de vent, et il fendait les vagues telle une créature vivante. Serre se tenait à la proue, juste derrière le beaupré, encore émerveillé et grisé par ce voyage, même après une semaine en mer. Un peu plus tard, cet après-midi-là, ou durant la nuit, ils arriveraient à destination : Krondor, la capitale de l'ouest du royaume des Isles.

Pour des raisons qu'il ignorait, ses maîtres avaient décidé qu'il gagnerait Krondor par navire avant de rejoindre Salador par caravane. De là, il s'en irait là où ils souhaitaient l'envoyer. Il aurait cru que Magnus utiliserait sa magie pour l'emmener à destination mais, au lieu de ça, il était là, avec Caleb, à bord d'un moyen de transport conventionnel.

Caleb avait une présence apaisante et Serre était content qu'on l'ait désigné pour l'accompagner. Le jeune homme parlait volontiers quand Serre souhaitait discuter, mais le silence ne le dérangeait pas non plus. Ils partageaient tous deux l'intuition et la vision d'un chasseur, et Caleb était la personne de qui Serre se sentait le plus proche parmi toutes celles qu'il avait rencontrées depuis la destruction de son village.

La mer lui était aussi étrangère que l'avait été l'île, mais il était attiré par elle comme par les montagnes de son enfance. Elle était sans limites, toujours changeante, persistante et mystérieuse. On y respirait un air frais, bien que différent de celui des montagnes, et ce parfum avait quelque chose d'enivrant malgré le mauvais temps omniprésent.

Le navire s'appelait *La Dame de l'Ouest* et battait pavillon de Kesh la Grande. Serre avait écouté les bavardages des matelots et savait qu'il s'agissait d'une immatriculation de complaisance, car le navire appartenait à Pug. D'ailleurs, Serre s'était plus d'une fois posé des questions au sujet de ce dernier. Il paraissait jeune, la trentaine environ, vigoureux et dans la force de l'âge. Miranda semblait avoir à peu près le même âge et pourtant ils étaient les parents de Magnus, lequel paraissait avoir lui aussi trente ans.

Pug était un homme discret qui parlait rarement aux étudiants mais, quand il le faisait, il se montrait toujours affable et ouvert. Cependant, il y avait chez lui quelque chose qui mettait Serre mal à l'aise. Il abritait de grands pouvoirs en lui, même un jeune montagnard de l'Est était capable de s'en rendre compte. Robert, Nakor, Magnus et Miranda possédaient tous des pouvoirs magiques, Serre le savait. Mais il percevait quelque chose de plus grand encore chez Pug, quelque chose que son grand-père aurait comparé au fait d'être « touché par les dieux. »

Serre se demanda quel genre d'enfance avait bien pu avoir un homme comme Pug. Qui étaient ses parents et quelle sorte d'éducation avait bien pu recevoir un homme si puissant ? Peut-être qu'un jour Serre poserait la question mais, pour le moment, il était content de profiter du voyage et de laisser ses interrogations de côté.

Son vague à l'âme s'était dissipé et il était capable de repenser aux jours passés en compagnie d'Alysandra en n'éprouvant qu'une espèce d'ironie douce-amère. Ce dernier jour avec elle, il avait songé au mariage, ou au fait qu'ils pourraient passer leur vie ensemble, et maintenant il avait l'impression qu'elle n'était plus qu'un objet de pitié ou de mépris. Ou les deux. Une chose sans cœur. Malgré tout, Serre savait que, d'une certaine façon, il devait apprendre à être comme elle, car tout ce qu'on lui avait dit depuis ce jour le portait à croire qu'elle était bien plus dangereuse que tout ce qu'il pouvait imaginer.

Caleb monta sur le pont, vêtu d'une cape en toile cirée similaire à celle que portait Serre. Des embruns glacés passèrent par-dessus la proue, mais Caleb n'y prêta aucune attention. Il vint rejoindre Serre sans rien dire, heureux d'admirer le paysage, lui aussi.

La houle et le poudrin se confondaient dans la lumière déclinante tandis que des nuages gris foncé bordés de noir défilaient au-dessus de leurs têtes. Dans le lointain, les deux jeunes gens aperçurent des éclairs.

— Nous devrions atteindre Krondor avant la tempête, mais ce sera juste.

Serre acquiesça.

— Je crois que j'aimerais devenir marin, dit-il au bout d'un moment.

— La mer appelle de nombreux hommes, fit remarquer Caleb.

Ils gardèrent le silence pendant le reste de l'après-midi, jusqu'à ce que, une demi-heure avant la tombée de la nuit, la vigie s'exclame :

— Terre en vue !

Le capitaine du navire vint saluer ses deux passagers.

— Messieurs, nous accosterons à Krondor après la tombée de la nuit. Nous mettrons en panne le long du brise-lames, à l'abri du vent, pour nous protéger de la tempête. Puis, à l'aube, je préviendrai le commissaire du port et nous entrerons dans la rade. Ce devrait être une nuit agitée, mais pas dangereuse.

Serre acquiesça. Il se sentait étrangement impatient à l'idée de découvrir cette cité. Il avait lu beaucoup de choses à son sujet dans le récit de Rupert Avery et dans d'autres livres.

Caleb posa la main sur l'épaule de Serre et lui fit signe qu'ils devraient redescendre en cabine. Serre tourna les talons et ouvrit la voie.

En arrivant dans leur cabine, à peine assez grande pour les deux couchettes superposées, ils se débarrassèrent de leurs capes mouillées et s'assirent, Serre sur la couchette du haut et Caleb sur celle du bas.

— Nous avons un peu de temps avant le dîner, dit Caleb. Je sais que tu as travaillé ton histoire.

— Oui, répondit Serre.

Si on lui posait la question, il devait dire qu'il était un chasseur originaire des bois près de Crydee, afin d'expliquer son léger accent. Il n'y avait pas beaucoup d'échanges entre Krondor et la capitale de la Côte sauvage, si bien qu'ils ne risquaient guère de rencontrer une personne connaissant cette ville lointaine. Et si, par malchance, cela arrivait quand même, Caleb prendrait les choses en main, puisque lui connaissait la région.

— Caleb ?

— Oui, Serre ?

— Pourquoi avons-nous pris cette route ?

C'était une question qu'il voulait poser depuis qu'ils avaient quitté l'île.

— Pour étendre tes connaissances, répondit Caleb. Voyager, c'est comme le reste : c'est une chose que d'entendre parler d'un endroit, mais c'en est une autre de le visiter par soi-même. Tu vas découvrir mille choses, et tu percevras un grand nombre d'entre elles de façon différente par rapport à moi.

— Où allons-nous ?

— À Krondor, nous allons trouver une caravane et voyager à son bord jusqu'à la Croix-de-Malac, la frontière entre les provinces de l'Ouest et de l'Est de ce royaume. Ensuite, nous achèterons des chevaux et nous nous rendrons jusqu'à Salador. Ces grandes cités t'offriront toutes deux de nombreuses possibilités d'apprendre.

— Très bien, mais que ferons-nous quand nous serons arrivés à Salador ?

— Nous étudierons, répondit Caleb en s'allongeant sur sa couchette. Maintenant, tais-toi, que je puisse faire une sieste avant qu'ils nous appellent pour le dîner.

— Étudier, marmonna Serre. On dirait que je ne fais que ça.

— Dis-toi que c'est une bonne vie. Maintenant, tais-toi.

Le navire vint se ranger le long du quai grâce à l'assistance d'un docker qui s'occupa ensuite d'attacher les amarres. Serre descendit à terre, suivi de Caleb. Un homme s'avança et les examina de pied en cap. Il portait un brassard avec un écusson représentant un aigle volant au-dessus d'un pic.

— D'où venez-vous ? leur demanda-t-il d'un ton las.

— De Crydee, répondit Caleb.

— Vous êtes arrivés à bord d'un navire keshian.

— C'était le premier à quitter la Côte sauvage quand nous avons décidé de venir à Krondor, répondit Caleb de manière affable.

— Bon, eh bien, si vous êtes des citoyens du royaume, ça me suffit.

L'homme s'en alla, laissant Caleb et Serre seuls.

— C'est tout ? s'étonna le jeune homme.

— Les temps sont à la paix, paraît-il. (Caleb fit signe à Serre de le suivre.) En tout cas ici, dans l'Ouest. Le roi Ryan a fiancé sa fille au neveu de l'impératrice de Kesh la Grande, et la cousine de l'empereur de Queg doit épouser le fils cadet du roi Ryan. Le commerce avec les Cités Libres est florissant, et le gouverneur de Durbin garde ses corsaires en laisse. Il n'y a eu de conflit majeur depuis sept ans.

» Mais, dans l'Est, tout le monde marche sur le fil du rasoir, ajouta Caleb en grimpant les marches en pierre qui permettaient de gagner la route passant au-dessus du quai. Là-bas, tu subiras des contrôles bien plus rigoureux qu'ici.

Ils descendirent une rue qui menait vers le cœur de la cité. En se tordant le cou, Serre réussit à apercevoir un château au sud du port.

— C'est là que vit le prince ?

— Le prince Matthew, le fils du roi Ryan. Le roi Patrick est mort il y a moins de deux ans et Matthew n'est encore qu'un adolescent d'à peine quatorze ans. Mais ce n'est pas lui qui détient le pouvoir sur cette ville, dans tous les cas.

— Qui le détient alors ?

— Les frères Jameson. James est duc de Krondor, comme son grand-père avant lui, et tout le monde raconte qu'il est presque aussi rusé que son légendaire aïeul. Dashel, son frère cadet, est un riche homme d'affaires. Il paraît que ce que James ne contrôle pas, c'est Dashel qui le fait. Ce sont des hommes dangereux, à tous égards.

— Je m'en souviendrai, promit Serre.

— Oh, il est peu probable que tu fasses leur connaissance, mais on ne sait jamais. Tiens, nous sommes arrivés.

Serre leva les yeux et s'aperçut qu'ils se trouvaient devant une auberge dont l'enseigne aux couleurs fanées représentait le visage souriant d'un homme avec une barbe noire et un chapeau à plumes. On pouvait y lire : « Amiral Trask ».

Caleb poussa la porte, et ils entrèrent ensemble dans une pièce enfumée, chargée d'effluves de viande rôtie, de tabac, de bière et de vin. Les yeux de Serre se mirent à larmoyer.

Caleb se fraya un chemin entre plusieurs dockers, marins et voyageurs pour rejoindre le comptoir.

— Caleb ! s'exclama l'aubergiste en le voyant. Ça fait longtemps, mon vieil ami ! ajouta-t-il avec un sourire ravi.

— Salut Randolph, répondit Caleb en lui serrant la main. Voici Serre. Tu as une chambre de libre ?

— Oui, répondit l'aubergiste. Tu n'as que l'embarras du choix. Celle de derrière ?

— Ça me va, accepta Caleb.

— Tu as faim ?

Caleb sourit.

— Toujours.

— Dans ce cas, allez-vous asseoir, et je vais envoyer la servante vous chercher un repas. Vous avez des bagages ?

— Tu sais bien que je voyage léger.

Serre et Caleb portaient tous deux leurs affaires dans de petits sacs en bandoulière.

L'aubergiste lança une lourde clé en fer à Caleb, qui l'attrapa au vol.

— Asseyez-vous, ensuite, vous pourrez aller dans votre chambre quand vous en aurez envie.

Ils allèrent s'asseoir. Une jeune fille sortit de la cuisine à peine quelques minutes plus tard, avec un plateau sur lequel se trouvait un abondant assortiment de nourriture fumante : du poulet et du canard rôti, de l'agneau et des légumes vapeur.

Lorsque la serveuse posa le plateau sur la table, Serre leva les yeux vers elle et resta bouche bée. Il fit mine de se lever, mais Caleb l'obligea à se rasseoir d'une main ferme. Lela le regarda avec un sourire amical, mais n'eut pas l'air de le reconnaître.

— Qu'est-ce que je peux vous apporter à boire, messieurs ?

— De la bière, répondit Caleb.

La jeune fille s'éloigna.

— Qu'est-ce que…

— Elle n'est pas celle que tu crois, l'interrompit Caleb à voix basse.

En moins d'une minute, la jeune fille revint avec deux grosses chopes en étain remplies de bière mousseuse.

— Comment tu t'appelles ? demanda Serre.

— Roxanne, monsieur. Vous voulez autre chose ?

— Non, répondit Caleb.

La serveuse s'en alla.

— C'était Lela, insista Serre à voix basse.

— Non. Tu te trompes.

Serre regarda son ami, puis hocha la tête.

— Oui, je dois sûrement me tromper, répliqua-t-il d'un ton cassant.

Ils mangèrent en silence.

Ils passèrent trois jours à Krondor, le temps de trouver une caravane. Caleb et Serre acceptèrent de jouer les gardes en échange du transport et du couvert. Le caravanier était ravi de ne pas avoir à payer des mercenaires et s'estimait chanceux.

Il ne fut plus question de Lela qui travaillait à l'auberge sous le nom de Roxanne. Serre se dit qu'il devait encore s'agir d'un de ces mystères qu'on ne lui expliquerait peut-être jamais. Mais ce fut pour lui étrangement rassurant de retrouver un visage familier au cœur d'un environnement si nouveau, même dans des circonstances si bizarres.

Krondor fut une révélation pour Serre. Latagore lui avait paru fabuleuse lorsqu'il l'avait visitée pour la première fois, mais il n'était encore à l'époque qu'un jeune montagnard ignorant.

Comparée à la capitale de l'ouest du royaume des Isles, la ville ne lui apparaissait plus que comme un village de province. Krondor fourmillait de gens venus d'aussi loin que la Confédération keshiane, les nations prisonnières du sud de l'empire. Sur tous les marchés et dans toutes les auberges, on pouvait y entendre des dialectes et des langues inconnus.

Caleb l'emmena voir des sites célèbres, comme le dernier pan de mur du brise-mer qui avait été détruit pendant la guerre des Serpents, lorsque, d'après la légende, les armées de la reine Émeraude avaient envahi et pratiquement détruit la cité. Lorsque Caleb lui raconta cette histoire, Serre eut besoin d'un temps de réflexion pour se rappeler que son ami parlait de sa propre grand-mère, laquelle était alors sous l'emprise d'un démon. Serre songea que nombre d'histoires racontées à la veillée autour d'un feu de camp lorsqu'il était enfant avaient besoin d'être réévaluées et qu'il ne s'agissait peut-être pas uniquement de folklore.

Il visita également le *Café de Barret*, où avaient lieu des échanges financiers aussi complexes et mystérieux que la magie. Il comprenait vaguement ce que cet endroit représentait pour l'économie du royaume grâce à la lecture de la biographie de Rupert Avery, qui avait été un homme d'affaires influent chez *Barret*. Les jeunes gens s'en allèrent également voir le palais, même s'ils restèrent à une distance respectueuse de l'endroit. Certes, Caleb laissa entendre qu'il existait des relations entre sa famille et la couronne, mais ils n'avaient aucune raison plausible d'entrer dans le château, à part pour satisfaire leur curiosité. Serre éprouva un intérêt relatif vis-à-vis de toutes ces visites, comme toujours lorsqu'il faisait des choses qui sortaient du cadre de son expérience. Lorsqu'il repensait à son enfance, désormais, il se rendait compte à quel point, à l'époque, il connaissait peu de chose du monde. Mais cela ne l'empêchait pas de se rappeler clairement combien il croyait le comprendre alors. Tel était l'héritage des siens, contents de vivre dans la montagne comme l'avaient fait leurs ancêtres avant eux. Au fil des générations, il n'y avait guère eu de changements au sein de la société orosinie, et, malgré tout, cela semblait être une bonne vie. Serre contempla la cité et ses rues bondées et se demanda si, peut-être, son peuple n'avait pas eu raison au moins sur un point : la définition d'une bonne vie. De toute évidence, la plupart des gens qu'il croisait ici ne montraient pas la moindre manifestation de joie. La majorité s'occupait de ses affaires ou se dépêchait de se rendre quelque part. Quelques enfants jouaient dans les rues, mais ils étaient tous très jeunes. Les autres, plus âgés, semblaient se déplacer en bandes de dix ou plus, et on les apercevait, courant, un agent de police sur les talons.

Les deux jeunes gens traversèrent le royaume de l'Ouest à bord de la caravane et découvrirent un pays de collines verdoyantes et de montagnes peu élevées, assez semblables à celles où Serre avait grandi. Mais les montagnes de son enfance étaient peuplées de cabanes en bois rassemblées en villages derrière de simples palissades, alors que celles-ci abritaient des villes et des châteaux. En faisant étape à la Lande Noire, Serre goûta le meilleur vin qu'il ait jamais bu et posa de nombreuses questions à l'aubergiste. Il vola même une heure de son temps pour aller rendre visite à un vigneron qu'il assaillit également de questions.

Démétrius avait dit à un moment donné que ses maîtres allaient lui apprendre à apprécier le bon vin, et Serre se disait désormais que ce serait une bonne chose.

Leur périple se poursuivit jusqu'à la Croix-de-Malac, où ils firent leurs adieux au caravanier. Après avoir passé une nuit dans une chambre à la propreté toute relative, Caleb acheta deux beaux chevaux, et les deux jeunes gens prirent la route de l'Est.

— Caleb, est-ce qu'un jour on va enfin m'expliquer à quoi ça rime, tout ça ?

Caleb se mit à rire.

— Je suppose que ça importe peu que je te le dise maintenant ou en arrivant à Salador.

— Alors, dis-le-moi maintenant, parce que je brûle de curiosité.

— À Salador, nous allons terminer ton éducation en matière de bonnes manières et de savoir-vivre. Pendant un an ou plus, tu vas apprendre à jouer d'au moins deux instruments de musique, le luth et peut-être le cor ou la flûte traversière. Tu perfectionneras également tes connaissances de l'art culinaire, même si tu en sais déjà beaucoup grâce à Léo. Et tu en apprendras également davantage au sujet de l'étiquette, des costumes qu'il faut porter selon les occasions et comment il faut se comporter avec les gens selon leur rang. Tu apprendras également à juger le vin et à chanter, même si j'ai peur que, dans ce dernier domaine, tu sois une cause perdue.

Serre éclata de rire.

— Je sais chanter.

— Je t'ai entendu, et je n'appelle pas ça chanter.

— Mais va-t-on me dire à la fin pourquoi on me donne l'éducation d'un gentilhomme ?

Caleb passa de la langue du roi, qu'ils parlaient depuis leur arrivée à Krondor, au roldemois.

— Parce que dans un an, mon jeune ami, tu te rendras dans le royaume insulaire de Roldem, où tu t'enrôleras à la cour des Maîtres. Si le sort nous est favorable, nous te ferons passer pour un membre de la petite noblesse, un lointain cousin d'une famille influente, issu d'une grande lignée mais dépourvu du moindre sou, et donc à vendre.

— La cour des Maîtres ? Kendrick m'en a un peu parlé. Il a dit que les plus grands bretteurs du monde s'entraînent là-bas.

— Et voilà précisément quelle est ta mission, mon ami. Car, quand tu quitteras Roldem, tu devras être considéré comme le meilleur d'entre eux, comme le meilleur bretteur du monde.

Serre dévisagea Caleb avec stupéfaction et poursuivit son chemin en silence.

Deuxième partie

Mercenaire

14

La cour des Maîtres

Ser battit des paupières.

La lame qui flotta un bref instant devant son visage partit sur la droite. Le jeune homme hésita, puis bougea dans la même direction. Comme il s'y attendait, son adversaire ne fit que feinter à droite avant de se porter sur la gauche. Ser passa sous sa garde si rapidement que l'autre bretteur ne put réagir à temps.

— Touche ! s'écria le maître de la Cour.

Ser recula d'un pas, puis salua son adversaire, un jeune noble de la cité côtière de Shalan. Duzan ou Dusan, il ne se rappelait pas vraiment son nom. Les spectateurs applaudirent poliment, comme si le duel s'était déroulé conformément à leurs attentes, ce qui était le cas.

Le maître de la Cour s'avança pour déclarer :

— Messire Fauconnier remporte le point et le duel.

Serwin Fauconnier, membre de la petite noblesse d'Ylith, lointain cousin de messire Seljan Fauconnier, baron à la cour du prince de Krondor, s'inclina d'abord devant le maître de la Cour, puis devant son adversaire. Les deux hommes retirèrent leur masque de protection en maille et se serrèrent la main.

— Un jour, Ser, vous finirez par mal anticiper mes gestes, et je vous battrai, promit le jeune noble roldemois en souriant.

Ser sourit en retour.

— Vous avez probablement raison. Mais, comme dit toujours Pasko, mon serviteur : « Je préfère avoir de la chance plutôt que d'être doué. » N'est-ce pas, Pasko ?

Le serviteur trapu venait justement d'apparaître à côté de son maître pour lui prendre son épée et son masque. Il sourit et répondit :

— Comme le dit mon maître, si j'avais le choix, je miserais toujours sur la chance.

Les deux duellistes se saluèrent de nouveau et se retirèrent dans des coins opposés de l'immense salle de duels, le cœur battant de la cour des Maîtres. De grandes colonnes en bois sculpté entouraient un immense plancher également en bois, poli au point de briller comme du cuivre. Des dessins complexes recouvraient le sol, et Ser avait vite compris, après que ses instructeurs les lui eurent montrés, que, au-delà de leur aspect esthétique, ils avaient une utilité. Chaque dessin définissait une zone de duel, depuis le très long et étroit couloir destiné à l'usage du fleuret jusqu'au grand octogone pour les lames plus longues.

Car les épées étaient la raison d'être de la cour des Maîtres. Plus de deux cents ans auparavant, le roi de Roldem avait organisé un tournoi pour déterminer qui était le plus grand bretteur du monde. Des nobles, des gens du peuple, des soldats et des mercenaires étaient venus d'aussi loin que la Ceinture de Kesh (les montagnes qui séparaient les moitiés nord et sud de l'empire) et la Côte sauvage du royaume des Isles. Le vainqueur avait remporté un prix devenu légendaire : une épée en or incrustée de joyaux, un artefact équivalent à plusieurs années de recettes fiscales d'un royaume.

Le tournoi avait duré deux semaines et avait été remporté par un noble du coin, un certain comte Versi Dango. Au grand étonnement du roi, néanmoins ravi, il avait annoncé qu'il refusait le prix, afin que Sa Majesté puisse vendre l'épée pour payer la construction d'une académie dédiée à l'escrime et organiser le tournoi de manière régulière. Ainsi était née la cour des Maîtres.

Le roi ordonna donc la construction de l'école, qui couvrait un pâté de maisons au cœur de la capitale du royaume insulaire. Au fil des ans, elle avait été rénovée et agrandie, au point qu'elle ressemblait désormais autant à un palais qu'à une académie. Lorsque sa construction s'était achevée, un autre tournoi avait eu lieu et le comte Dango avait réussi à conserver son titre de meilleur bretteur du monde.

Le tournoi avait lieu tous les cinq ans. Lors de sa quatrième participation, le comte Dango avait été blessé et avait dû se retirer de la compétition. Son adversaire, après l'avoir vaincu, avait fini par remporter le tournoi.

Depuis, trente et un autres hommes avaient également remporté le titre. Serre du Faucon argenté, qui se faisait désormais appeler Ser Fauconnier, avait bien l'intention de devenir le trente-deuxième.

Le maître escrimeur s'approcha, et Ser s'inclina.

— Maître Dubkhov, le salua-t-il respectueusement.

— C'était un beau duel, mais vous n'avez pas pris votre adversaire au sérieux. Si vous aviez fait de même avec un bretteur plus expérimenté, vous auriez pu perdre, mon jeune ami.

Ser inclina la tête, car il reconnaissait la pertinence des propos du maître escrimeur. Puis il sourit avec malice.

— Si je ne laissais pas à mes adversaires moins doués que moi une petite chance de gagner, ils ne voudraient plus croiser le fer avec moi.

Maître Dubkhov se mit à rire.

— Et ceux qui ont plus d'expérience que vous – disons, ceux qui veulent une place dans le tournoi – ne croiseraient pas non plus le fer avec vous de peur de trop se dévoiler et de se désavantager par rapport à vous durant la compétition, n'est-ce pas ?

— Exactement, reconnut Ser.

— Enfin, dit le maître de la Cour sur le ton de la confidence, je ne sais pas quel bien vous croyez vous faire avec ces exercices, mais ils sont fort appréciés – surtout par les jeunes demoiselles.

Il fit un signe de tête en direction de la galerie où une dizaine de filles de la noblesse roldemoise étaient assises pour observer les duels.

Plusieurs sourirent et hochèrent la tête à l'intention de Ser. Ce dernier leur sourit en retour et les salua d'un signe de la tête en veillant à ne pas croiser leurs regards. Maître Dubkhov haussa les sourcils en remarquant ce détail.

— Bien, il faut que je continue à vaquer à mes devoirs. Bonne journée à vous, jeune Ser.

— Bonne journée à vous également, maître, répondit Ser en s'inclinant avec l'aisance d'un courtisan qui aurait fait cela toute sa vie.

Il retira sa veste rembourrée avec l'aide de Pasko, qui lui tendit une serviette. Ser s'essuya le cou et les cheveux humides qui collaient à son crâne. Puis il enfila un pourpoint en brocart, tout à fait convenable pour l'après-midi, et resta patiemment immobile pendant que Pasko fermait les aiguillettes et les boucles.

— A-t-on reçu des invitations à dîner ? demanda-t-il.

— Quatre, messire. La demoiselle Sabrina souhaite que vous dîniez avec elle et son père. Les demoiselles Jessica et Mathilda aimeraient toutes deux vous inviter à souper en compagnie de toute leur famille, et la demoiselle Melinda voudrait également vous recevoir. Elle a précisé que son père est en voyage pour affaires.

— Nous irons donc voir Melinda, décida Ser en souriant.

— Vous me paraissez de fort bonne humeur aujourd'hui, fit remarquer Pasko.

L'ancien serviteur de Robert était apparu au cours du premier mois que Ser et Caleb avaient passé à Salador. Il jouait le rôle de valet avec une telle aisance et une telle conviction que Ser n'avait aucun mal à croire qu'il avait occupé ce poste à un moment donné de son mystérieux passé. En tout cas, il avait inculqué à Serre du Faucon argenté toutes les nuances du comportement et de l'attitude de la noblesse, afin de lui permettre de devenir Serwin Fauconnier.

Ser hocha la tête en souriant.

— Des rumeurs, des potins et des confidences de sources absolument peu fiables me portent à croire qu'avant le tournoi je serai invité au palais pour y rencontrer le roi ou que, tout au moins, je figurerai sur la liste des invités de la prochaine fête du monarque.

— Cela n'a rien de surprenant, maître, rétorqua Pasko. (Baissant la voix de façon à ne plus être entendu que du jeune homme sur les épaules duquel il était occupé à poser une cape, il ajouta :) Ce qui me surprend, c'est que ça ait pris si longtemps.

Ser sourit.

— En effet.

Ils sortirent de la salle de duels en longeant la galerie et entrèrent dans le grand couloir qui donnait sur la cour d'entrée de l'académie. Plus d'un serviteur vint alors glisser un billet dans la main de Pasko. Des portraits d'anciens champions ornaient les murs du couloir, tandis qu'au centre de l'entrée une gigantesque statue de bronze de Versi Dango accueillait les visiteurs et les étudiants à la cour des Maîtres. Pasko et Ser dévalèrent les marches du perron pour rejoindre le carrosse qui les attendait, et le cocher leur ouvrit la porte du véhicule.

— Je ne suis que le deuxième bretteur de toute l'histoire de la cour des Maîtres à n'avoir jamais perdu un duel, rappela Ser lorsqu'ils furent à l'intérieur.

— Hum, fit Pasko. Je crois me souvenir que maître Dubkhov vous a infligé une raclée un après-midi, messire.

— Ce n'était pas un duel, mais un combat à des fins éducatives. Et puis, c'est surtout parce que je l'ai laissé gagner.

— Vraiment ?

— Oui, pour deux raisons, expliqua Ser tandis que le carrosse sortait de la cour et entrait dans les rues de Roldem. D'abord, il s'agit d'un maître de la Cour et j'ai besoin d'y avoir des amis. Enfin, j'ai plus appris en perdant ce duel que si j'avais insisté et gagné.

— C'est pour ça que vous vous contentez de faire match nul parfois ?

— En effet, reconnut Ser. Mais seulement lors d'entraînements, tu remarqueras. Je n'ai jamais perdu une compétition et je n'entends pas commencer de sitôt.

— Je me permets de vous rappeler que des bretteurs du monde entier vont venir participer au tournoi, messire.

— Oui, et il se peut que je perde, mais je n'en ai pas l'intention.

— Tant mieux, dit Pasko.

Le carrosse continua à rouler sur les pavés, et Ser se renfonça dans son siège pour admirer la vue, tandis que Pasko lisait et écartait rapidement les billets qu'on lui avait remis. Tous provenaient de jeunes femmes demandant à Ser pourquoi il ne leur avait pas rendu visite depuis un moment.

Ser laissa la brise océane qui soufflait constamment de l'ouest le rafraîchir tandis qu'il contemplait le paysage. Il avait visité trois grandes cités, Krondor, Salador et Roldem, et il préférait de loin cette dernière. Krondor paraissait grossière et presque primitive comparée aux deux autres, sans doute parce qu'elle avait été presque entièrement rebâtie sur des ruines au cours des trente dernières années. Caleb avait raconté à Ser l'invasion de la cité par les armées de la reine Émeraude et la résistance héroïque de l'armée du royaume sur les crêtes du Cauchemar.

À l'opposé, Salador était une ville ancienne, métropolitaine et tentaculaire. Ses quartiers les plus récents étaient envahis par les commerces et les petits marchés régionaux, tandis que la vieille ville ne ressemblait plus guère à l'ancienne forteresse qu'elle avait été dans un passé lointain. Ser se souvenait d'avoir franchi une ancienne porte pour passer d'un quartier à l'autre, mais, en dehors de ces vestiges, il ne restait plus grand-chose pour rappeler la Grande Muraille qui servait autrefois de fortification principale.

Salador ne manquait pas de charme, et les deux années que Serre du Faucon argenté y avait passé avant de devenir Serwin Fauconnier comptaient parmi les meilleures de son existence. Il avait appris à jouer du luth, du cor et diverses percussions. Il avait perdu son accent en roldemois ou dans la langue du roi et pouvait se faire aisément passer pour un gentilhomme de l'une ou l'autre nation. Il avait encore amélioré sa peinture et appris à distinguer un bon vin d'un mauvais (en se découvrant au passage une passion pour l'œnologie). Enfin, il était parvenu à maîtriser la complexité des danses de cour.

Il avait également lu des livres et des parchemins et étudié l'histoire des nations de son continent, dont il avait appris qu'on l'appelait « Triagia ». Il s'était renseigné sur des pays qu'il ne connaissait pas encore et il était devenu un avide amateur d'histoire.

Il avait rencontré et connu d'autres femmes. Au début, il avait continué à panser la blessure infligée par Alysandra. Puis, un soir, Caleb l'avait obligé à faire la tournée des bars avec lui pour finir dans un bordel particulièrement réputé. Là, Caleb avait laissé Ser aux bons soins de jeunes courtisanes douées et enthousiastes qui avaient trouvé comment raviver son intérêt envers la gent féminine. Ensuite, s'en étaient suivies des liaisons avec des servantes, des filles de marchands et, à l'occasion, avec des filles de la petite noblesse.

Lorsque son vingtième anniversaire arriva (il avait adopté la coutume du royaume et utilisait le solstice d'été pour fêter sa naissance), il était prêt à faire son entrée à la cour des Maîtres.

Robert était apparu un soir avec de faux documents qui faisaient de lui Serwin Fauconnier, lointain cousin d'un petit noble de la province de Yabon, dans l'ouest du royaume des Isles. Serre du Faucon argenté était donc devenu Serwin Fauconnier, écuyer de Rivière-Morgane et de Fortcloche, baronnet du lac d'Argent, vassal du baron d'Ylith. Pour la petite histoire, il avait quitté la demeure de son père pour servir un temps dans le Nord, au grade de chevalier banneret, sous le commandement du duc de Yabon, un service qu'il avait quitté avec les honneurs pour chercher fortune. En somme, il était un jeune homme de haut rang mais sans le sou.

En chemin, il avait amassé suffisamment d'argent pour acheter un appartement modeste mais élégant dans le meilleur quartier de la ville ; il y recevait de petits groupes de jeunes nobles. De plus, il s'était déjà fait remarquer comme étant le meilleur bretteur et le plus beau parti étranger qu'on ait vu en ville depuis des années.

Ser avait été impressionné par les efforts mis en œuvre pour préparer son entrée dans la société roldemoise. Des lettres de crédit, de recommandation et de références avaient toutes été préparées à l'avance. Plusieurs Roldemois s'étaient présentés comme de vieilles connaissances en allant même jusqu'à rappeler à Ser les détails de leurs rencontres précédentes.

Pasko et Robert avaient constaté avec ravissement que Ser était devenu un joueur habile – le résultat de tous ces jeux de logique auxquels il avait dû jouer pendant ses études sous la direction de Robert et de Magnus. Cependant, il résistait à la tentation de gagner gros, préférant constamment remporter de petits gains. Pour être sûr de se voir de nouveau convier à des parties de cartes ou de dés, il s'arrangeait même pour perdre de temps en temps, avec grâce et bonne humeur.

Tous ceux qui le connaissaient le considéraient comme un jeune homme très bien. Direct, poli et amusant, il était un convive de choix et, de ce fait, dînait rarement seul chez lui. Il parlait de nombreuses langues, dansait avec beaucoup de grâce et chantait et jouait de plusieurs instruments. Toutes ces qualités faisaient de lui l'un des jeunes hommes les plus populaires de la ville. Seule une invitation à l'une des fêtes du roi manquait à son palmarès, mais la rumeur lui laissait à espérer que cette invitation arriverait sous peu.

Les seules critiques dirigées contre Ser Fauconnier provenaient des jeunes demoiselles de Roldem. Il était beau, charmant, cultivé et, lorsqu'il le fallait, ardent. Mais plus d'une jeune femme l'avait déjà accusé de ne pas avoir de cœur, car il se refusait toujours à leur parler d'amour. Le désir et les plaisirs du corps, ça oui – d'ailleurs, sa franchise et son approche directe et audacieuse lui avaient permis de conquérir plus d'une jeune fleur roldemoise pourtant bien déterminée à résister au célèbre jeune homme de l'Ouest. Sa couche n'était déserte que lorsqu'il le souhaitait, mais il trouvait peu de joie en compagnie de celles qui la partageaient avec lui. Certes, cela lui procurait du plaisir et du divertissement, mais jamais de bonheur. De temps en temps, il repensait à Alysandra et il se demandait s'il n'était pas en train de devenir comme elle. Puis il se disait que non, car il éprouvait encore de l'affection envers ses mentors et il portait toujours dans son cœur l'amour qu'il avait donné à sa famille et à ceux de son village. Mais, quand il s'agissait des femmes, il ne voyait en elles qu'un moyen de parvenir à ses fins soit pour satisfaire son désir, soit pour s'élever socialement ou, tout simplement, pour se divertir.

Le carrosse s'arrêta devant son appartement, un logement de trois pièces situé au premier étage. Le rez-de-chaussée était occupé par un prêteur sur gages et sa famille, laquelle comptait une fille qui était loin d'être laide. Mais Pasko avait fait remarquer, et Ser avait approuvé, qu'il valait mieux laisser cette jeune demoiselle-là tranquille. Inutile d'avoir pour voisin un père en colère disposant de beaucoup d'argent. En effet, si le père ne savait pas lui-même manier l'épée, son argent pouvait servir à payer de nombreux spadassins. Ser se montrait donc poli envers les parents, fraternel envers leur jeune fils et légèrement séducteur envers la jeune fille, tout en veillant toujours à respecter les convenances.

Le cocher leur ouvrit la portière, et Ser et Pasko, au sortir du véhicule, se dirigèrent vers la porte de l'escalier menant à l'appartement. Pendant ce temps, le carrosse s'en alla vers une écurie publique à une rue de là. Le cocher y vivait et restait à la disposition de Ser chaque fois que celui-ci avait besoin de lui.

Ser gravit l'escalier et entra dans l'appartement.

— Vous voulez que je vous fasse couler un bain ? demanda Pasko.

— Non, répondit Ser. Un bain froid ne me dit rien pour le moment. Je crois que je vais faire une sieste d'une heure et qu'ensuite j'irai aux thermes de Remarga. Je m'habillerai là-bas pour mon dîner avec Melinda. Pendant que je dors, écris-lui pour lui dire que je serai plus qu'enchanté de dîner avec elle ce soir et envoie des messages de regret aux autres demoiselles qui m'avaient invité.

— Bien, messire, répondit Pasko.

Au début, à la grande surprise de Ser, Pasko l'avait traité comme s'il faisait réellement partie de la noblesse. Jamais il n'avait fait la moindre référence au passé, jamais il n'oubliait sa place, même lorsqu'ils étaient seuls. Et, depuis qu'ils étaient arrivés à Roldem, Serwin Fauconnier s'était si bien adapté à son rôle de noble aventurier du royaume des Isles que son passé, avant Salador, commençait à s'estomper, comme s'il appartenait à un autre.

Lorsque Pasko s'en alla avec les messages, Ser se déshabilla. Il retira sa cape, son pourpoint, sa chemise et ses bottes, puis se jeta sur son lit en ne portant plus que sa culotte. Il était fatigué par son entraînement, mais le sommeil fut long à venir, car le jeune homme se sentait agité et tendu dans l'attente de son invitation au palais. De plus, le tournoi débutait maintenant dans moins d'un mois. Ser commençait à ressentir les effets du stress. Mais il devait faire attention car trop de stress risquait de l'empêcher de se concentrer sur sa mission.

Il savait également que, à l'issue du tournoi, une autre mission l'attendrait, une mission dont il ignorait tout. Comme l'avait prédit Rondar, toutes ses années d'éducation et d'apprentissage avaient été destinées à le transformer en un gentilhomme du royaume, mais personne n'avait encore pris la peine de lui expliquer pourquoi.

Quant à ses propres plans, ils n'avaient pas changé. Ser finirait un jour par traquer et tuer les meurtriers de sa famille et de ses amis. Mais cette quête personnelle allait devoir attendre que sa mission soit achevée et que maître Pug et ses compagnons décident qu'il avait rempli ses devoirs envers le Conclave.

Malgré tout, depuis quelques mois, l'inquiétude ne cessait de le ronger : et si on ne le déclarait jamais quitte de ses devoirs envers le Conclave ? Et s'il mourait avant d'avoir pu venger son peuple ? Mieux valait ne pas s'appesantir sur la seconde hypothèse car, si les dieux décidaient de faire mourir le dernier des Orosinis avant qu'il ait pu châtier les coupables du génocide de son peuple, on ne pouvait rien y changer. Mais la première hypothèse l'inquiétait, car il se demandait lequel de ses devoirs importait le plus ? Aucun Orosini n'aurait pris une dette de vie à la légère, au risque de voir le déshonneur rejaillir sur sa famille et sur ses ancêtres. Mais la dette de sang que réclamait son peuple était tout aussi importante. Peut-être les dieux verraient-ils son dilemme d'un œil favorable et lui permettraient-ils de trouver un moyen de s'acquitter honorablement de ses deux dettes ?

Il roula sur le ventre en songeant que, peut-être, ils n'en feraient rien. De telles choses ne dépendaient pas de lui, alors il ferait mieux de ne pas s'inquiéter.

Il resta tranquillement allongé pendant près d'une demi-heure, mais le sommeil ne voulait toujours pas venir. Finalement, il décida qu'au vu de son humeur un bain un peu plus long lui ferait le plus grand bien. Il se leva et appela Pasko, qu'il avait entendu rentrer.

Le serviteur apparut dans la chambre.

— Apporte-moi des vêtements, demanda Ser. Je m'en vais chez Remarga. Rejoins-moi là-bas dès que tu m'auras choisi une tenue appropriée pour le dîner. Dis au carrosse de venir nous chercher chez Remarga une heure après le coucher du soleil.

— Bien, messire, répondit Pasko.

Ser s'habilla et quitta son appartement, puis s'enfonça d'un pas vif dans les rues de Roldem. Il ne se fatiguait jamais des promenades à pied dans cette ville. Les essaims d'échoppes collées les unes contre les autres à chaque coin de rue, la foule de gens de tous les milieux, jeunes, vieux, hommes, femmes, commerçants, marins, nobles, gens du peuple. L'odeur de la mer était omniprésente et se mêlait au bruit et à la confusion ambiante, un mélange enivrant pour un jeune homme élevé dans la solitude des montagnes.

Ser se demanda si le destin lui permettrait un jour de renouer avec la vie de son enfance ; il se demanda également s'il saisirait cette occasion si elle se présentait. Il ne lui fallut que quelques secondes pour comprendre que, oui, il la saisirait. Peu importaient les choses merveilleuses qu'il avait acquises, comme la connaissance, l'expérience et la richesse ; elles pâlissaient en comparaison de ce qu'il avait perdu : un foyer, une famille et une façon de vivre authentique.

S'il pouvait réaliser un seul vœu, ce serait de voir sa mère, son père, sa sœur et tout le reste du clan sains et saufs chez lui, dans son village. Avec amertume, il songea que même le plus puissant des magiciens, ou tous les magiciens du monde réunis, ne saurait réaliser ce vœu.

Il arriva à un croisement, tourna à droite et se fraya un chemin entre les badauds, car il y avait foule en cette fin d'après-midi. Au bout de quelques secondes à peine, il sentit qu'il était suivi. Son instinct de chasseur (ou son « intuition » comme aurait dit Nakor), un regard lancé négligemment derrière lui, un reflet dans la vitrine d'une boutique, tout cela l'avait alerté : il savait qu'un homme se trouvait à neuf mètres derrière lui et qu'il le suivait depuis son appartement.

Ser s'arrêta pour regarder une devanture comme s'il examinait un article en présentation. La silhouette aperçue du coin de l'œil se précisa ; il s'agissait d'un homme qui s'arrêta en faisant semblant de chercher quelque chose qu'il avait oublié. D'un air faussement dégoûté, l'individu tourna rapidement les talons et s'en alla, mais pas avant que Ser ait gravé son physique dans sa mémoire. C'était un petit homme maigre et nerveux qui se déplaçait avec une rapidité et une économie de mouvements alarmantes. Nul doute, il était dangereux.

Ser savait que l'individu allait se fondre parmi la foule, aussi n'essaya-t-il même pas de le suivre. Cela ne servirait qu'à lui prouver qu'il avait été repéré. Or, cet homme, ou un autre du même acabit, serait bientôt de retour. Quelqu'un épiait les faits et gestes de Ser, et le jeune homme avait besoin de savoir qui et pourquoi.

S'il s'agissait d'un assassin à la solde d'une jeune femme ou d'un père en colère, c'était une chose, mais si cela avait le moindre rapport avec le conclave des Ombres, c'en était une autre. Il lui faudrait peut-être envoyer Pasko prévenir Robert et les autres.

Sans se presser, mais en évitant de prendre le même chemin que d'habitude, Ser se rendit jusqu'aux thermes. Plusieurs fois, il s'arrêta pour s'assurer qu'on ne le filait plus.

Chez Remarga, il fut accueilli par l'un des nombreux assistants aux bains, qu'il connaissait bien.

— Bonjour, messire.

— Bonjour, Sven, répondit Ser. Salmina est-elle disponible ?

— Je vais me renseigner, messire. Désirez-vous ses services ?

— En effet, répondit Ser avant de passer dans les vestiaires.

Sven l'y accompagna pour récupérer ses vêtements et lui fournir ce dont il avait besoin. Pour commencer, il présenta à Ser une grande serviette en coton dans laquelle se drapa le jeune homme. Puis, lorsqu'il fut sorti du vestiaire, Sven rangea ses vêtements et son épée. Ser s'assit sur un petit tabouret en bois à côté d'un grand seau d'eau chaude. Près du seau étaient posés un pain de savon parfumé et une brosse. Un plateau contenant de petits flacons en terre cuite délicatement ornés de motifs floraux jouxtait le tabouret. Ser souleva le seau et en vida le contenu sur sa tête. Puis, dès qu'il le reposa, un jeune garçon arriva avec un nouveau seau d'eau chaude et emporta le vide.

Avant toute chose, Ser se lava les cheveux avec une huile parfumée. Pour la énième fois, il se demanda ce que son grand-père aurait pensé de tout cela. Pour prendre son bain, le vieil homme plongeait dans les ruisseaux et les lacs glacés, il adorait ça. Mais, comme il appréciait également le confort, il aurait sûrement approuvé tout ce rituel. Au même moment, une jeune femme apparut, vêtue d'une courte robe de lin blanc qui collait à son corps dans la moiteur des bains. Ser se dit que son grand-père aurait particulièrement approuvé ce détail, car le vieil homme n'avait jamais cessé de regarder les femmes et de commenter régulièrement ce qu'il voyait, provoquant la colère de la grand-mère de Ser.

Momentanément envahi par la nostalgie, le jeune homme ne dit rien et laissa la jeune femme lui savonner le dos. Remarga formait bien son personnel : l'hôtesse ne parlerait pas à moins que Ser lui adresse la parole le premier. Certains clients bavardaient et flirtaient, et quelques-uns demandaient des faveurs plus particulières encore, qui pouvaient être obtenues à condition d'y mettre le prix, lequel comprenait l'occupation d'une petite suite privée sur l'arrière du bâtiment. D'autres préféraient le calme et la tranquillité et désiraient seulement rester plongés dans leurs pensées pendant qu'ils se baignaient.

Ser se leva. La jeune femme finit de lui laver le dos et les épaules, puis voulut faire de même avec son torse. Ser lui prit gentiment le savon des mains et la congédia pour finir le travail lui-même. Il savait que, s'il était resté immobile, elle aurait lavé chaque centimètre de sa peau, mais il avait d'autres préoccupations que de jouer avec une jeune hôtesse. Il préférait concentrer ses pensées sur Melinda, qui serait plus que désireuse de satisfaire ses désirs après le dîner.

Ser souleva l'autre seau et rinça le savon, puis se rendit dans la pièce voisine, envahie d'un nuage de vapeur. Le bain était très chaud, et Ser y entra tout doucement, avec précaution. Il sentit ses poils se dresser sur sa nuque et ses bras à mesure qu'il s'obligeait à aller vers l'extrémité la plus profonde du bassin, à l'endroit où il pourrait s'asseoir sur un banc immergé sous l'eau, les épaules appuyées contre le rebord du bassin.

Une matrone corpulente fit son apparition, tendit sa serviette à l'assistant et entra dans l'eau. Ser avait beaucoup voyagé depuis que Robert l'avait sauvé, ce qui lui avait donné un aperçu des diverses façons dont les peuples considéraient la nudité. De toute évidence, les Roldemois figuraient parmi les plus étranges. La mode féminine frisait le conservatisme, à l'exception des grandes occasions où ces dames portaient des vêtements qui leur dévoilaient le corps d'une manière tout à fait scandaleuse. La semaine précédente, la comtesse Amandi était arrivée à la fête du baron Gruder vêtue d'une splendide robe keshiane qui dénudait entièrement les seins, un détail qu'elle avait compensé par un collier de perles à multiples rangs recouvrant la poitrine. Le moins que l'on puisse dire, c'était que les perles, constamment en mouvement, avaient fourni aux autres convives une attraction provocante. Mais les dos nus et les décolletés plongeants en soirée semblaient chose banale pour des femmes qui, la journée, se promenaient en ville couvertes de la cheville jusqu'au menton. Plus étrange encore aux yeux de Serre, cette manie qu'avaient les hommes et les femmes de se changer dans des pièces séparées tout en se baignant publiquement ensemble. Il fallait croire qu'à un moment donné de l'histoire de Roldem une personne de haute autorité avait décrété que la nudité n'avait rien de scandaleux, mais qu'il était mal de s'habiller ou de se déshabiller devant les représentants de l'autre sexe.

Ser se surprit à pouffer de rire en y songeant, ce qui lui valut un haussement de sourcils de la part de la matrone. Il lui sourit.

— Je me suis simplement souvenu d'une plaisanterie, ma dame.

Elle hocha la tête sans avoir toutefois l'air très convaincu.

Ser commença à se détendre et laissa ses pensées partir à la dérive. S'il somnolait, il savait que les assistants garderaient un œil sur ses affaires et qu'ils l'empêcheraient de tomber tête la première dans l'eau et de s'y noyer, échaudés qu'ils étaient par les nombreux clients en état d'ébriété qu'ils avaient vu passer au fil des ans.

Pasko l'empêcherait également de rester trop longtemps et se présenterait bientôt avec la tenue qu'il lui avait choisie pour le dîner. Ser sombra donc dans une douce et bienheureuse torpeur qui mit rapidement fin à son bref accès de tristesse.

Sven vint le trouver un peu plus tard.

— Salmina peut vous recevoir maintenant, messire, le prévint-il.

Ser se leva et accepta la grande serviette que lui tendait l'un des garçons présents. Il suivit Sven dans une petite pièce séparée du vestiaire par des rideaux. Salmina était une Rodézienne presque aussi grande que Ser, lequel mesurait pourtant un mètre quatre-vingt-cinq. Puissamment bâtie, avec de grandes mains, elle n'en était pas moins svelte, un don de la nature en contradiction avec sa constitution. Ser savait, pour l'avoir personnellement exploré, que sous sa courte robe se cachait un corps souple et musclé.

Dès que Sven s'en alla en tirant le rideau derrière lui, Salmina ôta sa robe et versa de l'huile parfumée sur ses mains.

— Le massage intégral, aujourd'hui, messire ? demanda-t-elle d'un ton taquin.

Ser s'allongea sur le ventre, le menton sur les bras, et répondit :

— Pas aujourd'hui, ma chère. Je dois préserver mon énergie pour une autre, ce soir.

Elle appliqua de l'huile sur les fesses nues du jeune homme et lui donna une petite tape juste assez forte pour montrer que cette réponse la décevait un peu. Bien qu'elle ait dépassé quarante ans, Salmina n'en restait pas moins une femme d'une beauté stupéfiante et une amante prodigieuse grâce à des années d'expérience. Ser était ressorti sur des jambes en coton la première fois qu'il avait accepté le massage « intégral ».

— Un lion comme vous ? Allons, vous devriez être capable de me faire sourire et être prêt à satisfaire une demi-douzaine d'autres filles en moins d'une heure.

Ser ne put s'empêcher de rire.

— Je peux à peine me rappeler mon nom ou le chemin de chez moi chaque fois que tu en as fini avec moi, Salmina.

— Je m'enorgueillis d'un travail bien fait.

— Tu as raison, reconnut-il avec une affection sincère.

— Qui est l'heureuse élue ? demanda-t-elle en commençant à lui masser les épaules pour dénouer ses muscles.

— Pourrais-je encore porter le nom de gentilhomme si je trahissais la dame ?

— Beaucoup le font, mais je vous soupçonne d'être un peu plus discret que la moyenne.

— Merci.

Comme toujours, elle fit claquer sa langue en laissant courir ses doigts sur les nombreuses cicatrices de Ser.

— Vous êtes bien jeune pour avoir reçu autant de blessures, fit-elle remarquer, non pour la première fois. Vous croyez que vous êtes prêt pour le tournoi ?

Il soupira tandis qu'elle s'attaquait à son cou.

— Si je ne le suis pas, je m'en rendrai compte dès le début, n'est-ce pas ?

— Certes, reconnut-elle en gloussant.

Ils bavardèrent un peu, puis Salmina se retourna pour prendre un autre flacon d'huile sur la table à côté du mur.

Brusquement, Ser eut la sensation d'un danger et il roula sur la droite. Une douleur envahit son bras gauche au moment où une lame lui transperça la peau depuis l'épaule jusqu'à un point à mi-chemin du coude. Ser se laissa tomber de la table et atterrit accroupi sur le sol en ignorant cette douleur brûlante.

De son côté, Salmina se retenait d'une main au mur. Le regard confus, elle leva la main droite pour essayer en vain d'étancher le sang qui jaillissait à flots de son cou. Pendant un instant grotesque, elle parut s'inquiéter de la rivière cramoisie qui dévalait entre ses seins jusque sur son ventre, comme si c'était inconvenant pour une femme de sa beauté. Puis ses yeux se révulsèrent, et elle s'effondra.

Le spadassin n'était autre que l'homme qui suivait Ser un peu plus tôt, et il était armé d'une lame terrible, mince et coupante comme un rasoir. D'après ses gestes et sa réaction rapide face au mouvement de Ser, il excellait dans le maniement de cette arme. De plus, il n'avait pas tenté de suivre Ser dans sa chute, il s'était déplacé dans la direction opposée pour se dresser entre sa proie et le rideau.

Ser savait que le spadassin avait moins d'une minute pour le tuer, car il devait s'attendre que le jeune homme appelle à l'aide et que quelqu'un vienne voir de quoi il retournait. Il s'agissait déjà d'une tentative d'assassinat ratée. En l'espace d'un instant, l'homme allait devoir tenter son prochain assaut.

Ser réagit le premier. Le spadassin s'attendait peut-être à le voir reculer pour gagner un peu d'espace ou essayer de rejoindre le rideau, mais Ser se pencha pour attraper la table à deux mains et la renverser. Il n'y avait là aucune menace réelle, mais l'homme recula instinctivement, exactement la réaction qu'escomptait Ser.

Ce dernier bondit par-dessus la table avant même que celle-ci heurte le sol, en faisant fi de la lame de son adversaire. Il avait déjà été touché et comptait de nombreuses cicatrices, si bien qu'une nouvelle ne lui faisait pas peur. Mais il refusait de laisser cet homme le tuer.

Le spadassin visa la gorge de Ser d'un coup de taille ; le jeune homme plongea sous l'épée et donna un coup d'épaule dans le ventre de son agresseur. Comme il s'en doutait, il reçut au passage une estafilade brûlante en travers du dos, mais il réussit à protéger la base de son cou, la partie la plus vulnérable de son corps pour l'instant.

Il poussa de toutes ses forces, puis roula sur lui-même en répandant son sang partout sur le sol. Des clients qui venaient d'entrer dans le vestiaire commencèrent à crier à la vue de tout ce sang et des deux hommes qui luttaient sur les dalles.

Ser se releva, nu, désarmé et souffrant de deux blessures sérieuses qui saignaient. Néanmoins, il était prêt à se défendre de son mieux. Le spadassin hésita, ne sachant trop s'il devait attaquer encore ou tenter de s'échapper.

Cette hésitation lui coûta la vie. Brusquement, il écarquilla les yeux et lâcha son épée. Ser vit Pasko apparaître derrière l'individu et retirer d'un coup sec la dague qu'il venait juste de lui planter dans le dos.

Le serviteur baissa les yeux pour s'assurer que l'assassin n'était plus une menace, puis il vint s'agenouiller à côté de Ser, qui s'était laissé tomber par terre.

— Vous avez une sale tête, messire.

— Je n'en doute pas, répondit Ser dont la tête commençait à tourner. Je crois que tu ferais bien d'adresser mes excuses à la demoiselle Melinda, ajouta-t-il juste avant que ses yeux se révulsent et qu'il s'évanouisse.

15

Mystère

Ser se réveilla.

— C'est la troisième fois, lui fit remarquer Pasko.

La douleur et l'effort qu'il fit pour bouger son corps lui arrachèrent un petit grognement. Néanmoins, Ser réussit à demander :

— La « troisième fois » que quoi ?

Pasko l'aida à lever la tête et porta un verre d'eau à ses lèvres.

— C'est la troisième fois que nous avons dû nous battre pour te garder en vie, Serre du Faucon argenté, répondit une autre voix tandis que le jeune homme buvait une gorgée.

Robert de Lyis apparut dans le champ de vision de Ser et secoua la tête avant d'ajouter :

— Tu nous dois désormais trois vies.

Ser continua de boire jusqu'à ce qu'il ait la gorge humide et qu'il puisse parler sans coasser comme une grenouille.

— Désolé, mais je n'en ai qu'une à donner, et je vous prie de m'appeler Ser ou Serwin désormais.

— Hier, tu as bien failli perdre ton unique vie, Ser, rétorqua Robert d'un ton glacial.

Ser jeta un coup d'œil à son bras gauche et écarquilla les yeux, surpris. Il avait le corps tout endolori, mais la plaie sur son bras avait disparu, tout comme celle de son dos.

— Qu'est-ce que… ?

— Par magie, répondit Robert.

— Vous avez un tournoi à disputer dans moins de deux semaines, messire, expliqua Pasko, et, d'après la profondeur des blessures et la quantité de sang perdue, il était évident que vous n'auriez pas été rétabli à temps pour la compétition.

— C'est d'ailleurs l'une des possibles raisons de cette agression, ajouta Robert, même s'il est peu probable que cela en soit le principal motif.

— Comment… ?

— Roldem abrite quelques prêtres guérisseurs réellement très doués, répondit Robert. Quelques-uns coopèrent volontiers avec le Conclave.

— C'est la raison de votre présence en ces lieux ? demanda Ser.

Il bougea les bras et s'aperçut que la raideur de ses muscles commençait à se dissiper.

— J'ai envoyé quelqu'un le chercher, messire, répondit Pasko.

— Notre ami Pasko a remarqué un détail qui requérait impérativement la présence d'un membre du Conclave doué de pouvoirs magiques. Il a expliqué qu'en aucun cas le spadassin ne pouvait avoir accès à la pièce dans laquelle tu te faisais masser à moins d'utiliser la magie.

Ser réfléchit. La table était suffisamment large pour que quelqu'un se cache en dessous, mais on l'aurait vu entrer dans la pièce. De plus, il n'y avait aucun placard et aucune autre issue.

— J'aurais dû m'en apercevoir.

— Tu étais souffrant, rétorqua Robert. Pasko a déjà fait savoir que le sang dont tu étais couvert provenait en grande partie de la malheureuse jeune femme qui a été tuée et que tu ne souffres que de quelques bleus et d'une égratignure qui guérira rapidement. Tu seras sur pied pour le tournoi.

Ser s'assit et s'aperçut qu'il ne se sentait presque plus endolori.

— Je meurs de faim, annonça-t-il.

— C'est à cause du sort de guérison qu'a employé notre ami le prêtre. Je ne sais pas si tu fais attention à ce genre de choses, mais tu as maigri aussi. Le corps a besoin de prendre l'énergie quelque part pour guérir les chairs endommagées, alors il a brûlé le peu de graisse que tu possédais, Ser. Tu as l'air carrément squelettique.

Ser se leva et fut pris de vertiges.

— Et je me sens aussi faible qu'un chaton nouveau-né.

Pasko le soutint d'une main et l'aida à enfiler une robe de chambre, puis l'escorta jusqu'à la table dans la pièce principale de l'appartement. Un repas l'y attendait, et Ser se mit à manger de bon cœur, ce qui lui permit de commencer à recouvrer des forces.

— Tu vas avoir besoin de repos jusqu'à ce soir, Ser, décréta Robert. Mais, ensuite, il te faudra apparaître quelque part en public pour balayer toutes les rumeurs au sujet de tes blessures.

— Pourquoi ? s'étonna Ser. Pourquoi se précipiter ainsi ?

— Parce que les gens se demandent déjà pourquoi tu as été attaqué et à quel point tu es blessé, répondit Robert. Concernant le pourquoi, nous les laisserons se perdre en conjectures car, si je ne m'abuse, il existe un certain nombre de gens qui préféreraient que tu ne participes pas au tournoi ou que tu ne vois plus leurs filles.

Ser acquiesça sans rougir.

— Quant à tes blessures, nous devons montrer à la personne qui a envoyé l'assassin qu'elle a échoué, afin qu'elle puisse bientôt réessayer de te tuer.

— Je dois donc servir d'appât ?

Robert haussa les épaules.

— Quelqu'un essaie de te tuer. Compare ça à une partie de chasse. Si un prédateur te traque, que fais-tu ?

— Je ne fuis pas. Je lui tends un piège, répondit Ser.

— C'est exactement ce que nous allons faire.

— Quelle heure est-il ? demanda Ser après avoir fini de manger.

Il jeta un coup d'œil par la fenêtre et vit que l'après-midi était entamé.

— Il est deux heures, l'informa Pasko.

— Dans ce cas, le mieux est de retourner à la cour des Maîtres et d'y faire quelques remarques au sujet de la pauvre fille qui s'est fait tuer. (Brusquement, il pensa à Salmina et se rendit compte qu'il ne la reverrait plus jamais, que plus jamais elle ne lui ferait l'amour avec cet enthousiasme qui la caractérisait. Pendant un moment, il éprouva un terrible pincement de regret.) Ensuite, je retournerai chez Remarga pour un autre bain et un nouveau massage. (Il regarda Pasko.) Ai-je reçu des invitations ?

— Trois.

— Décline-les toutes. S'il faut qu'on me voie en public, il vaut mieux que je dîne *Chez Dawson*.

Robert approuva d'un hochement de tête.

— Et après ?

— Une partie de cartes à *La Roue du destin*.

— Bien, cela prouvera à tout le monde que tu es parfaitement remis.

Ser se leva et s'étira.

— Je me sens remarquablement bien pour quelqu'un qu'hier seulement on a découpé comme un vulgaire morceau de viande.

— Ce sortilège nous a coûté cher, répliqua Robert avec ironie.

Ser sourit.

— Heureusement que j'ai choisi de servir un maître fortuné.

Cette fois, le visage de Robert s'assombrit.

— Nos ressources ont été durement gagnées, jeune Ser. Il peut paraître facile de conjurer la richesse quand on ne connaît rien aux arts magiques, mais tu as suffisamment côtoyé les nôtres pour savoir que ce n'est pas le cas. Tu as vu l'île, tu connais le nombre de personnes que nous abritons et que nous habillons, et tu commences tout juste à te douter du nombre de gens que nous faisons vivre dans d'autres endroits. (D'un geste de la main, il désigna l'appartement, ses vêtements et d'autres objets.) Rien de tout cela n'est gratuit ni n'a été créé par magie.

Ser n'était pas sûr de comprendre où Robert voulait en venir, c'est pourquoi il protesta :

— N'allez pas croire que je n'apprécie pas ce que mes maîtres m'ont fourni. Mais, à l'heure qu'il est, je suis douloureusement conscient du fait que je suis la cible d'un assassin, alors j'apprécie de pouvoir compter sur des gens puissants quand j'ai besoin d'eux. (Il prit un air extrêmement sérieux.) Mais n'oubliez pas que vous ne m'avez toujours pas dit pourquoi vous m'avez fourni cette éducation ni quelle est ma mission exactement, en dehors du fait que je dois gagner ce fichu tournoi.

Robert garda le silence quelques instants. Puis :

— C'est vrai. Nous ne t'avons pas expliqué grand-chose et nous continuerons à te garder dans l'ignorance tant que cela servira nos besoins. Si tu devais tomber entre de mauvaises mains… un magicien talentueux pourrait t'arracher tes souvenirs comme on enlève le trognon d'une pomme, Ser. Ceux qui se moquent de ton bien-être pourraient le faire en moins d'une journée et t'abandonner ensuite tout baveux devant une auberge. Tout le monde te considérerait alors comme un ivrogne à l'esprit endommagé. Mais, avant d'en avoir terminé avec toi, ils t'auraient arraché tous tes secrets.

Pasko hocha la tête.

— C'est très douloureux, à ce qu'on raconte.

Robert approuva.

— Ils t'emmèneraient dans un coin tranquille pour que tes hurlements ne dérangent personne.

Ser continua ses étirements.

— Dans ce cas, je compte sur mes maîtres magiciens pour me protéger des êtres vils que vous venez de décrire. Savez-vous au moins qui était l'assassin ?

— Pasko était trop occupé à te sortir des thermes. (Robert adressa un hochement de tête approbateur au serviteur.) Il a réussi à arrêter l'hémorragie avec des serviettes et à t'emmener jusqu'au carrosse avant que quiconque remarque si le sang venait de toi ou de la fille. C'était un sacré exploit.

Pasko haussa les épaules.

— J'apprécie vos louanges, Robert, mais vous êtes trop généreux. La plupart des gens s'enfuyaient ou étaient désorientés à cause des cris et des hurlements. Les thermes ne sont pas très bien éclairés et… enfin, je savais qu'il valait mieux que les gens ne voient pas Ser étendu par terre et couvert de sang comme un vulgaire morceau de viande.

— Tu as bien fait. (Robert regarda Ser.) Tu connaîtras ta mission le moment venu, mon jeune ami. Sois assuré que nous sommes heureux de tes progrès jusqu'à présent et que, pour le moment, notre seul objectif est que tu gagnes ce tournoi.

— Pourquoi ?

— Je te l'expliquerai lorsque tu auras gagné.

— Et si je perds ?

— Dans ce cas, tu n'auras jamais besoin de savoir ce qui se serait passé si tu avais gagné, n'est-ce pas ?

Le visage de Ser se peignit d'une expression à la fois maussade et amusée.

— Je suppose que c'est vrai, maître.

— Serre du Faucon argenté m'appelle « maître ». L'écuyer Serwin Fauconnier peut m'appeler Robert.

— Entendu, Robert. (Reprenant son rôle, Ser ajouta :) Pasko, fais-moi porter mes vêtements chez Remarga et demande au cocher de passer me prendre là-bas à temps pour le dîner. Robert, voudriez-vous m'accompagner aux thermes ? Cela fait beaucoup de bien.

Robert acquiesça.

— Je pense qu'il serait peut-être plus sage de t'y accompagner. L'assassin n'était sans doute pas un magicien mais, en tout cas, quelqu'un l'a fait entrer dans cette pièce à l'aide d'un sort, que ce soit de téléportation ou d'invisibilité. Si quelque chose devait se produire avant le tournoi, il vaut mieux que je reste dans les parages, surtout si cela implique les arts magiques.

— Savez-vous qui était mon agresseur ? demanda Ser pour la deuxième fois.

— On sait juste que c'était un homme, répondit Pasko. Personne ne l'a reconnu et les agents de police ont emmené le corps.

— Connaît-on quelqu'un au commissariat qui pourrait nous renseigner davantage sur ce mécréant ? demanda Ser.

— Vous avez joué aux cartes avec le commissaire de jour, un certain Drogan, répondit Pasko. Vous pourriez lui poser la question sans que cela attire trop l'attention.

— Je le ferai dès demain, décida Ser. Robert, allons à pied chez Remarga et essayons de chasser de nos esprits la désagréable mésaventure d'hier.

— Faisons croire que nous l'avons chassée de nos esprits, rectifia Robert. Je ne veux jamais que tu oublies que ces gens ont failli te tuer et qu'il s'en est fallu de peu.

— Quels gens ?

Robert esquissa un petit sourire.

— Nous le découvrirons bien assez tôt, j'en suis convaincu.

Les deux hommes s'en allèrent, et Pasko commença à choisir une tenue pour la soirée.

Le ciel était couvert ce matin-là, ce qui s'accordait à l'humeur de Ser. Le jeune homme se déplaçait dans les rues étroites qui menaient au commissariat, situé près du Vieux Marché au cœur de la ville. La veille, la soirée s'était déroulée sans incident, mais il était resté tout le temps à cran dans l'attente d'une nouvelle agression. De ce fait, il n'avait pas apprécié toutes ces petites choses qui lui plaisaient habituellement. Il avait dîné *Chez Dawson*, une ancienne auberge qui servait une clientèle exclusive de nobles et de riches dans des chambres à l'étage converties en petits salons privés. Le repas s'était avéré excellent, comme d'habitude. Mais, alors que le service avait été impeccable et la viande cuisinée à la perfection, avec l'une des meilleures sauces et l'un des meilleurs glaçages que Ser ait jamais connus, Robert et lui avaient mangé dans un silence relatif. Même les excellents crus importés de la lande Noire n'avaient pas réussi à lui arracher un commentaire.

La fin de soirée à *La Roue du destin* n'avait pas présenté grand intérêt. Ser avait joué avec indifférence, l'esprit visiblement ailleurs. Même la demoiselle Thornhill lui avait fait remarquer qu'il paraissait distrait. Il avait répondu en souriant, pour la rassurer, que cela n'avait rien à voir avec cette fâcheuse histoire, la veille, chez Remarga. Non, il n'avait pas été sérieusement blessé ; les témoins avaient eu cette impression parce qu'il était couvert du sang de la pauvre fille et qu'il s'était tapé la tête contre le sol. Oui, en vérité, c'était le tournoi qui le préoccupait.

Il quitta la partie de bonne heure après avoir subi des pertes modestes, et Robert et lui retournèrent à son appartement, où il alla se coucher tôt, alors que Robert et Pasko discutèrent à voix basse dans la pièce voisine pendant des heures.

À présent, il cherchait des réponses à un certain nombre de questions difficiles. Il se présenta au bureau du commissaire de jour, un dénommé Dennis Drogan, neveu d'un fonctionnaire mineur du palais. Il avait décroché ce poste grâce à ses relations politiques, mais il ne s'en était pas moins avéré compétent dans ses fonctions.

Lorsqu'on le fit entrer dans le bureau de Drogan – une table et une chaise séparées du reste du commissariat par un paravent en bois pour donner au chef de la police un peu d'intimité –, Ser fut accueilli par un sourire poli mais distant.

— Ser, je comptais justement vous rendre visite un peu plus tard.

Drogan était un homme puissamment bâti, avec une tête parfaitement ronde, comme Ser en avait rarement vu, un détail accentué par le fait que le commissaire avait les cheveux coupés ras et qu'il se rasait de près. Il avait un nez épaté qui avait été brisé à plusieurs reprises et il lui manquait la moitié d'une oreille ; on la lui avait arrachée dans une bagarre. Mais il avait un regard perçant qui remarquait tout ou presque.

— J'imagine que vous vouliez me parler du meurtre.

Le commissaire haussa les sourcils.

— En effet. Qui voudrait vous tuer, Ser ?

— Moi ? répondit Ser, feignant la surprise. Je croyais qu'il s'agissait d'un amant jaloux ou d'un type qui en voulait à la fille, Salmina. C'est elle qu'il a tuée. J'ai cru qu'il s'en était pris à moi pour éviter que je puisse l'identifier par la suite.

Drogan réfléchit quelques instants, puis continua :

— Aviez-vous déjà vu cet homme auparavant ?

— Non. D'ailleurs, je me demandais s'il s'agissait d'une personne connue de vos services.

— Non, mes gars ne l'avaient jamais vu. Nous avons fouillé le corps avant de le jeter dans la fosse commune et nous n'avons rien trouvé qui puisse nous apprendre quoi que ce soit sur lui, sauf qu'il venait sans doute d'arriver récemment des Isles, puisqu'il avait quelques sous d'argent du royaume sur lui.

Ser se laissa aller contre le dossier de sa chaise d'un air songeur.

— Eh bien, vous parlez d'une énigme. Peut-être s'agissait-il d'un amant qui, au retour d'un voyage, n'a pas apprécié de retrouver Salmina comme hôtesse dans les thermes ?

— Elle y travaillait depuis plus de dix ans, mon ami. S'il s'agissait vraiment d'une surprise pour son amant, alors cela faisait un bout de temps que celui-ci n'avait pas mis les pieds à Roldem.

— Eh bien, c'était la première idée qui m'est venue à l'esprit, répondit Ser.

— La première hypothèse est souvent la bonne, mais je ne crois pas que ce soit le cas cette fois-ci. Si quelqu'un voulait tuer la fille, pourquoi ne pas attendre qu'elle s'en retourne chez elle ? Non, je crois plutôt que quelqu'un voulait surprendre le meilleur bretteur de Roldem nu et à plat ventre loin de son épée. Voilà mon hypothèse à moi.

— Mais qui voudrait m'envoyer un assassin ?

— Qui a parlé d'« assassin » ?

— Je ne l'avais encore jamais vu, Dennis. Il doit bien exister un ou deux individus qui nourrissent des griefs à mon encontre, mais je les aurais reconnus, non ? Si quelqu'un veut ma mort, alors il s'ensuit que cet homme a été engagé pour me tuer, même si je trouve cela peu probable.

— Ah bon, pourquoi ? demanda le commissaire.

— Je peux citer les noms d'un ou deux pères qui préféreraient ne plus me voir m'approcher de leur fille, ou même celui d'une dame qui souhaiterait peut-être ma mort, et j'ai bien dit « peut-être ». Mais je ne connais personne qui songerait sérieusement à engager quelqu'un pour faire le travail à leur place.

— Vous savez ce qui est le plus bizarre dans tout ça ?

— Quoi donc ?

— Personne n'a vu cet homme entrer dans les thermes. Pour parvenir jusqu'à l'endroit où vous avez été attaqué, il faut passer devant une demi-douzaine d'assistants et de porteurs. Dès l'instant où les thermes ouvrent le matin jusqu'à la fermeture des portes la nuit, il n'y a aucun moyen d'entrer dans cette partie du bâtiment.

— Oui, c'est très étrange, j'en conviens.

— Vous avez la moindre idée de la façon dont il a pu apparaître là-bas, comme par magie ?

Ser esquissa un sourire triste.

— De la magie ? Voilà qui rendrait la situation plus étrange encore, vous ne trouvez pas ?

— Cela voudrait dire que, si quelqu'un voulait votre mort, il serait prêt à payer une énorme somme. Non seulement il aurait engagé un assassin, mais en plus il aurait payé une personne capable de le faire entrer par magie dans le bâtiment sans qu'on le voie.

— Un sort d'invisibilité ?

— Quelque chose dans ce genre. Mon oncle a un ami qui connaît un magicien. J'ai posé quelques questions à cet individu, et il dit qu'en effet c'est le sortilège le plus probable. Autrement, téléporter cet homme directement dans la pièce... c'est très difficile et peu de magiciens en sont capables.

Ser jugea inopportun de préciser qu'il en connaissait au moins trois ou quatre capables d'un tel exploit. Le commissaire n'avait qu'à découvrir ces informations-là par lui-même.

— Donc, personne ne sait rien au sujet de cet homme ?

— Non, désolé.

— Donc, vous ne pouvez pas être absolument sûr que Salmina était la victime désignée… ou que c'était moi ?

— Non, on ne peut pas. Mais je ne vois vraiment pas pourquoi quelqu'un irait se donner toute cette peine pour une femme qui n'était guère plus qu'une banale prostituée.

Ser se raidit.

— Salmina était tout sauf banale.

— C'est ce que j'ai entendu dire, répondit Dennis.

Ser se leva.

— Bon, je ne vais pas vous retenir plus longtemps. Si vous apprenez autre chose, tenez-moi au courant, je vous prie.

— Soyez assuré que je n'y manquerai pas.

Ils se serrèrent la main. Ser sortit du commissariat et reprit la direction de son appartement, frustré de n'avoir trouvé aucune information au sujet de l'assassin, même s'il se doutait que ce serait le cas.

Il avait du mal à chasser ce terrible incident de ses pensées. Mais il devait à tout prix se concentrer pleinement sur le tournoi, car celui-ci débutait dans moins de deux semaines. S'il voulait le gagner, Ser n'allait pas pouvoir se laisser distraire plus longtemps.

Le tournoi approchait de plus en plus, et l'anxiété de Ser ne faisait que croître. En dépit des exercices de relaxation que Magnus, Nakor et Robert lui avaient appris, malgré les parties de cartes ou de dés et malgré les heures qu'il passait en galante compagnie pour se détendre, il était constamment hanté par la pensée de la compétition à venir.

Même l'invitation au palais, deux nuits avant le début du tournoi, ne réussit pas à apaiser cette obsession. Il tua le temps chez un tailleur en se faisant couper sur mesure une tenue à la toute dernière mode. Il s'agissait d'habits au luxe tapageur, dignes d'un dandy, avec notamment une culotte étroite qui s'enfonçait dans des bottes noires vernies. Trop basses pour l'équitation (le haut de la botte risquait de réduire le mollet en sang en moins d'une heure) et trop hautes pour un soldat en campagne, celles-ci n'avaient absolument rien de pratique. Mais elles possédaient de jolies boucles en argent et une bande de cuir rouge sur le côté. Quant à la culotte, elle était moulante au point de friser l'indécence, mais le tailleur lui assura qu'il s'agissait de la toute dernière mode à la Cour. Cependant, Ser refusa catégoriquement la volumineuse braguette, qui faisait pourtant fureur, paraît-il. Il existait des choses trop ridicules pour les porter, même au nom de la mode. Déjà que la chemise était un modèle de fioritures ! Ouverte au cou, fermée sous le sternum par une série de boutons perlés, elle s'ornait de dentelles au col et aux poignets. Quant à la veste, sorte de monstruosité de brocart rouge et or, cousue de perles au col et aux poignets, elle servait uniquement de décoration et se portait sur le bras gauche tout en étant retenue par une cordelette dorée en travers de la poitrine. Pour couronner ce chef-d'œuvre, il fallait un chapeau, une chose à larges bords en fourrure feutrée d'un blanc de neige, orné d'un bandeau d'argent dans lequel une plume teinte en noir avait été glissée, pour donner un effet saisissant. Le tailleur lui assura que c'était le genre de costume qui se portait à la Cour, mais Ser commençait à se demander si quelqu'un n'avait pas payé l'artisan pour que sa première apparition devant le roi soit saluée par des rires et des moqueries.

Cependant, lorsque son carrosse se présenta aux portes du palais le soir de la fête, il aperçut d'autres jeunes hommes de la cité vêtus de façon tout aussi absurde. Avec un pincement de nostalgie, Ser se souvint des vestes simples, en peau ou en fourrure, que sa famille portait l'hiver dans les montagnes pour se protéger du froid. Sinon, l'été, les Orosinis avaient pour habitude de se promener pratiquement nus. En gravissant les marches du palais, Ser se dit que la mode était une conspiration fomentée par les tailleurs pour piquer à la noblesse l'or qu'elle avait en trop. Il savait, pour l'avoir entendu dire lors de diverses soirées auxquelles il avait assisté à Salador et à Roldem, que tout ce qu'il portait en ce moment même serait complètement démodé d'ici un an.

Ser tendit son invitation à un écuyer. Son rôle était de veiller à ce que personne n'apparaisse à la cour du roi sans y avoir été expressément invité. Il était flanqué d'une escouade de gardes du palais qui, en dépit de leur livrée rouge et or criarde, semblaient tout à fait capables de repousser une invasion, sans parler d'un convive indésirable. Ser se vit assigner un page qui l'escorta jusqu'à la grande salle d'audience.

— Messire, ce soir, le roi a décrété qu'il n'y aurait pas de repas formel, expliqua le page. Il a préféré la formule du buffet où chacun pourra se servir lui-même.

« Buffet ». Serre ne connaissait pas ce mot et fouilla sa mémoire en le répétant à voix basse. Le page désigna les longues tables, lourdement chargées de victuailles, disposées sur un côté de la salle et les serviteurs qui allaient et venaient rapidement entre les convives avec des pichets de bière et des carafes de vin. Partout où il posait les yeux, le jeune homme ne voyait que des gens vêtus de couleurs criardes qui discutaient en tenant une assiette d'une main et en mangeant de l'autre.

Alors, il se rappela que le mot « buffet » appartenait à la langue du roi et provenait du dialecte bas-tyran. Il signifiait manger sans s'asseoir. *Parfois, on croit seulement savoir parler une langue,* se rappela Ser en silence.

Il fendit la foule en remarquant une demi-douzaine de visages familiers auxquels il sourit ou adressa un signe de tête tout en se frayant un chemin vers le buffet. Tout ce qu'il pouvait imaginer en matière de plats se trouvait étalé devant lui, depuis les faisans et les perdrix fumés jusqu'aux œufs et aux légumes préparés de toutes les manières possibles et imaginables (vapeur, vinaigrés, épicés) en passant par les fromages, les fruits (dont certains avaient dû être importés à un prix exorbitant étant donné la saison) et les friandises. En prenant une assiette, il la trouva plus légère qu'il s'y attendait. Après un rapide examen, il s'aperçut qu'il s'agissait d'une espèce de céramique plutôt que de la pierre ou du métal. Peinte à la main, elle s'ornait de l'emblème royal de Roldem, un dauphin bondissant hors d'une vague par-dessus une étoile. L'ensemble était très impressionnant.

— Oui, très impressionnant, n'est-ce pas ? fit une voix sur sa droite.

Ser se retourna et découvrit Quincy de Castle, un marchand du Bas-Tyra avec qui il avait joué aux cartes plusieurs fois.

— On lit dans les pensées ? demanda-t-il avec le sourire.

— Non, répondit le marchand. Si je le pouvais, je n'aurais pas perdu autant d'argent contre vous, Ser. Non, je vous ai vu admirer l'assiette et j'ai deviné votre réaction.

— Il faut dire que c'est vraiment très impressionnant, reconnut Ser.

— Comme on dit : « Il fait bon être le roi ». Cela permet de s'offrir toutes sortes de jolies choses.

Au même moment, le maître de cérémonies frappa le sol à l'aide de son bâton cerclé de fer.

— Messeigneurs, mes dames et gentilshommes, le roi !

Tous les yeux se tournèrent vers l'arcade qui donnait sur les appartements royaux. Le roi Carol VI entra d'un pas majestueux dans la salle. D'âge moyen, même s'il paraissait toujours vingt-cinq ans, le roi était accompagné d'une petite femme potelée mais agréable à regarder qui portait une mince couronne.

— La reine et la famille royale ! annonça ensuite le maître de cérémonies.

Tout le monde s'inclina.

— Nous souhaitons que la fête reprenne et batte son plein ! décréta le roi. Ce soir, pas de protocole !

De légers applaudissements saluèrent cette déclaration, et chacun s'efforça de reprendre le cours de ses activités interrompues par l'arrivée du monarque.

— Avez-vous déjà assisté à l'une de ces fêtes ? demanda Ser à Quincy.

— Oui, mais je n'avais encore jamais assisté à une soirée informelle. J'ai entendu dire qu'il y a tellement de visiteurs à cause du tournoi qu'il n'y a pas assez de chaises dans le palais pour permettre à tout le monde de s'asseoir. C'est pourquoi nous avons droit à un buffet dans cette salle, et dans la salle voisine, ainsi que celle d'après.

Ser acquiesça.

— Je me sens bien moins honoré par mon invitation que je l'étais il y a encore une minute, ami Quincy.

L'homme se mit à rire.

— N'en prenez pas ombrage. Pour chacun d'entre nous ici présents, il y en trois au-delà des grilles du palais qui aimeraient être à notre place. Si je suis ici, c'est parce que j'ai fait du négoce avec l'intendant royal pendant vingt ans et que j'ai déjà assisté à la compétition. En fait, ce sera mon troisième tournoi. Vous faites partie des favoris pour remporter l'épée dorée, Ser, il est donc naturel que vous ayez reçu une invitation ce soir. Vous verrez que le roi vous glissera quelques mots avant la fin de cette soirée.

— Je ne sais pas quoi dire, avoua Ser.

— Ne dites pas grand-chose, riez de ses plaisanteries et acceptez tout ce qu'il vous proposera. C'est comme ça qu'on traite avec les rois.

— Merci du conseil.

Ils se séparèrent, et Ser se mit à errer dans les trois salles en disant bonjour aux personnes qu'il connaissait et en saluant d'un signe de tête tous ceux qui le saluaient le premier. Au bout de deux heures, un page vint le trouver :

— Messire, êtes-vous l'écuyer Serwin Fauconnier ?

— Oui.

— Le roi demande à vous voir, messire. Suivez-moi, je vous prie.

L'adolescent le ramena dans la salle du centre, où le roi se tenait dans un coin en compagnie de la reine Gertrude et d'autres membres de la famille royale – un garçon de treize ans qui devait être le prince Constantine et deux autres garçons ainsi qu'une fille. Les jeunes enfants paraissaient s'ennuyer, mais se tenaient tranquilles pour montrer leur bonne éducation.

Le page glissa quelques mots dans l'oreille d'un serviteur, qui s'adressa à son tour au maître de cérémonies. Ce dernier fit un hochement de tête un peu brusque à l'attention de Ser, puis déclara :

Votre Majesté, puis je vous présenter Serwin Fauconnier, écuyer de Rivière-Morgane et de Fortcloche, baronnet du lac d'Argent ?

Ser exécuta sa plus belle révérence et garda le silence, car il savait qu'il ne devait pas parler avant le monarque.

Le roi Carol sourit.

— J'ai entendu parler de vous, jeune homme. Il paraît que les plus malins parient sur votre victoire dans le tournoi.

— Votre Majesté est trop aimable, répondit Ser. Je serais effectivement heureux de figurer parmi tous les grands bretteurs qui sont venus concourir.

— Vous faites le modeste, s'esclaffa le roi. J'entends ce qu'on raconte. Il n'existe aucun secret à la cour des Maîtres.

— Cela, je veux bien le croire, Votre Majesté, approuva Ser.

Le sourire du roi s'élargit.

— Ah, voici venir à présent quelqu'un qui va essayer de vous empêcher de remporter l'épée dorée !

Ser se retourna et vit un groupe d'hommes approcher. Le sourire sur son visage se figea soudain tandis que le roi ajoutait :

— Écuyer Serwin, puis-je vous présenter notre cousin Kaspar, duc d'Olasko.

L'homme qui menait le groupe avait les épaules larges et la taille étroite, et Ser comprit qu'il était à la fois puissant et dangereux. Il avait un visage rond comme la lune, mais avec un menton saillant et des yeux noirs étroits et perçants, comme s'il guettait une proie. Il portait un petit bouc noir, mais se rasait la moustache et avait les lèvres retroussées en un sourire presque suffisant.

— Ainsi, voici donc le jeune homme qui compte empêcher mon champion de remporter la victoire ? (Il se tourna vers l'homme à sa gauche, vêtu d'un uniforme d'apparat.) Majesté, voici le lieutenant Campaneal, le meilleur bretteur de mon duché et, je suis prêt à le parier, le futur vainqueur du tournoi. Et, quand je dis que je suis prêt à parier, je parle de grosses sommes, bien entendu, ajouta-t-il en riant.

Le roi s'esclaffa de nouveau. Ser salua d'un signe de tête le duc et le lieutenant.

— Vous avez le regard fixé sur mon champion, écuyer, reprit le duc d'Olasko après quelques instants. Vous vous connaissez tous les deux ?

— Non, mentit Ser. Pendant un instant, j'ai cru reconnaître le lieutenant, mais je me suis trompé. C'est un honneur de vous rencontrer, duc Kaspar.

Ser laissa le duc prendre le contrôle de la conversation et se fondit à l'arrière-plan. Il était obligé de se contenir et de conserver un air neutre, car il avait déjà vu le lieutenant Campaneal une fois auparavant. C'était lui qui suivait les ordres du capitaine Quint Havrevulen, assis sur le dos d'un cheval à côté du dénommé Raven. Le lieutenant Campaneal était l'un des hommes qui avaient détruit le village de Ser, l'un des hommes qu'il s'était juré de tuer.

16

Le tournoi

Ser applaudit.

Le tournoi des Maîtres avait enfin commencé, et le jeune homme avait découvert avec bonheur que ses succès prodigieux à la cour des Maîtres depuis un an lui offraient un avantage non négligeable. En effet, plus de quatre cents bretteurs étaient venus à Roldem pour remporter l'épée dorée et décrocher le titre de meilleur bretteur du monde. Sur ces quatre cents, les trente-deux meilleurs (que ce soit par leur réputation ou par leurs exploits à la cour des Maîtres) avaient la permission de ne pas disputer les qualifications. La cour des Maîtres n'établissait pas de classement pour ces trente-deux-là, mais les bookmakers qui organisaient des paris sur la compétition ne se privaient pas d'établir leurs propres listes. Dans la plupart des cas, Ser figurait au troisième rang, rien que ça. Plusieurs paris le plaçaient même en position de favori. Avant Ser, un seul homme était sorti vainqueur d'une année de duels à la cour des Maîtres : le légendaire Versi Dango. Si Ser remportait le tournoi trois fois de suite, il se murmurait qu'une nouvelle statue pourrait bien rejoindre celle du comte dans l'atrium de la cour des Maîtres.

Ser avait également droit à son propre siège dans la galerie centrale, une section située dans la partie supérieure, qui accueillait les trente-deux meilleurs combattants et leurs amis, assistants et compagnons. En ce moment même, plus de soixante-dix personnes se tenaient assises ou debout sur cette galerie, où des serviteurs attentifs venaient leur apporter des rafraîchissements.

Ser était assis avec Pasko à côté de lui.

— N'est-ce pas Kendrick, dans le coin, là-bas dans l'ombre ? demanda-t-il.

— Oui, c'est bien lui, messire.

— Participe-t-il au tournoi ?

— Non, il n'a pas la prétention de croire qu'il est le meilleur au monde, répliqua sèchement Pasko avant d'ajouter : messire.

— Que fait-il ici ?

— Il surveille tes arrières, répondit Caleb en se laissant tomber sur une chaise à côté de Ser.

— Toi aussi ? s'étonna le jeune homme.

— Et Magnus, qui mourrait plutôt que de se montrer ici, mais qui n'est pas loin, ajouta le fils cadet de Pug.

Ser sourit.

— Caleb, je n'aurais jamais cru te voir vêtu à la toute dernière mode.

Caleb lui rendit son sourire, même s'il paraissait loin de trouver ça aussi drôle que Ser.

— C'est une tenue de camouflage, répondit-il.

Il ressemblait à un riche marchand ou à un noble mineur du royaume des Isles. La seule chose que Ser reconnaissait sur sa personne, c'était son épée, qui n'avait pas changé. Pour le reste, le chasseur était effectivement vêtu au goût du jour, même s'il avait fait des choix considérablement moins flamboyants que la plupart des personnes présentes à Roldem pour ces festivités. Il portait notamment un pourpoint couleur chocolat foncé, une chemise jaune pâle et une culotte et des bottes noires. À la place de ces chapeaux très colorés qu'affectionnaient les dandys de la ville, Caleb avait opté pour un simple béret noir avec une broche en or et une plume de faucon.

Ser se mit à rire.

— Vrai de vrai, on dirait un noble du royaume.

— As-tu croisé le duc d'Olasko à la fête du roi il y a deux jours ? demanda Caleb.

Ser se rembrunit et se pencha en avant, les coudes sur les genoux.

— Oui, avec certains membres de sa famille, répondit-il à voix basse de manière à n'être entendu que de son ami. Mais j'ai reconnu un homme, un certain lieutenant Campaneal. C'est lui qui commandait les soldats d'Olasko aux côtés de Raven et de ses meurtriers.

— Je sais. Il participe au tournoi et fait partie des trente-deux, alors il y a de bonnes chances pour que vos chemins se croisent.

— Je préférerais le croiser ailleurs, et sans témoins, répliqua Ser.

— Des accidents se sont déjà produits lors de certains tournois. Des accidents mortels, je veux dire.

Ser regarda Caleb.

— Es-tu en train de me dire que je devrais tuer cet homme devant le roi et un millier de témoins ?

Caleb secoua la tête avec un sourire triste.

— Ah, la vanité de la jeunesse ! Non, je te recommande la plus grande prudence, parce que, si Campaneal a le moindre soupçon sur ta véritable identité, ce pourrait bien être toi, la victime de l'accident.

— Comment pourrait-il le savoir ? protesta Ser. Je n'ai pas de tatouages qui me désignent comme étant orosini. Je crois être convaincant dans mon rôle de fils de petite noblesse. Pourquoi irait-il penser autre chose ?

— À cause de la façon dont tu l'as regardé, je n'en doute pas. Un homme comme lui s'est sûrement fait plein d'ennemis au fils des ans et il ne les connaît peut-être même pas tous de vue. Alors, sois prudent.

— Je le serai.

— Mais si je t'ai posé cette question, c'est surtout pour savoir si un membre de la suite du duc t'a paru bizarre, disons, comme s'il n'était pas à sa place ?

— Non, le duc avait avec lui certains parents, dont son fils, je crois, à cause de la ressemblance, mais il n'a pas fait les présentations. Je doute d'être suffisamment haut dans son estime pour qu'il s'en donne la peine. Qui cherches-tu ?

— Je ne sais pas, avoua Caleb. Un homme… un magicien. Mon père et lui se sont déjà croisés, il y a des années. Nous avons entendu dire qu'il pourrait être de retour. On le croyait mort, mais nous avions peut-être tort. (Une expression distraite passa sur son visage.) D'après ce qu'on raconte, cet homme est plus difficile à tuer qu'un cafard.

— Comment s'appelle-t-il ?

— Il possède plusieurs identités, alors je doute qu'il se fasse appeler par un nom que l'on connaît déjà.

— Et à quoi ressemble-t-il ?

— Son apparence varie.

Ser écarquilla les yeux et prit un ton sardonique.

— Un homme qui peut ressembler à n'importe qui avec un nom que personne ne connaît. Tu peux être sûr que je vais me méfier de lui, Caleb.

— D'après ce que mon père m'a raconté, tu sentiras probablement quelque chose à la seconde où tu le rencontreras. C'est un magicien puissant, avec un cœur noir comme un four.

Ser se tut pour observer les duels en contrebas ; ils étaient au nombre de quatre, un dans chaque angle de la salle.

— Un jour, il faudra que je tue le duc d'Olasko, finit-il par déclarer.

— Je sais. C'est lui qui a ordonné le génocide de ton peuple, Ser.

— Pourquoi ?

— Parce que les tiens gênaient ses plans, voilà tout. Il voulait une route dégagée jusqu'à la frontière nord de Farinda, et ton peuple se dressait en travers de son chemin. Il était plus facile de les exterminer que d'essayer de négocier le passage dans les montagnes. Il avait peur que ton peuple prévienne le roi de Farinda.

— Alors, il a tué chaque homme, chaque femme et chaque enfant de la Haute Place Forte.

— Oui. (Caleb se pencha pour s'accouder à la balustrade de la galerie.) Il planche sur l'invasion de Farinda depuis cinq ans maintenant. Il a obligé Latagore à signer un traité lui permettant d'y cantonner des troupes. La rumeur prétend qu'il marchera au printemps contre les Orodons.

— Pourquoi ? s'étonna Ser. Ils sont bien éloignés de Farinda.

— Mais il veut ce qu'ils ont : des mines d'or. La guerre coûte cher, et les Orodons n'extraient pas ou très peu l'or de leurs montagnes. Il pourrait financer dix années de guerre en un an d'exploitation des mines.

Ser en fut bouleversé. Les Orodons étaient de lointains cousins de son peuple et restaient donc la seule ethnie avec laquelle il se sente un lien de parenté.

— Au printemps ?

— Oui, c'est ce que dit la rumeur.

Ser se leva.

— Caleb, retournons à mon appartement. Il faut que je parle à Robert et à Magnus.

Caleb se leva à son tour.

— À quel propos ?

— Sur ce que j'ai envie de faire lorsque j'aurais gagné ce maudit tournoi.

Sans se retourner pour voir si Caleb le suivait, Ser quitta rapidement la galerie et dévala l'escalier en direction de l'atrium.

Robert et Magnus étaient assis autour de la table. Pasko préparait du café keshian. Caleb s'adossa au mur tandis que Ser restait debout face aux deux magiciens.

— Dites-moi, que se passera-t-il si je gagne ce tournoi ?

Magnus regarda Robert, lequel hocha la tête.

— Nous aurons une mission pour toi.

— Nous t'en parlerons le moment venu, ajouta Magnus en appuyant ses coudes sur la table.

Ser laissa éclater sa frustration.

— Pendant des années, j'ai fait ce qu'on me demandait. Vous m'avez sauvé la vie, plusieurs fois même, mais il va bien falloir que vous me fassiez confiance à un moment donné. C'est une trop grande source de distraction. Il apparaît que quelqu'un veut me tuer, et je ne sais pas pourquoi. Je ne sais pas si c'est à cause de vous, ajouta-t-il en désignant les quatre autres occupants de la pièce, ou à cause de quelque chose que j'ai fait en jouant ce personnage que vous avez inventé.

— Non, que *tu* as inventé, Ser, rectifia Robert. Nous t'avons dit ce que tu devais devenir, mais c'est toi qui as choisi la manière dont tu es devenu Serwin Fauconnier. Personne ne t'a ordonné de te transformer en joueur, en coureur de jupons et en libertin. Tu aurais pu te faire passer pour un érudit, ou un négociant, mais c'est toi qui as choisi cette vie-là.

— Et il s'agit visiblement d'une vie qui te convient, Ser, renchérit Magnus.

Mais le jeune homme était lancé et ne pouvait s'arrêter là.

— Justement, il s'agit de ma vie. Ma vie à moi. J'ai une dette envers Robert. J'ai beaucoup appris grâce à l'éducation qu'on m'a donnée ces cinq dernières années, et s'il y a bien une leçon que j'ai retenue, c'est comment considérer mes choix d'un autre œil. Je suis un Orosini et j'entends bien honorer ma dette. Aucun homme ne me verra trahir un serment ou me parjurer. Mais ça ne veut pas dire pour autant que je sois obligé d'obéir aveuglément, Robert. Si vous voulez que je vous serve bien, n'ai-je pas besoin d'être mis dans la confidence ?

Robert soupira.

— Je peux au moins te dire une chose, Ser. Le destin a fait en sorte de nous donner des objectifs communs. Cet homme au sujet duquel Caleb t'a prévenu, il se trouve forcément dans l'entourage du duc. Si ce n'est pas ici, à Roldem, alors ce doit être à Opardum, sa capitale. Le duc Kaspar a des ambitions.

— De toute évidence, répondit Ser. Je m'en suis douté dès que j'ai vu le capitaine Havrevulen à Latagore, quand il complotait la destitution du Dominaire. Je sais qu'il a l'intention de conquérir Farinda. Mais je ne sais pas pourquoi.

— Au sud de Kaspar s'étendent les terres contrôlées par les seigneurs de la Frontière, un groupe de duchés constamment en conflit : Miskalon, Roskalon, Maladon et Simrick, Salmarter et la Lointaine Loren. La seule conquête réussie dans l'histoire de cette triste région est celle de Simrick par Maladon, il y a deux cents ans. Tous convoitent les Terres disputées, et Olasko veille à ce que personne ne prenne le dessus, car il préfère les savoir faibles et déséquilibrés. À l'ouest se trouve la principauté d'Aranor. Le prince d'Aranor est un cousin de Kaspar du côté de sa mère et un cousin du roi de Roldem du côté de son père, si bien que Kaspar et ses ancêtres sont depuis des décennies obligés de laisser Aranor tranquille. Mais ce prince est un idiot et un faible, et Kaspar pourrait aussi bien gouverner là-bas, cela ne changerait pas grand-chose étant donné l'influence qu'il y exerce déjà.

» Au-delà d'Aranor, on tombe sur Opast et la Lointaine Loren. Tous deux ont noué des liens étroits avec le royaume des Isles, même s'ils lui ont également fait la guerre. Le royaume réagirait promptement si Olasko levait les armes contre ces deux duchés.

» Au nord se trouve Bastion-de-Bardac, qu'on ne peut guère qualifier de nation. Son fondateur, Bardac Ier, était un pirate avec la folie des grandeurs, et ses descendants ne valent pas mieux. Les « nobles » de cette nation sont pour la plupart des barons pillards et le roi Haloran ne parvient à conserver sa couronne qu'en les laissant tranquilles. Envahir ce pays reviendrait, pour Olasko, à s'enliser dans un marais. Le comté de Conar ne vaut pas beaucoup mieux, mais les chefs tribaux sont d'honorables barbares, tout comme les gens des marais au nord de leur nation.

»Voilà pourquoi Kaspar veut Farinda, afin de masser son armée à la frontière du royaume des Isles sans trop bouleverser ses autres voisins.

— Pourquoi ? Il a l'intention de déclarer la guerre au royaume ? (Ser haussa les épaules.) Mes souvenirs en matière de géographie sont un peu vagues, mais cela ne mettrait-il pas son armée à plusieurs centaines de kilomètres de Ran, la grande ville la plus proche ?

— Oui, et nous ignorons pourquoi il veut placer son armée là-haut, mais il existe plusieurs théories. Gardons les spéculations pour plus tard et voyons les faits : le duc Kaspar d'Olasko est sans doute aujourd'hui l'homme le plus dangereux du monde concernant la paix dans cette région. Il a l'intention de prendre le contrôle des royaumes de l'Est, et nous le soupçonnons de chercher un moyen d'entraîner Roldem dans une guerre avec le royaume des Isles.

— Ah, fit Ser. Si Roldem déclare la guerre au royaume des Isles, alors Kesh voudra sa part.

— Et un conflit régional se transformera en une guerre beaucoup plus étendue, avec des combats à la fois dans les provinces de l'Ouest et de l'Est du royaume, renchérit Magnus.

— J'ai suffisamment lu de livres d'histoire pour comprendre l'ambition, reprit Ser, mais il me semble que Kaspar a les yeux plus gros que le ventre.

— Il ne serait pas le premier souverain à profiter du malheur des autres, rétorqua Robert. Il est capable de dévorer les seigneurs de la Frontière tout crus et ne s'intéresse pas aux peuples barbares au nord de son duché, à moins de vouloir les asservir à un moment donné.

» Pour l'instant, il doit prendre le contrôle de Farinda et achever ses préparatifs de guerre contre le royaume. Pour commencer, il lui faut donc envahir Farinda. Mais, pour cela, il doit d'abord neutraliser les Orodons, Latagore et les Hautes Étendues.

Ser haussa les sourcils.

— Je commence à distinguer une image cohérente dans tout cela. D'abord, il extermine mon peuple pour s'ouvrir un chemin vers Farinda. Ensuite, il protège son flanc droit en veillant à ce qu'aucune aide ne puisse parvenir à Farinda au travers des Hautes Étendues ou de Latagore.

— Oui. Si le roi Ryan est aussi intelligent qu'on le prétend, il réagira dès qu'il identifiera le risque. Il ne peut pas attaquer Olasko directement sans entraîner Aranor, puis Roldem, dans la guerre, mais il peut sûrement engager des compagnies de mercenaires et les envoyer par navire jusqu'à Côte-du-Guet, et de là jusqu'à Latagore ou jusqu'aux Hautes Étendues. Kaspar ne peut prendre le risque d'être pris à revers par une armée.

— Pourquoi personne n'a encore réglé ce problème ? demanda Ser.

Robert regarda Magnus, qui répondit :

— Je pourrais lancer une boule de feu dans le giron de Kaspar et déclencher un incendie qui tuerait le roi de Roldem, sa famille et la moitié de la noblesse de l'île. Mais Kaspar, lui, sortirait indemne des flammes. L'homme dont nous parlions tout à l'heure est très puissant, et Kaspar est sûrement plus protégé contre la magie que n'importe quel autre homme au monde, j'en suis convaincu. Quant à ses gardes du corps, ce sont des fanatiques, et il n'est jamais seul. Le tuer ne sera pas un mince exploit.

— Est-ce que c'est là que j'entre en scène ?

— Peut-être, répondit Robert. On ne le sait pas encore. Si tu gagnes le tournoi, il est fort possible que Kaspar s'intéresse à toi. Il aime s'entourer de gens de talent, comme des musiciens, des peintres, des cuisiniers, des magiciens… des bretteurs aussi.

— Bien, dit Ser, maintenant, je vois pourquoi vous pensez qu'il est important pour moi de remporter ce tournoi. On dirait que nos objectifs seront tous deux atteints si Kaspar d'Olasko meurt.

Robert se redressa en regardant son ancien élève dans les yeux.

— On dirait bien, n'est-ce pas ?

— Mais à une seule condition, ajouta Ser avec détermination. Kaspar sera le dernier à mourir.

— Pourquoi ? demanda Magnus.

— Parce que, d'après ce que vous venez de dire, je risque de me faire tuer en voulant l'atteindre, et, si je ne réussis pas à venger mon peuple, je préfère mourir en laissant un seul assassin en vie plutôt qu'une dizaine. Kaspar mourra après Raven et ses hommes, mais, d'abord, je compte bien m'attaquer au lieutenant

Campaneal. (Il regarda Robert, Magnus, Caleb et Pasko et annonça :) Il ne finira pas ce tournoi vivant.

Les qualifications n'offrirent aucune surprise, à l'exception de l'émergence d'un jeune homme du peuple, un Keshian appelé Kakama, qui vainquit facilement tous ses adversaires. Les parieurs prêts à prendre des risques se mirent à miser de grosses sommes sur lui.

Le premier duel de Ser eut lieu le quatrième jour, lorsque les soixante-quatre derniers adversaires abordèrent les trois derniers jours du tournoi. Des quatre cents bretteurs qui s'étaient affrontés, en livrant parfois jusqu'à trois duels par jour, il n'en restait plus que trente-deux qui étaient venus s'ajouter aux trente-deux présélectionnés. Il allait y avoir des duels le matin, puis vers la fin de l'après-midi jusqu'au combat final, le sixdi après-midi, au palais, en présence du roi et de sa cour.

Le premier adversaire de Ser fut un capitaine de la garde personnelle d'un baron roldemois. Il participait là à son troisième tournoi, et c'était la première fois qu'il faisait partie des soixante-quatre derniers participants.

Les duels allaient jusqu'au premier sang, abandon ou forfait. Un participant pouvait abandonner quand il le voulait, ce qu'il ne faisait généralement que par peur d'une blessure ou d'une humiliation publique. Il était déclaré forfait lorsqu'il ne se présentait pas pour un duel ou lorsqu'il était disqualifié par les juges – trois maîtres de la Cour qui observaient chaque assaut. Ignorer les instructions des juges, essayer de blesser intentionnellement l'adversaire ou refuser de rester dans la zone de combat indiquée entraînait automatiquement une disqualification.

Ser laissa le capitaine savourer quelques instants de gloire et il refusa de l'humilier puisqu'il avait mis douze ans pour s'améliorer et parvenir à ce stade de la compétition. Mais le malheureux n'avait aucune chance de l'emporter. Après avoir échangé des coups d'estoc et de taille, des parades et des ripostes pendant trois minutes, Ser avait déjà repéré sans difficulté de nombreuses ouvertures. Mais il avait également remarqué qu'une adorable jeune femme avait souhaité bonne chance au jeune capitaine. Il devait s'agir de sa femme ou de sa fiancée, c'est pourquoi Ser décida de laisser son adversaire perdre avec dignité. Il continua le duel pendant deux minutes avant d'entailler légèrement le soldat au bras, faisant couler le premier sang qui lui valait la victoire.

Le jeune capitaine lui adressa un salut formel que Ser lui rendit, puis il alla se réconforter dans l'étreinte chaleureuse de sa jeune femme.

Certains autres duels ne furent pas livrés de manière aussi gracieuse. Plusieurs participants étaient des rustres bruyants et fanfarons qui ne possédaient qu'un seul talent : l'escrime. Il y eut trois blessés sérieux lors des duels du matin, parmi lesquels un homme allait sûrement rester estropié. Ser observa le plus d'assauts possibles pour se faire une idée de ses adversaires potentiels.

Son adversaire suivant se présentait en la personne d'un maître d'armes de Rodez, une ville du royaume. Grand et large d'épaules, il se nommait Raimundo Velasquez. Calme, efficace, il sautait comme un chat dès qu'il voyait une ouverture. En le regardant combattre, Ser se dit qu'il lui faudrait se méfier de cet homme lors de leur duel, dans l'après-midi.

Ser se retira dans les vestiaires, où étaient offerts aux combattants des rafraîchissements présentés de manière somptueuse. Il évita tous les mets qui risquaient de ralentir ses mouvements ou de lui donner envie de dormir. Il préféra manger léger, en se passant de vin ou de bière. Il ne but que de l'eau froide et retourna ensuite observer les duels.

Il évita de parler à quiconque, y compris Caleb, qui le surveillait de près pour le protéger. Ser savait que Magnus et Robert n'étaient pas loin non plus pour le défendre contre toute attaque magique, mais le jeune homme n'était pas d'humeur à bavarder. Il avait enfin commencé le tournoi et, d'après ce qu'il avait vu, il allait sûrement gagner.

Quand les derniers duels de la matinée furent finis, il s'en alla prendre un bain et se faire masser chez Remarga, afin de se présenter frais et dispos à son duel de l'après-midi.

Les deux tours suivants ne furent pas faciles, mais Ser réussit à prendre la mesure de ses adversaires, le maître d'armes rodézien et un capitaine de la garde royale. Lors de l'après-midi du deuxième jour, tous les nobles et les riches bourgeois qui pouvaient entrer à la cour des Maîtres vinrent s'entasser dans la galerie pour observer les quarts de finale. La salle était pleine à craquer.

Le premier adversaire de Ser fut un mercenaire du royaume, un homme du nom de Bartlet, qui venait de la combe aux Faucons. Il s'enquit des liens de parenté de Ser avec les célèbres Fauconnier, et Ser lui raconta son histoire comme si celle-ci était connue de tout le monde. Bartlet fit remarquer qu'il n'avait jamais entendu parler des possessions de l'écuyer, et que, pourtant, il était né dans la région.

Ser balaya cette remarque en répondant que son père possédait des terres assez éloignées de celles de la branche la plus célèbre de la famille Fauconnier. Puis il mit fin à la conversation en prétextant qu'il devait se préparer en vue de leur duel.

Il expédia le mercenaire en un temps records, quelques secondes à peine après que les juges eurent déclaré le début du combat. Il s'avança de deux pas et, plutôt que de tenter une feinte avec une succession de coups, il se fendit et toucha l'homme en haut du bras gauche, faisant couler le premier sang.

Des tonnerres d'applaudissements éclatèrent dans la galerie tandis que le mercenaire restait hébété, à la fois par la rapidité de l'attaque et le manque d'astuce qui l'avait pris par surprise. Il paraissait en colère, mais pas contre Ser, plutôt parce qu'il passait pour un idiot. Comme ils quittaient la zone de duel, il demanda :

— Il va falloir gagner pour moi, maintenant, écuyer. J'aurais moins l'air d'un imbécile si je me fais battre par le champion.

— Je ferai de mon mieux, promit Ser avec le sourire.

Quand les trois autres duels furent terminés, Ser s'aperçut que son prochain adversaire allait être Kakama, le surprenant jeune Keshian. De son côté, le lieutenant Campaneal devait affronter le comte Jango Vahardak, l'homme qui avait fini deuxième l'année précédente face au champion d'alors, qui ne s'était pas représenté.

Ser passa une nuit agitée parce qu'il s'inquiétait davantage de voir le lieutenant Campaneal perdre son duel que de perdre son propre combat. Il avait observé le jeune Keshian et savait ses victoires dues à sa rapidité (probablement même supérieure à la sienne), à son audace et au fait qu'il était prêt à se mettre en danger pour tenter une touche gagnante. Ser avait déjà prévu de quelle façon vaincre le Keshian.

Il se leva de bonne heure et s'habilla rapidement, puis réveilla Pasko et les autres. À la cour des Maîtres, il se soumit à une série d'étirements énergiques. Puis, lorsqu'il eut fini, il mangea un léger repas composé de fruits et de jus de fruits, avant de s'en aller en carrosse jusqu'aux thermes.

Les deux duels de la demi-finale devaient commencer à midi. Les finalistes combattraient ensuite au palais, devant le roi et sa cour, à la nuit tombée. Ser s'efforça de rester concentré sur le duel qui allait suivre, mais il ne pensait qu'à une chose : affronter Campaneal.

Deux heures avant midi, il revint à la cour des Maîtres et se retira dans la pièce réservée aux duellistes. Il n'était pas le premier, le jeune bretteur de Kesh s'y trouvait déjà, assis dans un coin. Le premier jour du tournoi, la pièce était bondée et bruyante à cause des bavardages des participants et de leurs serviteurs qui liaient connaissance. Mais, ce jour-là, le silence régnait, comme dans un tombeau. Ser s'installa dans le coin opposé et hocha brièvement la tête à l'intention de Kakama. Pasko se pencha pour lui glisser à l'oreille :

— Je crois que ce gamin est un Isalani, comme Nakor.

— Et alors ?

— C'est juste que, s'il est comme Nakor, vous n'avez pas vu la moitié de ce qu'il a en réserve. Ne l'oubliez pas lorsque vous combattrez.

— Tu crois qu'il pensait arriver jusque-là ?

— J'ai vu qu'il vous regardait juste avant qu'il remporte son troisième duel. Il savait que vous l'observiez. Je crois que, si vous avez vu l'ouverture qu'il a laissée, c'est parce qu'il voulait que vous la voyiez.

— Pourquoi moi ?

— Parce que vous êtes le favori.

— L'un des favoris.

— Pas pour ceux qui savent ce qui se passe. Vous êtes vaniteux, Ser, vous montrez tout ce que vous avez quand vous gagnez. Vous ne retenez rien. Ce gamin a l'inventaire complet de vos mouvements. Vous n'avez pas idée de quoi il est capable. Soyez prudent.

Ser resta assis, un peu hébété, puis dit :

— Merci. Tu viens sans doute de me sauver une nouvelle fois.

— Eh bien, au moins, cette fois, je vous sauve de la honte, pas de la mort.

— Non, je ne crois pas.

— Pardon ?

— Regarde-le.

Pasko se retourna pour dévisager le jeune Keshian, qui observait Serre en silence sous ses paupières baissées.

— Appelle ça comme tu voudras, intuition ou pas, mais, à moins de faire gravement erreur, je crois qu'il a l'intention de me tuer aujourd'hui, expliqua Serre.

Les demi-finales étaient présentées avec plus de pompe que les tours précédents. De nombreux membres de la famille royale étaient présents, ainsi que la plupart des nobles influents.

Lorsque le premier duel fut annoncé, Ser sentit son estomac se retourner. Campaneal et Vahardak allaient combattre les premiers, et le Keshian et lui en deuxième. Il savait que les Maîtres avaient décidé de réserver son duel pour la fin parce qu'il était le favori. Mais cela ne l'empêchait pas de souhaiter que cela soit déjà fini.

Préférant rester assis dans des coins opposés de la pièce, ni lui ni le Keshian n'observèrent le premier duel. Vahardak et Campaneal avaient, comme eux, choisi d'occuper chacun un coin avec leur suite. Le comte était accompagné de cinq serviteurs, pas moins, tandis que le lieutenant Campaneal était entouré de son ordonnance et d'un sergent de la garde olaskienne. Ser avait Pasko avec lui, et le Keshian était seul.

À en juger par la litanie qu'il entendait vaguement, Ser comprit que le maître chargé de présenter les deux derniers duels se faisait plaisir en livrant un discours aussi grandiose que possible. Malgré tout, à en croire les applaudissements, la foule semblait savourer chaque mot avec avidité.

— J'ai posé des questions ici et là, souffla Pasko. Ce garçon a surgi de nulle part, c'est un fait. Aucun des Keshians que j'ai rencontrés n'a entendu parler de lui. Ça paraît bizarre qu'un jeune aussi doué que lui ne se soit pas encore fait un nom à Kesh.

— Oui, c'est étrange, n'est-ce pas ?

— Je ne sais pas s'il va essayer de vous tuer, messire, mais il y a vraiment quelque chose de bizarre chez lui. Ça fait une heure qu'il ne bouge pas.

— Peut-être qu'il dort.

— Dans ce cas, il a des nerfs d'acier, répliqua Pasko.

Un cri dans la salle annonça la fin du premier duel. Ser regarda la porte pour voir qui allait entrer le premier et dans quel état. Une minute plus tard, la porte s'ouvrit à la volée, et le comte Vahardak fit son entrée en se tenant le bras gauche. Du sang coulait entre ses doigts. L'un de ses assistants essayait de le consoler.

— Vous aviez le même niveau, messire. Vous auriez pu remporter la victoire, j'en suis persuadé. C'était… de la chance, rien de plus.

Mais le comte ne semblait pas d'humeur à se laisser amadouer.

— Arrêtez de parler et pansez-moi cette saloperie de blessure ! aboya-t-il.

Le lieutenant Campaneal entra à son tour dans la pièce, un sourire satisfait aux lèvres. Il lança un rapide coup d'œil, d'abord à Ser, puis au Keshian, comme pour dire : *Je verrai l'un de vous ce soir au palais*. Mais il ne souffla pas un mot. Il adressa à chacun un petit signe de tête, puis s'en alla dire quelque chose au comte Vahardak.

Un maître de la Cour entra alors pour demander :

— Serwin Fauconnier, Kakama de Kesh, veuillez prendre place, je vous prie.

Le Keshian portait son épée enveloppée dans un long tissu noir plutôt que dans un fourreau. Il s'agenouilla pour dérouler le tissu, et Ser écarquilla les yeux à la vue de l'épée.

— Ce n'est pas celle qu'il utilise d'habitude. C'est quoi, ça ?

Pasko jura dans sa barbe.

— C'est un *katana* ; ce sont des armes plus tranchantes que le fil d'un rasoir, qu'on utilise d'une main ou avec les deux. On n'en voit pas beaucoup, parce que les *katanas* de mauvaise qualité ne résistent pas aux armures et que les bons coûtent tellement cher que seuls les nobles les plus fortunés peuvent se les offrir. Il n'y a pas mieux pour trancher un membre ou une tête. Ce type est sur le point de vous montrer un style de combat que vous n'avez encore jamais vu.

— Parle-moi, Pasko. Que dois-je faire ?

— Pensez à toutes les techniques que Nakor vous a enseignées en matière de combat à mains nues, répondit Pasko en se levant pour répondre à l'appel du maître. Pensez leurres et attaques soudaines. Vous n'aurez probablement droit qu'à un seul coup d'œil avant qu'il se jette sur vous. C'est le moment de choisir la chance aux dépens du talent.

Ser prit une longue et profonde inspiration, puis exhala lentement tout en marchant vers la porte de la salle principale.

Des acclamations et des applaudissements bruyants saluèrent l'entrée des deux derniers demi-finalistes qui furent chacun guidés vers une extrémité de la pièce. Des marques avaient été faites aux coins du plus grand rectangle dessiné sur le sol, si bien que Ser comprit qu'il allait avoir beaucoup d'espace pour manœuvrer.

Lorsque le brouhaha se calma quelque peu, le maître en charge de ce duel prit la parole.

— Messeigneurs, mes dames, gentilshommes, voici le dernier duel du tournoi de la cour des Maîtres. Le vainqueur combattra ce soir au palais pour remporter l'Épée Dorée et le titre de meilleur bretteur du monde. À ma gauche, je vous présente Kakama, du village de Li-Pe, dans l'empire de Kesh la Grande.

Nouveaux applaudissements tonitruants. Kakama était l'outsider, celui qui était arrivé là par le biais des qualifications, et nombre de spectateurs qui n'avaient d'autre raison de le saluer l'acclamèrent pour cette seule performance.

— À ma droite, je vous présente Serwin Fauconnier, écuyer de Rivière-Morgane et de Fortcloche, baronnet du lac d'Argent, du royaume des Isles.

Il fit signe aux deux hommes de venir se placer sur les marques qui indiquaient leur position de départ.

— Messire Fauconnier, maître Kakama, il s'agit d'un duel au premier sang. Suivez les instructions des maîtres et défendez-vous en toutes circonstances. À mon signal… allez-y !

Ser vit Kakama reculer d'un pas et lever son épée de la main droite tout en tendant la gauche, paume vers le haut. Brusquement, il s'avança en tournoyant, comme s'il voulait donner un de ces coups de pied circulaires que Nakor avait montrés à Ser plusieurs fois. Sa main gauche vint rejoindre la droite, et son *katana*, avec une rapidité incroyable, décrivit un arc de cercle et s'abattit vers la tête de Ser.

Ce dernier plongea et roula sur lui-même, un geste inédit dans le tournoi car d'ordinaire réservé aux bagarres de taverne. Plusieurs hommes se mirent à siffler en riant dans l'assistance, mais la plupart des spectateurs saluèrent l'initiative de Ser, car il était évident que le Keshian avait eu l'intention de le décapiter.

— Kakama ! s'écria le maître de la Cour. Au premier sang seulement !

Le Keshian ignora cette instruction et fit trois petits pas pour s'élancer de nouveau en courant vers Ser. Ce dernier ne recula pas, mais bondit lui aussi en avant en faisant tournoyer sa lame.

Le fracas de l'acier retentit et la foule hoqueta de stupeur, car même les plus lents à réagir venaient de comprendre qu'il ne s'agissait plus d'un duel d'exhibition, mais de deux hommes qui essayaient de s'entre-tuer.

— Assez ! ordonna le premier juge, mais aucun des deux combattants ne l'écouta.

Kakama refit volte-face en portant un coup qui aurait éventré Ser si ce dernier s'était arrêté pour obéir.

— Pasko, une dague !

Ce dernier sortit sa dague de sa ceinture. Il laissa Kakama se fendre de nouveau, attendit que Ser fasse un bond de côté et lui lança l'arme. Le jeune homme l'attrapa de la main gauche et tourna sur lui-même alors que Kakama l'attaquait une nouvelle fois.

Ser ne connaissait pas l'escrime pratiquée par le Keshian, mais il espérait que l'usage de la dague de duel (pour bloquer la lame de son adversaire ou pour une attaque rapprochée s'il réussissait à passer sous sa garde) rééquilibrerait les choses.

Les maîtres se tournèrent vers les spectateurs pour demander leur intervention. Il fallait mettre fin au duel, qui sortait clairement du cadre du règlement établi par la Cour. Mais personne ne se porta volontaire. L'idée de séparer deux des plus grands escrimeurs de l'île ne séduisait personne.

Ser crut entendre quelqu'un demander la venue d'arbalétriers, mais il ne pouvait s'en assurer. Kakama ne lui laissait aucun répit et Ser n'avait plus beaucoup d'espace pour esquiver.

La dague lui sauva la vie de justesse, car, d'une torsion des poignets, le Keshian transforma brusquement son coup de taille au-dessus de la tête en une attaque sur le côté du cou. Ser leva la main par réflexe, juste à temps pour parer le coup et retenir la lame. Cela lui permit de riposter et de porter un coup de taille qui atteignit le Keshian à l'épaule.

— Premier sang ! s'écria le maître.

Mais Kakama ignora le juge et continua à harceler Ser dans l'intention de le tuer.

Le jeune homme recula comme s'il essayait de mettre de la distance entre eux. Puis il s'immobilisa brusquement, les deux pieds solidement campés au sol, et lança sa dague, par-dessous son bras, aussi fort que possible, en direction du ventre de Kakama.

Pour se protéger, le Keshian fit descendre sa lame à deux mains, pointe vers le bas, et projeta la dague sur le côté. Ser en profita pour se jeter sur lui à la vitesse de l'éclair, l'épée levée très haut. Kakama essaya de relever son *katana* pour bloquer cette seconde attaque, mais Ser était déjà passé au-dessus de sa garde et il lui entailla profondément le cou.

Plutôt que de reculer et de risquer une riposte de la part du mourant, il le heurta de toutes ses forces. Le Keshian bascula à la renverse et lâcha son *katana*, car ses doigts ne lui répondaient déjà plus. Du sang jaillissait à flots de sa plaie au cou.

Ser s'agenouilla auprès de lui et le regarda droit dans les yeux.

— Qui t'a envoyé ? demanda-t-il.

Mais le Keshian ne répondit pas. Pasko vint rejoindre Ser. Un silence de mort régnait dans la salle. Personne ne semblait prêt à applaudir cette victoire, car il était évident que ce duel n'avait rien eu à voir avec le sport.

Le juge traversa la zone de duel et déclara :

— De toute évidence, vous défendiez votre vie, écuyer Serwin. Vous ne serez donc pas disqualifié pour avoir continué à vous battre quand vous aviez reçu l'ordre de vous arrêter.

Ser leva les yeux, puis se redressa et répliqua, avec un rire amer :

— Oui, il ne faudrait pas gâcher la fête du roi, ce soir.

Le juge le regarda, mais ne répondit pas à ce commentaire.

— Présentez-vous au palais au coucher du soleil, écuyer Serwin, finit-il par dire.

L'assistance resta dans la galerie, comme si elle refusait de partir tant que quelqu'un ne leur aurait pas expliqué ce qui venait de se passer. Finalement, des porteurs arrivèrent pour emmener le corps tandis que d'autres domestiques nettoyaient le sang par terre.

Ser se tourna vers Pasko.

— J'ai vraiment besoin de prendre un bain.

— Et nous devons trouver la réponse à certaines questions, ajouta Pasko.

Ser acquiesça. Le serviteur posa un manteau en travers des épaules du jeune homme et lui prit son épée.

— Je sais qui je veux tuer, reprit Ser, mais, maintenant, voilà que je dois m'inquiéter de qui souhaite ma mort à moi aussi.

— Et pourquoi, ajouta Pasko d'un air sinistre.

17

La cible

Ser attendait.

Les maîtres de la Cour, le maître de cérémonies du palais et le capitaine de la garde royale étaient tous réunis autour du jeune homme et du lieutenant Campaneal, sous le regard d'une demi-douzaine d'officiers de la cour royale.

Maître Dubkhov, de la cour des Maîtres, faisait les cent pas dans un état d'agitation évident.

— Nous n'avions jamais vu une chose pareille depuis deux cents ans que le tournoi existe. Il y a eu des accidents, et deux morts, mais jamais encore un participant n'avait tenté d'en tuer un autre de sang-froid. C'est stupéfiant, surtout quand on sait que le tueur n'aurait pu s'échapper en aucune façon.

Ser devait reconnaître que le Keshian ne s'était sans doute pas soucié du sort qui l'attendait une fois sa mission accomplie.

— Ce qui me gêne, renchérit le capitaine de la garde, un homme émacié répondant au nom de Talinko, c'est de me demander ce qui se serait passé si le tirage au sort avait été différent et si le combat avait eu lieu au palais.

— Messieurs, j'ai regardé ce duel, comme la plupart d'entre vous, intervint le lieutenant Campaneal. L'écuyer Serwin ne faisait que se défendre, et de la plus belle des manières, oserais-je ajouter, face à un homme qui avait visiblement l'intention de le tuer. À sa place, j'aurais agi de la même façon.

— Nous voulons nous assurer que l'incident d'aujourd'hui ne se reproduira pas en présence du roi, répliqua le capitaine Talinko d'un ton ferme.

Le lieutenant Campaneal écarta les mains.

— Messieurs, je sers fidèlement monseigneur Kaspar et je puis vous assurer qu'il témoignera de ma bonne conduite, ce qui devrait être un gage suffisant. Quant à l'écuyer Serwin, j'ai entendu dire qu'il réside à Roldem depuis quelque temps maintenant et qu'il est un visiteur assidu de la cour des Maîtres. Compte tenu de son rang et de sa position au sein de votre communauté, doutez-vous encore de lui ? (Il regarda maître Dubkhov, qui approuva d'un hochement de tête.) Je crois que nous pouvons affirmer sans risque que ce duel sera livré dans les règles de l'art et que rien ne viendra en perturber le cours.

Le capitaine Talinko acquiesça.

— Nous en sommes également convaincus, mais la sécurité de la famille royale passe avant tout, comme celle de nos invités d'honneur, ajouta-t-il avec un petit signe de tête à l'intention de Campaneal, pour bien montrer qu'il parlait du duc et des autres dignitaires étrangers. C'est pourquoi nous devons prendre des précautions. Des archers seront postés dans la galerie au-dessus de la salle du trône et ils auront ordre d'abattre n'importe lequel des deux finalistes à trois conditions : sur mon ordre, si le juge ordonne l'arrêt du combat et n'est pas entendu, ou si l'un des participants franchit une ligne que nous dessinerons entre la zone de duel et le trône du roi.

» Retenez bien mes paroles, messieurs, cette marque sera une vraie ligne rouge. Si, pour une raison ou pour une autre, l'un de vous deux venait à la franchir avant que le duel prenne fin et que le vainqueur soit présenté au roi, il mourrait avant même d'avoir pu faire un autre pas en direction de la couronne. Est-ce clair ?

Les deux hommes acquiescèrent.

— Très bien, dit le capitaine. Laissons derrière nous l'humiliante exhibition de cet après-midi. Ce sera tout. (Comme tout le monde s'apprêtait à partir, le capitaine ajouta :) Écuyer Serwin, un instant, je vous prie.

Ser patienta. Talinko attendit qu'ils se retrouvent seuls pour lui demander :

— Savez-vous pourquoi le Keshian voulait vous tuer ?

Ser poussa un lent soupir en secouant la tête.

— Honnêtement, je n'en ai aucune idée. Je peux imaginer un certain nombre de raisons, mais ça n'a pas le moindre sens.

— Faites-moi donc part de quelques-unes d'entre elles, répliqua une voix surgie des ombres.

Ser sourit sans le moindre humour.

— Ah, commissaire, je me demandais quand je vous reverrais !

— C'est la deuxième fois qu'on vous retrouve à côté d'un cadavre ensanglanté, écuyer, et, cette fois-ci, vous ne pouvez pas nier que vous étiez la cible d'un meurtre. Vous avez dû remarquer que nous disposons de quelques témoins.

— Parmi lesquels je figure, ainsi que plusieurs membres de la famille royale, ajouta le capitaine Talinko.

— Serwin, reprit Drogan, expliquez-moi ces raisons, je vous prie.

— Disons que j'ai eu une liaison avec plusieurs jeunes femmes qui ne prennent pas toujours très bien le fait que je ne sois pas aussi intéressé qu'elles par des relations à long terme.

— Elles croient que vous allez les épouser et elles réagissent mal quand vous refusez de le faire, résuma Drogan. Continuez.

— Je me débrouille très bien aux tables de jeu.

— J'ai déjà suivi cette piste mais, d'après les propriétaires des différentes salles de jeu que vous fréquentez, vos gains sont réguliers mais suffisamment modestes pour que personne ne songe à vous tuer pour se venger ou éviter de payer une dette.

— Je n'ai jamais perdu un seul duel à la cour des Maîtres.

— Ce qui n'est guère une raison à mes yeux pour payer la redevance de la guilde de la mort.

— « La guilde de la mort » ?

Drogan regarda Ser comme s'il avait affaire à un élève particulièrement lent. Le jeune homme avait déjà vu cette expression sur le visage de Robert, de Nakor et de Magnus pendant ses années d'études.

— L'homme était prêt à mourir, il s'y attendait même. Il aurait pu empoisonner votre vin, vous poignarder dans le dos par une nuit noire ou vous trancher la gorge dans votre sommeil. Il aurait pu vous assassiner d'une dizaine de façons différentes, mais il a choisi plutôt d'essayer de vous tuer pendant un tournoi en public en vous affrontant dans un domaine dans lequel on sait que vous excellez, ce qui est un point qui me trouble particulièrement. En bref, il vous a sciemment laissé une chance de survivre tout en s'attendant lui-même à mourir.

» Pour moi, cela signifie qu'il était fou ou qu'il faisait partie de la guilde des assassins. C'était un Izmali et il est mort parce qu'il en avait reçu l'ordre.

— Ça n'a pas de sens, protesta Ser.

— Je vous le concède. Qui plus est, ça coûte cher. J'ai posé quelques questions, et un contrat suicide comme celui-là coûte au bas mot dix mille dauphins d'or. (Le dauphin était une pièce légèrement plus lourde que l'impérial keshian ou le souverain du royaume. Drogan parlait donc d'une somme équivalente à onze mille pièces d'or dans la langue du commerce.) Plus on y pense et moins ça a de sens.

— Quelqu'un aurait sacrifié dix ans de salaire pour me laisser une chance de survivre ?

— Je déteste les choses compliquées, soupira le commissaire.

Le capitaine Talinko fronça les sourcils.

— Je conçois que vous ayez un crime à expliquer à Sa Majesté, même si vos explications seront loin d'être complètes, mais je dois veiller à mes devoirs. Au revoir, messieurs, ajouta-t-il avec un hochement de tête avant de s'en aller.

— Ser, je vous ai vu jouer aux cartes, reprit le commissaire Drogan, et je sais que vous êtes capable de très bien bluffer l'adversaire. Mais cela fait près de vingt ans que j'exerce ce métier et je sais reconnaître quand un homme ment. Vous n'avez vraiment pas la moindre idée de qui se trouve derrière tout ça ?

— Par les dieux, Dennis, je vous jure que non. J'ai à peine vingt ans et j'ai un peu voyagé, alors il est dur d'imaginer que j'ai pu me faire, en un laps de temps si court, un ennemi qui soit prêt à monter une tentative d'assassinat si élaborée.

— Je ne crois pas qu'on puisse parler de tentative d'assassinat, rétorqua Drogan. J'y ai beaucoup réfléchi, et je pense qu'il s'agit plutôt d'un test.

— « Un test » ?

— Quelqu'un voulait vérifier à quel point vous êtes bon et vous a envoyé un adversaire plus coriace que n'importe quel participant du tournoi.

— Vraiment ? s'étonna Ser. Pourtant, le gagnant du tournoi est considéré comme le meilleur bretteur du monde. Tous mes adversaires étaient coriaces.

— Ne laissez pas ce titre pompeux vous monter à la tête si vous gagnez, Ser. (Drogan prit le jeune homme par le bras et l'entraîna en direction de la porte.) Vous devez vous préparer pour ce soir. Venez, nous continuerons à discuter en marchant.

» Écoutez, vous êtes peut-être le meilleur parmi tous ces types qui ont choisi de venir s'embrocher les uns les autres, mais les Izmalis font partie de ces gens qui passent leurs journées à apprendre comment tuer quelqu'un. (Ils s'écartèrent pour laisser passer deux domestiques qui transportaient une longue table vers la salle de conférence du capitaine Talinko.) On compte peut-être une demi-douzaine de soldats, éparpillés d'ici jusqu'aux îles du Couchant, qui se battent mieux que n'importe qui sur cette île, mais qui n'ont pas pu prendre congé de leurs seigneurs ou de leurs maîtres pour venir concourir au tournoi. Il existe sûrement des hommes aussi bons que vous, mais qui ne se sont pas donné la peine de venir à Roldem, malgré le prix offert au vainqueur. Je suis persuadé qu'il y a de par le monde d'excellents bretteurs qui n'ont jamais entendu parler de Roldem, et encore moins de la cour des Maîtres ou de ce tournoi.

» Si vous gagnez, ne prenez pas le titre de « meilleur bretteur du monde » au pied de la lettre. Vous pourriez vous faire tuer pour ça.

Ils arrivèrent au bout du couloir.

— Allez-y, dit Drogan en indiquant la porte. Vous trouverez un salon où vous pourrez vous reposer, vous faire masser, manger ou dormir jusqu'à ce qu'on vous appelle. (Il serra la main du jeune homme.) Bonne chance pour ce soir.

— Dennis ? appela Ser alors que le commissaire faisait mine de s'éloigner.

— Oui ? s'enquit Drogan en s'arrêtant.

— Me soupçonne-t-on de quelque chose ?

Dennis sourit.

— À moins que vous ayez payé un prix exorbitant pour qu'une personne essaie de vous tuer, et cela afin d'impressionner ces dames, je ne vois pas comment on pourrait vous soupçonner de quoi que ce soit dans cette maudite affaire qui ne rime à rien. (Puis son sourire s'évanouit.) À savoir que je me méfie toujours, mon ami. De tout et de tout le monde.

Il tourna les talons et laissa Ser dans le couloir. Ce dernier repensa aux paroles du commissaire et songea que, pendant une heure, il allait devoir mettre toute cette histoire de côté. Il ne fallait surtout pas prendre la situation à la légère, mais tout ça n'avait vraiment pas de sens à ses yeux.

Ser attendait qu'on l'appelle pour le dernier duel. On lui avait donné une chambre somptueuse, avec toutes sortes de rafraîchissements et de mets, qui allaient du léger bouillon à un jambon entier, en passant par des fruits frais, des gâteaux et d'autres douceurs. Du vin, de la bière et de l'eau fraîche attendaient en carafe sur le buffet, et deux serviteurs se tenaient à proximité pour répondre à ses désirs. Il y avait également un lit au cas où il souhaiterait faire une petite sieste.

Ser était assis sur ce dernier, tandis que Pasko rôdait autour du buffet, grignotant ici et là. Magnus franchit la porte qui donnait sur l'aile des domestiques et regarda les deux serviteurs qui se tenaient dans la pièce.

— Laissez-nous quelques minutes, je vous prie.

Les deux intéressés regardèrent Ser, qui confirma d'un hochement de tête, puis s'esquivèrent rapidement.

— Comment êtes-vous entré dans le palais ? s'étonna Ser après leur départ.

Magnus sourit d'un air suffisant.

— Si je veux entrer quelque part, ce n'est pas quelques gardes en faction devant la porte qui m'en empêcheront.

Ser haussa les épaules en reconnaissant la validité de cette remarque.

— Dans ce cas, je suppose que j'aurais plutôt dû demander ce qui vous amène ?

— Je viens juste de parler à nos agents à Kesh. L'assassin était membre d'une faction particulièrement obscure des Izmalis, et nous essayons de nous renseigner à son sujet.

Ser ne demanda pas à Magnus comment il avait pu s'entretenir avec des agents situés à plusieurs milliers de kilomètres de Roldem. Soit le magicien connaissait un sort pour parler à distance, soit il avait utilisé ses pouvoirs pour aller là-bas et en revenir.

— La question que je me pose, c'est s'ils vont réessayer de me tuer, ou s'il s'agissait d'un test que j'ai réussi.

— Nous ne le saurons que s'ils essaient encore de te tuer, répondit Magnus.

— Moi, je crois que c'est une espèce de test, intervint Pasko. S'il voulait votre mort, messire, ils auraient trouvé des moyens plus faciles de vous tuer, comme je l'ai déjà fait remarquer. Je pense que quelqu'un, là dehors, essaie de vous évaluer.

Ser se laissa aller contre le mur et mit un coussin dans son dos pour plus de confort.

— Dans ce cas, la question est de savoir qui essaie de m'évaluer et pourquoi ?

— Deux possibilités me viennent immédiatement à l'esprit, répondit Magnus. La personne qui a envoyé les danseurs de mort a très bien pu décider de s'intéresser au jeune homme qui les a tenus en échec.

— Mais comment cette personne pourrait-elle savoir qu'il s'agissait de moi ? rétorqua Ser. Je veux dire, nous étions tous sur l'île, et on m'a emmené tout de suite dans la propriété de votre père. N'importe qui sur l'île aurait pu faire échouer cette attaque.

— Le plus sûr moyen de mourir, messire, c'est de sous-estimer nos ennemis. Vous n'imaginez pas à quel point ils sont retors, et je suis persuadé qu'ils ont autant d'agents que nous de par le monde, si ce n'est plus, ajouta Pasko.

— Vous croyez qu'il y a des espions sur l'île du Sorcier ?

— Non, mais il y en a dans d'autres endroits où ils peuvent obtenir des informations sur ce qui se passe sur l'île, répondit Magnus. Plus nous sommes loin de mes parents et plus nous sommes en danger, c'est un fait pour tous ceux qui sont à leur service.

» Voilà plus de trois ans que tu n'es plus directement sous leurs ordres, Ser. Pendant tout ce temps, quelqu'un a très bien pu découvrir suffisamment d'indices pour comprendre que c'est toi qui as fait échouer la tentative d'assassinat contre moi.

— Il est peu probable qu'il s'agisse de vengeance si je comprends bien la nature du conflit que vous avez évoqué, Magnus.

— C'est vrai, reconnut ce dernier. Mais nos ennemis pourraient vouloir éliminer un dangereux adversaire. Ils cherchent constamment à nous affaiblir, Ser, à faire échouer toutes nos tentatives pour prendre l'avantage. Alors, quand ils peuvent identifier l'un de nos agents, il est probable qu'ils font de leur mieux pour le faire disparaître.

— Ça n'explique toujours pas pourquoi ils ont essayé de me tuer au moment où j'étais le moins vulnérable, et ce devant des centaines de témoins… (Ser agita la main avec frustration.) Pour moi, ça n'a toujours pas de sens.

— Si, ça en a un si la personne qui a manigancé tout ça essaie de faire passer un message à mon père.

— Quel « message » ? demanda Ser.

— Qu'aucun de ses agents n'est en sécurité nulle part.

Ser réfléchit à cela, puis reprit :

— Vous avez parlé de deux possibilités. C'est quoi, la deuxième ?

— Quelqu'un veut te recruter.

— Qui ?

— Nous le saurons quand on t'offrira une place, n'est-ce pas ?

— Vous croyez que quelqu'un s'est vraiment donné toute cette peine pour m'engager ?

— Certaines personnes que vous rencontrerez au cours de votre vie, messire, sont capables de tout, répliqua Pasko en finissant de manger un morceau de fromage piquant. Tout bien considéré, vous êtes un homme dangereux, ajouta-t-il en s'appuyant contre la table et en prenant une tranche d'oignon qu'il recouvrit de moutarde. Il se peut que quelqu'un veuille engager un grand bretteur à son service, mais uniquement si celui-ci est aussi bon guerrier que duelliste. La surprise de cet après-midi a montré que vous êtes les deux.

— C'est vrai, renchérit Magnus. Le Conclave et nos ennemis ne sont pas les seuls à posséder richesses et ressources humaines et à avoir envie de recruter des personnes de talent. (Magnus regarda Pasko manger son oignon à la moutarde et lui demanda :) Comment peux-tu avaler ça ?

— C'est super, après le fromage, répondit Pasko, la bouche pleine. Arrosé d'un peu de vin blanc… (Il frotta ses doigts, roula des yeux, puis les ferma en disant :) Tout simplement merveilleux.

— J'aime manger comme tout un chacun, Pasko, intervint Ser, mais je dois reconnaître que je suis d'accord avec Magnus sur ce coup-là.

— Essayez donc, messire. (Pasko attrapa une assiette, y posa une tranche d'oignon et un morceau de fromage côte à côte, puis étala de la moutarde sur l'oignon. Il prit ensuite un verre de vin et rejoignit Ser.) Goûtez d'abord le fromage, puis l'oignon, puis le vin.

Ser mordit le fromage et s'aperçut qu'il s'agissait d'une pâte dure, au goût prononcé. Quand il mordit l'oignon, il découvrit que la moutarde était particulièrement relevée. Les larmes aux yeux, il engloutit le vin. Enfin, lorsqu'il fut de nouveau capable de parler, il se prononça :

— Pas mal, mais je crois qu'il faut d'abord s'y habituer.

Magnus se laissa aller à un bref éclat de rire moqueur.

— Il faut que j'y aille, je dois parler à mon père. Je reviendrai pour le duel.

— Il a lieu dans moins d'une heure, lui rappela Pasko.

— Je serai de retour.

Magnus agrippa son bâton et disparut. Il y eut comme un bruit de bouchon qui saute, un léger déplacement d'air et puis plus rien.

— Très théâtral, fit remarquer Ser.

— C'est un jeune homme très dangereux, répliqua Pasko. Personne n'en parle, mais il sera peut-être plus puissant que son père un jour.

— Et, un jour, il va falloir que quelqu'un me parle de cette famille. (Comme Pasko faisait mine d'ouvrir la bouche, Ser leva la main pour l'interrompre.) Mais pas aujourd'hui. Pour le moment, je veux me reposer une demi-heure et me préparer mentalement. J'ai mon compte de distraction pour les dix prochaines années. Dans moins d'une heure, je dois affronter mon adversaire pour le titre.

En s'allongeant sur le lit, la tête sur un oreiller, Ser ajouta :

— De plus, il faut que je trouve un moyen de tuer ce salopard sans me recevoir une volée de flèches ou de carreaux d'arbalète.

Pasko, qui s'apprêtait à manger un autre morceau de fromage et d'oignon, suspendit son geste et regarda Ser fermer les yeux. Puis il porta lentement la nourriture à ses lèvres et en mordit une bouchée. Il hocha alors la tête en songeant que la moutarde était effectivement un peu forte.

Ser se tenait devant le roi, le regard fixé droit devant lui. Visiblement ravi d'avoir l'occasion de faire mourir d'ennui tous les nobles et tous les riches bourgeois, le maître de cérémonies leur racontait par le menu la création du tournoi de la cour des Maîtres.

Ser résista à l'envie de jeter un coup d'œil sur sa gauche en direction de Campaneal. L'officier de la garde du duc d'Olasko regardait sûrement droit devant lui, tout comme Ser.

Finalement, la leçon d'histoire prit fin, et le maître de cérémonies conclut :

— Votre Majesté, devant vous se tiennent les deux meilleurs duellistes du monde. Chacun est impatient de prouver sa valeur devant votre auguste personne. Permettez-moi de vous présenter le lieutenant George Campaneal, au service de votre cousin, le duc d'Olasko.

Le lieutenant s'inclina devant le roi.

— Et permettez-moi de vous présenter également Serwin Fauconnier, écuyer de Rivière-Morgane et de Fortcloche, baronnet du lac d'Argent, vassal de Sa Grâce, le duc de Yabon.

Ser s'inclina devant le roi.

— Messieurs, reprit le maître de cérémonies, vous vous êtes admirablement acquittés de vos duels dans la compétition la plus exigeante qui soit. À présent, l'un d'entre vous est sur le point de recevoir le titre de meilleur bretteur du monde. Vous connaissez les règles ; si l'un de vous souhaite quitter le tournoi à ce stade de la compétition, nul ne vous en tiendra rigueur. (Il regarda les deux hommes pour voir si l'un d'eux souhaitait se retirer, ce qui ne fut pas le cas.) Très bien. Que le duel commence.

Le maître le plus âgé de la Cour, qui occupait ce poste depuis près de trente ans, s'avança d'un pas lent jusqu'au cœur de la zone choisie pour le duel. Il fit signe aux deux adversaires d'approcher, prit Ser par le poignet et le fit se déplacer légèrement sur sa gauche. Puis il fit de même avec Campaneal en le guidant vers la droite.

— Tournez-vous face à moi ! aboya-t-il d'une voix encore puissante. Veillez à ne jeter le déshonneur ni sur la cour ni sur vous-même ! ordonna-t-il.

Ser risqua un coup d'œil furtif en direction de la galerie qui courait sur toute la longueur de la salle du trône et il aperçut des archers et des arbalétriers en position, prêts à tirer.

Le maître eut la bonne grâce de ne pas mentionner leur présence.

— À mon signal, que le duel commence. Puissent les dieux vous insuffler force et honneur.

Ser se tourna vers Campaneal, qui s'inclina devant lui. Ser répondit par un bref hochement de tête, ne souhaitant pas faire preuve de la moindre courtoisie envers cet assassin.

Le signal fut donné, et Campaneal attaqua aussitôt, l'épée haute. Il l'abattit d'un coup sec en direction du flanc de Ser. D'une torsion du poignet, ce dernier amena sa lame sur la gauche, pointe vers le bas, pour bloquer l'attaque. Puis il tourna aussitôt sur sa droite. Il s'agissait d'un geste inattendu qui lui laissa le dos à découvert pendant un bref instant mais, le temps que Campaneal comprenne et le suive, Ser porta lui aussi une attaque, qui aurait dû atteindre Campaneal à l'épaule gauche.

Mais le soldat d'Olasko était un bretteur aguerri ; il fléchit légèrement les genoux et l'épée frôla son épaule sans lui faire de mal. Ser dut reculer, de peur que son élan le fasse de nouveau tourner et l'oblige à exposer son dos encore une fois.

À présent qu'ils avaient échangé leurs premiers coups, les deux adversaires commencèrent à se tourner autour en évitant soigneusement la lame de l'autre. Ser prit la mesure de son adversaire : Campaneal était presque aussi véloce que l'assassin keshian, mais il compensait ses attaques légèrement moins rapides par une maîtrise parfaite de l'épée longue. Il maniait une arme parfaitement équilibrée et savait comment exécuter une combinaison complexe de coups, de feintes et de ripostes.

Chacune des attaques de Ser fut parée et suivie d'une riposte. Plusieurs fois, le jeune homme n'évita la défaite que grâce à ses réactions presque surnaturelles. Au bout de quelques minutes, les deux hommes étaient déjà trempés de sueur et haletants.

Les applaudissements, les encouragements et les cris perdirent de leur vigueur, puis s'éteignirent complètement tandis que le duel se poursuivait. Pour finir, la Cour resta assise en silence, sans même le plus petit murmure ou chuchotement, tant chacun observait avec attention les moindres faits et gestes des combattants. Les gens retenaient leur souffle et essayaient même de ne pas battre des paupières, de peur de manquer le point d'orgue qui n'allait sûrement pas manquer de se produire.

Ser commençait à sentir monter la pression, car Campaneal était sûrement le meilleur bretteur qu'il ait jamais affronté. Rusé, ce dernier refusait de tomber dans un schéma répétitif. Plus le combat durait, et plus Ser sentait ses chances de vaincre s'amoindrir. Il éprouvait le besoin de trouver l'attaque parfaite, celle qui paraîtrait légèrement décalée et qui se terminerait par un coup fatal en apparence accidentel. Mais, à mesure que les minutes passaient et que la fatigue s'insinuait dans ses bras et ses jambes, Ser comprit qu'il était peu probable qu'il ait l'occasion de tuer cet homme. Il risquait même de se voir privé du plaisir de la victoire.

Puis il aperçut quelque chose. Il regarda le lieutenant tourner son épée en attaquant son côté désarmé, puis ramener sa lame de l'autre côté au moment où lui-même s'apprêtait à se défendre à droite. Le jeune homme avait déjà vu ce mouvement auparavant.

De nouveau, les minutes passèrent et, pendant de longues périodes, les deux adversaires s'éloignèrent l'un de l'autre en se tournant autour pour reprendre leur souffle et tenter de trouver une ouverture. Ser décida qu'il valait mieux prendre des risques avant qu'il soit trop fatigué pour effectuer un mouvement difficile.

Il fit mine de porter un coup en hauteur assez maladroit, en se tordant le poignet de manière que sa lame descende de son épaule gauche en direction de l'épaule droite de Campaneal. Puis il effectua lentement une nouvelle torsion du poignet, comme s'il voulait tenter un coup de taille sous le coude de Campaneal, lequel avait brièvement laissé ses côtes à découvert en levant son épée pour bloquer cette attaque.

Campaneal remarqua aussitôt une ouverture et, plutôt que de continuer à bloquer en hauteur, il porta une estocade pour essayer d'atteindre Ser à l'épaule droite.

Ser laissa son élan l'emporter jusqu'à se retrouver penché, les jambes très écartées, le corps tordu sur la gauche et l'épée au sol avec la pointe juste devant sa botte droite. Plutôt que de se redresser en reculant, il continua à tomber jusqu'à ce que son genou droit touche le sol tandis que la pointe de l'épée de Campaneal ne rencontrait que du vide. Alors même que le lieutenant, surpris, se rendait compte qu'il avait manqué sa cible et commençait à reculer sa lame, Ser, d'une nouvelle torsion du poignet, releva son épée et embrocha Campaneal à hauteur de l'aine.

Le lieutenant laissa échapper un grognement de douleur et s'effondra en se tenant l'entrejambe. Du sang coulait entre ses doigts. Ser se releva et recula, tandis que l'assistance restait plongée dans un silence hébété.

Le jeune homme avait tenté une botte stupide et dangereuse, mais elle avait marché. La foule tout entière se mit soudain à applaudir et à acclamer Ser qui s'éloigna de son adversaire.

Le maître âgé s'approcha de Ser et lui posa la main sur l'épaule, signifiant par là qu'il avait gagné. Ser fit exprès de rejoindre Campaneal et de lui tendre la main pour l'aider à se relever. Le lieutenant, visiblement en proie à une grande souffrance, gisait sur le sol, un masque de douleur à la place du visage. Ser parut hésiter, puis se retourna en disant :

— Qu'on aille chercher un guérisseur. Je crains que la blessure soit plus profonde que je le souhaitais.

Deux soldats vêtus de l'uniforme du duché d'Olasko se précipitèrent au chevet de Campaneal pour tenter de lui porter secours. Enfin, le guérisseur du roi apparut. Il examina rapidement la blessure, puis donna l'ordre de transporter le lieutenant dans une pièce voisine pour qu'il puisse le soigner.

Des domestiques s'empressèrent ensuite de nettoyer le sang sur le sol et n'eurent besoin que de quelques minutes pour remettre la salle en ordre.

Ser écouta d'une oreille distraite les louanges que déversèrent sur lui le roi et le maître de la Cour. Il acquiesça et sourit aux moments opportuns et il accepta leurs félicitations. Lorsque le roi lui remit enfin l'épée dorée, une petite réplique du prix présenté au comte Versi Dango deux cents ans plus tôt, Ser s'inclina et prononça quelques mots de remerciements.

Mais, pendant tout ce temps, il se demanda à quel point la blessure infligée à son ennemi était profonde.

Pasko l'escorta jusqu'à la pièce où il avait attendu avant le duel. Ser y trouva une baignoire remplie d'eau chaude et il s'accorda le luxe de s'effondrer sur le lit pour laisser Pasko lui retirer ses bottes.

— J'ai failli perdre, confia-t-il au serviteur.

— Je sais, répondit Pasko, mais vous avez gagné. Vous commenciez à fatiguer ; vous êtes un type solide, en pleine forme, mais lui, c'est un vétéran, endurci par des campagnes et des guerres bien réelles. C'était son atout. Le vôtre, c'était cette capacité à tout risquer sur une attaque dangereuse. Mais ça a marché.

—Oui, ça a marché, reprit Ser. J'ai failli perdre parce que je voulais à tout prix trouver un moyen de le tuer ; ce n'est qu'au dernier moment que j'ai compris qu'il ne me restait presque aucune chance de le vaincre. Il était presque trop tard.

—En tout cas, ce qui est fait est fait. (Pasko posa les bottes par terre.) Maintenant, faites votre toilette, parce que la fête a déjà commencé et que vous en êtes l'invité d'honneur.

Ser grimpa dans la baignoire et laissa la chaleur détendre ses muscles noués.

—Quand je pense que, quand j'étais petit, j'adorais l'eau froide, marmonna-t-il.

On frappa à la porte. Pasko traversa la pièce pour aller ouvrir. Il parla brièvement, puis ouvrit la porte en grand. Une demi-douzaine de pages entrèrent avec, dans les bras, des habits dignes d'un roi.

—Sa Majesté vous salue, écuyer, déclara le plus vieux des pages. Elle souhaite vous offrir ces habits comme modeste témoignage de sa joie et de son appréciation face à votre victoire. Sa Majesté vous attend dans la salle du trône.

—Merci, dit Ser en se levant et en prenant une serviette des mains de Pasko. Dites à Sa Majesté que je suis submergé par la gratitude et que je la rejoins très bientôt.

Les pages s'inclinèrent et s'en allèrent pendant que Pasko aidait Ser à s'habiller rapidement. Les habits étaient taillés dans les tissus les plus coûteux et semblaient avoir été faits sur mesure pour le jeune homme.

—Je me demande s'il existe quelque part une autre tenue faite sur mesure pour Campaneal, dit Pasko.

— Sans aucun doute, répondit Ser. Est-ce que ce sont des perles ?

— Oui. Votre pourpoint est cousu de perles. Cet accoutrement vaut presque aussi cher que la fragile petite épée dorée que vous avez gagnée.

Lorsqu'il eut fini de s'habiller, le jeune vainqueur vint se planter devant un miroir poli, un de ces objets rares et coûteux dont regorgeait le palais, et il observa son reflet. Au pourpoint jaune et à la culotte noire venaient s'ajouter une chemise blanche et un chapeau rouge. Pourtant, ce fut un étranger que Ser découvrit dans la glace. Pendant un bref instant, il ne se reconnut pas. Il ne restait plus rien de l'enfant des montagnes qui était resté assis pendant trois jours sur les pentes d'un pic glacial dans l'attente de sa vision. Devant lui se tenait un étranger vêtu à la dernière mode de Roldem, un jeune homme urbain et éduqué qui parlait de nombreuses langues, jouait de plusieurs instruments de musique et savait cuisiner, peindre, composer des vers et courtiser des dames de haut rang. Pendant un instant d'amertume, Ser se demanda si l'enfant en lui avait disparu à jamais. Puis il chassa cette sombre pensée de son esprit et se tourna vers Pasko.

— Viens, ne faisons pas attendre le roi.

Ils gagnèrent rapidement la salle du trône, où le maître de cérémonies annonça pompeusement son arrivée. Ser entra et traversa la salle pour rejoindre le roi tandis que l'assistance applaudissait avec enthousiasme.

À côté de la reine se tenait le duc d'Olasko. Lorsque les applaudissements s'éteignirent, le duc s'avança, un léger sourire aux lèvres.

— Puis-je vous parler un moment en privé, jeune homme ?

Ser laissa le duc l'emmener à quelques pas de là. Kaspar s'adressa alors à lui d'une voix profonde et apaisante qui démentait la nature dangereuse que Ser percevait en lui.

— Avez-vous des projets maintenant que le tournoi est terminé, mon jeune ami ?

— Je dois m'occuper d'une affaire de famille, mais je dois avouer que je n'ai pas beaucoup réfléchi à ce que je ferai ensuite, Votre Grâce.

— Je suis toujours à la recherche de nouveaux talents, jeune Fauconnier, et vous me semblez en être un. La façon dont vous avez triomphé de cet Izmali vous place au-dessus de la plupart des bretteurs, sans oublier que vous avez battu mon champion aujourd'hui. Il n'existe peut-être aucun homme en Olasko qui aurait pu rivaliser avec Campaneal.

— Vous me flattez, Votre Grâce.

— Non, rétorqua le duc d'une voix douce. Les flatteries sont une perte de temps. Ceux qui me servent reçoivent des louanges lorsqu'elles sont méritées, tout comme ils sont punis lorsqu'ils échouent. Je suis ravi de préciser qu'à ma cour les récompenses dépassent de loin les punitions car, comme je l'ai dit, j'aime à m'entourer d'hommes exceptionnels – et de femmes aussi, ajouta-t-il avec un sourire plus large encore.

Le duc regardait par-dessus l'épaule de Ser. Ce dernier se retourna et vit une jeune femme blonde approcher, un petit sourire aux lèvres elle aussi. Ser s'efforça de conserver un visage neutre tandis que le duc disait :

— Ma chère, puis-je vous présenter l'écuyer Serwin Fauconnier, originaire du royaume ? Écuyer, voici ma compagne, la dame Rowena de Taslin.

— Ma dame, dit Ser en s'inclinant.

— C'est un plaisir pour moi, écuyer. Je suis arrivée à Roldem avec beaucoup de retard, mais néanmoins à temps pour assister au duel au palais. Vous étiez magnifique.

— C'est trop d'honneur que vous me faites, ma dame, badina Ser.

— Dommage pour le lieutenant, ajouta-t-elle en se tournant vers le duc.

— Oui, n'est-ce pas ? approuva Kaspar. Oh, mais vous ne connaissez sans doute pas la nouvelle, Fauconnier ? Votre coup a sectionné une artère de l'aine qui s'est rétractée à l'intérieur du corps ; j'ai bien peur que mon lieutenant ait saigné à mort pendant qu'on attendait le prêtre guérisseur.

Ser sentit son cœur s'arrêter de battre pendant quelques secondes.

— Voilà qui est en effet regrettable, Votre Grâce.

— Vous savez, ce n'est jamais que le quatrième accident mortel dans l'histoire du tournoi, et vous êtes responsable de deux d'entre eux, le même jour. Celui de cet après-midi était tout à fait justifiable, compte tenu des circonstances, mais celui de ce soir est… un faux pas malheureux. Il s'agissait d'une blessure assassine.

Ser se raidit, mais le duc s'empressa d'ajouter :

— Pardonnez-moi ce mauvais choix de mots, mon jeune ami. J'ai observé attentivement le duel et j'ai bien vu que vous avez porté ce coup à l'aveugle. Je ne crois pas que vous ayez pu voir où la pointe allait se ficher. C'était de toute évidence un accident.

— Je suis vraiment désolé de vous priver d'un bon officier, répondit Ser.

— Eh bien, dans ce cas, il ne vous reste plus qu'à réparer cela en venant à Opardum m'offrir vos services.

Le cœur de Ser se mit à battre plus vite.

— J'y réfléchirai, Votre Grâce. Comme je l'ai dit, je dois d'abord m'occuper d'une affaire de famille, mais lorsque ce sera fini… peut-être.

— Très bien. Maintenant, si vous voulez bien m'excuser, dit le duc en tendant le bras et en escortant la dame Rowena à l'écart.

Ser retourna à l'endroit où l'attendait Pasko. Au passage, il répondit à une dizaine de personnes qui le félicitaient.

— Qu'est-ce qui ne va pas ? demanda Pasko en voyant la tête que faisait Ser.

— Nous devons immédiatement trouver Magnus, où qu'il se cache. (Ser balaya la grande salle du regard.) Je suis sûr qu'il est là, quelque part.

— Et ensuite ?

— Je lui dirai que je sais qui a envoyé les assassins à mes trousses. C'était le duc d'Olasko.

— Comment le savez-vous ?

— Il savait que l'assassin était un Izmali. Seul Magnus en était sûr, puisqu'il s'était lui-même rendu à Kesh. La seule façon pour Olasko de le savoir, c'est parce qu'il a payé le clan de cet homme pour me tuer.

L'expression de Pasko se modifia. Puis il annonça :

— Je vais trouver Magnus.

Comme il faisait mine de passer à côté de Ser, il sentit la main du jeune homme se poser sur son bras pour le retenir.

— Encore une chose.

— Oui ?

— La femme qui accompagne Olasko.

— Eh bien ?

— C'est Alysandra.

18

Des choix difficiles

Magnus faisait les cent pas.

— J'ai envoyé un mot à mon père au sujet d'Alysandra. J'attends une réponse.

— Vous ne saviez pas qu'elle était avec le duc ? s'étonna Ser.

— Non, répondit Magnus. Je ne suis pas au courant de tous les détails des plans qu'élabore mon père. Tout ce que je sais, c'est qu'elle a quitté l'île moins d'un an après toi.

— Personne ne me l'a dit.

— Il n'y avait aucune raison de le faire, Ser, répondit Caleb, qui était jusque-là resté assis en silence dans un coin de l'appartement. On t'a donné une dure leçon, mais on s'est dit que tu l'avais surmontée. En plus, un grand nombre de ceux que tu as connu sur l'île vont et viennent en mission pour mon père.

— Je présume donc qu'elle travaille pour… (Il était sur le point de dire « le Conclave », mais on l'avait prévenu de ne jamais y faire référence dans des endroits où on pouvait l'espionner. Or, cette histoire avec le duc d'Olasko le rendait excessivement prudent. Il préféra donc remplacer ce terme par le mot :) nous ?

— Si ce n'était pas le cas, tu serais déjà mort, répondit Magnus. Kaspar sait qu'il y a des gens quelque part qui œuvrent contre ses intérêts et ceux de ses alliés. S'il te soupçonnait de faire partie de ces gens-là…

Il haussa les épaules sans prendre la peine de terminer sa phrase.

— Je lui ai peut-être donné une information sans réfléchir, rétorqua Ser.

— Si tu étais à ce point inculte, Ser, on ne t'aurait jamais permis d'arriver si loin, répliqua Caleb en se levant pour rejoindre son frère. Qui supervise la fille ?

— Mère.

Caleb secoua la tête en souriant d'un air contrit.

— Dans ce cas, tout est possible, et c'est pour ça qu'aucun d'entre nous ne savait qu'Alysandra est ici, dans l'Est. Notre mère a toujours tendance à garder des informations pour elle, expliqua-t-il à Ser. C'est à cause de son passé, apparemment. Quoi qu'il en soit, ce ne serait pas la première fois qu'elle prendrait une initiative sans même en avertir notre père.

Magnus leva les yeux au ciel.

— Leurs disputes sont… légendaires. Mais Caleb a raison, ajouta-t-il. Je parlerai à notre mère ce soir, et nous verrons si elle voudra bien m'expliquer ce qu'Alysandra fait aux côtés du duc.

On frappa à la porte. Pasko déclara qu'il allait ouvrir, et tout le monde se tut.

— Sûrement une invitation, ajouta le serviteur en quittant la pièce pour descendre l'escalier.

— La célébrité amène beaucoup de nouveaux amis, expliqua Ser d'un ton sec, en faisant la grimace. J'ai reçu une dizaine d'invitations à dîner rien qu'au cours des quatre dernières heures.

Pasko revint et tendit un mot à Ser. Le papier était clos par un sceau que le jeune homme n'avait encore jamais vu.

— De la part de la dame Rowena de Taslin.

Ser brisa le cachet et lut le mot :

— Elle me dit qu'elle s'en va dans deux jours avec le duc et qu'elle n'aura peut-être pas l'occasion de me revoir, alors elle préfère m'écrire. Olasko a l'intention d'envahir les Hautes Étendues avant la fin de l'été.

— Il protège son armée à l'est en vue de l'invasion de Farinda, rappela Caleb.

— Ce qui signifie qu'au printemps prochain il envahira les terres des Orodons, ajouta Ser. (Il relut le message, puis fit remarquer aux deux frères :) En tout cas, cela tend à prouver qu'Alysandra travaille toujours pour votre mère.

— Apparemment, approuva Caleb.

— Que vas-tu faire maintenant, Ser ? demanda Magnus.

— Je pensais que vous me le diriez.

Magnus s'appuya sur son bâton.

— On ne peut pas diriger les faits et gestes au quotidien de tous les agents que nous avons de par le monde. Tu as été envoyé ici, à Roldem, pour te faire un nom et t'ouvrir des portes en termes de pouvoir et d'influence. Nous avons de nombreux agents comme toi dans le royaume et presque autant à Kesh, mais nous sommes tout juste en train de créer un nouveau réseau dans les royaumes de l'Est. Cependant, quand nous estimons qu'un agent est prêt, nous le laissons prendre ses propres décisions concernant la façon dont il servira le mieux notre cause.

— Je saurais mieux la servir, cette cause, si je la comprenais, rappela Ser.

Magnus leva les mains et bougea les lèvres, et Ser crut, pendant un instant, voir la pièce s'assombrir légèrement.

— Pendant une minute ou deux, personne ne peut nous voir à l'intérieur de ce sortilège, expliqua le magicien en venant s'asseoir à la table. Ser, nous sommes des agents du Bien. Je sais que tu as déjà entendu ce discours-là et que la plupart des choses que nous t'avons faites semblent démentir nos paroles, mais c'est la vérité. Il reste encore beaucoup de choses que je ne peux pas te dire, mais voici ce que tu dois savoir à présent.

» Le duc d'Olasko est assisté par un individu très spécial. Cet homme n'est pas venu avec lui à Roldem, ce qui ne me surprend pas, car il quitte rarement Opardum ces jours-ci. Ma mère a peut-être posté Alysandra en Olasko pour influencer Kaspar, mais je crois surtout qu'elle l'a envoyée là-bas pour surveiller cet homme.

» Il se fait appeler Leso Varen, mais ce n'est pas son vrai nom, pas plus que la dizaine d'autres pseudonymes qu'il a utilisés au fil des ans. Mon père a déjà affronté cet homme. Il est un peu l'*alter ego* de mon père dans les rangs de l'ennemi, car c'est un magicien redoutable et subtil. Il est fou, mais il n'est pas stupide. En revanche, il est dangereux au possible, et c'est lui, le mal qui se cache derrière les ambitions de Kaspar.

— Magnus n'exagère pas, Ser, renchérit Caleb. Cet homme est vraiment le Mal incarné.

— Tu dois également savoir que nous tous qui servons mes parents et les autres dirigeants, nous n'assisterons pas à la défaite de nos ennemis, que ce soit de notre vivant ou du vivant des arrières petits-enfants de nos arrières petits-enfants.

» Nous nous battons parce qu'il le faut. Le Mal a l'avantage d'être servi par le chaos et la confusion. Il peut détruire et ravager, alors que nous devons préserver et bâtir. C'est nous qui avons la tâche la plus difficile.

— Une fois, Nakor nous a expliqué, à Magnus et à moi, que le Mal est folie, de par sa nature, ajouta Caleb. Quand on pense à la destruction de ton village, je suis sûr que tu es d'accord avec moi.

Ser acquiesça.

— Que Kaspar ait pu exterminer mon peuple uniquement pour servir ses ambitions maléfiques… tu as raison, c'est de la folie.

— Voici donc où je voulais en venir, reprit Magnus. Nous ne vaincrons jamais vraiment le Mal, mais nous œuvrons pour le juguler et protéger le plus d'innocents possibles des forces qui ont détruit tout ce que tu as connu enfant. Dans ce but, nous avons collégialement décidé de ce qui devait être fait, mais chacun d'entre nous a un rôle différent à jouer.

— Le but est donc de tuer Kaspar ? demanda Ser.

— Peut-être, répondit Caleb. Sûrement, même, au bout du compte. Mais, pour le moment, nous devons patienter et voir si nous sommes capables d'isoler Leso Varen. Si nous réussissons à l'éliminer, nous ferons subir à notre ennemi un revers de… plusieurs siècles.

— Voilà que tu parles de choses qui me dépassent, Caleb, protesta Ser. Je ne serai plus là dans plusieurs siècles.

— C'est une habitude que nous tenons de ceux qui vivent bien plus longtemps que la moyenne, expliqua Magnus. Non, on ne s'attend pas que tu comprennes tout, Ser, mais si tu penses un jour devenir père, dis-toi que ce que tu fais maintenant aide à créer un monde meilleur pour tes enfants.

Ser garda le silence un moment. Sa propre histoire, ce qu'il avait été, tout cela lui était devenu si étranger, il s'était à ce point perdu dans son rôle de Ser Fauconnier, que le fait d'envisager une vie personnelle dans laquelle il pourrait un jour se marier et avoir des enfants n'avait presque plus la moindre signification. Puis il se rappela ces semaines ensorcelantes avec Alysandra quand il n'avait qu'une envie : passer le reste de ses jours à ses côtés. La fille s'était certes moquée de lui, quelle qu'en soit la raison, et il la haïssait pour cela, mais ses sentiments d'alors étaient bien réels : il avait voulu se marier et devenir père.

— Je comprends, finit-il par dire.

— Tant mieux, répondit Magnus. Maintenant, dis-moi, as-tu réfléchi à la proposition de Kaspar ?

— J'avoue que je ne sais pas quoi lui répondre. Je me rendrai certainement à Opardum pour entendre ce qu'il a à me proposer, mais je ne me vois pas à son service.

— Pourtant, cela te rapprocherait de lui et de Leso Varen, Ser, objecta Caleb. Tu pourrais grandement aider notre cause.

— Je suis un Orosini, rappela Ser. Je ressemble peut-être à un gentilhomme de Roldem ou à un noble du royaume, mais je reste un Orosini. (Il toucha ses joues.) Je ne porte pas les tatouages de mon clan, mais je suis un Orosini.

Caleb ne répondit pas et se contenta de regarder Ser en attendant qu'il continue. Magnus, de son côté, haussa les sourcils, mais il attendit lui aussi.

— Si je jure allégeance à Kaspar, je tiendrai parole. Je ne peux pas trahir un serment. C'est impossible. Je ne peux pas servir le Conclave et Kaspar en même temps. Je comprends qu'Alysandra ou d'autres puissent le faire, mais pas moi. (Il baissa d'un ton.) Je suis peut-être le dernier de mon peuple, mais c'est notre façon d'être, et je refuse d'y renoncer.

— Dans ce cas, tu ne dois pas le faire, répondit Caleb.

— De plus, Kaspar a les moyens de déterminer si quelqu'un ment lorsqu'il prête serment, renchérit Magnus. Leso Varen n'est peut-être pas capable de lire dans les pensées, mais je parie qu'il sera capable de dire si tu mens.

— Dans ce cas, que comptes-tu faire ? demanda Caleb à Ser.

— J'ai dit à Kaspar que j'irai le voir à Opardum quand je me serais occupé d'une affaire de famille.

— Quelle affaire de famille ? s'enquit Magnus.

En soupirant, comme s'il permettait à des sentiments torturés et furieux de sortir, Ser répondit :

— Ma vengeance.

L'homme tomba et renversa une table dans sa chute. Les gens à proximité s'éparpillèrent, car personne ne voulait avoir affaire au jeune homme visiblement enragé qui vint se camper au-dessus de l'individu gémissant.

Large d'épaules, les yeux clairs, rasé de près, ce jeune homme paraissait avoir une vingtaine d'années. Il avait les cheveux longs, noués en queue-de-cheval et rassemblés sous un foulard noir similaire à ceux des pirates quegans. Pourtant, il ne s'agissait visiblement pas d'un pirate, puisqu'il portait des bottes de cavalier et une épée à longue lame fine plutôt qu'un gros coutelas. Cependant, il paraissait aussi effrayant que n'importe quel boucanier à l'abordage. De toute évidence, il était vraiment très en colère.

Il contempla l'homme à ses pieds, lequel se frottait la bouche avec le dos de la main.

— Où est Raven ?

L'homme fit mine de se relever, mais Ser balaya sa main d'un coup de pied et le fit retomber à la renverse.

— Où est Raven ? répéta-t-il.

Ser était resté à Roldem jusqu'à la fête du solstice d'hiver, puis il s'était ensuite rendu chez Kendrick. Il y avait séjourné quelque temps pour profiter de nouveau des joies qu'il y avait connues et il avait passé la plus grande partie de son temps en cuisine pour concocter de nouveaux mets délicieux avec Léo. Ce dernier avait été impressionné par les progrès qu'avait faits le jeune Serre en matière de cuisine et de vin, ce qui ne l'avait pas empêché de continuer à le traiter comme un enfant ignorant.

À l'exception de Kendrick, de Gibbs et de Léo et sa femme, il n'y avait à l'auberge que des inconnus. Meggie était partie, personne ne savait où, et Gibbs avait été surpris d'apprendre que Lela se trouvait à Krondor. Ser fut attristé d'apprendre que Lars s'était noyé dans un lac glacé un peu plus tôt cet hiver-là.

Ensuite, Ser était retourné à Latagore et avait trouvé la ville pratiquement dans le même état que lorsqu'il l'avait visitée avec Caleb bien des années auparavant, en dépit de l'installation d'un nouveau dominaire qui n'était autre qu'un valet de Kaspar. Il semblait y avoir plus de gardes mais, pour le reste, les gens vaquaient à leurs occupations quotidiennes, le soleil brillait, et rien ne venait indiquer que des forces obscures étaient à l'œuvre.

Discrètement, Ser avait demandé autour de lui des informations sur les conflits imminents. On se battait déjà dans les Hautes Étendues, envahies par Olasko ; mais les bandes de mercenaires qui accouraient d'ordinaire sur ce genre de conflits étaient ostensiblement absentes.

L'homme à terre se prénommait Zemos, et il avait accepté de parler à Ser moyennant finance, car il le prenait pour un mercenaire à la recherche d'un emploi. Zemos était, à en croire plusieurs tenanciers de bar, une espèce de négociant qui pouvait faire engager n'importe qui dans une troupe mercenaire, à condition d'y mettre le prix. Cependant, dès que Ser avait mentionné le nom de Raven, Zemos avait paru oublier tout ce qu'il savait du monde des mercenaires.

Ser avait donc décidé de lui rafraîchir la mémoire.

— Je vois qu'on continue à agresser les gens, fit une voix à l'autre bout du comptoir.

Ser se retourna et découvrit un visage vaguement familier, qu'il mit un certain temps à reconnaître.

— John Creed, dit-il enfin en le saluant de la tête. Non, généralement, je n'agresse les gens que lorsqu'ils oublient une information que je leur ai payée.

— Je vais vous rendre votre or, répliqua Zemos. Je croyais que vous étiez juste à la recherche d'un contrat.

Creed vint rejoindre Ser.

— Pardonnez-moi, mais je n'arrive pas à me rappeler votre nom.

— Ser Fauconnier.

Une lueur fugace traversa le regard de Creed, comme s'il se rappelait quelque chose. Puis il acquiesça.

— Vous n'arriverez à rien avec cet idiot, dit-il en remuant Zemos avec la pointe de sa botte. Lève-toi, mec. (Quand ce fut fait, Creed ajouta :) Rends son or à notre ami et arrête de faire des promesses que tu ne peux pas tenir.

L'or changea de mains, et Zemos s'empressa de quitter l'auberge en frottant sa lèvre fendue. Creed balaya la salle commune du regard.

— Que diriez-vous d'une balade à la recherche d'une meilleure auberge ?

Ser acquiesça et le suivit à l'extérieur.

— Qu'est devenu le type avec qui vous voyagiez à l'époque, celui qui vous a frappé pour m'empêcher de vous tuer ?

— Pourquoi ?

— Parce que j'aimerais le remercier. Je viens tout juste de faire le rapprochement. C'est vous le vainqueur du dernier tournoi de la cour des Maîtres, pas vrai ?

Ser hocha la tête.

— Je ne savais pas que ce genre de nouvelles arrivaient si loin.

— Oh, mais si, jeune champion ! répliqua Creed. C'est pour ça qu'à mon avis votre ami mérite des remerciements parce que, si vous êtes aussi bon que ça, vous m'auriez mis en pièces.

Ser sourit.

— Je me suis beaucoup entraîné entre notre première rencontre et ma victoire dans le tournoi. Vous m'auriez sûrement embroché dès la première minute.

— J'aurais essayé, en tout cas, et ça aurait été dommage. Quoi qu'il en soit, pourquoi cherchez-vous ce salopard de Raven ?

— On a des comptes à régler, répondit Ser.

— Du genre sanglant, j'imagine.

— En effet.

— La rumeur prétend qu'il campe aux abords de Côte-du-Guet et qu'il se prépare à monter vers le nord dans quelques semaines, expliqua Creed tout en continuant à remonter la rue.

— Il s'apprête à incendier des villages orodons, déclara Ser, comme il l'a fait il y a des années avec les Orosinis.

— Sale histoire, celle-là, reconnut Creed. Ça ne me dérange pas de me battre pour de l'argent et ça ne me pose aucun problème d'éventrer un homme qui tient une épée, mais je refuse de tuer des femmes et des enfants. La plupart des nôtres pensent comme moi, alors Raven paie ses hommes au prix fort. Mais il se passe un truc étrange.

— Quoi donc ?

— Zemos et tous ceux qui, normalement, sont impatients de vous mettre en contact avec un capitaine mercenaire pour toucher leur part, eh bien, ils ne font plus leurs affaires comme d'habitude.

— Que voulez-vous dire ?

Ils arrivèrent devant une autre auberge. Creed fit un signe du menton pour montrer qu'ils devraient entrer.

Tout était calme à l'intérieur, avec à peine une demi-douzaine de personnes assises aux tables et plongées dans des conversations à voix basse. L'une d'elles salua Creed, qui lui rendit son salut. Ser et lui tirèrent deux chaises et prirent place.

— Ce que je veux dire, c'est que, brusquement, plus personne ne sait où se trouve le campement de Raven, ni celui de deux autres compagnies qui travaillent probablement pour Olasko.

— Tout le monde sait que Kaspar est derrière tout ça ?

— Quand on tue des gens pour gagner sa vie, on veut savoir qui nous paie, expliqua Creed. Raven ne peut pas appâter les fines lames sur la simple promesse d'un butin à la clé. Ces pêcheurs et ces gens des collines n'ont pas beaucoup d'objets de valeur. Raven doit offrir des garanties, et ses hommes ont besoin de savoir d'où vient l'or, pour être sûrs que le capitaine tiendra ses promesses à la fin de la campagne. (Il s'arrêta et balaya la salle du regard pendant quelques instants.) Le fait est, reprit-il au bout d'un moment, que certains espèrent que l'autre camp va se montrer et commencer à recruter lui aussi.

— « L'autre camp » ?

— Les Orodons. Ce ne sont pas des gens riches, mais ils possèdent un peu d'or et des marchandises qu'ils pourraient échanger.

Ser fit signe au barman de leur apporter deux bières.

— Mais pourquoi des mercenaires voudraient-ils tenir tête à une armée d'envahisseurs ?

— Ce ne sera pas une armée, rétorqua Creed. (Il se pencha en avant, les coudes sur la table. Sa crinière noire lui tombait sur les yeux, si bien qu'on aurait dit qu'il portait un capuchon.) Il ne s'agira que de deux ou trois compagnies de mercenaires. Ils vont attaquer les villages le long de la côte en misant sur l'effet de surprise et sur leur capacité à frapper avant que la nouvelle se répande.

Ser acquiesça. C'était exactement de cette manière qu'ils avaient balayé de la carte les villages orosinis.

— Donc, si un seul village se préparait à l'arrivée de Raven et de sa bande et s'il réussissait à les repousser, la campagne tout entière pourrait tomber à l'eau ?

— Exactement. Une seule victoire, et Kaspar serait obligé de repenser entièrement son approche des Orodons. Il lui faudrait peut-être négocier pour qu'ils laissent son flanc tranquille pendant qu'il conquiert les Hautes Étendues. Je sais qu'il ne veut pas se battre sur deux fronts à la fois – personne ne le veut.

Ser hocha de nouveau la tête.

— De quoi avez-vous besoin pour réunir une compagnie ?

— Moi ? (Creed sourit.) Je ne suis pas un capitaine. Je peux recruter des gars, cinquante en une semaine si vous voulez, mais je ne peux pas les diriger. Pourquoi ?

— Je suis en train de me dire que ça serait une bonne chose de rassembler une compagnie et de nous rendre jusqu'à la frontière orodonne pour essayer de faire affaire avec eux.

— « Nous » ?

— Bien sûr. Je suis à la recherche de Raven parce que j'ai bien l'intention de planter sa tête au bout d'une pique, alors autant que ce soit au cours d'une vraie bataille plutôt qu'en le traquant à travers bois tout en essayant d'éviter ses mercenaires.

— Là, on parle d'attraper du très gros gibier, fiston.

— Je sais, mais j'en fais une affaire personnelle.

— Dans ce cas, voilà ce dont vous allez avoir besoin, répondit Creed tandis que le barman leur apportait deux bières. D'abord, de l'or, suffisamment pour payer cinquante hommes pendant trois mois, sans parler des éventuels bonus.

— Je peux trouver ça.

— Ensuite, il vous faut du matériel, des chariots, au moins deux, et des mules. Si vous arrivez à dénicher des ingénieurs, ils vous coûteront davantage, mais ils sauveront des vies, et ce sera encore plus difficile pour Raven ou les autres compagnies de passer.

— Continuez, l'encouragea Ser.

Creed obéit, et Ser but chacune de ses paroles. Ils mirent ainsi un plan au point pendant tout l'après-midi. Au crépuscule, l'aubergiste leur servit à dîner, et les deux hommes continuèrent à parler jusque tard dans la nuit.

L'aube se levait lorsqu'une file de cavaliers descendit le col d'un pas lent.

— On nous surveille, Ser, fit remarquer Creed, recroquevillé sous son épaisse cape de laine.

— Je sais. Cela fait au moins une demi-heure, depuis que nous sommes arrivés en haut du col.

Ils avaient quitté Latagore une semaine plus tôt à la tête d'une compagnie de quarante combattants et archers, d'une dizaine d'ingénieurs, d'une demi-douzaine de porteurs et de deux chariots. Ils progressaient lentement et Ser maintenait son avant-garde près de lui, car il ne voulait pas apparaître trop menaçant en arrivant chez les Orodons.

À la frontière entre Latagore et les terres de ce peuple si proche du sien, ils avaient campé à côté d'une petite auberge où Ser avait récolté le plus d'informations possibles sur le pays de l'autre côté des montagnes. Ils avaient ensuite mis trois jours pour arriver jusqu'à la prairie où ils avaient dormi la veille, puis ils avaient levé le camp une heure avant l'aube.

— Si cet aubergiste savait de quoi il parlait, on devrait tomber sur le premier village dans huit kilomètres environ, reprit Creed.

— Non, il est plus près que ça, à mon avis, répondit Ser. Ils n'auraient pas posté de sentinelles si loin de chez eux.

— Sauf s'ils redoutent des ennuis, rétorqua Creed.

Ils continuèrent leur chemin tandis que le soleil se levait. En arrivant au bas du col, Ser eut un coup au cœur en découvrant une vue qui lui paraissait incroyablement familière. Dans le lointain, il voyait la brume qui, il le savait, planait au-dessus de l'océan. Mais, entre cet endroit et celui où il se tenait, le paysage lui rappelait douloureusement celui des montagnes de son enfance. Il aperçut de la fumée un peu plus loin.

— Des feux de cuisson, murmura-t-il. (Il se tourna vers ses hommes.) Restez là jusqu'à mon retour, mais pas la peine de prendre vos aises, je ne serai pas long.

Les hommes marmonnèrent dans leur barbe, et quelques-uns échangèrent des plaisanteries, mais, comme il était à la fois leur capitaine et leur client, ils obéirent. Redoutant de possibles ennuis, Creed avait convaincu Ser d'endosser le rôle de capitaine. En effet, des hommes qui avaient combattu ensemble ou parfois l'un contre l'autre risquaient de ne pas apprécier de recevoir des ordres d'un ancien camarade ou d'un ancien ennemi. En revanche, ils accepteraient d'obéir à un jeune capitaine, visiblement gentilhomme, qui les payait rubis sur l'ongle de surcroît.

D'un pas lent, pour ne pas paraître pressé ou impatient, Ser poursuivit seul son chemin sur le dos de sa monture. Il se sentait observé, mais plus il se rapprocherait du village orodon et plus il y aurait d'autres regards pour l'épier, ainsi que des arcs et des épées à proximité.

Il arriva en vue de la palissade qui entourait le village. Les portes étaient fermées. Même s'il ne voyait personne sur le chemin de ronde, il savait qu'ils étaient là, tout comme il devait y avoir de nombreux guerriers dans les bois dont il venait de sortir.

Il arriva à portée de tir du portail et mit pied à terre. Plutôt que d'appeler, il s'accroupit en faisant porter la majeure partie de son poids sur son pied droit, tout en tendant légèrement le gauche pour garder l'équilibre, une habitude de son peuple.

Près d'une heure s'écoula avant que le portail s'ouvre et qu'un homme, seul, sorte du village. Les cheveux presque entièrement gris, il paraissait proche de la soixantaine, mais il possédait encore la prestance d'un homme fort et en bonne santé. Il rejoignit Ser et s'accroupit de la même façon que lui sans prononcer un seul mot.

Alors, lentement et dans sa propre langue, Ser expliqua :

— Je voudrais parlementer avec les Orodons.

— Tu parles la langue des Orosinis, répondit le vieil homme avec un accent très prononcé. Je ne l'avais plus entendue depuis l'enfance.

— Je suis un Orosini.

L'homme sourit.

— Non. Tu ne portes pas de marques.

— Je suis Serre du Faucon argenté, du village de Kulaam. Enfant, je portais le nom de Kielianapuna. Mon village a été détruit le jour où j'ai reçu mon nom d'homme, alors que j'attendais ma vision sur le mont Shatana Higo. J'ai été laissé pour mort par les assassins de mon peuple. Je suis le dernier des Orosinis.

— De quel clan viens-tu ?

— Je suis le fils de Cri de l'Élan à l'Aube et de Murmure du Vent nocturne, petit-fils de Rire dans les Yeux, frère de Main du Soleil et de Miliana. Ils sont tous morts, et je suis ici pour les venger.

— Pourquoi venir ici chercher la vengeance, Serre du Faucon argenté ?

— Des hommes sont en route pour brûler vos villages, massacrer ton peuple et disperser vos cendres aux vents. Ce sont les mêmes qui ont exterminé les Orosinis.

— Je m'appelle Jasquenel, déclara le vieux chef. Dans notre langue, ça signifie « Briseur de Rochers ». Si nous avons le même ennemi, alors tu es notre ami et le bienvenu dans notre village. Qui sont tous ces hommes que tu as laissés dans les contreforts ?

— Ce sont les miens, répondit Ser. Ils m'obéissent et se battront aux côtés de tes guerriers. J'ai des armes dans les chariots et j'ai amené des ingénieurs avec moi car, si nous réussissons à repousser les envahisseurs pendant que tu préviens les autres villages, nous sauverons ton peuple.

Le vieil homme acquiesça, puis se leva.

— Tu peux entrer dans le village. Je vais envoyer l'un de nos hommes qui parle la langue commune chercher ta compagnie. Ce soir, nous fêterons ton arrivée et nous discuterons de ce qu'il faudra faire quand les envahisseurs seront là.

Ser se leva également. Il tendit la main, et le chef orodon lui serra l'avant-bras, exactement à la façon dont les Orosinis se saluaient.

— Sois le bienvenu, Serre du Faucon argenté.

Ser sourit.

— Mes hommes me connaissent sous le nom de Ser Fauconnier. Ils ne savent pas que je suis un Orosini, ils me prennent pour un gentilhomme du royaume.

— Dans ce cas, nous t'appellerons également Ser Fauconnier. Viens, entrons dans le village pour parler aux autres hommes.

Menant son cheval par la bride, Ser suivit le vieil homme. Lorsqu'il franchit la palissade, il sentit l'émotion le gagner. Tout cela ressemblait tellement à son ancien village, et pourtant il y avait suffisamment de différences pour lui rappeler qu'il n'était pas chez lui.

Pour lui, il n'y aurait plus jamais de chez-soi.

19

La défense du village

Ser attendait.

Jasquenel se tenait à côté de lui, au sommet de la palissade, pour guetter l'arrivée des envahisseurs. Pour la énième fois, Ser passa en revue tout ce qu'ils avaient fait depuis dix jours. Des messagers avaient été envoyés dans les villages voisins, lesquels avaient prévenu à leur tour les villages situés encore plus au nord. Si Raven et sa compagnie réussissaient à détruire Queala – le village de Jasquenel – ils rencontreraient la même résistance à chaque autre village jusqu'à ce qu'ils repartent dans le Sud.

Depuis dix jours qu'il était arrivé avec sa compagnie, Ser était victime de brusques accès de chagrin et de nostalgie car, depuis son enfance, jamais aucun endroit ne lui avait autant rappelé son foyer. Les Orodons n'étaient pas les Orosinis mais, de toute évidence, ils avaient été des cousins proches à une époque, car ils partageaient un grand nombre de coutumes et d'habitudes. Chez les Orodons aussi, on trouvait la loge tout en longueur où les hommes se réunissaient en conseil, et la maison ronde où travaillaient les femmes. Leurs vêtements, leurs traditions rappelaient également beaucoup ceux de son peuple. Mais il existait aussi des différences et c'étaient elles, plus encore que les similitudes, qui rappelaient à Ser tout ce qu'il avait perdu.

Queala était plus grand que son ancien foyer, car pas moins de trente familles vivaient entre ses murs, contre douze au village de Kulaam. On comptait quatre bâtiments communs, la loge des hommes, la maison des femmes, la cuisine communautaire et la maison des bains. Des cabanes plus petites remplissaient également l'espace, autour de la place centrale du village.

Ser regarda par-dessus le mur et contempla le terrain dégagé devant la palissade. Les ingénieurs avaient creusé des pièges et les avaient recouverts de toile et de terre pour les dissimuler. Le vent et de légères chutes de neige, deux nuits auparavant, étaient venus parachever ce camouflage. Une petite branche discrète était plantée dans le sol à une centaine de mètres à droite de l'entrée et à cinquante mètres du mur. Un gros rocher était posé en bordure de l'espace dégagé. Pour atteindre le village en toute sécurité, il fallait aller du rocher à la branche et de la branche au portail, sinon l'on risquait de s'empaler sur un terrible réseau de pieux.

Ser songea à la défense du village et se rendit compte à quel point il avait eu de la chance. Ce dernier n'avait que deux points vulnérables, le mur sud et le mur ouest, là où se trouvait le portail. Le mur nord surplombait une colline extrêmement escarpée, pratiquement impossible à escalader pour des troupes armées et en grand nombre ; il suffisait à deux archers de se poster à cet endroit et d'abattre le moindre assaillant suffisamment idiot pour tenter l'ascension. Quand au mur est, il surplombait une gorge d'au moins dix-huit mètres de profondeur.

Deux imposantes catapultes avaient été assemblées par les ingénieurs. Ces hommes fascinaient Ser depuis qu'ils s'étaient enfoncés dans les bois avec une simple mallette à outils, de la corde, quelques clous et quelques piques pour revenir trois jours plus tard avec ces engins impressionnants. Le chef des ingénieurs, un certain Gaskle, avait expliqué que, s'ils avaient eu un bon forgeron, du minerai de fer et une forge, ils auraient pu lui construire un trébuchet en une semaine, mais Ser avait répondu qu'il trouvait les catapultes suffisantes. Ils n'auraient probablement qu'une seule occasion de faire pleuvoir des pierres sur les assaillants avant que Raven et ses hommes sonnent la retraite.

Ser baissa les yeux pour regarder l'endroit où les ingénieurs avaient renforcé la palissade pour la protéger d'une attaque de bélier. Il était peu probable que les assaillants apportent avec un eux un bélier lourdement protégé, mais peut-être songeraient-ils à en fabriquer un avec un gros tronc d'arbre monté sur des roues en bois qu'ils pourraient rouler au bas de la colline puis jusqu'au portail. S'il ne tombait pas dans les fosses creusées devant le village, le bélier devrait rebondir sur la palissade sans l'endommager. Ser était satisfait de constater qu'ils avaient fait tout ce qu'ils pouvaient pour renforcer les défenses de Queala.

Il ne leur restait donc plus qu'à attendre. Deux jours plus tôt, les sentinelles les avaient prévenus que des bandes armées avaient franchi à cheval les cols méridionaux et qu'elles se regroupaient dans une prairie à une demi-journée de cheval au sud. Ser leva les yeux vers le ciel. On était en milieu de matinée, alors l'attaque pouvait survenir à n'importe quel moment. Il regarda en direction du mur sud. John Creed croisa son regard et secoua la tête. Il n'y avait rien dans les bois de son côté non plus.

Ser réfléchit. Il n'était pas un expert en tactique ni en stratégie ; il n'avait lu que quelques livres sur le sujet pendant ses études à Salador et il n'avait aucune expérience pratique de la guerre. Il savait se battre à l'épée, mais en tant que duelliste, et il ignorait si cela lui servirait beaucoup sur un champ de bataille. Voilà pourquoi il en était venu à s'appuyer sur John Creed et sur son expérience. Il n'y avait pas de grade au sein de la compagnie, mais il était clair pour tout le monde que Creed était devenu officieusement le commandant en second.

Pour le moment, les trente hommes de la compagnie se prélassaient sur les pas de portes ou sous le chemin de ronde afin de garder leur énergie pour la bataille à venir. Ser avait envoyé dix hommes dans les deux villages voisins, ainsi que les ingénieurs, afin de renforcer leurs défenses à eux aussi.

D'après tous les comptes-rendus, plus d'une compagnie faisait route vers le nord. Elles étaient au moins deux, sinon trois. De temps en temps, Ser paniquait à l'idée que Raven et sa bande attaquent un autre village et laisse Queala aux mains d'une autre compagnie, le privant par là même de l'occasion de se venger. Mais il essayait de se sortir cette idée de la tête et de laisser faire le destin. Quoi qu'il arrive, il éviterait aux Orodons le sort qu'avaient subi les Orosinis. Il finirait bien par retrouver Raven et les meurtriers de son peuple, sinon dans cette bataille, alors dans la suivante, ou celle d'après.

— Voilà le signal, annonça brusquement Jasquenel.

Ser regarda dans la direction que lui indiquait le vieux chef et il vit la lumière du soleil se refléter sur un miroir. Il attendit et compta puis, lorsque le signal se répéta, il déclara :

— Deux cents cavaliers viennent de traverser le col méridional. (Il fit un rapide calcul.) On a moins d'une heure. Creed ! cria-t-il.

— Oui, capitaine ?

— Deux cents cavaliers qui arrivent du sud !

Creed hocha la tête en sachant que chaque homme du village avait entendu.

— On est prêts !

Ser acquiesça à son tour. Oui, ils étaient prêts. En ce moment même, des guerriers orodons se dirigeaient vers la palissade avec leurs propres armes et les nouveaux arcs et épées apportés par Ser dans l'un de ses deux chariots. Comme l'avait deviné le jeune homme, les Orodons, à l'image de son propre peuple, possédaient une collection d'armes hétéroclites qui allaient de fonctionnelles à carrément hors d'usage. De nombreuses épées n'étaient que des trésors de famille transmis de père en fils en même temps que l'histoire de chaque éclat visible sur la lame. Lourdes du poids de l'honneur, elles risquaient pourtant de se briser au premier choc.

De plus, les Orodons avaient beau posséder de bons arcs de chasse, mieux valait des armes de tir faites pour la guerre. Les hommes de Queala n'étaient pas stupides. Ils avaient vite rangé leurs arcs au profit de ceux en matériau composite que Ser avait acheté à Roldem à un marchand keshian. C'était Rondar qui lui en avait montré un pour la première fois, car c'était l'arme favorite des Ashuntas à dos de cheval. Fabriqués à partir d'os et de bois laminés, traités pour se courber d'une certaine façon puis revenir d'eux-mêmes en position, c'étaient des arcs courts à la puissance stupéfiante. Entre les mains d'un archer costaud, ils arrivaient à transpercer une armure légère aussi sûrement qu'un carreau d'arbalète. D'ailleurs, des arbalètes, Ser en avait apporté aussi. Une dizaine de femmes orodonnes se tenaient devant leur porte avec ces armes à la main. Si le portail cédait et si les cavaliers entraient dans le village, ils seraient pris en embuscade à chaque bâtiment devant lequel ils passeraient.

Les enfants les plus grands étaient également armés. Tous ceux de plus de dix ans se baladaient avec un glaive, et Ser avait montré aux adolescents comment charger une arbalète et tirer avec. Le premier soir, lors de la veillée autour du feu, il lui avait suffi d'expliquer ce qui était arrivé aux femmes et aux enfants de son village pour convaincre les hommes de renoncer à cacher leurs familles dans la maison des femmes comme le voulait la tradition. Les Orodons étaient des époux et des pères aimants ; sans tarder, ils avaient aidé leurs femmes et leurs enfants à se préparer au combat.

Creed descendit du mur sud, traversa le village et grimpa à l'échelle pour rejoindre Ser.

— J'aurais aimé que vous me laissiez emmener une demi-douzaine d'hommes dans les bois, capitaine.

— Je sais, et si je n'avais pas envoyé vingt hommes dans les autres villages, je vous aurais volontiers laissé faire.

— Ça les brisera si on les prend par-derrière alors qu'ils sont sur le point d'être repoussés. Je connais les mercenaires. Raven est cinglé, mais certains de ses gars se rendront s'ils pensent qu'ils vont se faire massacrer. Ils se croient pas tous invincibles.

— On peut leur donner cette impression d'ici.

— Laissez-moi vous expliquer une dernière fois. Ces fossés qui les empêchent d'entrer, ils nous empêchent de sortir. (Il désigna le trajet balisé par la branche et le rocher.) Il faut passer par là pour sortir, et ils s'en rendront compte une fois que certains de leurs gars seront tombés dans les trous. Il suffit à Raven de poster trois archers là-bas, ajouta-t-il en montrant un endroit relativement sûr parmi les arbres, pour nous coincer à l'intérieur du village pendant qu'il rassemble ses forces. Si on tue pas au moins la moitié de ses hommes, l'attaque va se transformer en siège, et ce salopard mettra pas longtemps à s'en rendre compte. (Il s'interrompit brusquement et renifla l'air.) Je sens de la fumée !

— Oui ! renchérit Jasquenel. C'est de la poix !

— Ils ont l'intention de nous faire sortir en mettant le feu, expliqua Ser avec détermination. Ils ont incendié mon village dès qu'ils y sont entrés. (Il se retourna et cria en orodon :) Archers ! Commencez par viser les cavaliers avec les torches.

Puis il répéta cet ordre en langue commune. Tous firent signe qu'ils avaient entendu. Ser se tourna vers John Creed.

— Tu ferais mieux de retourner sur le mur sud. Ils vont nous attaquer ici et là-bas, j'en suis sûr.

Creed acquiesça et retourna à son poste. Quelques minutes plus tard, une sentinelle postée au coin sud-ouest de la palissade s'écria :

— Il y a du mouvement sous les arbres.

Au même moment, des cavaliers surgirent des bois et se précipitèrent vers le village.

— Choisissez bien vos cibles et ne gaspillez pas de flèches ! ordonna Creed.

Fasciné, Ser regarda les cavaliers galoper en direction de la première ligne de pièges. Il regarda tous les visages pour essayer de repérer Raven ou n'importe quel homme ressemblant aux assassins de sa famille. Mais tous lui étaient inconnus, et son cœur se serra à l'idée que les responsables du massacre de son peuple puissent rester impunis. Enfin, le premier cavalier arriva au niveau des pièges. Pendant un bref instant, Ser se demanda si le camouflage en toile recouvert de terre n'était pas trop solide, car il tint bon sous les sabots du cheval. Puis il s'effondra et entraîna le cheval dans sa chute. Le hurlement du cavalier fit écho au hennissement strident de l'animal lorsque tous deux s'empalèrent sur des pieux pointus. L'élan des cavaliers était trop grand pour que ceux du deuxième et troisième rang puissent s'arrêter avant de plonger eux aussi dans les fosses. Quelques chanceux réussirent à faire bondir leurs montures par-dessus les trous béants et atterrirent sur la terre ferme un mètre ou deux plus loin. Mais ce fut pour mieux tomber sur une nouvelle rangée de pièges deux foulées plus tard.

— Catapultes ! s'écria Ser en voyant le quatrième rang des assaillants s'immobiliser.

Les deux adolescents qui avaient la responsabilité des machines de guerre tirèrent d'un coup sec sur les courroies pour libérer les bras imposants et projeter dans les airs d'énormes paniers de roches grosses comme le poing. Les missiles s'abattirent sur une dizaine de cavaliers qu'ils précipitèrent à terre pour la plupart. Tous furent tués ou blessés. Ser fit un rapide calcul et estima qu'une trentaine de cavaliers, voire plus, étaient à terre, morts ou trop grièvement blessés pour combattre. De son côté, il ne comptait pas encore une seule blessure dans ses rangs. Mais il savait que ça n'allait pas durer. Puis il aperçut Raven. Le chef des pillards surgit à l'orée des bois en appelant ses hommes à se rassembler. Les mercenaires qui se trouvaient le plus près de la palissade se firent abattre par les archers, et ceux qui portaient une torche reçurent une demi-douzaine de flèches chacun avant d'avoir pu lancer leur brandon enflammé. Même avec sa vue exceptionnelle, Ser ne parvenait pas à distinguer les traits de Raven. Mais il se doutait que le visage du capitaine devait être figé en un masque de rage tandis qu'il lançait des ordres à ses hommes paniqués. Ce qu'il considérait comme une attaque éclair facile, la destruction d'un village endormi où il ne récolterait que quelques victimes, venait de se transformer en déroute au bout de cinq minutes à peine, avec pratiquement le quart de ses hommes morts ou trop mal en point pour continuer à lutter.

Brusquement, Ser comprit qu'il s'était montré trop prudent. S'il avait laissé Creed emmener une demi-douzaine d'archers sous les arbres derrière la position de Raven, une volée de flèches en cet instant les aurait brisés pour de bon. Ils seraient en train de se battre au lieu de se rassembler en vue d'un nouvel assaut. Ser comprit que Raven n'allait pas laisser les défenseurs camper confortablement sur leurs positions et qu'il était sûrement en train de préparer un autre plan. Il regarda des hommes mettre pied à terre et disparaître dans les bois. Quelques minutes plus tard, il entendit le bruit d'arbres qu'on abat.

— Qu'est-ce qu'on fait maintenant ? cria Ser à l'intention de Creed.

— Je crois qu'il a l'intention de s'occuper des fossés, répondit Creed en désignant le sol troué désormais à découvert.

Ser regarda tout autour de lui et vit que tout le monde était resté à son poste. Il se hâta de descendre à l'aide d'une échelle, traversa le village et grimpa aux côtés de Creed.

— Vous aviez raison à propos des archers dans les bois, alors je vais vous prêter une oreille beaucoup plus attentive à partir de maintenant.

— Je pourrais toujours faire passer quelques hommes par-dessus le mur nord, mais nous n'aurions plus l'élément de surprise en notre faveur. Je crois qu'il vaudrait mieux rester là et voir ce qu'il nous réserve.

— Qu'est-ce que vous feriez si vous étiez Raven ?

— Je tournerais les talons et je repartirais dans le Sud, mais je ne suis pas un cinglé doublé d'un meurtrier qui n'ose pas avouer son échec à son maître. Donc, je bâtirais des tortues que mes hommes utiliseraient pour se rapprocher de la palissade et je construirais des rampes pour franchir ces tranchées pleines de pieux. Ensuite, je glisserais quelques hommes suffisamment près pour incendier le mur. Soit le portail s'effondrerait et j'envahirais la place, soit j'attendrais que les défenseurs sortent pour les tuer un par un.

— Que faire contre ces tortues ?

Creed jura.

— S'il s'agissait d'un siège conventionnel, elles auraient été fabriquées dans l'atelier d'un ingénieur : ce seraient de grosses machines sur roues, avec un bélier caché sous un toit, ou de la place à l'intérieur pour protéger les hommes des flèches ennemies. Ensuite, il leur faudrait se rapprocher du portail ou du mur afin de pouvoir excaver les fondations et les faire s'effondrer. De leur côté, les défenseurs verseraient de l'huile bouillante sur les assaillants ou laisseraient tomber des crochets au bout d'une corde pour essayer d'agripper la tortue et de la retourner…

— Mais nous ne sommes pas dans un château, et ils ne vont pas construire un truc aussi compliqué. Qu'est-ce qu'ils vont faire, à votre avis ?

— Ils vont construire une espèce d'abri dans lequel une demi-douzaine d'hommes vont pouvoir courir pendant que nous les arrosons de flèches et ils vont se rapprocher suffisamment pour nous lancer quelque chose. S'ils disposent de bonne huile, ils peuvent incendier une partie de la palissade et ouvrir une brèche.

Ser jeta un coup d'œil aux adolescents qui se tenaient à côté des catapultes.

— Peut-on recharger ces machines ? leur demanda-t-il.

L'un d'eux hocha la tête d'un air enthousiaste et cria :

— Oui, j'ai vu comment faisaient les ingénieurs ! (Il attrapa une longue perche qu'il glissa dans une encoche à l'intérieur du mécanisme, avant de crier à ses copains :) Allez, venez m'aider !

Les garçons vinrent ajouter leur poids à celui de leur ami et ramenèrent le bras de la catapulte dans sa position première. Une des femmes accourut d'un bâtiment voisin. Brusquement, toutes les autres femmes et les enfants l'imitèrent et se mirent à recharger les catapultes en maintenant les bras à terre.

— Mettez dedans tout ce qui pourrait faire des dégâts ! cria Ser. Creed, si j'avais su qu'il y aurait une deuxième fois, j'aurais demandé qu'on rapporte plus de roches au village.

— Inutile de s'inquiéter de ce qu'on aurait pu faire, rétorqua Creed. Mieux vaut s'inquiéter de ce que Raven va faire maintenant.

— Alors, quand va-t-il faire sa prochaine manœuvre ?

Creed regarda autour de lui et réfléchit pendant un long moment.

— Je pense qu'il va attendre la tombée de la nuit, finit-il par dire. S'il nous attaque dans le noir, nous perdrons quelques-uns de nos avantages. Il pourra mettre ses rampes en place et nos archers seront moins précis que maintenant. Peut-être qu'il fera passer une petite compagnie par-dessus le mur est pendant que la plupart de ses gars seront en train de tambouriner sur le portail ouest.

La prédiction de Creed finit par se vérifier. Tout au long de l'après-midi, les défenseurs entendirent le bruit des haches et des marteaux résonner dans les bois, mais il n'y eut aucune attaque. Puis, au coucher du soleil, alors que les derniers rais de lumière se réfléchissaient sur les nuages au-dessus de la ligne d'horizon, les bruits cessèrent. Pendant de longues minutes, les villageois parurent retenir leur souffle. La brise faisait bruire les branches et les oiseaux pépiaient leur chant nocturne, mais tout, à part ça, était silencieux. Puis on entendit un grondement sourd, des chevaux qui s'ébrouaient et le bruit de brindilles qui craquaient sous les bottes. Quelques minutes plus tard, un long pont en bois émergea de sous les arbres, puis ce fut au tour de la tortue. Elle ressemblait à un bateau plat aux extrémités carrées et mesurait sept mètres de long. Les hommes qui la portaient marchaient en file indienne, les bras levés. Ser attrapa son arc, mais renonça à s'en servir ; la distance lui paraissait trop importante dans cette lumière déclinante. Puis les hommes qui portaient la tortue tournèrent sous la coque en bois pour faire face au mur et reprirent leur marche, tandis que ceux qui poussaient le pont de bois leur emboîtaient le pas.

— Les flèches vont-elles avoir la moindre efficacité ? demanda Ser à Creed.

— C'est du bois fraîchement coupé, presque vert. Si on avait du naphte ou de l'huile bien poisseuse, ça irait peut-être, mais là… (Creed haussa les épaules.) On noircira le bois par endroits, mais on ne réussira pas à y mettre le feu.

Une flèche partit en sifflant du mur de l'autre côté du portail et toucha le sol à quelques mètres devant la tortue qui avançait toujours.

— Ne gaspillez pas les flèches ! s'écria Ser avant de se tourner de nouveau vers Creed. J'ai un plan.

— Tant mieux, répondit Creed. J'apprécie quand un capitaine a un plan, ça me donne moins l'impression de tuer au hasard.

— Prenez quelques hommes et enlevez la barre du portail.

Creed plissa le front.

— Vous voulez que le portail s'effondre ?

— Au bon moment.

Creed acquiesça, se retourna et cria à un groupe d'hommes qui se tenaient non loin de là :

— Suivez-moi !

Ils entreprirent d'ôter rapidement une série de renforts en fer et en bois qui avaient été rajoutés sur le portail. Ser les regarda faire, puis tourna les yeux vers la tortue qui avançait au-dehors. Les hommes qui la portaient arrivèrent devant la première rangée de fossés et attendirent que ceux de derrière apportent le pont.

— Tirez ! cria Ser.

Les archers sur le chemin de ronde tirèrent leurs flèches très haut dans le ciel qui s'assombrissait. La plupart atterrirent sans provoquer de dégâts, mais il y eut quelques cris ou hurlements suggérant que certaines avaient touché l'ennemi. Ser ne s'attendait pas à avoir le moindre succès avec ses archers, mais il savait que Raven aurait des soupçons si les défenseurs ne harcelaient pas les assaillants pendant qu'ils recouvraient les premières tranchées.

En grognant à cause de l'effort, les hommes de Raven posèrent rapidement le pont sur les tranchées. Les hommes sous la tortue reculèrent, puis se déplacèrent en file indienne jusqu'à se retrouver dos au pont. Ils traversèrent rapidement la première rangée de fossés puis, quand ils arrivèrent à la seconde, ils se retournèrent de nouveau pour offrir le plus de protection possible à leurs camarades. Un deuxième pont sortit des bois.

Dans la lumière déclinante, Ser vit Raven exhorter ses hommes, mais il n'entendit pas ses paroles exactes. Des torches étaient allumées à l'intérieur du village, et Ser modifia encore un peu plus son plan. Il se retourna et cria à l'attention du fils de Jasquenel, un jeune prénommé Tansa :

— Entasse le plus de matériel inflammable possible autour des catapultes et tiens-toi prêt à y mettre le feu quand je te donnerai le signal.

Sans hésiter, l'adolescent fit passer la consigne autour de lui. Quelques instants plus tard, les femmes, les enfants et quelques vieillards se mirent tous à sortir des effets personnels des différentes cabanes pour les empiler autour des catapultes.

— On a fini ! annonça Creed.

— Restez où vous êtes ! (Ser dévala l'échelle en courant.) Voilà ce que je veux que vous fassiez. Prenez une dizaine d'hommes et de chevaux ; postez les hommes sur le mur sud et dites-leur de se tenir prêts à sauter en selle. Cachez vos autres hommes derrière ce bâtiment, là-bas, ajouta-t-il en désignant le premier sur la droite après le portail. Ainsi, quand le portail cédera, aucun mercenaire ne sera en vue. Faisons croire à Raven qu'il est en train de gagner, comme ça, j'espère bien qu'il foncera dans le tas sans s'apercevoir qu'il n'a pas uniquement affaire à des villageois.

— Et vous, qu'est-ce que vous allez faire ?

— Je vais me poster sur le chemin de ronde avec tous les Orodons qui voudront bien m'y accompagner.

— Mec, vous allez tous griller vif.

— Pas si on descend de là à temps.

Creed haussa les épaules.

— Bon, c'est quoi, le signal ?

— Aucune chance que je puisse lancer un signal, il y aura trop de bruit. Dites à vos hommes de commencer à tirer depuis le mur sud quand la majeure partie de la compagnie de Raven sera entrée dans le village. Ensuite, hurlez pour donner l'ordre à ceux cachés derrière le bâtiment de prendre nos ennemis à revers. Quand vous jugerez que c'est le bon moment, sautez en selle et venez nous aider à les massacrer.

— Capitaine, c'est de la folie. On n'a qu'une dizaine de cavaliers contre les cent vingt de Raven.

— Non, ils seront moins nombreux que ça quand vous chargerez avec vos hommes, John. Et il ignore le nombre de cavaliers dont on dispose. Essayez de faire beaucoup de bruit, il ne verra pas grand-chose avec toute la fumée.

— Quelle fumée ?

Ser désigna les catapultes autour desquelles les villageois entassaient tout ce qui pouvait brûler.

Creed secoua la tête.

— Ce type vient incendier cet endroit et vous allez le faire pour lui ?

Ser se mit à rire.

— Ces gens pourront toujours reconstruire. Mais, pour ça, il faut qu'ils restent en vie.

Il réfléchit quelques instants. Il disposait de trente mercenaires et de vingt-cinq guerriers orodons adultes, ainsi que de quelques adolescents disposés à se battre, sans compter les trente femmes prêtes à faire de même si les choses en arrivaient là.

— Si je peux réduire les troupes de Raven à soixante-dix hommes le temps que vous meniez votre charge, nous devrions nous retrouver à égalité.

— Ça va être un massacre, prédit Creed.

— Ces gens veulent rester en vie, John. Au nom de quoi les hommes de Raven se battent-ils ?

— Ils luttent pour de l'or, mais ce sont des hommes endurcis, aguerris, et… (Creed secoua la tête d'un air résigné.) Enfin, c'est vous le capitaine. Que je sois pendu, mais je n'ai pas de meilleur plan, alors on va faire les choses à votre façon.

Le cri d'un Orodon sur le chemin de ronde apprit à Ser que le deuxième pont était en place.

— Prenez vos douze meilleurs cavaliers, John, et que les dieux nous accompagnent.

Puis il courut escalader l'échelle pour retourner sur le chemin de ronde et transmettre les consignes à ses hommes.

Les mercenaires s'en allèrent, certains vers le mur sud, d'autres derrière le bâtiment à l'entrée.

— Jasquenel, reprit Ser, j'ai besoin d'hommes courageux qui resteront ici avec moi et qui tireront sur les hommes de Raven quand ils seront à l'intérieur du village.

— Tous nos hommes peuvent rester si tu le souhaites.

— Il ne m'en faut que dix, répondit Ser. Cinq avec moi, de ce côté du portail, et cinq de l'autre. Donne-moi tes meilleurs chasseurs. En revanche, ils doivent faire croire aux envahisseurs que nous sommes bien plus nombreux sur le chemin de ronde, alors dis-leur de crier et de faire les cent pas.

— Entendu.

— Dis aux autres d'aller se poster derrière ce bâtiment, là en bas, ajouta-t-il en désignant la maison opposée à celle derrière laquelle se cachaient les dix-huit mercenaires. Quand tu verras surgir les hommes que j'ai amenés avec moi, attaque nos ennemis avec tous ceux qui sont aptes au combat. Quand je mettrai le feu aux catapultes, dis aux femmes de commencer à hurler comme si on tuait leurs enfants. Qu'elles donnent l'impression que tout est perdu, mais fais en sorte qu'elles soient armées et prêtes à défendre les enfants.

— Elles le seront, Serre du Faucon argenté, promit Jasquenel en hochant la tête. Peu importe ce qui arrivera cette nuit, les Orodons chanteront ton nom, dernier des Orosinis.

Ser lui serra l'avant-bras en disant :

— Puissent nos ancêtres veiller sur nous et nous sourire cette nuit.

— Puisse-t-il en être ainsi, acquiesça le vieux chef avant de s'en aller donner ses ordres.

En regardant de l'autre côté de la palissade, Ser vit que la tortue avait presque atteint le mur. Elle était hérissée de flèches comme les épines d'un porc-épic, mais la plupart des traits rebondissaient sur le bois sans faire de dégâts.

— Économisez les flèches ! cria-t-il.

La tortue resta devant le portail pendant près d'une demi-heure. Ser se demanda ce que faisait l'ennemi, puis les hommes en contrebas commencèrent à se retirer. En baissant les yeux, il aperçut des choses entassées contre le portail, même s'il ne parvenait pas à distinguer de quoi il s'agissait à cause de l'obscurité. Il s'empressa de descendre de son perchoir et courut trouver Creed pour lui décrire ce qu'il avait vu.

— Je parie que ce sont des gourdes pleines d'un truc vicieux, qui brûle. Guettez leurs archers, ils vont sûrement enflammer des flèches pour mettre le feu à ces gourdes.

Ser acquiesça.

— Merci. Bonne chance.

Il courut et revint en haut du mur juste au moment où les archers qui se tenaient devant Raven et ses capitaines commençaient à enflammer leurs pointes de flèches. Ser prit son arc et mit en joue. S'ils étaient suffisamment proches pour atteindre le portail, il devrait pouvoir les abattre. Dès que la première flèche enflammée s'éleva dans le ciel, Ser décocha son trait. Un archer hurla, puis Ser se mit à décocher ses flèches aussi vite que possibles. Cinq archers ennemis furent tués ou blessés (il n'aurait su dire) avant que les gourdes d'huile au pied du portail s'enflamment.

Ainsi que l'avait prédit Creed, il s'agissait d'un truc vicieux, une huile nauséabonde qui brûlait en dégageant une chaleur très intense. Une fumée noire et épaisse s'éleva et menaça d'étouffer Ser et les autres guerriers sur le mur, mais tous restèrent à leur place. Battant des paupières pour chasser les larmes, Ser attendit.

Pendant dix minutes, le portail brûla, et le jeune homme continua à attendre, tapi derrière la partie supérieure de la palissade. Il entendit les poutres craquer à mesure que des vagues de chaleur l'assaillaient. Il savait que les fixations qui maintenaient les bûches n'allaient pas tarder à céder et que le portail allait bientôt se désintégrer.

Quelques instants plus tard, les bûches tombèrent, et le portail s'ouvrit, béant. Dans le lointain, Ser entendit une voix crier, puis le fracas des sabots précéda la charge d'une centaine de cavaliers en file indienne. Ils s'engagèrent sur le premier pont.

Ser leva son arc.

— Tenez-vous prêt ! ordonna-t-il, puis il attendit que le premier cavalier se rapproche suffisamment pour qu'il puisse tirer.

20

La bataille de Queala

Ser mit en joue.

Le premier cavalier à portée de tir fut projeté à bas de sa selle par un archer orodon. Ser décocha un instant plus tard, et un autre mercenaire hurla en se faisant désarçonner à son tour.

Ser se retourna et cria à l'intention des gamins près des catapultes :

— Feu !

Les adolescents qui tenaient les courroies tirèrent d'un coup sec, et des roches, de la vaisselle, des bouts de meubles et même des ustensiles de cuisine furent projetés sur l'ennemi.

— Brûlez-les !

Des torches furent plongées dans des chiffons imbibés d'huile. Une fumée noire ne tarda pas à s'élever des machines de guerre pendant que les adolescents couraient rejoindre les positions qu'on leur avait assignées. Les plus âgés ramassèrent les arcs qu'on leur avait laissés et se préparèrent à tirer sur n'importe quel cavalier ennemi qui passerait à leur portée.

Ser tourna de nouveau son attention vers les assaillants et se remit à tirer. Il toucha au moins deux mercenaires supplémentaires avant que la file de cavaliers s'engouffre dans le village. La fumée du portail rendait la nuit étouffante et l'incendie des catapultes mettait en relief la silhouette des combattants ennemis.

— Dis aux autres de commencer à crier ! hurla Ser à l'intention d'une femme en contrebas.

Elle obéit et des hurlements et des gémissements terrifiants retentirent aussitôt dans la nuit. Les femmes s'époumonaient comme si on massacrait leurs bébés devant elles.

Les cavaliers qui venaient de franchir l'entrée regardèrent autour d'eux, momentanément désorientés. Ils entendaient les hurlements, mais il n'y avait aucune femme en vue, ni aucun homme d'ailleurs. Tous se trouvaient sur les remparts pour les arroser de flèches. Très vite, les assaillants se mirent à tomber comme des mouches.

— Pied à terre ! cria un mercenaire en sautant à bas de son cheval pour s'accroupir derrière celui-ci. Ils sont sur le chemin de ronde ! ajouta-t-il en montrant les défenseurs du doigt.

Ser et les autres continuèrent à tirer aussi vite qu'ils le pouvaient pour clouer les cavaliers au sol.

— Restez là et continuez à tirer ! cria Ser dans la langue orodonne.

Ignorant l'échelle, il bondit sur le toit du bâtiment adjacent. Puis il traversa le toit et sauta sur le cavalier le plus proche parmi ceux qui étaient restés en selle. Il le projeta au sol et tira son épée avant de se relever. Son adversaire avait déjà l'arme au clair et ne l'avait pas perdue dans sa chute, mais il mourut avant d'avoir compris ce qui lui arrivait.

Ser se retrouva alors au milieu d'une centaine d'hommes qui essayaient tous de s'accrocher aux rênes des chevaux paniqués par la fumée, les cris des mourants et les sifflements incessants des flèches qui pleuvaient autour d'eux. De temps en temps, l'un des traits atteignait un animal et le faisait ruer ou se cabrer, ce qui paniquait plus encore les bêtes voisines. Plus d'un assaillant fut brusquement projeté à terre ou traîné sur une dizaine de mètres par un cheval fou de peur.

Ser plongea sous l'encolure des chevaux en tuant tous les hommes qui passaient à côté de son épée. Six se retrouvèrent à terre, morts ou blessés, avant que les assaillants s'aperçoivent qu'ils avaient un ennemi au sein de leurs rangs. Juste au moment où ils commençaient à lancer des ordres pour l'éliminer, John Creed passa à l'attaque.

Ses hommes sortirent en courant de derrière le bâtiment où ils se cachaient ; quelques instants plus tard, Jasquenel et ses guerriers orodons firent de même de l'autre côté. Les assaillants étaient toujours en supériorité numérique, mais la panique régnait dans les rangs, alors que les troupes de Ser, déterminées, avaient une cause à défendre.

Pendant un moment, un équilibre parut être atteint. Les défenseurs, bien qu'en infériorité, réussissaient à tenir en échec les assaillants. Ser se déplaçait parmi l'ennemi comme la mort incarnée, tuant avec une efficacité redoutable. Ses adversaires ne faisaient que l'entrapercevoir avant qu'il disparaisse derrière un cheval qui se cabrait, pour réapparaître quelques secondes plus tard sautant par-dessus le corps d'un camarade.

Mais les assaillants commencèrent à s'organiser, et bientôt les mercenaires de Creed et les Orodons se mirent à reculer.

— Continuez à attaquer ! les encouragea Ser en orodon, avant de répéter cet ordre dans la langue commune.

Des chevaux galopaient à travers la fumée, entre les bâtiments, et ressortaient par le portail. L'issue du conflit commença à basculer. Ser se retrouva brusquement entouré par six adversaires en même temps et il se dit qu'il allait mourir.

Puis l'homme qui se trouvait juste devant lui reçut une flèche dans le cou, et son voisin écarquilla les yeux en se faisant embrocher dans le dos par l'épée de John Creed. Ser tournoya sur lui-même en frappant de toutes ses forces et décapita un assaillant d'un coup si net et si puissant que celui-ci s'acheva dans l'épaule d'un autre adversaire.

Puis les douze cavaliers qui attendaient au fond du village passèrent à l'attaque à leur tour.

Les assaillants se retournèrent et virent des cavaliers surgir de la fumée en criant. Un grand nombre d'ennemis firent alors demi-tour pour s'enfuir. D'autres les suivirent, et, soudain, ce fut la déroute.

Ceux qui le pouvaient remontèrent sur leur cheval et traversèrent les ponts au galop pour regagner le couvert des arbres, tandis que leurs camarades s'enfuyaient à pied. Beaucoup furent tués par les archers restés en haut de la palissade en dépit du portail en feu et de la fumée étouffante.

— Halte ! cria Ser.

Les Orodons et les cavaliers mercenaires s'immobilisèrent, et Ser s'écria :

— Ne nous dispersons pas dans le noir ! Nous pourrions perdre tout ce que nous avons gagné !

Les Orodons applaudirent. Puis ils commencèrent à lutter contre les incendies en allant chercher de l'eau au puits du village ou en s'attaquant aux feux mineurs avec des couvertures ou de la terre.

Pendant une bonne minute, tout le monde fêta la victoire à grand renfort de tapes dans le dos. Un puissant sentiment de triomphe régnait, même s'ils savaient qu'ils n'allaient pas tarder à découvrir leurs morts dans d'autres parties du village ou sous la palissade. Ser était sur le point de demander aux hommes de chercher les blessés et les morts qu'on ne voyait pas lorsqu'un cri s'éleva en haut de la palissade :

— Ils se sont arrêtés !

Ser courut jusqu'au portail, qui n'était plus qu'un tas de cendres fumantes au milieu du mur, et il regarda dans le lointain. L'incendie avait mis à mal sa vision nocturne, si bien qu'il lui fallut environ une minute pour distinguer clairement ce qui se passait à l'orée du bois.

Raven était en train de rallier ses forces.

Ser ne pouvait se permettre la moindre hésitation.

— Tout le monde doit se battre ! cria-t-il. Ils reviennent ! (Il s'adressa aux quelques archers restants :) Sur le chemin de ronde, vite ! Et choisissez vos cibles avec soin ! (Ensuite, il posa la main sur l'épaule de Jasquenel :) Dis aux enfants les plus grands d'emmener les plus petits dans les bois maintenant. Mais que les femmes restent si elles sont en état de se battre.

— Vous avez de meilleurs yeux que les miens, fit remarquer Creed. Moi, je ne vois que du mouvement.

L'incendie derrière eux éclairait environ la moitié de l'espace à découvert entre le village et le bois. Tout ce que pouvaient voir la plupart des voisins de Ser, c'était effectivement du mouvement, flou et confus.

— Ils reviennent, assura le jeune homme. La plupart sont à pied, mais je crois apercevoir une dizaine de chevaux parmi eux, quelque part. (Puis il ajouta en élevant la voix :) On tient nos positions !

— Je préfère ça plutôt qu'un siège, se réjouit Creed. Combien sont-ils ? demanda-t-il en baissant la voix.

— Plus que nous, répondit Ser.

— Bah, ce ne sera pas la première fois !

Ser se précipita jusqu'aux ruines du portail et battit des paupières pour en chasser les larmes provoquées par la fumée âcre. De nouveau, il scruta la pénombre.

Tandis que des silhouettes commençaient à surgir de l'obscurité, Ser constata que Raven avait réussi à rassembler ses hommes en un semblant de troupe organisée. Ils avançaient en trois rangées de vingt hommes chacune, et le premier rang se protégeait derrière des boucliers. Le deuxième portait de longues armes, hallebardes, lances et même javelots, pour faire tomber les cavaliers de leur monture. Le troisième rang se composait d'archers.

— Ne vous occupez pas des hommes de devant ! ordonna Ser aux défenseurs qui se trouvaient sur le mur. Tuez leurs archers si vous le pouvez !

Creed plissa les yeux.

— Il s'attend à une charge de cavalerie.

— Dommage que nous ne puissions pas répondre à ses attentes. Il ne sait pas que notre cavalerie consistait en une douzaine d'hommes qui se trouvent maintenant ici même, à pied.

Une vingtaine d'enfants, les plus petits dans les bras des plus grands, passèrent en courant à côté d'eux et tournèrent tout de suite à gauche après le portail. Ils longèrent le mur pendant un petit moment, puis se mirent à courir vers le sud et vers les bois.

Les femmes sortirent à leur tour. Un grand nombre d'entre elles portait des armes ayant appartenu aux hommes de Raven. Ser les posta dans les bâtiments à droite et à gauche de l'entrée en leur demandant de prendre les assaillants à revers dès que les archers seraient entrés dans le village. Ser rassembla ses forces aussi près que possible des catapultes en feu. Les flammes avaient diminué, mais la chaleur était encore suffisamment forte pour décourager quiconque d'approcher de trop près. De cette manière, ils ne seraient que des silhouettes se découpant sur les flammes, alors que les hommes de Raven allaient devoir avancer en pleine lumière dès qu'ils seraient entrés dans le village.

Lorsque les assaillants se présentèrent devant le premier pont, ceux du premier rang traversèrent en courant, par groupes de deux, en tenant bien haut leurs boucliers pour se protéger des archers. Mais la pluie de flèches attendue n'eut pas lieu, car les défenseurs sur les remparts attendaient que les archers de Raven arrivent à portée de tir.

— Tenez-vous prêts ! cria Ser. (Puis, comme la première rangée d'assaillants s'élançait, il ajouta :) Tenez vos positions !

Les vingt premiers ennemis entrèrent dans le village en courant et en poussant des cris de guerre, et la bataille reprit. Ser regretta de ne pas s'être entraîné davantage contre des adversaires armés de boucliers lors de ses études à Salador. Certes, il avait vaincu rapidement la plupart des bretteurs à la cour des Maîtres, mais aucun n'avait de bouclier. Il devait entièrement repenser ses stratégies.

Les flèches pleuvaient de toutes parts, prouvant que les archers des deux camps étaient très occupés. Ser entendit des cris et des hurlements de douleur à proximité. Il comprit que les archers de Raven tiraient dans les rangs de ses hommes sans se soucier des quelque six Orodons qui les visaient en retour. Il espéra que les siens allaient rapidement pouvoir diminuer le nombre d'archers ennemis.

Puis il se mit à frapper d'estoc ou de taille avec frénésie, comme cela ne lui était encore jamais arrivé, car il essayait de protéger ceux qui l'entouraient tout en se défendant lui-même. Des assaillants tombaient pour être immédiatement remplacés par d'autres.

Le temps parut ralentir sa course pendant que Ser portait des coups ou les parait presque sans réfléchir, en laissant son instinct de bretteur prendre le dessus. Une partie de son esprit essayait d'appréhender cette scène de chaos, mais il avait l'impression que tout ce qui se passait n'avait aucun sens.

Un gros mercenaire avec une cicatrice poussa un cri de rage et bondit sur lui avant de le frapper au visage avec son bouclier. Ser tomba à la renverse et éprouva une vive douleur dans le dos. Il roula sur la droite et s'aperçut qu'il était tombé sur des braises et qu'il s'était brûlé à l'omoplate. Il se releva d'un bond, l'épée levée, et constata que le mercenaire défiguré gisait sur le ventre. Il vit également John Creed retirer son épée du flanc de l'assaillant.

— John, attention ! s'écria Ser.

Le mercenaire plongea et se retourna juste à temps pour éviter la lame d'un autre attaquant.

Ser courut entre Creed et un guerrier orodon et tua l'homme qui avait bien failli avoir Creed par surprise.

Ensuite, il fut de nouveau assailli par les bruits de la bataille, le fracas du métal, les grognements de fatigue, les cris de douleur et de frustration, les jurons et les hurlements de colère inarticulés. L'air empestait le sang, les déjections, l'urine, la fumée et la sueur.

Puis toute cette folie parut redoubler lorsque les femmes orodonnes surgirent en courant de leurs cachettes et se jetèrent sur les archers ennemis au moment où ces derniers entrèrent dans le village. Les archers furent obligés de laisser tomber leur arc pour saisir leur épée, ce qui permit aux femmes de prendre l'avantage. Sans se soucier de leur manque de pratique, elles submergèrent une demi-douzaine d'archers qui moururent sous les coups de dagues, de couteaux de cuisine, de tisonniers, ou de tout ce qui leur tombait sous la main. Une femme tua un assaillant en lui enfonçant dans l'œil une aiguille à tricoter en os. Elle lui arracha ensuite sa dague et se retourna pour attaquer un autre adversaire.

L'équilibre se renversa. Ser recula et, pendant quelques instants, il envisagea la scène comme s'il s'agissait d'une peinture dont il étudierait le moindre détail. Quatre archers orodons avaient survécu et tiraient depuis le chemin de ronde en prenant soin de choisir des cibles qui se trouvaient aux abords de la bataille. L'avant-garde de Raven faiblissait, tenue en échec par les hommes de Ser, tandis que l'arrière-garde se faisait déborder par les femmes. Pour la première fois, les villageois avaient l'avantage du nombre. Brusquement, Ser aperçut quelque chose au-delà de la zone de combat qui le fit écarquiller les yeux. Deux des garçons envoyés dans les bois avec les jeunes enfants étaient revenus et venaient de ramasser les arcs abandonnés par les archers. Calmement, ils tiraient à présent dans le dos des mercenaires qui se battaient contre les femmes.

Ser sentit que c'était le moment qu'il attendait.

— Chargez ! hurla-t-il avant de donner l'exemple en se jetant dans la mêlée.

Il tua deux hommes en se glissant entre eux. Brusquement, les envahisseurs décidèrent de prendre la fuite.

— Tuez-les tous ! s'écria Ser, autant pour effrayer ses adversaires que pour libérer toute la colère qu'il éprouvait envers ces hommes depuis le massacre de son peuple.

D'un grand coup d'épée, il trancha la main d'un assaillant qui s'apprêtait à tuer une femme aux prises avec un autre ennemi. Pendant un instant, l'homme regarda d'un air incrédule le sang couler à flots de son poignet, puis le choc et la douleur s'emparèrent de lui et il tomba à genoux en se tenant le bras. Ser l'acheva rapidement d'un coup en travers de la nuque, et il s'effondra comme une poupée de chiffons humide. Il mourut en quelques secondes.

Ser donna ensuite un violent coup de pied dans le mollet d'un ennemi qui lui tournait le dos, ce qui déséquilibra l'assaillant et l'obligea à laisser tomber son bouclier, offrant ainsi une ouverture à son adversaire orodon qui le tua.

L'espace d'un instant, Ser fut presque submergé par trois envahisseurs qui se retournèrent tous en même temps pour l'affronter, si bien qu'il dut parer successivement trois coups à l'aveuglette. Puis l'adversaire sur sa gauche fut frappé par-derrière, celui de droite reçut une flèche dans l'épaule et Ser n'eut plus qu'à achever rapidement celui du centre.

Se frayant un chemin au sein de la mêlée, il frappa encore deux autres hommes, en manqua un et se retourna juste l'espace d'un instant. Puis il voulut partir sur la gauche, car il avait perdu l'équilibre et il sentait un ennemi derrière lui.

Détectant un mouvement du coin de l'œil, il se retourna. Une violente douleur explosa alors au milieu de son visage, et le monde vira au jaune brillant, puis au rouge. Puis tout devint noir.

Ser revint à lui lorsqu'on lui versa de l'eau sur le visage. Il battit des paupières et découvrit John Creed agenouillé au-dessus de lui, une louche à la main. Les sons de la bataille s'étaient tus. Le silence ne régnait pas pour autant, il y avait encore du bruit et des cris, mais sans le fracas des armes, les hurlements et les jurons.

— Que s'est-il passé ? demanda-t-il en essayant vainement de s'asseoir, car il avait la tête qui tournait.

— Doucement, lui dit Creed tandis qu'une femme orodonne aidait le jeune homme à s'asseoir. Vous vous êtes pris un revers dans la tête. Le type qui vous a fait ça voulait me frapper moi, vous vous êtes juste pris le plat de la lame. Heureusement, sinon vous seriez assis dans la demeure de Lims-Kragma en ce moment même.

En entendant ces paroles, la femme murmura une prière pour apaiser la déesse de la Mort.

— Combien de temps suis-je resté sans connaissance ?

— Seulement quelques minutes, répondit Creed en aidant Ser à se mettre debout. Là, doucement.

Ser hocha la tête, puis porta la main à son front. Une bosse y était apparue, et elle était si sensible au toucher que le jeune homme se dit qu'il avait effectivement eu de la chance.

— Je préfère avoir de la chance plutôt que d'être bon, dit-il en pensant à Pasko pour la première fois depuis des mois. C'est fini ? ajouta-t-il en regardant tout autour de lui.

— Oui, cette fois, on les a eus pour de bon. La plupart ont jeté les armes et ont demandé à se rendre. Les autres ont réussi à franchir la porte et se sont fait descendre par les archers. Quelques-uns ont réussi à atteindre les arbres et à s'enfuir.

— Raven ?

— Je parie qu'en ce moment il chevauche à un train d'enfer vers le sud.

Ser regarda autour de lui et commença à intégrer les détails de la scène. Il y avait là une dizaine d'ennemis à genoux, les mains attachées dans le dos. Les villageois s'occupaient pour le moment d'emporter les cadavres des envahisseurs près du portail où ils les entassaient comme du petit bois.

Plusieurs femmes pleuraient la mort de leurs époux, et plus d'un homme pleurait la disparition de son épouse.

Jasquenel s'approcha d'un air très respectueux.

— Tu as sauvé mon peuple, Serre du Faucon argenté.

Il s'exprimait en orodon, si bien que John Creed ne comprit pas ses paroles, mais il dut sans doute percevoir la gratitude qu'elles exprimaient.

— J'ai aidé à venger mon peuple, répondit Ser en orosini. (Puis il ajouta, dans la langue commune cette fois :) Il me faut un cheval.

— Aucun problème.

Jasquenel demanda à un garçon de trouver une monture pour Ser.

— Qu'est-ce que vous faites ? s'étonna Creed.

— Je vais à la poursuite de Raven, répondit Ser.

— Ce coup sur la tête vous a détraqué l'esprit. Il fait nuit, il a une demi-heure d'avance et il a probablement quelques hommes avec lui.

Ser acquiesça.

— Je sais, mais je suis capable de retrouver sa trace.

— Vraiment ? De nuit dans la montagne ?

Jasquenel regarda Creed.

— S'il dit qu'il peut le pister, c'est qu'il en est capable.

— Il faut que je vous accompagne ? demanda le mercenaire.

— Non. Vous ne feriez que me ralentir. (Ser posa la main sur l'épaule du mercenaire.) Merci pour tout, John. Sans vos conseils avisés, je n'aurais pas réussi à aider ces gens.

— De rien, Ser. Vous avez l'étoffe d'un bon capitaine. Si jamais vous décidez de diriger une compagnie de nouveau, faites-le-moi savoir. Je serai toujours prêt à servir sous les ordres d'un capitaine qui n'a pas peur d'aller au front avec ses hommes.

— Oh, mon expérience en tant que mercenaire est terminée. C'était juste pour cette fois. Dans le train des équipages, vous trouverez un petit sac rempli de pièces d'or. Distribuez-le à votre convenance parmi les hommes et gardez-en une partie pour vous. En revanche, vous voulez bien jouer les capitaines le temps de ramener nos gars à Latagore ?

— Je peux faire ça. (Creed désigna les dix prisonniers.) Qu'est-ce qu'on fait d'eux ?

— Qu'est-ce que vous faites, en temps normal, quand vos adversaires se rendent ?

— S'il n'en tient qu'à nous, on les relâche en leur faisant promettre qu'ils ne se battront plus contre nous. Mais, d'habitude, ce sont nos employeurs qui décident.

Ser se tourna vers Jasquenel.

— Ce sont les hommes qui ont tué mon peuple. Ils auraient incendié vos foyers et assassiné vos femmes et vos enfants sans la moindre pitié. C'est à vous de décider.

Jasquenel n'hésita pas un seul instant. Il se contenta d'un regard aux guerriers qui gardaient les prisonniers et leur dit simplement :

— Tuez-les.

Les prisonniers n'eurent même pas le temps d'essayer de se lever. Chacun eut la tête tirée en arrière et la gorge tranchée.

— Ce n'est que justice, déclara Jasquenel en regardant Creed et Ser. Ils reçoivent la même clémence qu'ils nous auraient accordée.

Creed paraissait mal à l'aise, mais il hocha la tête.

— On n'aime pas beaucoup les gars de Raven chez les mercenaires, mais certains de mes hommes vont pas apprécier quand même. On ferait mieux de repartir pour le sud dès l'aube.

Un adolescent amena le cheval qu'avait réclamé Ser.

— J'ai besoin d'une gourde pleine, ajouta le jeune homme.

Une femme courut jusqu'à sa cabane et revint quelques instants plus tard avec la gourde et un petit paquet.

— De la nourriture, pour la poursuite.

Ser acquiesça. Il rassembla son arc et son épée et récupéra un carquois plein de flèches. Il agita la main, puis il éperonna sa monture, franchit le portail dévasté et s'en fut dans la nuit.

21

La traque

Ser s'arrêta.

Ayant chevauché toute la nuit, il avait décidé d'accorder une courte pause à sa monture. Depuis son départ de Queala, il n'avait mis pied à terre que trois fois, pour s'assurer qu'il ne perdait pas la trace de Raven.

Comme il s'y attendait, le capitaine mercenaire avait choisi la rapidité au détriment de la prudence. Il suivait la principale route vers le sud, le chemin le plus direct jusqu'à la cité de Côte-du-Guet. Ser regarda vers l'est et vit que le soleil en approche avait fait virer le ciel au gris acier. L'aube allait se lever dans quelques minutes. Raven allait sûrement camper quelque part pour se reposer en postant une sentinelle, puis il repartirait vers midi. Du moins, c'est ce qu'aurait fait Ser s'il estimait que quelqu'un le suivait.

Il décida de se reposer un petit moment lui aussi. Ensuite, il reprendrait la route, mais lentement, parce qu'il redoutait une embuscade ou la présence de sentinelles. Il dénicha une petite clairière tapissée d'herbe qui faisait moins de deux cents mètres de large et quatre cents de long. Il dessella sa jument et l'attacha en lui laissant suffisamment de longe pour manger à sa guise. Puis, utilisant la selle en guise d'oreiller, il s'allongea sous un arbre.

Il vérifia la position du soleil, ferma les yeux et sombra aussitôt dans le sommeil.

Il se réveilla deux heures plus tard, comme il l'avait prévu. Le soleil cognait avec une intensité inattendue à cette époque de l'année. L'air sec aspirait toute l'humidité corporelle de Ser avant même qu'il ait le temps de transpirer. Il allait faire chaud et sec pendant des jours, si ces montagnes ressemblaient à celles de sa terre natale.

Ser sella son cheval et reprit son chemin. Au bout d'un moment, il trouva un petit ruisseau et y fit boire sa monture tout en remplissant sa gourde. Puis il repartit. Une demi-heure plus tard, il sentit la fumée d'un feu de camp.

Il mit pied à terre, attacha son cheval à un arbre et continua à pied en se déplaçant entre les arbres, à quelques mètres seulement de la piste. C'était plus long, mais il savait qu'ainsi il serait moins susceptible de se faire repérer par sa proie.

Rapidement, en silence, il se fraya un chemin entre les arbres en s'arrêtant tous les cent mètres pour tendre l'oreille. Lors de sa quatrième pause, il sentit l'odeur du crottin et entendit faiblement les chevaux qui se déplaçaient pour manger de l'herbe.

Lentement, prudemment, cette fois, Ser continua à avancer, conscient que chaque pas le rapprochait de ses ennemis. Au loin, il vit que la frondaison des arbres se clairsemait, et il comprit qu'il devait y avoir une petite prairie ou une clairière où Raven et ses derniers cavaliers avaient sûrement choisi de se reposer.

Ser se faufila d'un tronc d'arbre à un autre, son arc et une flèche serrés dans la main gauche, de façon à pouvoir décocher en un éclair. Il avait les nerfs tendus à l'extrême tant il s'attendait à chaque instant que les mercenaires donnent l'alerte. Enfin, il aperçut les chevaux, attachés à une courte distance des arbres, près d'un petit ruisseau qui dévalait gaiement un étroit vallon. Les chevaux levèrent la tête à son approche, si bien que le jeune homme s'arrêta et attendit qu'ils se remettent à paître.

Le feu était mort, mais l'odeur de fumée planait encore au-dessus du camp. Cinq personnes étaient allongées près du foyer éteint, alors que six chevaux paissaient à côté. Ser regarda partout autour de lui à la recherche de la sentinelle.

Caché derrière les troncs épais, il longea le bord de la clairière. Puis il détecta un mouvement fugace près de l'endroit où le chemin sortait du bois pour s'enfoncer dans le petit vallon. Ser s'immobilisa.

Quelqu'un se tenait si près d'un arbre qu'il en devenait pratiquement invisible dans les ombres profondes projetées par les branches. Ser se savait fatigué, sinon il aurait sûrement repéré l'individu quelques secondes plus tôt – des secondes vitales pour lui. Il prit une profonde inspiration et se remit à avancer furtivement.

La sentinelle tournait le dos à Ser car elle surveillait la piste. Le jeune homme jeta un coup d'œil par-dessus son épaule en direction du camp et constata que les cinq autres étaient toujours immobiles.

Il réfléchit. Il était capable de tuer la sentinelle, mais pouvait-il le faire en silence ? Lentement, il encocha sa flèche et mit sa cible en joue. La sentinelle était appuyée contre l'arbre, mais Ser attendit.

Puis la sentinelle s'étira en faisant jouer les muscles de ses épaules. Ser décocha son trait, qui atteignit le mercenaire en plein dans la nuque. Ce dernier s'effondra en silence. Mais il heurta le sol dans un bruit sourd, ce qui fit broncher l'un des chevaux. Dès que l'odeur du sang leur parvint, les autres bêtes regardèrent également en direction de l'endroit où le corps était tombé.

Deux des mercenaires avaient le sommeil léger ; ils se levèrent d'un bond, leur épée à la main.

— Garth ! cria l'un d'eux. Qu'est-ce qui se passe ?

Garth devait être la sentinelle que Ser venait de tuer. Le jeune homme recula plus profondément dans les bois. En perdant le camp de vue, il entendit un homme crier :

— Raven !

Ser se mit à courir en entendant la voix de son ennemi clairement pour la première fois :

— Déployez-vous ! Trouvez-le !

Ser savait qu'il ne pouvait pas rester pour se battre. Il était trop fatigué et n'avait pas les idées claires. Il avait raté l'occasion de tuer les deux mercenaires éveillés et il aurait peut-être pu achever les trois autres avant qu'ils se mettent à l'abri. Il avait fait une erreur, et cela risquait de lui coûter la vie.

Il entendit du bruit derrière lui et comprit qu'au moins l'un des hommes de Raven était un pisteur. Il aperçut un rocher, une espèce de crête qui se prolongeait sur cent mètres avant de s'élever trop haut pour que l'on puisse y grimper. Ser bondit dessus et avança à la manière d'un équilibriste, aussi vite que possible. Ensuite, juste à l'endroit qu'il ne pouvait franchir, il sauta à terre et se cacha.

Il encocha alors une autre flèche et attendit.

Le pisteur était bon, Ser fut bien obligé de l'admettre après quelques minutes d'attente forcée. Il n'entendait rien, il ne voyait rien.

Il continua à attendre.

Quelques minutes passèrent encore, puis quelque chose changea. Ser n'aurait su dire exactement de quoi il s'agissait mais, d'un instant à l'autre, les bruits du sous-bois – l'air qui faisait murmurer les branches, la chute des aiguilles et des feuilles – se modifièrent.

Ser comprit que l'important n'était pas de savoir pourquoi, mais de comprendre qu'il n'était plus seul. Il s'accroupit derrière le rocher en reniflant l'air. Ensuite, il regarda s'il ne voyait pas d'ombres incongrues et il tendit l'oreille pour repérer le moindre son susceptible de trahir son poursuivant.

Le temps parut s'étirer en longueur, mais Ser savait que le pisteur jouait au même jeu que lui et attendait qu'il fasse une erreur.

Puis il entendit un très léger bruit, le minuscule grincement de la semelle d'une botte contre la roche. Aussitôt, Ser se leva d'un bond et fit volte-face. Pendant un bref instant, il aperçut le visage de son ennemi. Le temps parut se figer tandis que Ser ordonnait à ses doigts de décocher le trait. Ce faisant, il fut capable d'enregistrer des détails qu'il n'aurait pas même imaginés avant cet instant. L'homme avait les cheveux noirs et poussiéreux, comme s'il s'était roulé par terre à un moment donné, peut-être parce qu'il craignait un autre tir de flèche après la mort de la sentinelle. Il devait être d'origine keshiane car il avait la peau et les yeux noirs. Une étrange lueur, mélange de peur et de résignation, traversa d'ailleurs ses yeux au moment où la flèche quitta l'arc de Ser. L'homme banda ses muscles, comme s'il était sur le point de crier ou de bouger, mais la flèche l'atteignit à la gorge avant qu'il puisse réagir.

Sous le choc, il écarquilla les yeux, puis toute vie déserta son regard et il s'effondra, hors de la vue de Ser.

Ce dernier grimpa tant bien que mal sur le rocher et examina rapidement le mercenaire. Il ne portait sur lui que ses armes. Ser garda son arc, mais ajouta les flèches du pisteur aux siennes.

Ensuite, il balaya du regard les alentours pour vérifier si les autres mercenaires étaient à proximité, mais il ne vit et n'entendit rien.

Laissant le cadavre à la merci des charognards, Ser s'empressa de s'éloigner.

Désormais, il n'en restait plus que quatre.

Ser dormait. Il avait trouvé un petit ravin creusé par un ruisseau et il y avait attaché son cheval. Il faudrait une terrible malchance ou un excellent pisteur pour le retrouver. Ser croyait en sa chance ; quant au pisteur, il avait tué le meilleur, il en était persuadé.

De plus, il soupçonnait Raven de n'avoir attendu qu'une heure ou deux avant de rassembler ses trois derniers hommes et de fuir vers le sud. Pour ce qu'en savait le capitaine mercenaire, Ser était un éclaireur et une dizaine de guerriers orodons pouvaient très bien s'être lancés à sa poursuite.

Le jeune homme avait fouillé le sac de provisions qui lui avait été remis la nuit précédente. Il y avait trouvé du fromage, du pain presque aussi dur que ce dernier et des fruits secs. Cela avait l'avantage d'être nourrissant, même si cela manquait de goût. Il mangea le tout, car il savait qu'économiser la nourriture à ce stade pouvait être une erreur. Il s'évanouirait de faim lorsqu'il aurait tué Raven.

Il s'était enroulé comme il avait pu dans sa couverture, sous un rocher en saillie qui le surplombait, en ignorant le froid et l'humidité, déterminé qu'il était à se reposer pendant quelques heures. Dans son sommeil, il rêva et, dans ce rêve, il se retrouvait au sommet du Shatana Higo, dans l'attente de sa vision, impatient d'assister à la cérémonie marquant son passage à l'âge adulte. Lorsqu'il se réveilla, il se prépara à reprendre la poursuite, même s'il était encore épuisé. Le froid s'était insinué dans ses articulations et il dut faire quelques étirements et bouger un peu pour se réchauffer. Il jugea qu'il restait moins de deux heures avant le crépuscule. Il avait dormi pendant presque trois heures.

Il avait donc laissé de l'avance à Raven, mais il était persuadé de pouvoir rattraper son retard. Les mercenaires mettraient plus de trois jours, même à un train d'enfer, pour atteindre les plaines menant à Côte-du-Guet. Ser savait que, s'il trouvait en route de quoi se nourrir et garder des forces, il rattraperait ses ennemis bien avant d'arriver en ville.

De toute façon, s'il était nécessaire d'entrer dans la cité pour les y débusquer, il le ferait.

Ser sella son cheval fatigué et se mit à suivre le ruisseau jusqu'à ce qu'il puisse sortir du ravin. Puis il traversa une clairière pour retrouver la route. Il prit alors la direction du sud et mit sa monture au pas. Il savait où se trouvait le dernier campement de Raven et il était pratiquement certain que ce dernier n'y serait plus, alors il n'avait nul besoin de se presser. Il laissa la jument s'échauffer pendant quelques minutes, puis l'encouragea à adopter une allure plus soutenue en choisissant un petit galop confortable.

En approchant du campement de Raven, il emmena le cheval sous les arbres, hors de la piste, et mit pied à terre. Il aurait été choqué de découvrir Raven encore là, mais il préférait recevoir un choc plutôt que mourir.

Il retourna rapidement à l'endroit où il avait tué la sentinelle. Elle était toujours là, personne n'y avait touché. Ser s'agenouilla au-dessus du corps, mais ne trouva sur lui aucun indice de son identité. Encore un soldat de fortune qui tuait pour de l'argent. Ser le fouilla et ne trouva qu'une dague à sa ceinture. On lui avait arraché sa bourse – les morts n'avaient pas besoin d'or.

Ser se rendit dans la clairière et regarda tout autour de lui. Le feu de camp se trouvait toujours au même endroit, mais il ne restait rien d'autre. Les mercenaires avaient même emmené les deux chevaux supplémentaires, ce qui était logique. Raven ne voulait pas se faire rattraper à cause d'une monture boiteuse.

Ser examina les traces et vit que ses ennemis n'avaient même pas pris la peine de masquer leur décision de reprendre la route du sud.

Il courut donc chercher son cheval et se lança de nouveau à la poursuite de Raven.

Le jour se couchait, et les bruits de la nature changeaient, comme toujours lorsque les citoyens diurnes des montagnes laissaient la place à leurs cousins nocturnes. Il s'agissait de cette heure particulière où les deux mondes se mêlaient l'un à l'autre, lorsque les chasseurs de la nuit se levaient de bonne heure et choisissaient pour proies des créatures du jour qui tardaient à trouver un refuge.

Ser suivit la route du regard et essaya de deviner ce qu'allait faire Raven. Passé l'effet de surprise et la perte de deux de ses hommes, il ne serait sans doute pas assez imprudent pour camper de nouveau dans une zone dégagée, surveillée par une seule sentinelle. Il devait probablement s'être caché quelque part, dans une grotte ou sous un rocher en saillie, sans allumer de feu, avec deux hommes éveillés en permanence pour monter la garde.

Le soleil venait de sombrer complètement derrière l'horizon lorsque Ser retrouva la trace de ses ennemis. Il la suivit jusqu'à ce que l'obscurité tombe complètement et trouva ensuite un endroit aussi accueillant que possible pour y passer la nuit. Il se consola en songeant que Raven devait subir des conditions au moins aussi inconfortables que les siennes.

Il se réveilla un peu avant l'aube et essaya de se réchauffer en bougeant les bras et les jambes. Il avait la nuque et le dos raides, et le nez qui coulait. La faim et le froid étaient en train de le rendre malade. Depuis son départ, il n'avait rien trouvé à manger. Cependant, conscient que le manque d'eau était une menace plus grande encore qu'un jeûne de quelques jours, Ser but ce qui restait dans la gourde et décida de trouver de quoi la remplir.

Il étudia les contours du paysage et suivit un chemin en pente jusqu'à arriver au bord de l'un des ruisseaux qui abondaient dans ces montagnes. À son grand soulagement, des mûriers s'alignaient le long de la rive, et il s'y attaqua de bon cœur. La plupart des baies n'étaient pas mûres, mais le peu qui l'était lui redonna du cœur à l'ouvrage et chassèrent la fatigue et la faim pour un petit moment. Il passa une heure à remplir son sac à provisions avec des baies mûres. Encore affamé, mais néanmoins ravivé par ce repas frugal et l'eau qui l'accompagnait, Ser repartit en chasse.

Vers le milieu de la matinée, Ser se rendit compte que quelque chose n'allait pas. À en juger par la distance entre les empreintes de sabots, il était clair que Raven et ses hommes n'étaient pas pressés. Un détail qu'il n'arrivait pas à nommer ne cessa de tracasser le jeune homme tandis qu'il examinait les traces.

Il était passé à côté d'un tas de crottin une demi-heure plus tôt, mais celui-ci n'était pas encore sec, Raven ne devait donc plus avoir beaucoup d'avance. Cependant, quelque chose gênait Ser.

Il s'arrêta pour mettre pied à terre. Raven et ses trois derniers compagnons avaient emmené les deux chevaux supplémentaires avec eux. Alors, il comprit ce qui le tracassait. Il manquait l'un des chevaux ! Le jeune homme se déplaça rapidement pour s'en assurer. Oui, il contemplait bien les empreintes de cinq chevaux et non six. Or, seules trois séries d'empreintes étaient suffisamment profondes pour être celles d'une monture et de son cavalier.

Quelqu'un s'était séparé du groupe en chemin.

Ser bondit sur le dos de sa jument. Au même moment, une flèche le frôla en sifflant. Il s'allongea sur le dos de sa monture et cria pour effrayer la bête qui s'élança au galop. Il la laissa s'enfoncer sous les arbres, puis il se retourna et attendit.

Celui qui lui avait tiré dessus ne l'avait pas suivi. Ser resta assis en silence, la main sur l'encolure de la jument épuisée et nerveuse pour essayer de la calmer. Il continua à attendre.

Le temps parut ralentir sa course. Peut-être que celui qui lui avait tiré dessus n'était pas resté dans les parages pour s'assurer que sa flèche avait fait des dégâts, peut-être qu'il était directement reparti prévenir Raven. Ou peut-être qu'il se cachait parmi les arbres de l'autre côté de la route et qu'il attendait pour voir si Ser allait ressortir.

Le jeune homme finit par se lasser d'attendre. Il se laissa glisser à bas de la jument qu'il attacha à un buisson et il s'en fut en suivant une trajectoire parallèle à la route. Il partit en direction du sud et traversa le chemin en courant, au point le plus étroit qu'il put trouver. Si le mercenaire qui lui avait tendu une embuscade était reparti, il repérerait sa trace. Si, au contraire, l'homme attendait toujours qu'il se montre, alors Ser se trouvait au-devant de lui.

Il se glissa en silence entre les arbres, les yeux grands ouverts et l'oreille tendue pour repérer la présence d'un possible ennemi.

Alors, celui-ci toussa. Ser s'immobilisa : le son provenait d'un endroit situé à une dizaine de mètres devant lui, pas plus. Ser savait qu'une toux ou un éternuement avait déjà condamné plus d'un homme. Il tendit l'oreille dans l'attente d'un autre bruit qui trahirait la position du mercenaire.

Puis il se remit à avancer, précautionneusement, en posant d'abord le premier pied délicatement, puis en déplaçant son poids avant de soulever l'autre pied. Il ne voulait pas faire bouger les feuilles ou faire craquer des brindilles et révéler ainsi sa présence.

Puis une odeur assaillit ses narines. Le vent soufflait du nord-ouest, à travers un col de montagne, et, brusquement, Ser sentit la puanteur de son ennemi. Ce dernier ne s'était pas baigné depuis des semaines et il avait dû combattre au beau milieu de la fumée la veille, car il émanait de lui une odeur âcre.

Tous les sens aux aguets, Ser avança encore et aperçut sa proie.

Prêt à tirer une autre flèche, il se cachait derrière un arbre, la hanche pressée contre le tronc et les yeux fixés sur le chemin dans l'espoir de voir apparaître Ser. On avait dû lui dire de ne pas revenir sans la tête de la personne qui les traquait.

Ser mit son ennemi en joue et se déplaça en arc de cercle de façon à obtenir un angle de tir qui serait fatal au mercenaire. Puis il dit doucement :

— Pose ton arc.

L'homme se figea. Il ne tourna pas son corps, mais bougea la tête de manière à pouvoir regarder Ser du coin de l'œil. Puis il ouvrit la main et laissa l'arc tomber par terre.

— Retourne-toi, lentement, ordonna Ser.

Le mercenaire obéit, de sorte qu'il se retrouva dos à l'arbre. Ser pointa sa flèche sur la poitrine de l'individu.

— Où est Raven ?

— Au sud, à environ trois kilomètres. Il attend que je te ramène ou que tu tombes tout droit dans son prochain piège.

— Comment tu t'appelles ?

— Killgore.

— Ça fait combien de temps que tu te bats pour Raven ?

— Dix ans.

La corde de l'arc vibra et le dénommé Killgore se retrouva soudain cloué à l'arbre. Les yeux écarquillés, il contempla sa blessure pendant quelques instants, puis sa tête tomba sur sa poitrine et son corps s'affaissa autour de la flèche.

— Dix ans, ça veut dire que tu as participé à la destruction de mon village, assassin, répliqua doucement Ser.

Il laissa Killgore cloué à son arbre et se hâta de retraverser la route pour récupérer son cheval.

Maintenant, il ne lui restait plus que trois adversaires, et il savait qu'ils l'attendaient trois kilomètres plus loin.

Ser jura. Il s'agissait d'une grande prairie, et il comprit aussitôt pourquoi Raven l'avait choisie. Elle était trop vaste pour que Ser puisse abattre quiconque en restant caché sous le couvert des arbres.

Raven et ses deux derniers cavaliers étaient assis sur le dos de leurs montures au centre de la prairie. Les mains posées sur le pommeau de leur selle, ils attendaient.

Soit Killgore les rejoignait et ils continuaient tous leur chemin vers le sud, soit Ser faisait son apparition et ils mettaient fin à cette poursuite, d'une manière ou d'une autre. Le jeune homme réfléchit. Il pouvait se cacher sous les arbres jusqu'à ce que Raven, lassé d'attendre, continue son chemin ou revienne sur ses pas pour découvrir ce qui était arrivé à Killgore. Mais il ne disposait que d'un sac de mûres et d'une gourde d'eau. Extrêmement fatigué, il ne ferait que s'affaiblir davantage s'il attendait.

Raven était fatigué aussi, aucun doute là-dessus, mais il lui restait encore deux autres hommes.

Ser avait beau détenir le titre de meilleur bretteur du monde, du moins jusqu'au prochain tournoi de la cour des Maîtres, il faisait tout de même face à trois adversaires à dos de cheval.

Inutile de se demander s'ils accepteraient de mettre pied à terre pour l'affronter un par un.

Il inspira profondément. Il était temps de mettre un terme à cette histoire.

Il prit son arc court, plaça une flèche entre ses dents et une autre dans la main qui tenait l'arc. Puis il éperonna sa monture en la guidant d'une seule main et il sortit à découvert.

En le voyant, les trois mercenaires sortirent leurs armes sans s'alarmer. Ser éprouva soudain un regain d'espoir. Aucun d'eux ne paraissait avoir un arc.

Remerciant les dieux d'avoir eu un bon professeur d'équitation en la personne de Rondar, Ser lança sa monture au galop. Il se dirigea tout droit vers les trois hommes sans détacher son regard de Raven, qui se trouvait au centre.

Celui-ci ne bougea pas, mais ses deux compagnons éperonnèrent leurs montures et s'éloignèrent de leur chef en décrivant un cercle pour obliger Ser à leur tourner le dos à un moment donné. Ser lâcha les rênes et les laissa retomber en travers de l'encolure de la jument. Puis il se leva sur ses étriers en continuant à guider la bête avec les genoux.

Il décocha son premier trait. Le cavalier à sa droite plongea, comme il s'y attendait, c'est pourquoi il avait visé bas. La flèche atteignit sa cible en haut de la cuisse, près de l'articulation de la hanche. L'homme hurla en tombant de sa selle. Ce n'était pas une blessure mortelle, mais le mercenaire ne risquait plus de se battre de sitôt.

Toujours en guidant sa monture avec les genoux, Ser décrivit un virage pour s'éloigner de Raven et de l'autre mercenaire le temps d'encocher son second trait. Le cavalier qui était parti vers la gauche de Ser se trouvait à présent juste derrière lui et chargeait dans son dos.

Toujours debout sur les étriers, Ser se contorsionna pour obliger sa monture à décrire un cercle. Puis il tourna son corps de façon à se retrouver pratiquement face au cavalier qui le poursuivait. Il put lire la surprise dans les yeux de sa cible lorsqu'il décocha sa deuxième flèche.

Le mercenaire la reçut entre le cou et l'épaule, juste à l'endroit où sa cotte de maille ne le protégeait pas. Il tomba de selle et roula sur le dos à côté de son cheval. De toute évidence, il était mort avant même d'avoir heurté le sol.

Alors, Raven chargea Ser.

Le capitaine ne pouvait se permettre de lui laisser l'occasion de prendre une autre flèche dans le carquois qu'il avait dans le dos, car il avait vu ce dont le jeune homme était capable et il ne doutait pas qu'il allait mourir s'il n'engageait pas le combat au plus vite.

Ser jeta son arc, tira son épée du fourreau et se retourna au tout dernier instant. Le cheval de Raven heurta violemment la jument de Ser qui faillit chuter et qui s'écarta en titubant après l'impact.

Ser tira violemment sur les rênes pour obliger la malheureuse bête à faire volte-face. En même temps, il fendit l'air avec son épée à l'endroit où il espérait trouver la tête de Raven. Il s'aperçut immédiatement de son erreur et essaya de suspendre son geste, mais trop tard. Une douleur envahit son épaule gauche lorsque l'épée de Raven s'enfonça dans sa chair et racla contre l'os.

Ser fit la grimace, mais garda sa présence d'esprit. Il encouragea sa monture à avancer tout en résistant au besoin d'agripper son épaule. Au contraire, il leva son épée au-dessus de la tête pour bloquer une autre attaque de Raven.

Battant des paupières pour chasser ses larmes, le jeune homme s'obligea à ignorer la douleur car il était clair qu'à dos de cheval Raven était le meilleur des deux. Malgré tout, l'escrime restait l'escrime, et Ser savait qu'il n'avait jamais livré de combat plus important que celui-là.

À force d'entraînements, Rondar lui avait appris comment contrôler son cheval sans les mains, en se servant de ses jambes pour donner les instructions à l'animal. Ser s'efforça donc de considérer la jument comme une extension de son corps et de réagir comme si les jambes du cheval étaient les siennes.

Il chassa la douleur de son esprit, même s'il savait qu'il serait mort si le coup de Raven l'avait atteint quelques centimètres plus bas. L'épée lui aurait tranché plusieurs tendons ou même le bras entier, et l'hémorragie aurait été fatale. Déjà, en l'état, sa chemise était trempée de sang à l'épaule à cause de cette blessure superficielle. Mais il vivrait s'il réussissait à mettre rapidement fin à ce duel.

Ser fit de nouveau tourner sa jument pour avoir Raven à sa droite et éviter une nouvelle blessure au bras gauche, déjà bien handicapé. Raven essaya d'utiliser son cheval pour intimider celui de Ser et peut-être le pousser à désarçonner le jeune homme. Pour ce faire, il se porta à la hauteur de Ser, qui vit son ennemi de près pour la première fois depuis la destruction de Kulaam.

La barbe autrefois bien taillée avait un aspect hirsute et négligé, et le visage angulaire du capitaine mercenaire paraissait hagard et épuisé. Il avait le teint gris et ses yeux noirs étaient bordés de rouge et de cernes profonds.

Mais son expression trahissait une volonté de fer. À n'en pas douter, Raven était l'un des hommes les plus dangereux que Ser ait jamais croisés. Un homme ne dirigeait pas une compagnie sans foi ni loi comme la sienne sans une volonté implacable. Ser savait qu'il devait y opposer sa propre volonté. Peu importait s'il restait en vie ou non : Raven devait mourir. Il devait payer pour les crimes perpétrés contre le peuple de Ser.

Ils échangèrent plusieurs coups en tournant autour de l'autre. Le fracas de l'acier retentit, mais aucun des deux adversaires ne réussit à prendre l'avantage. Raven savait mieux manier son cheval, mais, à proximité, Ser était meilleur escrimeur.

Pendant de longues minutes, ils se tournèrent autour à coups d'attaques et de parades sans jamais prendre le dessus. Raven essaya à trois reprises de charger Ser, mais les deux chevaux étaient au bord de l'épuisement et, la troisième fois, Raven recula, une entaille en travers de la joue. Du sang coulait sur le côté droit de son visage. Ser découvrit alors une autre expression sur les traits de son ennemi. Ce dernier avait perdu sa détermination et ressemblait désormais à un homme qui avait peur de mourir !

Alors, Ser chargea à son tour. En criant à pleins poumons, il se leva sur ses étriers et abattit son épée de toutes ses forces. Mais Raven avait passé des années à combattre à dos de cheval ; au lieu de s'écarter et de lever son épée pour parer comme Ser s'y attendait, il se pencha en avant, en se tenant à la selle de la main gauche, et il blessa Ser à la jambe droite.

Ce dernier ressentit une violente douleur lorsque la lame de Raven s'enfonça profondément dans le muscle de son mollet, faisant plier sa jambe. Emporté par l'élan de sa propre attaque, le jeune homme tomba tête la première de sa monture.

Ser rentra l'épaule et essaya de rouler sur lui-même, mais l'impact le laissa sonné. Sa monture fatiguée et paniquée s'éloigna au trot, l'abandonnant sans protection à même le sol. Raven fit volte-face sur le dos de sa monture et éperonna celle-ci pour une dernière attaque. Il avait l'intention de piétiner Ser.

Ce dernier évita de peu les sabots du cheval en roulant sur lui-même. L'épée de Raven passa au-dessus de lui et le manqua de quelques centimètres à peine parce que le capitaine mercenaire ne s'était pas assez penché.

Prêt à combattre de nouveau, Ser se releva en faisant porter tout son poids sur sa jambe gauche intacte. Mais, au lieu de l'attaque qu'il attendait, il vit Raven partir vers le sud.

Le meurtrier en avait assez et s'enfuyait sur le dos de sa monture épuisée, à peine capable de trotter. Ser appela sa jument, mais elle ne fit pas attention à lui. Elle était trop loin pour qu'il puisse la rejoindre avec sa jambe blessée. Il fallait qu'il soigne ses blessures ou il allait mourir d'avoir perdu trop de sang. Déjà, il souffrait de vertiges parce qu'il s'était cogné la tête en tombant de son cheval.

Une immense frustration monta en lui et le submergea. Puis il aperçut son arc et son carquois à seulement quelques mètres de lui. En boitillant, il alla les chercher aussi vite que possible. Il ramassa l'arc, prit une flèche dans le carquois, l'encocha et mit en joue. Il jaugea le vent et la hauteur, puis il tira.

Il savait qu'il n'aurait droit qu'à ce seul tir.

Raven n'entendit même pas venir la flèche. Il fuyait, légèrement penché sur l'encolure de son cheval.

Puis la flèche l'atteignit. Elle vint se ficher dans son dos, entre ses omoplates, en transperçant l'armure en cuir qu'il portait.

Ser vit son ennemi s'affaisser puis tomber lourdement de son cheval. Pas besoin de se rendre auprès du corps pour savoir que Raven était mort. Enfin.

La jambe blessée de Ser céda sous lui. Il tomba comme s'il n'avait plus aucune force ni aucune volonté. Sa jument paissait à une centaine de mètres de là comme si de rien n'était. Dans une minute, il essaierait de la rejoindre. D'abord, il devait se reposer un petit peu, juste s'asseoir et reprendre son souffle. Ensuite, il s'occuperait de sa jambe et de son épaule.

Sa dernière pensée, avant de s'évanouir, fut de se dire que c'était le meilleur tir qu'il ait jamais fait.

Il se réveilla en sentant des effluves de nourriture et de café. Il reposait sous des couvertures à côté d'un chariot. Quelqu'un avait pansé son épaule et sa jambe. Il faisait nuit.

— Un peu de café ?

Ser tourna la tête et découvrit John Creed assis près d'un feu, tandis que six des mercenaires de sa compagnie étaient réunis autour d'un plus gros feu de camp quelques mètres plus loin.

Ser se souleva sur son bras valide et s'adossa à la roue du chariot.

— Oui, merci.

Creed lui tendit une tasse en terre cuite et dit, pendant que Ser goûtait l'amer breuvage :

— Heureusement qu'on est passé par là. Vous avez bien failli vous vider de votre sang.

— Comment vous m'avez retrouvé ?

Creed se mit à rire.

— Ce n'était pas difficile.

Il tendit à Ser un morceau de viande encore chaud entre deux tranches de pain dur, ce qui permit au jeune homme de s'apercevoir qu'il mourait de faim. Il engloutit la nourriture pendant que Creed expliquait :

— Vous avez laissé derrière vous une piste jonchée de cadavres. (Il désigna le nord.) Nous avons quitté le village à l'aube, environ sept heures après que vous vous êtes lancé à la poursuite de Raven. (Il se frotta le menton.) En fait, je vous croyais mort, mais vous vous en êtes bien sorti, Ser Fauconnier. Quand j'ai vu le premier cadavre, je suis parti en éclaireur avec deux de nos gars pour voir si vous aviez besoin d'un coup de main, mais c'était pas le cas. (Il pouffa de rire.) Bien au contraire.

» Dommage que vous ayez pas pu voir l'expression sur le visage de Raven quand j'ai retourné son cadavre. Il est mort stupéfait. (Creed pouffa de nouveau.) Votre flèche sortait de sa poitrine et il avait le menton baissé comme s'il regardait ce qui sortait de lui comme ça. Si vous voulez mon avis, ce salopard a jamais eu le sens de l'humour. (Il se leva et désigna un point à quelque distance de là.) On vous a trouvé là-bas à moitié mort. Je vous ai recousu, et le chariot et le reste de la troupe nous ont rejoints il y a deux heures. Vous n'avez qu'à voyager dans le chariot jusqu'à ce qu'on arrive à Côte-du-Guet. Vous avez une vilaine blessure à la jambe mais, si on l'empêche de s'infecter, elle devrait guérir.

—Où est l'autre chariot? demanda Ser après avoir avalé sa dernière bouchée de nourriture.

—Je l'ai laissé au village. On en avait pas besoin de deux, et je me suis dit que ça ne vous dérangerait pas de le laisser aux Orodons.

—Non, effectivement.

—À la veillée, autour des feux de camp, ils chantent déjà des chansons qui parlent de vous, Ser. Vous êtes un putain de héros pour ces gens.

Ser ne savait pas quoi répondre. Il songea à son peuple et se demanda à quoi sa vie aurait ressemblé si une compagnie de mercenaires comme la sienne était arrivée à Kulaam dix jours avant la bande de Raven et les hommes d'Olasko. Il se redressa et ferma les yeux.

—Je ne suis pas un héros. Je ne faisais que régler une vieille histoire.

—Eh bien, vous avez réussi, répondit Creed.

—Merci d'avoir pris soin de moi, John.

—Vous avez l'étoffe d'un bon capitaine, Ser. Si vous avez besoin d'hommes, vous n'aurez aucun mal à en trouver. Vous êtes juste, vous veillez à tout et vous payez mieux que la plupart.

—Si un jour j'ai de nouveau besoin d'un solide bras droit, John Creed, je ferai appel à vous.

Ser posa la tasse et se rallongea. Il sentait le sommeil le gagner de nouveau, car son corps avait besoin de repos pour guérir.

— Demandez-moi, et je viendrai, répondit le mercenaire en souriant. (Puis il demanda, en regardant au loin dans la nuit :) Et maintenant, qu'est-ce que vous allez faire ?

Ser contempla les étoiles au-dessus de sa tête.

— Me reposer. Ensuite, j'aurai d'autres affaires à régler.

— Eh bien, les affaires peuvent attendre quelques jours au moins. Reposez-vous tant que vous le pouvez, voilà ce que je dis toujours, fit remarquer Creed.

Ser remonta les couvertures et sentit le sommeil s'emparer de lui. Il pensa à sa famille et espéra qu'elle était en paix à présent.

Puis il songea au duc d'Olasko et à son capitaine, Quint Havrevulen. Ces deux-là aussi devaient mourir avant que la famille de Ser puisse réellement trouver le repos. Ce fut sur cette désagréable pensée que Serre du Faucon argenté, épuisé, sombra dans un profond sommeil.

Épilogue

L'histoire du scorpion

Ser sirotait son vin.

— Ce que tu as fait était efficace, reconnut Nakor, mais d'une portée limitée.

— Pas pour les Orodons, rétorqua Ser.

Il était assis dans le bureau de Pug sur l'île du Sorcier. Magnus, Caleb et Robert étaient réunis avec lui autour d'une table. Une bonne flambée brûlait dans la cheminée. Pug et Miranda s'étaient absentés pour mener à bien une mystérieuse mission – selon les dires de Nakor.

Ser s'était rendu jusqu'à Côte-du-Guet, où il s'était ensuite embarqué à bord d'un navire pour Salador. Il y avait retrouvé quelques vieilles connaissances du temps où il avait séjourné là-bas avec Caleb, et il avait écrit à Magnus pour lui dire qu'il avait terminé sa mission dans le Nord.

Magnus était alors venu le chercher et l'avait ramené sur l'île à l'aide de sa magie, comme il l'avait fait la première fois, lorsque Ser n'était encore qu'un adolescent apprenti serveur chez Kendrick. Ser avait plus d'une fois regretté de ne pas avoir le même don que Magnus. Il en avait ras-le-bol des chevaux, des navires et des carrosses.

Il n'était de retour sur l'île que depuis une journée et pourtant les événements du mois qui venaient de s'écouler lui apparaissaient déjà comme un lointain souvenir. Ses blessures avaient guéri, même s'il avait encore l'épaule et la jambe raides. Les guérisseurs de l'île lui avaient assuré qu'il ne souffrirait d'aucune séquelle et qu'il aurait simplement deux impressionnantes cicatrices à ajouter à sa collection.

— C'est vrai que tu as bien agi, Serre du Faucon argenté, le complimenta Nakor.

— Appelez-moi Ser, je vous en prie. J'ai pris l'habitude de me considérer comme Ser Fauconnier.

— Très bien, Ser.

— Tu as très bien défendu ce village orodon, pour quelqu'un qui n'a pas reçu de réel entraînement militaire, renchérit Magnus. Tu as fait de ton mieux avec ce que tu avais sous la main, même si je dois reconnaître que je n'ai pas très bien compris pourquoi tu as brûlé ces catapultes.

Ser se redressa.

— Je n'ai pas mentionné ce détail.

Magnus esquissa un petit sourire.

— C'est exact. Je t'ai observé.

— Où ?

— À Queala, du haut d'une colline voisine.

— Vous étiez là ! (Ser se pencha en avant.) Vous étiez là et vous n'avez rien fait pour nous aider ? protesta-t-il d'un ton accusateur.

— Il ne pouvait pas, Ser, intervint Caleb.

— Il y a encore beaucoup de choses que tu ignores, ajouta Nakor. Mais tu comprends sûrement que le magicien dont nous t'avons parlé, Leso Varen, doit continuer à ignorer ce que nous faisons. Si un magicien aussi puissant que Magnus avait tué Raven, Leso Varen l'aurait immédiatement remarqué et il aurait fait le rapprochement avec toi. Tu n'aurais pas pu paraître devant lui sans qu'il repense à l'aide fournie par Magnus.

Ser hocha la tête.

— Je n'aime pas ça, mais je comprends.

— Ce qui nous ramène à la question : que vas-tu faire maintenant ? demanda Nakor.

— À moins que vous ayez une mission à me confier, je dois prendre une décision au sujet de Kaspar d'Olasko.

— Il n'y a pas de décision à prendre. Tu dois t'engager à son service, décréta Nakor.

Ser écarquilla les yeux.

— C'est impossible !

— Pourquoi pas ? rétorqua Caleb. Mère a déjà infiltré « dame Rowena » à son service. Il est bon d'avoir plus d'un agent dans la place.

— Je ne saurais me parjurer, c'est pourquoi je ne peux pas prêter un serment que je serai incapable de respecter.

— Cela, nous le comprenons bien, assura Nakor.

— Je ne saurais servir un homme comme Kaspar, même si vous aviez un plan qui me permettrait de ne pas me faire repérer par son magicien si je mentais. Je ne mentirai pas et je ne me parjurerai pas, répéta Ser avec colère.

— Non, tu ne me comprends pas, protesta Nakor. Je ne te demande pas de te parjurer. Tu dois au contraire prêter serment avec ton cœur et servir Kaspar comme il se doit, serait-ce au risque de ta propre vie. Si on te donne l'ordre de traquer l'un d'entre nous et de le tuer, tu devras t'appliquer à remplir ta mission et, s'il le faut, tuer l'un des nôtres.

Ser fronça les sourcils, complètement stupéfait.

— Vous voulez que je me dévoue à la cause de nos ennemis ?

— Oui, répondit Nakor, car c'est de cette façon-là seulement que tu pourras te rapprocher suffisamment de Kaspar pour le tuer le moment venu.

Ser se laissa aller contre le dossier de sa chaise.

— Je ne comprends pas. Comment puis-je le servir sans trahir mon serment et continuer malgré tout à planifier son meurtre ?

— Tu n'es lié par ton serment que si Kaspar respecte le sien.

— Ah ! fit Ser avec un petit sourire. Il est de la responsabilité du maître d'honorer sa partie du contrat, autant qu'il est de celle du serviteur d'honorer la sienne.

— As-tu déjà entendu la parabole du scorpion ? demanda Nakor.

— Non.

— « Il était une fois un scorpion au bord d'une rivière trop profonde et au courant trop rapide pour qu'il puisse traverser. Le scorpion appela alors une grenouille qui passait par là :

— Grenouille, porte-moi sur ton dos jusque sur l'autre rive !

— Non, répondit la grenouille, car tu vas me piquer, et je vais mourir.

— Mais pourquoi ferais-je une chose pareille ? protesta le scorpion. Si je faisais ça, je me noierais.

Cet argument fit réfléchir la grenouille qui finit par accepter.

— Très bien. Je vais te porter jusque sur l'autre rive.

La grenouille vint donc sur le rivage et prit le scorpion sur son dos. Au milieu de la rivière, le scorpion piqua la grenouille.

— Pourquoi as-tu fait ça ? s'écria la grenouille dans son dernier souffle. Maintenant, nous allons mourir tous les deux !

— Parce que c'est dans ma nature, répondit le scorpion dans son dernier souffle. »

Nakor regarda Ser et lui dit :

— Si tu vis assez longtemps pour cela, Kaspar d'Olasko finira par te trahir, Ser. C'est dans sa nature. Quand il le fera, tu seras libéré de ton serment et tu pourras le tuer.

Ser ne savait pas quoi répondre. Pendant un long, très long moment, il réfléchit aux paroles de Nakor. Puis il prit une profonde inspiration et hocha la tête.

— Je vais aller à Opardum. Je vais m'engager au service du duc d'Olasko.

Aubin
IMPRIMEUR

IMPRIM'VERT
Votre imprimeur agit pour l'environnement

Achevé d'imprimer en janvier 2015
N° d'impression 1511.0124
Dépôt légal, février 2016
Imprimé en France
81121653-1